Emilia Cedwig

Emberton

DAS HERZ DES FORSTES

Impressum

emilia.cedwig@t-online.de

Emilia Cedwig
Schanzenstr. 92
34130 Kassel

Coverfoto: © iStock

Lektorat: Maren Keller (kontext-kassel.de)

1. Teil der Reihe
ISBN: 9798428601442

Imprint: Independently published

Inhaltsverzeichnis

Prolog

Im Geheimzimmer des Königs war es bis auf das Licht einer fast abgebrannten Kerze düster und schummrig.

Sein Stiefsohn Jared presste die Zähne fest aufeinander, sodass seine Kieferknochen hervortraten. Mit seinem einundzwanzigsten Geburtstag war er Anfang des Jahres in die Garde der Zwölf aufgenommen worden, wobei sich die Zwölf auf die Anzahl der Befehlshaber für jedes der zwölf Heere bezog. Prinz Jared war ein gut ausgebildeter Kämpfer und wie viele der jungen Krieger hungrig, sich zu beweisen und zu kämpfen.

Aber nicht so. Das, was sein Stiefvater da verlangte, war gegen sein Volk. Und es war feige, unsagbar feige.

Neben dem König stand noch ein weiterer Mann, sein alter Berater Fürst Zhuma. Zhuma war kalt und grausam. Intrigen, Lügen und Gift waren seine Werkzeuge. Aber Zhuma hatte seine Augen zugleich auch überall. Wirkte er auf manche oft ein wenig dement, da er nur vor sich hinstarrte, so sperrte er doch stets seine Augen und Ohren lauernd auf, um ins Land hinauszusehen und zu horchen. Das tat er nicht nur mithilfe seiner Spitzel und Speichellecker, sondern vor allem: Mit seiner Magie.

Zhumas Bosheit war unermesslich und sie wurde von Jahr zu Jahr größer. Je sicherer er sich auf seinem Posten fühlte, desto gnadenloser wurde er für diejenigen, die ihm im Weg standen.

Aber ein ganzes Dorf auszuradieren …

Wenn es wenigstens ein feindliches Dorf wäre! Und

nicht der kleine Grenzort namens Emberton auf ihrer Landesseite. Emberton lag am Fuße der Berge Braemorians. Die Berge hatten ihren Namen vom Nachbarland bekommen, da ihre höheren Ausläufer bereits zum Nachbarland gehörten. Lediglich die Kuppen einiger niedriger Vorberge gehörten zu Talís.

Emberton lag zudem mitten im dichten, verholzten Finsterforst. Und der war berüchtigt für seine Wesen und Gefahren.

Jared runzelte die Stirn. Es wäre besser gewesen, seine Kommandanten mit in dieses geheime Gespräch zu nehmen. So lag die Last der Entscheidung ganz allein auf seinen Schultern. Endlich ein Auftrag, den sein Vater seiner Truppe auftrug – oft genug war er mit seinen Leuten zurückgehalten worden. Nichts demoralisierte die Truppe mehr, als aufgabenlos im Heerlager verharren zu müssen, während die anderen Heeresgruppen in ruhmreiche Schlachten gegen die Nachbarländer zogen und ihre Anführer sich einen Namen machten. Fürst Azrael etwa war im Land inzwischen bekannter als der Prinz selbst. Warum erledigte er diesen Auftrag nicht, wenn sein Vater dieses Dorf für die Wiege der Aufständler hielt?

Azrael galt als unberechenbar und gnadenlos. Jared hingegen wurde vom Volk verehrt als sein Prinz, der ihm nach Jahren der Unterdrückung durch seinen Stiefvater, König Kimbras, dem Grausamen, Recht und Würde wiedergeben sollte.

Und jetzt sollte er seine Zuverlässigkeit seinem Stiefvater gegenüber dadurch beweisen, dass er ein ganzes Dorf samt Frauen und Kindern auslöschte?

Das war nicht seine Art.

Und der König wusste das ganz genau.

„Ihr könnt auch weiter mit Euren Männern im Lager

bleiben und ein wenig das Kämpfen trainieren, Prinz", tönte seine dumpfe Stimme nun zu ihm hinüber. „Wenn Ihr nicht den Mumm habt, gegen unsere Feinde vorzugehen, schicke ich einen Anderen."

Der Prinz straffte seine Schultern und antwortete kalt:

„Ihr haltet meine Truppe schon die ganze Zeit zurück, *Vater*.

Verlangt jetzt nicht, dass wir unsere Stärke ein paar Bauern gegenüber beweisen. Das ist keine Kunst."

„Oh ... ich denke schon. Wenn es nur Bauern wären, Prinz, so würde ich Euch zustimmen. Aber sie sind mehr als das." Der König strich sich durch seinen langen, ergrauten Bart und trat an seinen Arbeitstisch, auf dem eine Art Spiel mit Holzfiguren aufgebaut war. Er ergriff eine davon und hob sie deutlich sichtbar hoch:

„Bogenschützen. Sie sind gut trainiert und Emberton ist einer ihrer Stützpunkte. Nur ganz wenige von ihnen treten in mein Heer ein. Gerade die Meisterschützen halten sich verdeckt."

Er legte die Figur umgekippt zurück und hob eine weitere Holzfigur an, die die Gestalt eines Mannes in einem weiten Umhang mit einem spitzen Hut auf dem Kopf besaß.

„Magier, Hexen und weitere Zauberkundige. Emberton ist eine ihrer Hochburgen, denn die geschützte Lage des Ortes mit den Bergen im Norden und Osten und dem Sumpf im Westen schützt sie vor unerwarteten Angriffen. Da gibt es einen, der auf alle Fälle sterben muss. Er ist eine Gefahr für unser Land. Er sieht und weiß alles."

„Was bringt es dann, sie anzugreifen, wenn sie längst wissen, dass wir kommen, und sich in aller

Ruhe aus dem Staub machen?“, warf Jared ruhig ein.

Der König ignorierte seinen Einwand, legte die Magierfigur umgekippt auf das Spiel und hob eine weitere Holzfigur an. Sie war kleiner als die vorigen beiden.

„Zwerge, Gnome und Kobolde. In keinem anderen Dorf sind sie so zahlreich wie dort. Sie fühlen sich sicher und kommen aus dem Wald und ihren Verstecken heraus. Und dann noch die hier: Elfen und Krieger.“ Er hob zwei Figuren gleichzeitig in die Luft. Eine schlanke, wohlgeformte Frauenfigur und einen stämmigen Krieger aus Holz mit Schwert und Schild in der Hand. „Eure *Bauern* machen nur einen winzigen Anteil dieser Bevölkerung aus, Prinz.“ Er deutete auf eine krumme Gestalt aus Holz, die einen Dreschflegel über der Schulter trug. „Es ist ein schwerer Auftrag, denn auch, wenn viele der magischen Wesen und guten Kämpfer zu fliehen versuchen werden, so gibt es noch einen großen Teil von ihnen, der das Dorf und seine Bewohner beschützen wird. Tötet alle und lasst bei niemandem Gnade walten. Das ist Euer Auftrag.“

„Was, wenn ich ihn ablehne?“

Der König hob seine dichten, grauschwarzen Augenbrauen und für einen Augenblick lag in seinen kalten, blauen Augen fast so etwas wie ein freudiges Aufblitzen. Er legte die Figuren umgekippt auf das hölzerne Spielbrett, schnippte mit den Fingern und meinte überheblich:

„Ich habe dir gesagt, Zhuma, dass mein *Sohn* sich zu fein für diese Aufgabe ist. Lass die Alternative eintreten.“

„Wie Ihr wünscht, mein König.“

Der schlanke Mann mit der spitzen Nase und dem

verschlagenen Blick in seinem stets geröteten Gesicht buckelte kriecherisch und ging dann hinüber zur Wand. Er betätigte einen Kerzenhalter daran und mit einem Knarren öffnete sich eine Tür in der dunklen Holzwand. Jared ballte die Fäuste, als er sah, wer jetzt durch die Tür in den Raum trat. Azrael ... ausgerechnet er.

„König Kimbras? Prinz Jared, Zhuma. Es ist mir eine Ehre."

„Ihr habt gehört, was wir sagten, Fürst?"

„Ja, das habe ich, mein König. Wie Ihr es befohlen habt."

„Gut. Dann kennt Ihr Eure Aufgabe. Mein Sohn möchte lieber mit seiner Truppe ein paar weitere Spielchen machen als meinen Auftrag auszuführen."

Jared spürte, wie wütende Hitze in ihm aufstieg. Er erwiderte möglichst beherrscht:

„Ich habe mir lediglich erlaubt, sie weiter zu trainieren, mein König. Es erschien mir nicht ratsam, einen Haufen Krieger dem Nichtstun nachgehen zu lassen. Das schwächt die Truppe."

„Was habt Ihr derweil getan, Azrael?", fragte der König.

In den blauen Augen Azraels lag Spott, als sein Blick den des Prinzen streifte und dann zum König wanderte.

„Wir haben die Grenze nach Trenuram verteidigt und mit Malphas' Truppe zusammen gegen die Pendraner gekämpft. Der schwarze Drache von Org wurde vertrieben und die Stadt Augelion von feindlichen Truppen befreit. Außerdem haben wir einen Zwergenaufstand nördlich von Aurien niedergeschlagen."

„Nicht schlecht, Azrael, nicht schlecht. Und Ihr,

Prinz, habt derweil trainiert?“ Die Stimme des Königs war mit deutlichem Hohn versehen.

Jared versuchte, die aufsteigende Wut zu unterdrücken, und ballte erneut die Fäuste, die wie die des anderen Heerführers in den obligatorischen schwarzen Lederhandschuhen steckten. Schwarz und Grau, die Farben der Angst und des Schreckens. Azrael war bekannt dafür, dass er oft noch einen blutroten Umhang trug, wenn er in eine Schlacht zog. Bei seinem bloßen Anblick auf seinem großen, schwarzen Pferd rannten viele der Angreifer bereits davon. Der Prinz dachte für einen Augenblick über seinen grauen, mit Silber gesäumten Umhang nach. Er war zwar edler, als die schlichten Grauen oder Schwarzen des Heeres, aber den Wiedererkennungswert hatte der Mann neben ihm.

Azrael verschränkte jetzt lässig die Arme ineinander. Undenkbar, dass ein anderer das vor dem König wagte. Er war auch sonst eine herausragende Erscheinung. Groß und breitschultrig, mit schwarzem, auf die Schultern fallendem, leicht gewelltem Haar und diesen blauen Augen unter tiefschwarzen Brauen. Sein Gesichtsausdruck verriet keines seiner Gefühle und er hatte eine Narbe an der Stirn. Man erzählte sich, er habe sie von einer Frau, die Azrael über alles geliebt hatte. Jetzt war sie tot und ihr Schatten schien noch immer über der durchtrainierten, tödlichen Gestalt des Kriegers Azrael zu hängen. Angeblich hätte sie ihn vor ihrem Tode nicht nur heimtückisch verletzt, sondern auch verflucht.

Jared rückte ein kleines Stück von dem Dunkelhaarigen ab. Nicht, dass er Angst vor ihm gehabt hätte, denn er war ebenfalls groß, beweglich und im Kampf geschult. Nur sah er eher wie ein blonder, lichtbringender junger Mann aus als die dunkle Erscheinung Azraels. Und der Fluch beunruhigte ihn durchaus. Alles, was reine Muskelkraft im Kampf erforderte, lag in seinem Bereich. Aber Magie war ihm unheimlich. Und Azrael besaß ein wenig Magie.

Plötzlich war es ihm zuwider, dass dieser gnadenlose Mann neben ihm ein ganzes Dorf niederbrannte. Er war der Prinz und entschied, wer lebte und wer starb. Er würde sich das Dorf ansehen und seine Einwohner befragen. Stimmte das, was sein Stiefvater andeutete und es handelte sich um Verräter, so würde das Dorf brennen. Aber auch nur dann. Zuvor musste er Zeit gewinnen und diesen kaltblütigen Heerführer von dem Dorf fernhalten.

„Ich werde mit meiner Truppe den Auftrag übernehmen", entschied er daher.

„Ihr nehmt es also an, Prinz Jared", betonte der König.

Warum lag da dieses erfreute Glitzern in seinen kalten Augen? Wo war der Haken? Prinz Jared runzelte die Brauen mit dem Gefühl, einen Fehler begangen zu haben.

„Gut. So sei es", tönte der König. „Macht Euren Trupp einsatzbereit, Prinz. Ihr reitet noch heute los.

Und Ihr, Azrael, begleitet ihn mit Eurer Truppe. Zusammen seid Ihr viel stärker." Er lachte heiser auf.

Jared und Azrael sahen sich für einen Augenblick an.

Es war kein freundlicher Blick, eher ein taxierender.

Sie waren die falschen Partner, in jeder Weise. Und sie würden klären müssen, wer von ihnen den Oberbefehl des Einsatzes übernahm. Vom Rang her wäre es der Prinz ...

Von ihrem stillen Kampf mit den Augen schien Azrael ihn nicht unbedingt als ranghöher anzuerkennen.

Als er sich doch noch vor ihm verbeugte, war es fast ein wenig höhnisch.

„Es wird uns eine Ehre sein, mein Prinz, Euch zu begleiten."

Dann verbeugte er sich tief vor dem König, beachtete den lauschenden Zhuma nicht weiter, drehte sich um und ging zurück in den Geheimgang. Die hölzerne Tür schloss sich schabend hinter ihm. Jared sah ihm noch einen Augenblick nachdenklich hinterher, dann verbeugte auch er sich vor dem König und verließ den Raum.

Zhuma schloss die Tür hinter dem Prinzen mit einem Knacken seines Handgelenkes. Er wandte sich dem König zu.

„Wie Ihr es sagtet, Sire. Die Falle ist zugeschnappt. Der Prinz wird bei seinem ersten Auftrag das Wohlwollen und die Gunst des Volkes für immer verlieren.

Der tapfere *Prinz der Herzen* richtet ein Blutbad in einem kleinen, unschuldigen Dorf an. Wie traurig! Wir werden dafür sorgen, dass die Kunde davon im ganzen Land herumgetragen wird. Und gleichzeitig tötet er den großen Magier Nostromo, der es wagt, Zaubertränke und Magie an einfache Dorfbewohner, Krieger und Reisende zu verkaufen."

„Nostromo – ich warte schon so lange auf die Nachricht seines Todes. Endlich wird die Magie mit dem Tod dieses Scharlatans in Emberton verblassen."
Der König wirkte einen Moment sehr zufrieden. Dann warf er ein: „Und was ist, wenn Azrael meinem Befehl

nicht folgt?“ Die dichten Brauen des Königs schoben sich zusammen, als er seinen ersten Berater musterte.

„Wie könnt Ihr daran zweifeln, Sire? Azrael hat noch niemals versagt.“

„Es ist nur ein Gefühl, Zhuma. Nur ein Gefühl. Geh hinauf in deinen Turm und sieh nach, was passiert. Deine Augen haben die Gabe, die Bilder zu dir heranzuholen.“

Der Magier verbeugte sich tief und verschwand wie ein leiser Schatten hinaus. Noch einmal drehte sich der König zu dem Spielbrett herum. Er hob eine Figur an, die geformt war wie ein hochgewachsener, gewandter Kämpfer und legte sie umgekippt zurück auf das Spielfeld.

„Jetzt fällst auch du, mein *Sohn*“, sagte er zufrieden, nahm den Kerzenhalter hoch und verließ den Raum.

Kapitel 1

„Stell dir vor, Gavron hat mir einen Brief geschrieben.“

„Ehrlich?“ Elysan wrang das nasse Hemd aus und warf es in den geflochtenen Korb. „Was stand drin?“ Sie strich sich eine Haarsträhne zurück, die sich aus ihrem hochgesteckten goldbraunen Haar gelöst hatte. Wie alle Frauen, die ihre Wäsche an dem Fluss Leary wuschen, trug sie ihr Haar hochgesteckt und mit einem schlichten braunen Band umwickelt. Abwartend sah sie ihre Freundin Maira an. Die hübsche, schlanke Blondhaarige war heute sichtlich aufgeregt, sie wusch die Wäsche ihrer jüngeren Geschwister höchst schludrig. Maira wrang die Hose nicht einmal aus, sondern warf sie mit einem Klatschen zurück in den Korb, bevor sie sich ein mattbraunes Kleid aus dem zweiten Korb mit der schmutzigen Wäsche griff. Sie beugte sich etwas näher an Elysans Ohr heran und flüsterte verschwörerisch:

„Dass er sich mit mir treffen möchte. An der alten Eiche. Wenn die Irrlichter und die leuchtenden Windflügler aufsteigen und das Moor und den Wald erhellen.“

„Nicht schlecht. Was sagt deine Mutter dazu?“

„Elysan!“, Maira lachte auf und stieß ihr dann den Ellenbogen in die Seite. „Pst. Nicht so laut. Lyrina hört uns zu.“

Die beiden warfen einen vorsichtigen Blick nach links, wo die Genannte mit ihrer Schwester Clarice versuchte, etwas von ihrem Gespräch aufzuschnappen.

„Blöde Hühner. Haben die selbst nichts zu tun?", fragte Maira unnötig laut und wandte sich dann wieder ihrer Freundin zu.

„Selbstverständlich weiß meine Mutter nichts davon. Gavron gehört der Kriegerkaste an. Und wir sind Heiler und Halbelfen. Das gehört nicht vermischt, sagt Mutter. Außerdem ist Gavron noch ziemlich jung. Was ist eigentlich mit Aldrick?"

„Was soll mit Aldrick sein?"

„Elysan Caldarion! Mach mir nichts vor! Ich weiß, dass er ständig bei euch zu Gast ist!"

„Er besucht meinen Bruder?", schlug Elysan vor und griff sich rasch ein helles Untergewand aus leinenem Flachs, da sich ihre Wangen rötlich färbten.

Musste Ihre Freundin das Gespräch ausgerechnet auf ihn bringen? Sie kannte Maira seit ihrer Kindheit, aber dass sie ein Mitglied der geheimen Gilde der Bogenschützen hinter dem Pferdeschober geküsst hatte, musste Maira nicht unbedingt wissen. Es war auch mehr eine Wette zwischen Aldrick und ihr gewesen und eine völlig neue Erfahrung. Eine höchst verwirrende. Sie konnte nicht einmal mit Sicherheit sagen, dass es ihr gefallen hatte.

Da die Glocke von Emberton ihren tiefen, hellen Klang bis zu ihnen sandte, beeilten sich alle Wäscherinnen, ihre Arbeit zu beenden. Morgen würde das Fest der Tausend goldenen Lichter beginnen und bis dahin war überall noch viel zu tun. Maira zog hektisch das Kleid durch das Wasser und wrang es dann aus. Der Fluss stand bis zum Glockenschlag unter dem Schutz des geheimen Bundes. Dann zogen sich die Krieger und Kriegerinnen, Bogenschützen und Geisternebel zurück und kümmerten sich um ihre eigenen Belange.

Elysan beeilte sich, einen Grasfleck aus ihrem Unterkleid zu schrubben. Es gelang ihr nicht. Da sogar Lyrina und Clarice neben ihnen ihre Körbe rasch schulterten, gab die hübsche Brünette es schließlich auf und wrang das helle Kleid nur noch aus. Sie war heute einfach zu spät zum Fluss hinuntergekommen. Und das nur, weil eines der Hühner aus dem Gehege entkommen war und sie es wieder einfangen musste. Nachdenklich legte sie das Kleid zurück in den Korb, dann erhob sie sich rasch und wuchtete den Korb auf ihre Schulter.

Maira wartete bereits, sie hielt in jeder Hand einen Henkelkorb. Als beide eilig den anderen folgten, ließ Maira ihre Zauberkraft wirken. Die Körbe schwebten brav vor ihr her und sie hielt sich betont gerade, nahm das Tuch von ihrem leuchtend blondem Haar und legte es sich um die Schultern. Elegant stolzierte sie neben Elysan auf das Dorf zu.

„Mir gefällt Aldrick."

„Schön für dich. Vielleicht solltest du dich dann besser mit ihm treffen als mit Gavron?"

Ihre Freundin sah sie vorwurfsvoll an.

„Ich sagte nur, dass er mir gefällt. Er ist ganz ansehnlich. Seine dunklen Augen sind vielleicht ein bisschen unheimlich. Aber seine Locken und seine Sommersprossen finde ich wirklich süß."

„Süß? Du findest Aldrick süß?" Elysan blieb verblüfft stehen. „Er hat die Zeichen des Waldes auf der Haut. Ich finde, dass es gefährlich aussieht. Wie die Baumrinde oder die geheimen ehernen Symbole. Und sein Haar – es ist genauso wild und ungezähmt wie er selbst."

„Was du alles weißt, Elysan. Ich sehe ihn immer nur

mit bedeckten Armen in seinem waldfarbenen Oberteil. Bei dir hat er wohl erst einmal die Ärmel hochgekrempelt, was?“

Maira begann laut zu lachen, da sich die Wangen ihrer Freundin erneut rot färbten. Tatsächlich hatte er das getan. Das war, bevor seine Hände sich auf ihre Wangen gelegt hatten und er sie küsste.

Ein grünlicher Kobold mit einem runden Gesicht und großen Füßen tappte an ihnen vorbei. Elysan nutzte die Zeit, um von sich abzulenken.

„Hallo Hilgenbrand.“

„Elysan. Frrreut mich, dich zu sehen.“

„Seit wann magst du Kobolde?“ Maira runzelte ihre zart geschwungenen Brauen.

„Seit ich selbst einer war?“, schlug Elysan vor.

„Oh. Du hast eine Koboldmaske erstellt?“

„Ich erstelle sie nicht, Maira. Sie kommen zu mir. Ich bin eine Maskenträgerin, vergiss das nicht.“

„Und du hast dich in einen Kobold verwandelt? Wie war das, Elysan, so klein zusammenzuschrumpfen?“

„Ich bin nicht geschrumpft. Ich war ein großer Kobold. Und es war lustig. Aber wenn ich ehrlich bin, war ich nur kurz am Brunnen unseres Hauses und habe Hilgenbrand begrüßt. Aber dann hat mich meine Mutter gesehen ...“

„Und bestimmt fürchterlich gekreischt“, ergänzte Maira amüsiert.

„Ja, das hat sie. Und ihr war gleich klar, dass unter meiner grünen Haut nur ich stecken konnte. Kurz gesagt: Sie war fürchterlich wütend. Es gab noch so viel zu tun und die Masken akzeptiert sie nur, wenn sie auch einen Sinn ergeben. Als Jägerin oder als Bogenschützin stellt sie mich sogar gern bei den Nachbarn vor.“

„Womit wir wieder bei Aldrick wären. Er fand dich, glaube ich, ganz süß in dem kurzen Jagdkleidchen …"

„Sprich nicht davon. Ich weiß vorher nicht, welches Aussehen zu einer Maske gehört. Ich weiß nur, in welche Rolle ich schlüpfen werde."

„Vielleicht hat Aldrick dir diese Maske ja selbst geschickt?"

„Maira, du redest wohl deshalb ständig von Aldrick, weil du von dir selbst ablenken willst. Lass das Thema und kümmere dich lieber darum, dass deine Mutter nichts von Gavron erfährt."

„Du hast recht." Maira senkte schuldbewusst ihr zartes Gesicht. „Sie will mich unbedingt mit einem Elfenmann verheiraten und nicht mit einem tumben, stinkenden Krieger, wie sie sagt. Gavron ist nichts davon. Er ist stark, er ist tapfer und ein wirklicher Mann. Vielleicht ist er noch kein richtiger Krieger. Er lernt ja noch. Aber ich will keinen Elfen. Sie sind so langweilig perfekt."

Sie erreichten jetzt die ersten Häuser des Grenzortes Emberton. Kleine, schiefe Hütten mischten sich unter prächtige Steinhäuschen. Besonders einige der Zwergenhäuser waren blitzblank gesäubert und zumeist an niedrige Felsbrocken gebaut. Die Baracken der Krieger lagen am östlichen Dorfrand und waren dagegen oft ungepflegt. Im Westen lagen die Bauernhäuser und größeren Höfe. Ringsherum hinter den Wiesen um das Dorf begann der dunkle, geheimnisvolle Wald.

Und dahinter ragten bewaldete Kuppen auf, die in hohe Berge übergingen. Die Berge von Braemorian, dem Nachbarland. Man erzählte sich, wilde Drachen würden dort oben in den kargen, steinernen Höhlen hausen. Aber ob das stimmte oder nur zur Abschreckung diente, die Berge nicht unerlaubt zu überqueren, wusste keiner, weil sich noch niemand dort hinauf getraut hatte. Emberton lag mitten im Finsterforst, umgeben von Moor, den höheren Kuppen und dem Nirgendwo.

Wer hierher kam, hatte einen Grund dazu oder eine selbstzerstörerische Ader für das einfache und bescheidene Leben. Auf dem Marktplatz tauschten oder verkauften die Bogenschützen erjagtes Wild, die Bauern ihr Korn oder Früchte und Gemüse, die Heiler Kräuter und die Zwerge Edelsteine, Granit oder Mohrrüben. Stoffe und Garn lieferte irgendein windiger Händler aus dem weit entfernten Nachbarort und immer wieder gab es die eine oder andere Überraschung zu kaufen, etwa, wenn einer der Kobolde einen wertvollen Talisman, ein Schwert oder einen seltenen Schatz im Moor oder den Tiefen des Waldes entdeckte. Und wenn die Elfen etwas tauschten (was sie wirklich nur in Emberton taten) dann waren es magische Schuhe, zarte Kleider oder Perlen aus Morgentau. Armbänder, Kettenanhänger oder ähnlich Filigranes.

Als sie jetzt über den Markt gingen, war Elysan wehmütig zumute. Sie mochte Emberton, auch wenn es oft zu groben Auseinandersetzungen zwischen den Kriegern und Bauern kam, die dann von Bogenschützen oder einer Gruppe von Zwergen mit großen Steinhämmern geschlichtet wurden. Oder andersherum: Die Zwerge stänkerten mit den Kobolden und die Krieger schlichteten den Streit. Allein schon wegen der vielen verschiedenen Gruppen kam es immer wieder zu Streitereien. Irgendwann würde sie aus Emberton fortgehen. Die Frage war nur, wann das sein würde …

Sie arbeitete jeden Tag hart und nur die Masken verschafften ihr einen kleinen Ausbruch aus ihrem eintönigen Leben.

Heute hing so etwas wie dunkler Nebel über dem geschäftigen Ort.

Elysan sah überrascht hoch. Das war keiner der Geisternebel, das war etwas Anderes, Bedrohliches.

„Ist dir der dunkle Nebel eigentlich schon aufgefallen?"

„Welcher Nebel?", Mairas Augen folgten ihrem Blick. „Es ist wunderschön warm und sonnig heute und die Wäsche wird bestimmt schnell trocknen. Ich muss in der Brauküche meines Vaters nach seinen Anweisungen arbeiten, dann in seinen Verkaufsräumen aufräumen und putzen und ein bisschen Magie dafür verwenden, während meine Mutter zu den Kranken geht. Sobald ich wieder zuhause bin, will ich an meinem Festkleid weiternähen. Ich habe mir überlegt, dass die Borten nicht passen. Lieber zaubere ich ein bisschen Blütenstickerei, was meinst du?"

„Ich meine, dass es wundervoll für dich ist, einen Vater zu haben, der ein wirklicher Zauberer ist. Und deine Magie ist dadurch etwas Besonderes, Maira. Denn du besitzt auch noch die Elfenmagie deiner Mutter."

„Tja. Du weißt ja, dass Vater nicht möchte, dass ich sie gebrauche. Jeden Abend gibt er mir und meinen Geschwistern einen Trank, der diese Magie verbergen soll. Vor wem bloß, Elysan? Kein Mensch interessiert sich für uns!" Sie lachte hell auf. „Weißt du: Du hast es viel besser mit deinen Masken, Elysan. Du trägst sie, wenn du sie brauchst. Ansonsten besitzt du keinen Funken Magie und wirkst völlig harmlos."

„Ich *bin* völlig harmlos. Und zum Fest morgen werde ich eine der Masken tragen, weil mein Festkleid genauso harmlos ist wie ich. Hilgenbrand hat mir eine neue gebracht."

„Oh, der Kobold. Es ist rührend, wie sehr er dich ins Herz geschlossen hat. Wie ein treues Hündchen. Vielleicht nimmst du gleich deine Koboldmaske, dann kannst du mit Hilgenbrand anstatt mit Aldrick tanzen", lästerte Maira und verabschiedete sich dann von ihr. „Bis morgen, Elysan."

„Bis morgen, Maira."

Die blonde Halbelfe sprang fröhlich davon, ihre schweren Körbe schwebten über dem Boden hinter ihr her. Elysan raffte ihren Wäschekorb mit Kraft nochmals empor, dann bog sie ab in Richtung der Bauernhäuser.

Es war nicht mehr weit bis zu ihrem kleinen Hof am Rande des Dorfes, als sich drei Reiter näherten. Aldrick. Mit seinen beiden Brüdern. Als die Reiter sie entdeckten, stoppten sie die Pferde auf ihrer Höhe. Die Bogenschützen trugen wie immer die Farben des Waldes, grün gefärbte Oberteile mit braunen und grauen Flecken und schlammgrüne Hosen sowie einen weiten nachtgrünen Umhang. Unter ihrer Kleidung verbargen sie wie die Kämpfer Embertons am Oberarm das Zeichen, das sie mit ihrem Pferd verband. Es war Tradition in Emberton, dass sich ein Krieger ein wildes Pferd im Waldstück der Unendlichkeit suchte. Wenn er das passende Tier gefunden hatte (oder besser gesagt: Es ihn), trug er von da an das gleiche Symbol auf seinem Arm, wie es bei seinem Pferd unter den Hufen eingeritzt war. Aldrick trug das Zeichen Rhimion, das wusste sie

inzwischen.
„Elysan."
„Hallo Aldrick. Hallo Brevon, Tag Tamian. Reitet ihr zur Jagd?"
„Nein. Wir reiten nach Braemorian."
„Aber klar. Guter Witz. Seid ihr zum Fest wieder da?"
„Natürlich. Immerhin gehst du mit mir hin, oder?"
Aldrick zog etwas unter seinem Umhang hervor und beugte sich zu ihr hinunter. Eine zarte Silberkette lag in seiner groben, kräftigen Hand, an der ein Anhänger mit einem leuchtend grünen Stein hing.
„Die ist für dich."
Da war etwas in seinen Augen, das sie nicht an ihm kannte. Sie waren so dunkel und unleserlich wie immer, aber ein sanftes Feuer schien darin zu glühen.
„Das ... das kann ich nicht annehmen, Aldrick."
Er ließ die Kette auf das oberste Gewand im Wäschekorb hinuntergleiten.
„Du kannst. Ich habe sie für dich gekauft. Wir jagen bei den Wasserfällen nahe den höheren Kuppen. Wenn du heute ein wenig Zeit hast ..."
„Ich werde heute keine Maske benutzen. Mein Bruder kommt zurück und es gibt viel zu tun. Wir sehen uns", sie schob sich an den Reitern vorbei und warf Aldrick noch ein Lächeln zu. Seine dunklen Augen folgten ihr, dann spornte er sein Pferd an und trabte mit seinen Brüdern davon.
Elysans Herz klopfte immer noch aufgeregt, als sie den Hof ihrer Familie erreichte.
Während sie die schlichte Holztür mühevoll öffnete, ließ drinnen jemand etwas fallen.
„Simon! Du bist schon da? Aber was ist ..."
Ihr älterer Bruder bückte sich schnell, dennoch war

ihr nicht entgangen, dass er ein reich verziertes Kurzschwert aufhob. Und auf dessen Hülle standen deutlich Buchstaben in der Schrift des Nachbarlandes. *RdF* – Rebellen der Finsternis.

„Simon! Sag bitte nicht, dass du mit den Rebellen gemeinsame Sache machst!"

Ihr Bruder strich sich sein goldbraunes Haar zurück und warf ihr einen strengen Blick zu.

„Sag keinem, was du gesehen hast. Schon gar nicht Mutter!" Er bestritt es nicht einmal! Geschockt ließ sie den schweren Korb auf den Boden gleiten und starrte ihn an.

„Aber ... Simon ... der König ..."

„Der König ist nicht hier. Und er ist ein brutaler Tyrann, Elysan. Wenn er seine Büttel viermal im Jahr nach Emberton schickt, will er nichts als seine Steuern. Und wer die nicht zahlen kann, den lässt er als Sklaven nehmen oder tötet ihn auf der Stelle. Er unterdrückt uns. Er sorgt dafür, dass es uns schlecht geht. Jede Familie muss ihm die kräftigsten Jungen schicken, damit sie in seiner Armee kämpfen. Du weißt, dass Vincent an meiner Stelle gegangen ist. Unser Bruder kämpft irgendwo für den Größenwahn eines Königs, der das Land immer weiter ausdehnen möchte. Ob Vincent überhaupt noch lebt? Keiner weiß es. Wie lange sollen wir uns das noch gefallen lassen?"

„Darum geht es nicht ... Wenn er davon erfährt was du tust, Simon, dann wird er das ganze Dorf dafür bestrafen. Bitte sag das nicht laut, was du mir eben gesagt hast, ja? Denk an Vater!"

„Ich denke immerzu an ihn. Die Büttel des Königs haben ihn getötet, weil er mich beschützt hat. Wir *müssen* es laut sagen, sonst wird sich niemals etwas ändern. Ich bin nicht allein, Elysan. Wir sind mehr. Wir sind überall. Der Widerstand gegen den König lebt."

Er entdeckte die silberne Kette im Korb, bückte sich danach und nahm sie hoch.

„Aldrick?"

„Gib sie mir zurück, Simon!"

Er zog rasch die Hand weg, als sie nach der Kette greifen wollte, und lachte.

„Du kennst mein Geheimnis und ich kenne deins. Das nenn ich fair, Elysan."

„Und ich nenne es dumm, Simon! Versteck das Schwert, niemand darf es sehen."

„Sollen sie doch. Wir sind bereit, zu kämpfen!"

„Gegen König Kimbras' Heer? Gegen den bösen Lord Zhuma? Bestimmt nicht. Denk an uns, Simon, und vergiss den Quatsch. Es reicht schon, dass Vater sterben musste. Nicht auch noch du."

„Was weißt du denn", Simon betrachtete sie mit einem überheblichen Blick. „Ich bin in der Lage, eigene Entscheidungen zu treffen, kleine Schwester. Und jetzt kümmere dich um deine Arbeit, ich bin schon wieder weg." Er hauchte einen Kuss auf ihre Wange.

„Hier zuhause vernachlässigst du alles, aber für deine Revolution tust du so viel? Das passt nicht, Simon. Lass Mutter und mich nicht länger allein mit dem Hof! Die Seilwinde am Brunnen müsste repariert werden genau wie der Hühnerstall und die Wand des Schuppens. Ich schaffe das nicht alles allein. Vielleicht könntest du am Andertag wenigstens auf dem Markt stehen und unsere Mooskissen verkaufen? Aber selbst das überlässt du mir."

„Einer muss sich um die wichtigen Dinge kümmern,

Elysan. Und das bin ich. Es gibt halt große und kleine Geister. Bis bald, meine Kleine."

Er ließ sie einfach stehen und verließ das Haus.

Elysan musste sich wirklich zusammennehmen, ihm nicht hinterherzulaufen und ihm ihre Meinung zu sagen. Sie hob ärgerlich den Korb wieder hoch und trug ihn hinüber zur Hintertür und in den geschützten Hof dahinter. Jedes einzelne Kleidungsstück war wertvoll, es sollte nicht wieder etwas geklaut werden. Auch wenn Hilgenbrand für eine Butterbrühe bereit war, ein Auge auf die diebischen Kobolde zu werfen, die das letzte Mal ihre komplette Wäsche geklaut hatten.

Elysan versorgte noch die Hühner und mistete den Ziegenstall aus, dann endlich ging sie hinüber zu dem hofeigenen Brunnen und zog den Eimer aus dessen Tiefen. Die Seilwinde quietschte bedrohlich, aber sie brachte den Eimer nach oben. Elysan stellte ihn auf die Mauer des Brunnens und wusch sich gründlich die Hände im klaren Wasser. Sie wischte sie sich an der groben Schürze trocken und knotete dann die Schürze auf. In Gedanken versunken an Simon und seine gefährlichen Umtriebe ging sie zurück ins Haus, hängte die Schürze an einen Haken an der Wand und schnitt sich dann eine Scheibe Brot ab. Sie legte etwas Ziegenkäse darauf und biss hungrig in das Brot. Sie würden erst abends eine warme Gemüsesuppe essen, wenn ihre Mutter zurück war. Elysan goss sich rasch in einen Holzbecher Ziegenmilch ein, dann verließ sie den kleinen Wohnraum und stieg eine knarrende Holzstiege hinauf in den ersten Stock. Hier oben waren zwei niedrige Räume mit schrägen Wänden, der größere hatte ihren Eltern gehört, der kleine war ihrer. Als sie in ihre schäbige Kammer schlüpfte, schob sie den Holzriegel vor die klapprige Holztür. Dann ging sie hinüber zu dem losen Brett in der Wand, klopfte gewaltsam dagegen, bis es sich löste, und zog es ein Stück hoch. Hier lagen ihre Masken, das Wertvollste, was sie besaß. Sie waren flach und weiß, mit Augenauschnitten und jeweils ein bisschen unterschiedlich geformt. Auf jeder von ihnen war ein kleines Symbol, wahrscheinlich war es magisch, denn etwas verlieh diesen Masken die Kraft, sie in genau die dargestellte Figur zu verwandeln.

Die Jägerin. Die Nachtgängerin. Die Koboldin. Sie grinste. Hilgenbrand war seitdem wirklich beeindruckt von ihren Fähigkeiten und schickte ihr jede Maske, die seine feinen Augen oder sein Gespür irgendwo im Wald oder im Moor entdeckte. Elysan drehte eine helle, filigrane Maske mit vollen Lippen und dem Symbol Rhǘ ins Licht der offenen Fensteröffnung.

„Die Ballkönigin", flüsterte sie fasziniert und strich ehrfurchtsvoll über diese Maske. Hilgenbrand hatte sie gerade erst vorgestern gebracht und sie hatte sie noch nie anprobiert. Aber morgen auf dem Fest wäre die Gelegenheit dazu. Diese Maske brauchte genau den richtigen Moment, um zu wirken. Ein lauter, schräger Pfiff lenkte sie ab.

Das war Hilgenbrand. Elysan lief ans Fenster und entdeckte den leicht buckligen Kobold dort unten hinter einem Gebüsch. Er winkte ihr zu und hielt dabei irgendetwas in der Hand. Eine Maske! Eine neue Maske!

„Warte! Ich komme runter", rief sie und spürte ihr Herz gegen die Rippen klopfen vor Aufregung. Was würde es diesmal für eine sein? Und wo fand er sie bloß alle?

Eilig verließ sie ihre Kammer und stieg so schnell es ging die Holztreppe hinunter. Wo war die Butterbrühe? Elysan griff sich den vorbereiteten Holzbecher und rannte hinaus.

Der Kobold war genauso aufgeregt wie sie.

„Butterrrbrrrühe“, gurrte er erfreut und leerte den Becher, den sie ihm reichte, in einem Zug. Schmatzend leckte er ihn danach mit seiner lilafarbenen Koboldzunge aus. Den würde sie gut spülen müssen. Aber das war es wert! Hilgenbrand gab Elysan die mit Schlamm verschmutzte Maske.

„Mehrrr Butterrrbrrrühe!“

„Mach ich dir morgen. Meine Mutter wird böse sein, dass die getauschte Butter schon wieder alle ist. Wo hast du die Maske her, Hilgenbrand?“

Der grüne Kobold kratzte sich über seinen spärlichen grünen Schopf.

„Morrr“, gurrte er dann, drehte sich um und sprang erstaunlich behände davon.

„Danke!“, rief Elysan ihm nach, dann rannte sie schnell zurück ins Haus. Irgendwo war doch die Schale mit Brunnenwasser – ah, dort. Simon musste sich damit Gesicht und Hände gewaschen haben, es war nicht mehr ganz sauber. Zitternd vor Aufregung tauchte Elysan ein Tuch in das Wasser und begann vorsichtig, die Maske zu reinigen. Was dort hervorkam, ließ ihr Herz erneut heftig klopfen. Eine durchsichtige Maske, gemacht aus Tautropfen und einem Hauch Eis. Elfenmagie. Die Symbole sagten ihr diesmal nichts, denn das war die Sprache der Elfen und die beherrschte sie nur in Ansätzen durch ihre Freundin Maira.

Elysan stieg mit weichen Knien hinauf in ihre kleine

Kammer und nahm den groben Spiegel ihrer Mutter in die Hand.

„Es ist Zeit für ein bisschen Elfenmagie", murmelte sie und hielt die Maske vor ihr Gesicht. Ein Glimmen setzte ein, dann wurde die Maske eins mit ihrer Haut und sie spürte ein Prickeln in ihren Adern und erfrischende Kühle auf ihrer Haut. Die Verwandlung war spürbar, ein sanftes Ziehen und Schmelzen, dann war sie ein komplett anderer Mensch.

„Eine komplett andere Drachenfrau", berichtigte Elysan sich erschüttert und betrachtete ihr ungewohntes Gesicht im Spiegel. Es glitzerte in einem schillernden Grün, wie mit winzigen, glänzenden Schuppen besetzt. Ihr Haar fiel ihr über die Schultern wie die Mähne eines Tieres und funkelte bläulich. Darunter aber war wie unter dämpfendem Nebel immer noch die goldbraune Färbung zu erkennen. Da ein ungewohntes *Flapp Flapp* im Raum zu hören war, wenn sie die Arme bewegte, sah Elysan an sich herunter. Sie war kein Drache, sondern ihr Körper war wie in ein hautenges, grün geschupptes Kleid eingewoben. Die Schuppen darauf glitzerten wie graugrünes Eisen, wenn das Licht darauf fiel. Ihre Füße waren in enge, gefederte Stiefel geschnürt, die eine ähnliche Farbe hatten wie das Kleid.

Aber da war noch mehr als das. Elysan warf einen seitlichen Blick auf die großen blau schillernden Flügel, die wie weiche Stoffbahnen ihre Arme bis hinunter zu ihren Händen umschlangen. Würde sie damit fliegen können? Sie hatte noch so viel zu tun, jetzt war eigentlich keine Zeit dafür. Aber sie musste es unbedingt ausprobieren. Rasch rotierte sie hinüber ans Fenster.

Es war verrückt, es war unmöglich, aber bevor sie

wusste, was sie tat, stieg Elysan geschmeidig auf die hölzerne Fensterbrüstung.

Das Holz knarrte leicht unter ihrem Gewicht und sie sah hinunter. Selbst wenn sie fiel, würde sie sich höchstens den Fuß verstauchen. Sie war beweglich. Und dann sprang sie, der Boden kam auf sie zu, aber sie berührte ihn nicht. Schillernd wie ein kleiner windschnittiger Drache stieg sie hinauf in die Luft und lachte glücklich. Was für ein prickelndes Gefühl in ihrem Magen und in ihrem ganzen Körper! Wow! Doch bevor sie noch einer der Bogenschützen mit seinen Pfeilen herunterholte, sah sie sich lieber den Wald von oben an. Sie glitt mühelos und erstaunlich geübt dahin, als würde sie jeden Tag fliegen. Die Luft streichelte sie förmlich und das Gefühl, durch die Luft zu gleiten, war überwältigend. Elysan vergaß Raum und Zeit und schwebte dahin, zunächst noch darauf bedacht, keinem der Bogenschützen ein gutes Ziel zu bieten. Aber je länger sie flog, desto mehr genoss sie es, lachte und verlor sich in dem, was sie tat. Das war das größte Abenteuer ihres Lebens. Luft und Wind ließen sie das wichtigste Gesetz dieses Waldes vergessen: Niemals unachtsam zu sein.

Kapitel 2

„Wir sind jetzt seit zwei Tagen unterwegs. Dennoch kommen wir schneller voran als sonst. Woran liegt das?“

Azrael lächelte bei den Worten Prinz Jareds. Es war ein kaltes Lächeln.

„Wir begrüßen es wohl beide, wenn der Auftrag zügig erledigt wird. Ich habe mir erlaubt, ein wenig Magie anzuwenden. Wir schaffen jeden Tag viel mehr Strecke, als geplant. Ich ziehe die Landschaft schneller an uns vorbei.“

Jared starrte ihn für einen Moment schockiert an, dann hatte er sich im Griff. Das war mehr als *ein wenig* Magie. Und da war noch mehr als das. Azrael schien eine Art Nebel wie einen stummen Boten vorausschicken zu können, der ihm die Richtung wies und sich flüsternd über sie legte, als verrate er Geheimnisse von einem fremden Ort. Einmal, in einem besonders intensiven Moment in der ersten Nacht, hatte er sogar geglaubt, irgendwo fremde Stimmen zu hören. Das war verrückt, denn bis auf die Wachen ruhte die ganze Truppe. Azraels und Jareds Truppen hielten sich dabei streng getrennt voneinander. Das Misstrauen, das auch ihre beiden Anführer empfanden, legte sich über alle ihre Männer. Wären zwei feindliche Heere nebeneinander hergezogen, wäre es nicht anders gewesen.

Jared fiel die unglaubliche Strenge auf, mit der Azrael seine Leute kommandierte. Er selbst war froh, mit Daneon und Francis nicht nur Vertraute, sondern auch fähige Krieger an seiner Seite zu haben. Die beiden Männer wichen kaum von seiner Seite. Daneon war eher untersetzt und sehnig, Francis dagegen groß und kräftig wie ein blondbärtiger Bär. Instinktiv spürten wohl auch sie, dass Azrael eine Gefahr für sie war.

Der Prinz hielt die Zügel seines Schimmels etwas lockerer. Seit einer Weile ritt er mit Azrael an der Spitze des Zuges. Hinter ihnen ritten zwar seine beiden Vertrauten, dann folgten aber erst einmal Azraels Männer. Ihm war nichts anders übriggeblieben, als das zu akzeptieren, wollte er nicht in der Mitte des Zuges vor seinem eigenen Trupp reiten. Momentan dirigierte Azrael das Geschehen. Das machte Jared unruhig. Er spürte kühlen Schweiß seinen Rücken hinunterrinnen, dabei war es nicht besonders warm. Da war etwas Verstecktes, Verborgenes in dem Mann neben ihm, das ihn beunruhigte.

„Warum seid Ihr überhaupt mitgeritten, Azrael?"

„Weil der König es befohlen hat."

„Ist das der einzige Grund?"

„Nein. Der König traut Euch nicht, Prinz Jared."

Es war nicht nur die Art, wie er es sagte, es war auch die erschreckende Offenheit seiner Worte.

„Aber Euch traut er?"

„Ja."

„Was befürchtet mein Vater?"

„Dass Ihr zu weich seid. Zeigt ihm, dass Ihr ein wahrer Nachfolger seid. Wir werden uns in Emberton zurückhalten, wenn Ihr ganze Arbeit leistet."

„Ihr werdet Euch so oder so zurückhalten, denn die Befehle gebe ich", stellte Jared mit gerunzelter Stirn fest und strich sich über seinen leichten Bart.

„Ihr gebt Eurer Truppe die Befehle und ich der

meinen. So hat es der König bestimmt", erwiderte Azrael kühl und schaute auf den Waldweg vor ihnen. „Ich tue, was zu tun ist."

„Ich bin Euer Prinz. Und wenn ich etwas befehle, dann tun wir es *alle. A*usnahmslos."

Der Blick Azraels, der ihn traf, war kalt und amüsiert zugleich.

„Ihr seid jung. Euch fehlt die Erfahrung. Ich gehorche nur einem, und das ist der König." Azrael warf einen seitlichen Blick auf den Prinzen. Anders als das Gesicht des Königs war das seines Stiefsohnes zwar kantig und ernst, aber es lag auch noch etwas jugendlich Unentschlossenes darin. Ein Fehler, den er bei sich beseitigt hatte. Dabei war er nur ein paar Jahre älter als der Prinz. Ein paar Jahre, die ihm einen klaren Erfahrungsvorsprung verschafft hatten und in denen er viel gelernt hatte. Azrael unterdrückte ein kühles Lächeln und konzentrierte sich wieder auf den Weg.

„Ab wann werden sie uns entdecken?", fragte der Prinz und sah sich um, als erwarte er eine Horde Angreifer, die jeden Moment aus dem Gebüsch springen könnten.

„Gar nicht. Ich habe nicht vor, dass man uns entdeckt. Wir machen heute Abend keine Pause mehr. Morgen, wenn die Sonne aufgeht, werden wir in den Wäldern rund um Emberton sein. Jede ihrer Wachen, jeden Bogenschützen, jeden Kobold, selbst jeden kleinen Zwerg erledigen wir, wenn er uns dort begegnet. Und dann machen wir uns bereit. Ihr werdet dann handeln, Prinz. Und falls Ihr nicht zurechtkommt, so sind meine Leute da. Keiner entdeckt uns. Und fliegen können sie noch nicht."

Jared stellte fest, dass er wirklich alles an diesem

Mann nicht mochte. Weder sein arrogantes Aussehen, noch seine Dominanz, seine Kälte oder die Art und Weise, wie er sprach.

„Sobald wir kurz vor Emberton sind, bestimme ich. Keiner tut etwas ohne meinen Befehl."

Wieder dieses höhnische Lächeln, das er so hasste.

„Wie Ihr meint."

„Wisst Ihr Azrael ..."

Der Mann neben ihm gab ihm ein Zeichen, zu schweigen. Gleichzeitig hob er die Hand, um die Reiter hinter ihnen zu stoppen.

„Da ist etwas."

Jareds Hand glitt sofort hinunter an sein Schwert.

Jetzt hörte er es auch. Es war ein eigenartiges Lachen, so froh und unbeschwert wie ein Mädchen bei einem Tanz. Wo kam es her?

Azrael tippte ihm stumm an den Oberarm und zeigte nach oben. Dort, über den Baumkronen flog etwas. Es schillerte so stark und glänzend in der Sonne, dass man es deutlich wahrnahm.

„Ein Drache?", murmelte Jared erstickt.

„Das ist etwas anderes. Finden wir heraus, was es ist."

Azrael griff geschmeidig seinen Bogen und einen Pfeil, dann legte er an und spannte ihn.

„Ich töte es noch nicht. Ich hole es nur herunter."

Angespannt sahen sie alle hinauf, ein Schnarren, dann flog der Pfeil wie unsichtbar nach oben. Jemand schrie, ein höchst menschlicher Schrei, dann stürzte der schillernde Drache ab. Zunächst in die Baumwipfel über ihnen, wo er kurz wimmernd hängenblieb. Sämtliche Bogenschützen spannten jetzt ihre Bögen. Azrael sprang von seinem Pferd.

Kapitel 3

Es war, wie aus einem zauberhaften Traum gerissen zu werden. Etwas zerriss die Flügelhaut an ihrem rechten Arm, dann war der Aufwind plötzlich weg und sie fiel nach unten. Die Baumkronen hielten Elysan, aber es war nur eine Frage der Zeit, bis sie weiter fallen würde. Und was sie unten auf dem Weg sah, erschreckte sie noch viel mehr. Dutzende von Kriegern, auf großen, schweren Pferden. Aber diese trugen keine zusammengezimmerten Waffenröcke wie umherziehende Krieger oder sogar Söldner, sondern einheitliche Farben. Wenn man Grau und Schwarz Farben nennen konnte. Eine riesige, gut gerüstete Truppe. Eine Truppe des Königs.

Dutzende Armbrüste und gespannte Bögen waren auf sie gerichtet. Sie wusste nur eins, dass sie aus ihrem Drachengewand herausmusste. Wahrscheinlich machten diese Männer Jagd auf Drachen, was sollten sie sonst hier suchen? Nackte Angst breitete sich in ihrem Magen aus.

Sie klammerte sich an die Äste, die sich jetzt bedrohlich zu neigen begannen, und zog in einer raschen Bewegung die Maske ab. Die schillernden Farben verschwanden, ihr bläulich glänzendes Haar, das herabhing, färbte sich goldbraun. Unter dem engen Schuppengewand erschien wieder ihr heller Rock, der nun wie ein Segel nach unten hing. Rasch schob sie die Maske in eine der Rocktaschen. Und dann knackte der Ast deutlich hörbar und sie verlor den Halt, fiel und stürzte nach unten. Hätte sie nicht jemand aufgefangen, wäre sie wohl ziemlich hart auf dem Boden aufgeschlagen.

„Danke“, wisperte sie verstört und erstarrte, als sie in die blauen Augen des Mannes sah, der sie gefangen hatte. Ein markantes und sehr maskulines Gesicht mit einer geraden Nase, schwarzem gewellten Haar, das ihm mit einer Strähne ins Gesicht und über eine Narbe an der Stirn fiel, und einem wohlgeformten, zu einem süffisanten Lächeln verzogenen Mund. Sein leichter Dreitagebart gab ihm das gewisse Etwas.

„Bitte.“ Er ließ sie augenblicklich auf die Beine hinunter, als hätte er sich an ihr verbrannt. Elysan war ein wenig unsicher auf ihren Beinen und stellte fest, dass ihr Retter ein durchtrainierter Krieger war. Er war größer als sie und sie musste zu ihm aufsehen. Dieser Mann war wohl der Anführer der Truppe, denn er strahlte eine natürliche Autorität aus.

Ihr Herz klopfte aufgeregt, ob vom Sturz oder aufgrund seines eindrucksvollen Aussehens konnte sie nicht sagen.

„Es regnet heute Mädchen.“

Einige der Reiter lachten.

Die Art, wie die Augen des Mannes über sie glitten, gefiel ihr nicht. Es wirkte so … interessiert.

„Kommen da noch mehr oder gibt es nur ein Mädchen für mich?“ Seine tiefe, dunkle Stimme verursachte eine Gänsehaut auf ihrem Rücken.

„Ich bin kein Mädchen mehr. Und schon gar nicht dein Mädchen“, stellte sie klar.

Ein leises Murmeln setzte bei den Reitern ein.

Da war etwas, seine blauen, emotionslosen Augen flackerten kurz auf.

„Du hast mir nicht geantwortet.“

„Ich bin allein", gab sie augenblicklich zu. Dieser Mann hatte eine ausdrückliche Dominanz in der Stimme.

„Wie ist dein Name?", fragte er.

„Alexia."

„Dein richtiger."

„Elysan."

„Und weiter?"

„Caldarion."

„Gut, Elysan Caldarion. Du erklärst mir jetzt, wo du herkommst und ob du eine Gestaltwandlerin bist. In aller Ruhe, ich höre dir zu."

Da sie eine ungute Ahnung überkam, dass dieses Heer aufgrund der Richtung nur an die Grenze oder in ihren Ort reiten konnte, war Elysan jetzt höchst vorsichtig. „Ich komme aus Steindorf. Und nein, ich bin keine Gestaltwandlerin."

Das Erste war nicht einmal eine Lüge, denn Elysan war im Nachbarort geboren worden, später folgte ihre Mutter ihrem Mann in seinen Heimatort Emberton.

Er sah sie höchst aufmerksam an. Elysan zuckte automatisch zurück, als seine Hand ihren Oberarm griff und sie hielt.

„Du sagst die Wahrheit. Und Magie spüre ich keine bei dir. Bleibt die Frage, wieso du über den Wald fliegen kannst. Ich war mir sicher, einen Drachen gesehen zu haben." Er ließ sie los und sie atmete spürbar auf.

„Vielleicht hat sie ein tollwütiger Drache entführt", schlug der blonde Mann vor, der jetzt neben den Dunkelhaarigen trat. Er war noch jung, hatte auffällig graue Augen und einen nachdenklichen Gesichtsausdruck. Der Dunkelhaarige warf ihm einen ärgerlichen Blick zu und brummte: „Bestimmt nicht."

Der Blonde beachtete ihn nicht weiter. Diese Männer mochten sich nicht, das war offensichtlich.

„Ich bin Prinz Jared von Talis. Hat man dich entführt, Elysan?“

Sie versank sofort in einem tiefen und ehrfürchtigen Knicks. Der Prinz! Was wollte *er* hier? Als er ihr mit einem Wink zu verstehen gab, sich aufzurichten, stotterte sie:

„Ähm. Ja. Vielleicht kann man es so nennen. Ich weiß nicht, was passiert ist, wenn ich ehrlich bin. Plötzlich trug mich etwas durch die Luft. Es war ... atemberaubend.“

„Es sah gefährlich aus. Du kannst von Glück reden, dass mein Begleiter das Untier vertrieben hat. Zwei meiner Männer werden dich nach Hause zurückbringen. Das Wohl meiner Untertanen liegt mir am Herzen.“

„Ich danke Euch, Prinz“, murmelten ihre Lippen wie von selbst.

Der mit dem dunklen Haar machte eine Geste mit der Hand.

„Moment, Prinz Jared. Hier geht es nicht um eine von einem Drachen entführte Prinzessin. Hier geht es um ein abgerissenes *Dorfmädchen*. Da ich sie gefangen habe, gehört sie mir. Ich werde herausfinden, warum sie durch die Luft fliegt. Und Euch rate ich: Mischt Euch nicht in meine Angelegenheiten. Sie“, er deutete auf Elysan, „ist *meine* Angelegenheit.“

Der Prinz straffte seine Schultern und runzelte die Augenbrauen. Alle hörten bei diesem kleinen Wortgefecht zu. Sowohl seine Leute als auch Azraels dunkle Truppe. Er hatte etwas beschlossen, und dieser impertinente Kerl machte sich nun wichtig. Es war nur eine Kleinigkeit und dieses armselige Bauernmädchen spielte tatsächlich keine Rolle.

Aber wenn er etwas beschloss, dann hatten sich alle daran zu halten. Auch und besonders Azrael. Hier ging es ums Prinzip und die weitere Rollenverteilung zwischen ihnen beiden.

„Ich bin der Prinz. Euer Prinz“, zischte er bedrohlich.

„Heute seid Ihr nur ein Heerführer. Und mir gehorcht die andere Truppe. Die Stärkere, *mein Prinz.*“ Azrael grinste überheblich. „Lasst es nicht darauf ankommen, rate ich Euch. Sie ist es nicht wert.“

Jared war höchst verärgert. Natürlich war die Frau es nicht wert, jetzt einen Kampf untereinander zu beginnen. Und wenn Azrael solche Art von Spaß brauchte, sollte er ihn ihm lassen.

Nachdenklich ruhten seine Augen jetzt auf dem Gesicht der jungen Frau. Es war herzförmig und auf eine unbestimmte Art sehr hübsch und zart. Mit samtenen, braunen Augen und langen, schwarzen Wimpern darüber. Auch wenn sie keine herkömmliche Schönheit war, so war sie doch sehr anziehend. Sie war blass und es lag Angst in ihrer Haltung, die sie deutlich versuchte, sich nicht anmerken zu lassen. Dennoch konnte er ihre Angst förmlich spüren. Azrael hatte noch feinere Sinne dafür, das wusste er.

Was zählte ihr Leben schon?

Jareds Augen glitten an ihrer schlanken und doch wohlgerundeten Figur hinunter. Er merkte, dass sie auch ihn ansprach. Er beschloss, sie wider alle Vernunft für sich zu fordern. Und sei es nur, um Azrael in seine Schranken zu weisen.

„Diese Frau gehört der Krone", stellte er fest. „Und damit mir. Ich danke dir, dass du sie aufgefangen hast, Azrael. Deine Loyalität wird mir stets im Gedächtnis bleiben."

Die blauen Augen Azraels verengten sich zu zwei schmalen Schlitzen.

„Tut das nicht."

Jared ignorierte seine Worte und gab stattdessen seinen Leuten laute Anweisungen.

„Daneon. Schicke zwei unserer Leute, dass sie meinen Gast in unser Schloss Arranbrick bringen. Wir sitzen wieder auf und reiten weiter. Dies ist ein *Befehl*." Er konnte das Mädchen nicht Azrael überlassen. Sie war so unschuldig und er wusste, was Azrael mit ihr machen würde.

Einen Moment sah es so aus, als würde Azrael widersprechen. Dann legte sich der wütende Zug um seine Augen und seinen Mund herum und er sagte deutlich hörbar:

„Ihr nehmt, was mir gehört. Ihr habt meine Loyalität, Prinz. Aber nicht meine Achtung."

Er drehte sich um und ging zurück zu seinem Pferd. Wortlos stieg er auf.

Prinz Jared überlegte, ob er sein Schwert ziehen und ihn für seine Worte fordern sollte. Aber dann hatte auch er sich wieder im Griff. Verdammtes Mädchen! War es das wert, dass er sich wegen ihr mit Azrael und dessen ganzer Truppe überwarf?

Wenn Beute gemacht wurde, gehörte der größte Teil der Krone. Aber die Augen von Azraels Soldaten zeigten deutlich, was sie von seiner Entscheidung hielten. Nichts. Sie waren hier draußen aufeinander angewiesen. Und stattdessen überwarf er sich mit dem wichtigsten Heerführer und Krieger seines

Landes. Jetzt konnte er nicht mehr zurück. Er gab zweien seiner Männer einen ungeduldigen Wink und einer von ihnen half der Brünetten, hinter sich aufs Pferd zu steigen. Dann wendeten die beiden Reiter und ritten mit der jungen Frau den Weg zurück. Auch Jared stieg jetzt wieder auf, die ganze Truppe setzte sich auf seinen Befehl hin in Bewegung. Er hielt sich neben Daneon und ließ Azrael voranreiten.

Es hatte ihn mehr gekostet, als die ganze Sache wert war. Er schwor sich, diese Frau dafür büßen zu lassen, dass sie Unfrieden in seiner Truppe gestiftet hatte. Und auch, dass er nicht noch einmal Gnade walten lassen würde.

Die Männer wollten sehen, dass er und sein Heer soweit waren, zu handeln. Und dieser Ort wäre ein idealer Trainingsplatz. Wenn es Verräter waren, so hatten sie zu büßen. Entschlossen ließ er das Tempo beschleunigen.

Nach einer Weile hatte Elysan das Gefühl, wieder freier atmen zu können. Sie hatte nicht mehr damit gerechnet, diesen Ort heil verlassen zu können. Da lag etwas Ungutes in der Luft wie eine Ahnung, dass dieses Heer Tod und Verderben brachte.

Der Mann hatte sie gerettet – und dabei so ausgesehen, als wolle er sie gleich töten. Wäre der Prinz nicht dazwischengegangen, hätte der dominante Dunkelhaarige ihr etwas angetan. Das spürte sie, auch, wenn sie es nicht glauben wollte. Jetzt waren es nur noch zwei, die sie bewachten. So schnell es ging, musste sie auch die noch loswerden.

„Bitte haltet einen Moment. Ich muss ...“ Sie machte würgende Geräusche und der Reiter vor ihr stoppte sofort sein Pferd. Rasch ließ er sie hinunter und sie rannte in Richtung eines Gebüsches.

„Nicht weiter. Bleib stehen!“, rief der Andere, aber Elysan duckte sich schon und rannte in den Wald hinein. Der Finsterforst war verholzt, mit vielen, dicken Baumwurzeln, die den Weg knorrig zu einer Stolperfalle machten. Dichte Farne, Gebüsch und hohe Pilze machten das Dickicht noch undurchdringlicher. Doch sie war hier zuhause. Und die Männer hinter ihr nicht. Wutschnaubend sprangen sie jetzt von ihren Pferden, um ihr zu folgen. Äste brachen knackend, als sie sich eilig einen Weg bahnten. Es war ein Fehler, den Bäumen hier Äste abzubrechen. Sie würden sie nicht fangen, dafür würde der Forst schon sorgen und ... ihre Maske.

Elysan ertaste beim Laufen in der Tasche die Maske und hielt sie vor ihr Gesicht. Augenblicklich wurde sie eins mit ihr und die Verwandlung setzte ein. Sie rannte immer schneller, spürte, dass ihre Arme erneut von einer Art Lederhaut umgeben wurden und dann verschwand der Boden unter ihren Füßen, sie zog steil nach oben, hörte das Zischen eines Pfeiles und wich schräg aus. Beinahe wäre sie gegen einen Baum geprallt, aber dann schoss sie durch dichte Baumwipfel und flog los. Einen kleinen Schlenker und dann flog sie zurück in die Richtung der hohen Berge. Ihre Flügelhaut war unversehrt, als wäre sie nie zerstört worden, und nun war sie achtsamer. Sie besaß die Elfenmagie und nutzte diese voll aus. Denn jetzt kam es darauf an, schneller zu sein.

Sie wusste instinktiv, dass dieses Heer hochgefährlich war. Das waren nicht die jährlichen Steuereintreiber, sondern ein einsatzbereites Heer. Und da Braemorian sich nicht rührte, konnte ihr Weg nur ein Ziel haben. Und das war ihr eigenes Dorf.

Kapitel 4

Maira schnitt gerade ihren kleinen Geschwistern das frischgebackene Brot in Scheiben, als die große Glocke in Emberton erklang. Gong. Gong. Gong. Drei tiefe, lange Schläge, erschreckend dumpf, die ihr Blut zum Stocken brachten. Und dann hörte sie draußen auch schon die ersten Dorfbewohner schreiend aus ihren Hütten und Häusern laufen.

„Wir werden angegriffen. Das ist das Signal. Lasst uns fliehen, schnell."

Die Theorie kannten sie alle. Sobald das Signal der Glocke erklang, das einen Angriff aufs Dorf ankündigte, hatten sie augenblicklich alles stehen und liegen zu lassen und zu rennen. Aber es hatte so lange gebraucht, um das alles hier aufzubauen - sie konnte doch nicht einfach alles stehen und liegen lassen!

Mairas Vater Nostromo erschien jetzt in der Tür. Er war immer noch eine imposante Gestalt, ein weißhaariger, hochgewachsener Mann mit langem weißen Bart, Magier und Krieger, der sich aus Liebe zu seiner Frau, einer Elfe, dazu entschlossen hatte, nur noch gute Tränke und Zauber herzustellen und nicht mehr zu töten. Anscheinend hatte er das jetzt gerade vergessen, denn er nahm sein Schwert aus der großen Holzkiste. Wie erstarrt sah sie ihm dabei zu.

„Bring deine Geschwister in das Versteck auf den Kuppen", befahl er und sie kam augenblicklich wieder zu sich.

„Das mache ich, Vater. Lisa, nimm deinen Umhang. Komm Jonathan, gib mir die Hand. Und du, Naitis, nimmst Lisas Hand und folgst mir.“ Sie zog ihren kleinen Bruder mit sich, der brav mitkam.

„Wo ist Mama?“, jammerte er dennoch.

„Sie ist bei einer Kranken. Wir müssen los.“ Ihr Herz sagte ihr, dass sie ihre Mutter holen sollte. Ihr Verstand, dass ihre jüngeren Geschwister hilfloser waren als ihre Mutter. Sie liefen los.

Auf dem Marktplatz herrschte Chaos. Der Stoffhändler versuchte eilig, seine Waren auf den Karren zu werfen und nichts von seinen kostbaren Stoffen zurückzulassen. Zwei Kobolde stahlen ein paar glitzernde Steine von einem Zwergentisch, dessen Besitzer nicht alles in sein Säckchen hatte packen können. Alle liefen durcheinander. Und dann waren die Krieger ihres Ortes da, gerüstet in erdfarbene oder bunte Waffenröcke. Die meiste Zeit sah man sie nur in leichter Bewaffnung, jetzt trugen sie sämtliche blutrünstigen Messer und Schwerter, die sie besaßen. Einige von ihnen ritten auf ihren Pferden.

Ein großgewachsener Braunhaariger mit breiten Schultern und schlanken Hüften kam zu Maira hinüber. Sein langes Haar hatte er am Hinterkopf zusammengebunden.

„Maira.“

„Gavron.“ Sie wünschte, er würde sie in seine Arme nehmen und ihr sagen, dass alles gut war. Aber das tat er nicht.

„Lauft. Lauft so schnell ihr könnt und macht keine Pause, Maira. Wir halten sie auf, wer auch immer dieses Dorf angreift. Aber es ist großer Alarm. Es ist ernst.“

„Ich … ich …“

Ihre kleine Schwester schrie auf, da ein dicker

Mann sie beim Vorbeirennen beinahe umriss.

„Lauft, Maira!“ Ein bedauernder Blick, dann wandte Gavron sich ab und folgte seinen Kameraden.

Ihr Herz hämmerte wie verrückt. Da ging er und es fühlte sich an wie ein Abschied für immer. Er war noch nicht soweit, richtig zu kämpfen. Lisa neben ihr weinte wegen dem Stoß eben. Maira riss sich zusammen, schob ihre eigenen Gefühle zur Seite und sagte zu den Kindern:

„Es ist alles gut. Das ist nur ein Spiel. Eine Übung, um zu sehen, wie schnell wir sind. Wer von euch ist als Erstes dort im Wald? Kommt, wir testen es.“

Sie rannten los. Maira war leichtfüßig und schnell wie ihre Geschwister und sie liefen nun zwischen aufgebrachten Elfen, Kobolden und einfachen Menschen in den Wald hinein. Die Kobolde verschwanden so schnell, dass sie sofort mit dem Wald eins wurden. Die Zwerge stiegen überall in ihre geheimen Gänge hinein, die sie in felsiges und sicheres Gestein führen würden. Ein unschuldiger Geisternebel brachte sich hastig im dunklen Wald in Sicherheit.

Was war mit Elysan? Ihre Freundin würde sich hoffentlich zu helfen wissen.

Kapitel 5

Auf dem Glockenturm schützte Elysan ihre Augen mit der Hand gegen das blendende Sonnenlicht, um zu sehen, ob sie Erfolg gehabt hatte.

Noch immer hallte der dumpfe Glockenton wie ein Echo in ihren Ohren nach.

Die große Glocke war nur durch ein höher hängendes Seil zu erreichen, damit niemand Unsinn damit anstellte. Der Aufstieg in den Turm war immer bewacht. Sie war geradewegs auf dem Turm gelandet, hatte das Seil knapp unterhalb der Glocke erwischt und mit aller Kraft daran gezogen. Hätte sie diese Flugfähigkeit dank der Maske des Drachenfliegers nicht gehabt, wäre sie von der schmalen Turmbrüstung hinuntergestürzt. So dröhnte der erste Schlag noch in ihren Ohren, als auch schon der zweite erklang. Tief und dumpf und laut. Als ihr die schwere Arbeit das dritte Mal gelungen war, liefen ihr Tränen der Erleichterung über das Gesicht. Überall waren Menschen, überall war Geschrei. Die Sonne war am Untergehen, doch ein bisschen Zeit hatten sie alle noch, im Tageslicht zu fliehen. Wie lange brauchten die Reiter noch bis nach Emberton?

Dann besann sie sich auf ihre eigene Familie. Elysan hob ab und schwang sich in die Luft. Sie sah Bogenschützen, die erregt zu ihr hochdeuteten, und rief ihnen zu, dass König Kimbras' Heer im Anmarsch war. Einen Augenblick schien es noch so, als legten sie auf sie an, dann verstanden sie wohl, was sie schrie.

„König Kimbras' Heer kommt. Weg, alle weg. Holt die

Pferde."

Der Weg war frei und sie beeilte sich, zu ihrem kleinen Hof zu kommen.

Elysan landete unelegant auf dem hölzernen Fensterbord und stieß sich das Knie.

„Au." Rasch sprang sie in den Raum und zog die Maske ab. Gehetzt schlug sie gegen die hölzerne Wand und holte die anderen Masken heraus, stopfte sie hektisch in ihre tiefen Rocktaschen, dann lief sie hinunter.

„Mutter? Simon?" Niemand war da. Es war erschreckend still im Haus. Wo waren sie?

Für einen Augenblick überflutete sie Panik. Dann riss sie die Tür auf und rannte auf den Hof. Elysan öffnete die Stalltür, um die Ziegen freizulassen, gleich darauf auch die des Hühnerstalls. Die Hühner rannten aufgeregt gackernd und flügelschlagend davon, als spürten sie die Gefahr. Wohin war Simon gegangen? Warum war ihre Mutter noch nicht wieder zurück?

Am Rande eines Nervenzusammenbruchs sah sie sich auf dem Hof um. Da war – Hilgenbrand.

„Hilgenbrand! Wo ist Simon. Wo ist meine Mutter? Wir müssen hier weg!"

„Wirrr können die Butterrr nicht hierrr lassen."

Nicht nur seine Worte, auch seine ständige seltsame Aussprache brachten das Fass für Elysan jetzt zum Überlaufen.

„Hilgenbrand! Hör auf! Ich verspreche dir eine Woche lang Butterbrühe, wenn du meinen Bruder Simon findest und ihn irgendwo in Sicherheit bringst."

„Ehrrrlich?"

„Ja, versprochen. In die Hand." Hilgenbrand hatte

keine richtige Hand, sondern mehr eine Tatze mit knorrigen, dicken Fingern. Aber darum ging es nicht. Seine großen runden Augen leuchteten jetzt auf.

„Bin unterrrwegs."

Sie konnte ihm gar nicht so schnell nachsehen, wie die leicht rundliche grüne Gestalt davonlief.

Auch Elysan lief jetzt los. Es war höchste Zeit. Kurz danach überquerte sie den leergefegten Marktplatz.

Elysan war eine der Letzten, die das Dorf verließen und den Weg in Richtung der Hügelkuppen durch den Wald nahmen. Lediglich die Krieger hatten sich dazu entschlossen, das Dorf zu schützen. Selbst die Elfen waren in den Wald geflohen.

Gavron entdeckte, dass Mairas Vater bei seiner Truppe auftauchte. Es gab eine grob herzliche Begrüßung, die Krieger waren froh, ihn an ihrer Seite zu haben. Immerhin war er damals vor seiner Heirat einer von ihnen gewesen. Nostromo verkaufte Zaubermittel, Tränke und Heilsalben. Er steckte Ceres etwas zu, ging dann zu jedem Einzelnen von ihnen und gab ihnen eine seltsame Bohnenkapsel.

„Was ist da drin?", fragte Jaelandin misstrauisch.

„Ein Zauber. Für euch der Richtige. Verwendet ihn, wenn ihr in Not seid. Das Geld dafür verlange ich später, weil es ein Notfall ist. Ihr solltet eure Pferde wieder in den Wald jagen, sie nützen euch jetzt nichts. Ich muss meine Zaubertränke holen. Sie sind in meinem Verkaufsraum im westlichen Turm."

Ceres sah ihn entsetzt an.

„Kimbras' Heer rückt an. Du musst mit den anderen fliehen, Nostromo."

„Ach was. Ohne meine Zauber gehe ich nirgendwohin. Kümmert ihr euch um eure Sachen.

Ich komme allein zurecht."

Auch Gavron versuchte ihn zu überzeugen, sich in Sicherheit zu bringen, aber Mairas Vater blieb stur. Er verschwand eilig mit einem großen, leeren Sack.

Mit einem tiefen Seufzer erkannte der Krieger, dass er nicht nur kämpfen, sondern auch den Vater der Frau beschützten musste, die er wirklich liebte. Er tat es für Maira. Er würde Nostromo den Rücken freihalten, damit dieser in den Wald und die sicheren Verstecke entkommen konnte. Was für ein Hohn – einen Tag später und sie hätten sich vielleicht davongestohlen, wären in ein anderes Dorf gezogen und hätten sich zusammen ein neues Leben aufgebaut. Wenn es stimmte, was die Bogenschützen weitergaben, die bei ihnen geblieben waren, dann nahte da ein übermächtiger Feind.

Gegen Kimbras' Heer konnten sie nicht bestehen. Ceres, ihr Anführer, gab jetzt Befehle, sich vorzubereiten.

Wie bereitet man sich auf den Tod vor? Gavron versuchte, jegliches Nachdenken abzuschalten und nur an das schöne Gesicht Mairas zu denken. Ein weiterer Tag – und sie hätten eine Zukunft gehabt. Jetzt endete die seine hier, in diesem Wald. Aber wenigstens war er nicht allein. Er würde tapfer sterben. Für Maira. Für die, die noch auf der Flucht in die niederen Berge waren und wahrscheinlich noch weiter mussten.

„Schickt die Pferde fort. Sie finden ihren Weg und sind da, wenn wir sie brauchen. Wir ziehen uns in den Wald zurück und halten den Flüchtenden den Rücken frei", befahl Ceres. „Gavron: Du wirst Nostromo Schutz geben wollen, nehme ich an?" Schlaue, helle blaue Augen trafen Gavrons und er nickte. Augenblicklich folgten alle seiner Anweisung. Die Pferde galoppierten davon, die Kämpfer Embertons liefen in Richtung Wald. Bis auf Gavron, der hinter Nostromo hereilte.

Kapitel 6

Er hatte einen Fehler gemacht. Das erste Mal, dass ihm so ein grober Schnitzer passiert war. Azrael wusste gar nicht, wohin mit seiner Wut.

Alles wegen einem verzogen Prinzenbengel, der mit dem goldenen Löffel im Mund aufgewachsen war und dachte, man würde ihm für alle Zeit den Hintern pudern, wenn er es verlangte.

Hätte er den Prinzen gefordert und um die Frau gekämpft, hätte er gewonnen. Der Prinz war gut trainiert, aber er hatte Erfahrung im echten Kampf und würde ihn zweifelsohne besiegen.

Azrael hatte es nur deshalb durchgehen lassen, weil er wusste, dass seine Gelegenheit zur Rache noch kommen würde. Wenn der Prinz seine Arbeit getan hatte und es genug Zeugen des Geschehens gab. Natürlich würden sie nicht alle töten. Nicht die, die gerade so entkamen und in die Nachbardörfer eilten, um zu erzählen, wie hart die Rache des Königs sein konnte. Und wie brutal der Prinz wirklich war.

Jared hatte nichts dafür tun müssen, damit das Volk ihn als eine Lichtgestalt wahrnahm, die König Kimbras' boshafte Herrschaft endlich beenden und dem Land Frieden bringen würde. Eine ganze Generation war im ständigen Kriegszustand aufgewachsen und auch, wenn viele Menschen verroht waren, so gab es noch viel mehr, die sich danach sehnten, friedlich zu leben. Ohne Angriffe, ohne Schikane und vor allem, ohne eingezogen zu werden für die Kriege Kimbras' gegen die Nachbarländer. Hatte der König seinen Stiefsohn dadurch abwerten wollen, dass er dessen Heer niemals zu Einsätzen schickte und die Truppe damit völlig demoralisierte, so war es diesem Prinzen gelungen, die Männer zusammenzuschweißen und jeden einzelnen zu trainieren und eine gewisse Ordnung in seine Truppe hineinzubringen. Die Männer des Prinzen fühlten sich untereinander verbunden, kannten sich und kämpften miteinander.

Azrael runzelte die Stirn. Er selbst hatte immer wieder zahlreiche Söldner dabei, die ihre Seele für Geld verkauften und auch nur dafür kämpften. Die meisten von ihnen hatten weder Moral noch Ehre und so musste er hart durchgreifen, um aus diesem Haufen einen geordneten Trupp zu machen. Es gab nur wenige, einen kleinen Kern in seiner Truppe, denen er wirklich vertraute. Die anderen brauchten Gewalt, klare Ansagen und einen starken Anführer.

Die Aktion mit der Frau hatte seinem Ruf geschadet. Der Prinz hatte ihn vor den Augen seiner ganzen Truppe lächerlich gemacht.

Normalerweise reagierte Azrael auf so etwas sofort und hart.

Nur jetzt hatte er darauf verzichten müssen, da er den Prinzen so kurz vor dem eigentlichen Ziel der Reise nicht verärgern durfte. Der König hatte ihm klare Anweisungen gegeben, Zhuma ihn sogar zur Seite genommen, um ihm Tipps zu geben.

Noch immer klang die krächzende Stimme Zhumas in seinen Gedanken nach.

„Ihr müsst den Prinzen angreifen lassen. Nur ihn. Seht zu und wählt die Leute aus, die entkommen sollen. Kleine Jungen. Ein hübsches Mädchen. Verletzt sie, aber tötet sie nicht. Eine kleine Wunde, das macht was her. Ein zerrissenes Kleid, was auch immer. Aber sie müssen durchkommen in die Nachbardörfer, müssen erzählen, dass der Prinz gegen seine eigenen Vasallen vorgeht. Ohne Grund. Aus purer Freude am Töten.

Sie sollen sehen, dass er nicht der ist, den sie sich erhoffen. Der Gnädige und Friedensbote.“ Zhuma hatte die letzten Worte beinahe ausgespuckt. Azrael war klar, dass dieser Mann bis in sein tiefstes Inneres verdorben war.

Nur war das nicht seine Sache. Er tat, was man von ihm verlangte. Ohne Widerspruch und ohne Gefühl. Daher hatte es ihn auch nicht verblüfft, dass Zhuma mit erregter Stimme ergänzte:

„Sind die meisten tot und Eure unfreiwilligen Boten unterwegs, kommt Eure Aufgabe: Der Prinz soll nicht zurückkehren, Azrael. Und keiner seiner Leute ... Es geht darum, sein Andenken für immer in den Schmutz zu ziehen. Das möchte der König ...“

Prinz Jared hatte die hübsche Braunhaarige ins Schloss bringen lassen. Da er nicht zurückkommen würde, würde sie dann wohl auf ihn warten. Diese Aussicht heiterte Azrael soweit auf, dass er beschloss, sein Opfer, den Prinzen, noch ein bisschen den großen Anführer spielen zu lassen. Er schickte Nathas neben sich los, um Prinz Jared wieder an die Spitze des Reitertrupps zu holen. Jared war nur eine Schachfigur in einem Spiel, das *er* gewinnen würde. So er geschickt genug war, den Fallen des Königs danach zu entgehen. Azrael war nicht dumm. Er wusste, dass ihn sein Ruf im ganzen Land bekannt machte. Wurde er zu bekannt, würde er automatisch ein Feind für den König. Kimbras war besessen von der Angst, vom Thron gedrängt zu werden. Sei es von seinem Stiefsohn – oder von dem fähigsten

Hauptmann seiner Truppen.

Und das war er: Azrael.

Prinz Jared ritt erneut neben ihn, seine beiden ständigen Begleiter folgten dichtauf.

Azrael seufzte gespielt.

„Habt Ihr Angst vor mir, Prinz?"

„Nennen wir es eine gesunde Achtung, Azrael." Jareds aufmerksame graue Augen streiften ihn. „Immer noch verstehe ich nicht, warum der König ausgerechnet Euch mitgeschickt hat. Sonst hat er doch genug andere Aufgaben für Euch ..."

„Spricht da der Neid, dass unser Einsatz überall gefragt ist und der Eure nicht?"

Der Prinz funkelte ihn jetzt an.

„Ich mag Euch nicht, Azrael. Ihr habt keine Ehrfurcht vor Rang und Titel. Es wundert mich, dass mein Vater das so hinnimmt."

„Der König geht danach, was ihm einen Gewinn bringt und was nicht. Wenn er mich schickt, dann wird aus jeder Mission ein Erfolg."

„Wenn *wir* diese Sache hier erledigen, dann weiß ich nicht, wo Euer Erfolg dabei liegt, Azrael."

Er war gar nicht so dumm. So, wie der Prinz ihn jetzt anblickte, schien er ein gesundes Misstrauen zu besitzen. Aber auch das würde ihm nichts nützen.

Sie waren alle nur Spielfiguren des Königs. Nur war er die Stärkere ...

„Prinz Jared, Prinz Jared!"

Auch Azrael wandte sich um, als zwei Soldaten herangaloppiert kamen. Verdammt! Das waren doch die beiden, die mit der hübschen Braunhaarigen abgezogen waren. Nur wo war *sie*?

„Prinz! Sie ist uns entkommen. Sie kann tatsächlich fliegen. Fast hatten wir sie wieder eingefangen, da hob sie plötzlich ab. Vostros hat einen Pfeil nach ihr abgeschossen, aber ..."

„Ihr habt sie beschossen?", unterbrach Azrael ärgerlich den Bericht. „Und entkommen lassen?"

Der Prinz blitzte ihn genauso ärgerlich an.

„Ihr sagtet, sie besäße keine Magie, Azrael!"

„Die hatte sie auch nicht." Die hatte sie wirklich nicht gehabt, woher um Himmels Willen hatte sie die so plötzlich bekommen? Elysan war keine Wandlerin gewesen und auch keine Elfe. Keine Hexe, keine Fee, keine Magierin – aber: Was dann? Er stand vor einem wirklichen Rätsel. Sie hatte keine Magie gehabt, als er sie anfasste. Aber hatte er sie nicht auch deshalb so früh entdeckt, weil er eine gewisse Magie gespürt hatte ... Wie war das möglich?

Und dann sagte ihm sein Gefühl plötzlich, dass sie sich beeilen mussten. Missmutig unterbrach er den Bericht der beiden Soldaten:

„Jetzt ist keine Zeit für lange Reden. Richtet die Schwachköpfe hin, die nicht einmal eine Frau bewachen können, oder nehmt sie wieder in Euer Heer auf. Aber jetzt ist Eile angebracht. Nathas", sein erster Vertreter trabte heran. „Sag unseren Leuten, dass wir von nun an galoppieren werden."

Der Braunhaarige, den er in vielen Kämpfen als absolut loyalen Krieger erlebt hatte, nickte. Dann brüllte er den Männern hinter ihnen zu, von jetzt an das Tempo zu steigern.

Prinz Jared blickte ihn an und zum ersten Mal entdeckte Azrael Zustimmung in dessen Augen. Auch Jared war klar, dass eine fliegende Frau sehr viel Ärger verursachen konnte. Einvernehmlich ritten sie los, steigerten ihr Tempo und galoppierten den breiten Waldweg entlang.

Und dann hörten sie aus der Ferne drei tiefe, dumpfe Glockenschläge.

Azrael biss die Zähne fest aufeinander. Es war noch ein ganzes Stück bis Emberton. Und was sie jetzt brauchten, war Magie, um ihren Auftrag noch ausführen zu können. Er hatte sich geschworen, seine eigenen Kräfte nicht zu zeigen. Dafür gab es gute Gründe. Zhuma durfte nicht wissen, wie stark seine Magie inzwischen war. Aber jetzt musste er diese Kräfte nutzen. Ansonsten würde ihnen selbst der letzte humpelnde Halbtote entkommen. Azrael konzentrierte sich fest auf den Weg vor ihnen, dann entstand eine tiefschwarze Rauchsäule dort, die sich nach und nach über den ganzen Weg ausdehnte und mittig nichts als Nebel enthielt. Die Schwärze zog sich an den Rändern zusammen wie ein tiefdunkler Bilderrahmen. Ein Tor – um Weg zu sparen. Nur die wenigsten Magier waren in der Lage, ein ganzes Heer durch ein magisches Tor an den richtigen Ort zu schicken. Er konnte das. Die einzige Gefahr bestand darin, dass Zhuma es wahrnahm. Er, Azrael, war den Kräften Zhumas längst ebenbürtig. Nur duldete Zhuma keine gleichrangigen Zauberer neben sich ...

Jared nickte und verstand.

„Ich hoffe, Ihr wisst, wohin Ihr uns schickt“, rief er ihm zu. Dann galoppierten sie in den Nebel hinein, ein kurzes Stück nur, bevor sie begleitet von einer zischenden Energie den Nebel wieder verließen und weiterritten. Nur waren sie jetzt ganz nah am Dorf ...

Gavron hatte selten Angst, aber dieser Mann, der zu allem Übel auch noch der Vater seiner Angebeteten war, ließ ihn in nagende Unruhe verfallen.

In aller Seelenruhe hatte Nostromo seine Tränke

und Zaubergegenstände in seinen Sack geladen, über ein paar Schuhe gestreichelt, die sicherlich irgendeine Zauberkraft besaßen, und dabei mit sich selbst gesprochen.

„Kommt Ihr endlich, Meister Nostromo?“, fragte Gavron gehetzt.

„Moment. Mir fehlt noch das Zauberseil. Der Sprengzauber ist hier, das Kraftarmband, das Konzentrationskettchen und – die magischen Knoblauchknollen sind da. Wo war nur das Zauberseil? Ah ja!“ Er kroch in den Kamin, nur seine Beine schauten noch hervor. Als Nostromo wieder herauskam, waren seine Wangen mit Asche beschmutzt. „So, jetzt hab’ ich alles.“

Gavron atmete erleichtert aus. Erstaunlich gewandt griff sich der ältere Mann dann sein Schwert, schob es in seinen Schaft, warf sich den Sack über den Rücken und lief los. Gavron folgte verärgert. Er bewachte den Mann – und zum Dank rannte dieser flink wie ein Wiesel vor ihm davon. Eilig folgte er ihm in Richtung Wald, in dem sie gerade noch rechtzeitig ankamen.

Ceres runzelte wissend die Brauen, als Gavron ihm ein stilles Kopfschütteln schickte.

„Meister Nostromo, beeil dich“, raunte Ceres warnend Mairas Vater zu.

„Ja, ja. Beißt alle auf eure Kapseln, wenn ihr euch unter der Erde versteckt. Es wird euch schützen.“

„Habt Ihr Gift hineingetan, Meister?“, fragte die Kriegerin Ishana.

„So ähnlich. Vertraut mir.“

Er zwinkerte ihr zu, dann beeilte er sich, im Wald zu verschwinden. Einen Augenblick sahen ihm alle hinterher, dann konzentrierten sie sich auf das

Wesentliche. Die Krieger sprachen leise miteinander.

Die Bogenschützen hatten sie informiert, wer dort angriff. Das Heer des Königs. Möglicherweise noch Azrael ... Wenn der König ihnen diese Einheit schickte, dann hatten sie keine Chance. Azrael machte keine Gefangenen. Sie hatten versucht, ihre Pläne geheim zu halten und nichts von den versteckten Treffen mit Boten aus Braemorian an die Öffentlichkeit dringen zu lassen. Aber so wie es aussah, hatte der König es herausgefunden, wie auch immer.

Ceres ließ seinen Blick über die Truppe von Kriegern schweifen, die sich betont selbstbewusst vor ihm aufgestellt hatte. Kleine und große, in bunte Waffenröcke gekleidete stämmige Männer. Es waren zwei Kriegerinnen darunter, von denen Ishana es mit jedem Mann aufnehmen konnte. Sie waren etwa zwei Dutzend Mann, mit den Bogenschützen noch mehr. Aber das reichte nicht. Eine schnelle Eingreiftruppe des Königs hatte mindestens vierzig bewaffnete Reiter. Und der Bogenschütze hatte von einem ganzen Heer gesprochen. Also wahrscheinlich die doppelte Truppenstärke.

Dagegen kamen sie nicht an. Vielleicht an der steinernen Pforte oben am Hang, wo der Durchgang so schmal war, dass die Soldaten des Königs hintereinander gegen sie kämpfen mussten. Nur kamen sie da nicht mehr schnell genug hin. Die Windregenpfeifer im Wald schlugen bereits an. Es war keine Zeit mehr.

„Krieger. Wir werden unseren Kampf kämpfen. Aber wir werden uns jetzt nicht von ihrem Heer überrennen lassen. Es ist besser, wir fallen ihnen in den Rücken, wenn sie nicht damit rechnen. Ihr kennt den Notfallplan. Jetzt ist es Zeit dafür. Alle im Laufschritt auf den Friedhof, aber schnell!“, befahl er.

Augenblicklich setzten sich alle in Bewegung, die meisten mit einem Murren. Auch Gavron war enttäuscht. Er wollte kämpfen und nicht für eine Zeit lang Leiche spielen. Aber Ceres hatte Strategie gelernt und jeder von ihnen vertraute ihm und seinem Können. Und dann waren die Zwerge wieder da, schlüpften aus ihren versteckten Eingängen im Stein hervor und halfen jedem von ihnen, die geheimen Mechanismen aus Zwergenhand zu bedienen und sich in einen der rotierenden Särge zu legen. Platzangst hatte jetzt keinen Raum mehr. Jeder von ihnen steckte die Bohnenkapsel von Nostromo in den Mund und zerkaute sie. Als alle Krieger verschwunden waren, beeilten sich die Zwerge, ebenfalls zu verschwinden. Der Letzte von ihnen schlüpfte rasch in den Eingang unter einem Pilz, dann erstarb alles menschliche Leben an der Oberfläche des Dorfes. Keinen Augenblick zu früh.

Kapitel 7

Azrael ließ sein eigenes Heer gemeinsam mit dem des Prinzen mit voller Wucht in das Dorf einfallen. Dort rauschte ein breiter, kräftiger Fluss und nicht weit von ihnen lagen die ersten Häuser. Große und kleine Bauten, sogar ein paar Zwergenhütten und auffällige Pilze. Für einen winzigen Moment zögerte er, dann schob er jeden Zweifel beiseite.

Er tötete ungern Zwerge. Sie waren zu nützlich, um sie zu vernichten. Aber so wie es aussah, mischte sich hier alles durcheinander, vom Zwerg bis zur Elfe, vom Magier bis zum Bauern. Er nahm so viele Eindrücke wahr, und doch fehlte das Eigentliche. Wo waren ihre Opfer? Prinz Jared trennte sich von seiner Gruppe und jagte linkerhand in den Ort hinein. Lauthals brüllte er Anweisungen, die Azrael nicht verstehen konnte, die aber eigenartig klangen. Jared hatte wohl für sich und seine Truppe eine eigene Sprache für die Angriffstaktiken entwickelt. Wie beeindruckend. Azrael unterdrückte ein Grinsen. Als ob es ein leerstehendes Gebäude interessierte, dass der Prinz jetzt endlich seinen großen Auftritt hatte.

Spontan überlegte er, ob es nicht besser war, den Prinzen und sein Heer unbehelligt davonkommen zu lassen. Sie würden als Witzfiguren in die Geschichte ihres Landes eingehen. Als der Prinz, der ein leeres Dorf tötete.

Nur war er leider mit ihm geritten …

Azrael gab seinen Leuten ein Zeichen, zu verlangsamen. Währenddessen schlossen sich des Prinzen Kämpfer mit einer vermeintlichen Antwort auf des Prinzen Befehle an. „Moraji jabass!“ So einen Schlachtruf hatte er noch nie gehört. Ein kräftiger Blonder hieb mit seinem Beil wild in der Luft herum, als wolle er Holz fällen. Ein Weiterer schleuderte seine Lanze auf eine Vogelscheuche in einem kleinen Kräutergarten. So ein Idiot. Nathas ritt neben Azrael, da dieser sein Pferd zügelte.

„Sollen wir ihm sagen, dass dort niemand ist?“, fragte er zögernd und Azrael schüttelte den Kopf. Sicher, besser wäre es, die geflüchteten Bewohner aufzuspüren und zu verfolgen. Es dämmerte bereits. Aber das musste warten. Er hoffte eindringlich, dass irgendein versteckter Dorfbewohner das Wirken des Prinzen mitbekam. *Das* sollte überall erzählt werden. Und dann spürte er die Nähe von Leben. Es war verwirrend. Tief sog er die Luft ein und ließ seine Sinne über das verlassene Dorf streifen. Es roch nach … Knoblauch. Intensiv. Seine Augen erfassten in einiger Entfernung einen Friedhof. Uha. Die hatten Vampire hier. Das Leben lag unter der Erde. Ekelhaft. Da sollte sich ein anderer drum kümmern. Vampire waren nicht sein Gebiet. Sie waren bereits tot. Azrael wandte sich an Nathas.

„Wir warten eine Weile und genießen es. So wie es aussieht, hat der Prinz noch nie erlebt, wie ein leeres Dorf aussieht und sich anfühlt. Schau dir den Dicken da an – er verfolgt gerade ein Spanferkel. Ob er wohl Hunger hat …“

Nathas begann zu lachen, ein ungewohntes, tief aus der Kehle kommendes Lachen. Und dann konnte auch Azrael nicht mehr. Er lachte lauthals los, das erste Mal, nach Jahren der Beherrschung und Disziplin. Und dann schlossen sich seine Männer an. Der Prinz und seine Truppe – eine Horde von

Schwachköpfen.

König Kimbras donnerte die Faust auf den Tisch, dass der Kerzenhalter darauf in die Luft hüpfte.

„Entferne ... das ... Bild." Sein Kopf war tiefrot, seine wabbeligen Backen schienen vor Wut zu malmen.

Zhuma nickte scheinbar ergeben und ließ das Bild, das er auf dem Tisch erzeugt hatte, verschwinden. Azraels Lachen hallte noch einen Augenblick im Raum nach.

„Wie kann er mir das antun! Ich habe Jared wie meinen eigenen Sohn aufgezogen", wieder knallte Kimbras donnernd die Faust auf den Tisch, „und er zieht meinen Namen in den Dreck. Des Königs Truppe macht sich lächerlich in einem leergefegten Dorf. Warum ist es leergefegt, Zhuma, warum? Wo sind die Menschen? Wie konnten sie davon wissen? Wer hat meinen Auftrag verraten?"

Er goss sich einen Humpen Wein ein, aber als er ihn anhob, zitterten seine Finger. Mit einem Wutschrei schmiss er den Humpen gegen die Wand, dass er in tausend Scherben zersprang und der Wein an der Wand hinunterrann und den grauen Stein tiefrot färbte.

„Ich will, dass Azrael handelt. Jetzt! Sag es ihm, Zhuma! Sag ihm, dass er die Dorfbewohner aufspüren, soll, wenn es mein Stiefsohn nicht schafft! Sofort!" Seine Stimme überschlug sich vor Wut und sein erster Berater und Magier verbeugte sich rasch.

„Das werde ich sofort tun, Eure Majestät." Dann beeilte er sich, das Geheimzimmer des Königs zu verlassen, durch die mit Fackeln erhellten Gänge an ein paar Wachen vorbeizueilen und hinauf in seinen

Raum hoch oben im Turm zu steigen. Auch er war wütend, aber wegen etwas ganz anderem. Zhuma hatte eine starke Macht gespürt, bevor das Bild vom Angriff ihrer Truppen entstanden war. Und er wusste ganz genau, wer so eine Macht erzeugte. Ein Magier. Es hatte gewaltige Kopfschmerzen bei ihm ausgelöst, dass dort eine so große Menge an Energie auf seine Vision prallte.

Zhuma schob einen stummen Diener zur Seite, riss die Tür zu seinem Turmzimmer auf und stapfte hinein. Die Tür fiel donnernd hinter ihm ins Schloss. Er ging zu der Schale mit der dunklen Flüssigkeit hinüber, die über einem offenen Kamin hing, erhitzte das Feuer und wartete, bis Rauch aufstieg. Dann beugte er sich über die Schale und murmelte unverständliche Zauberformeln.

Zhuma schloss die Augen, schickte im Geist die dunklen Nebel los und murmelte Worte, die für den zweiten Hauptmann dieser Mission gedacht waren. Azrael. Zhuma versuchte, die Wut über ihn dabei zu unterdrücken. Azrael würde sie sonst spüren. Dieser Mann war viel mächtiger, als er angenommen hatte. Aber nicht so mächtig wie er.

Als der schwarze Nebel unweit von ihnen auftauchte, hielt Azrael mit dem Lachen inne. Allmählich war der Spaß sowieso vorbei, da jetzt auch der Prinz gemerkt hatte, dass in jeder Hütte, in die sie mit gezückten Waffen stürmten, wirklich niemand mehr war.

Eine leise, krächzende Stimme waberte zu Azrael heran und er seufzte. Zhuma. Wahrscheinlich hatte er das Bild eben zu sich gezogen. Wenigstens etwas. Wenn Zhuma Zeuge von Prinz Jareds Auftritt geworden war, dann sicher auch der König. Er würde nicht zufrieden sein mit seinem Stiefsohn.

„Hört auf, da herumzulachen, und macht Euch endlich auf die Suche nach den Dorfbewohnern. Wenn Ihr sie nicht bis morgen Abend alle erledigt habt, Azrael, wird das Folgen haben. *Böse* Folgen. Auch für *Euch*!“

Azrael schnalzte missmutig mit der Zunge. Der König belohnte Erfolg mit Gold und Besitz. Misserfolg aber konnte jeden sehr schnell den Kopf kosten. Er hasste Drohungen. Schon gar von diesem Mann, vor dem er keinerlei Achtung hatte. Dennoch antwortete er gewohnt kühl:

„Wird erledigt, Zhuma. Zieh deinen stinkenden Nebel ab, wir stoppen jetzt den Prinzen. Sag dem König, dass sich alles noch retten lässt. Prinz Jared ist die Wut selbst, er ist nun bereit für seinen Auftrag. Und jetzt verschwinde.“ Er hob die Hand und konzentrierte sich auf den Nebel vor sich. Wind kam auf und riss die rauchig schwarze Nebelwolke wirbelnd mit sich davon. Zufrieden hoben sich Azraels Mundwinkel. Der war weg.

Prinz Jared kam jetzt zu ihnen zurückgeritten. Sein Gesicht war voller Wut. Die Männer, die ihm folgten, waren deutlich unzufrieden.

„Das ganze Dorf ist verlassen. Ein paar Tiere sind noch da, aber alles sieht so aus, als ob sie das Dorf eilig verlassen hätten.“

„Jagen wir sie?“, schlug Azrael vor und Jared nickte.

„Wenn sie unschuldig wären, wären sie nicht geflohen. Ich kann mir also eine Befragung Einzelner ersparen.“ Und dann drehte er sich halb im Sattel und brüllte los:

„Männer. Dies ist unser großer Tag. Die Aufständler

sind geflohen. Wahrscheinlich in den nächsten Ort. Wir werden sie jagen und fangen. Keine Gnade. Sie werden dafür bezahlen!“ Seine Leute jubelten los, Azrael schüttelte den Kopf. So würde das heute nichts mehr werden. Es war Zeit, dass er übernahm.

Er wies mit dem Finger zu den Hügelkuppen, in die der Wald überging, und sagte beherrscht: „Sie sind dort hinaufgeflohen. Wir reiten jetzt dorthin, Prinz. Wenn Ihr möchtet, begleitet uns. Dort hinten beginnt das Moor und dort drüben liegt dichter, dunkler Wald. Aber der einzige Ort, an dem sie eine Chance haben, sind die Berge von Braemorian. Nur werden sie nicht hinüberkommen. Holen wir sie uns!“

„So sei es. Vorwärts, Männer!“

Azrael runzelte die Brauen. Es gefiel ihm nicht, dass der Prinz ihm sofort zustimmte. Dann wendete er seinen Rappen, gab seinen Kriegern ein Zeichen und sie galoppierten los. Über die seitliche Wiese, am Dorf vorbei, bis zum ansteigenden Finsterforst hin, der sich dunkel und unheimlich den Hang hinaufzog.

„Lass mich endlich los. Wenn du deine grünen, schwammigen Hände nicht von meinem Körper nimmst, erwürge ich dich, Kobold.“

„Tut mirrr leid, aberrr für Butterrrbrrrühe tu ich alles.“

Erneut kämpfte Simon gegen den klammernden Griff des grünen Kobolds an.

Hilgenbrand war höchstens so groß wie ein Kind, aber er hatte gewaltige Kräfte. Simon hatte sich gerade aus seinem Versteck schleichen und zu den Kriegern von Emberton begeben wollen, als er von hinten angesprungen wurde und ihn jemand umklammerte. Jemand mit seltsamen Klauen und dem starken Eigengeruch nach Moder und Fäulnis.

Warum stanken grüne Kobolde nur so? Bevor er den Kobold abschütteln konnte, sprang der zu Boden und zerrte ihn mit gewaltiger Kraft auf eine dicke, alte Eiche zu.

„Hilgenbrrand nimmt Simon mit in Baum", verkündete der blöde Kobold und dann wurden sie auch schon eins mit dem Stamm und der Baum zog sie mit seinen efeuberankten Ästen in sich hinein. Simon war noch nie in einem Baum gewesen. Es war dunkel, eng und roch hier nicht nach Holz und Harz, sondern nach Moder und Fäulnis, eben wie Hilgenbrand.

„Machst du eigentlich auch mal sauber in deinem Wohnbaum, Kobold? Ich habe einen Auftrag. Lass mich gefälligst wieder raus, ich muss kämpfen. Für die große Sache."

„Mach das wann anderrrs. Jetzt geht's nicht."

„Es ist *wichtig*. Lass mich heraus", Simon versuchte selbst, sich aus dem Baum zu befreien. Es funktionierte nicht. Stattdessen glitt seine Hand an feuchtem Glibber aus und er zog sie angewidert zurück. Koboldschleim. Na lecker auch.

„Späterrr", schnurrte der Kobold und Simon stöhnte auf. Es war einfacher, einen störrischen Esel zu reiten, als einem Kobold auszureden, was der geplant hatte. So wie es aussah, kämpfte er nicht für die Revolution in seinem Land, sondern war in einem stinkenden Koboldwohnbaum gefangen. Wenn seine Kleidung danach genauso roch wie Hilgenbrand, dann war er geliefert. Wie seine Schwester nur mit diesen Kobolden zurechtkam – er verstand es nicht. Er wollte nur raus hier! Ein leichtes Donnern war zu hören, wie das Herannahen von Pferden.

„Lass mich hier raus! Ich häute dich sonst, Kobold!"

„Machst du nicht. Dann bist du für immerrr in Baum!“

Simon atmete wütend aus.

„Was willst du, Hilgenbrand? Was soll ich dir geben, damit du mich gehen lässt?“

„Errrstmal: Schlaf.“

Nochmals versuchte er, auf Hilgenbrand einzureden, aber ein leises Schnarchen machte ihm klar, dass der in aller Seelenruhe schlief. Am liebsten hätte er ihn erwürgt, aber dann war er tatsächlich für immer gefangen in diesem Baum. Es ging also nur mit dem Kobold. Simon ließ sich auf den Boden hinuntergleiten und hockte sich hin. Er hörte Hufgetrampel wie das eines ganzen Heeres. Wahrscheinlich würde der Kampf ohne ihn losgehen, wenn er hier nicht bald herauskam.

Kapitel 8

Elysan fühlte sich unglaublich geschwächt. Sogar ein altes Bauernpaar zog mit einem bedauernden Blick an ihr vorbei. Normalerweise war sie schnell und wendig, aber das Fliegen hatte sie viel Kraft gekostet. So wurden ihre Schritte immer langsamer und sie war noch nicht einmal bei der steinernen Pforte, als die Geräusche im Wald sie herumwirbeln ließen. Das Brechen von Ästen, die leisen Befehle, das Geräusch von Schritten. Da kamen *viele*.
Elysan begann, wieder zu rennen. Sie versuchte, nicht zu stolpern, über umgestürzte Bäume zu steigen und mitten durch dorniges Gestrüpp voranzukommen. Nur schnell und ohne Umwege den rettenden Hügel hinauf. Die steinerne Pforte war ein schmaler Durchgang zwischen meterhoch aufragenden Felsen. Warum hatten die Krieger sich nicht dort aufgestellt? Diese Pforte war ein Nadelöhr und man musste einen weiten Umweg machen, um sie zu umgehen. Wahrscheinlich hatten sie es nicht mehr geschafft ... Ob sie es noch dorthin schaffte? Das Wiehern eines Pferdes und das Geräusch von stampfenden Hufen, vielen Hufen, machte ihr klar, dass jetzt auch Pferde folgten. Pferde waren immer schneller als sie selbst.

Ihre Beine taten weh und ihr Atem raste, genau wie ihr Puls. Dennoch lief sie wieder los, den ansteigenden Hang im Wald hinauf in Richtung der steinernen Pforte. Lange würde sie das nicht mehr aushalten. Und dann fielen ihr die Masken in ihrer Rocktasche ein. Während des Laufens fingerte sie in ihre rechte Rocktasche, griff eine der Masken und hoffte, dass es die Drachenmaske mit der Elfenmagie wäre. Sie zog sie heraus und erkannte, dass es eine weiße Maske war. Gehetzt hielt sie sie vor ihr Gesicht. Augenblicklich wurde die Maske eins mit ihr, verband sich mit ihr und verlieh ihr ihre Kraft. Die Verwandlung setzte ein, jetzt, während des Laufens, und sie musste verlangsamen, auch, weil ihre Schuhe sich in hohe Absatzschuhe verwandelten. Dennoch spürte sie Wärme und prickelnde Freude in sich. Elysan musste kichern, weil der Kleiderstoff auf der Haut kitzelte. Und dann wurde ihr klar, dass das die völlig falsche Maske gewesen war. Sie sah an sich hinunter. Kein kurzes Jagdkleid, keine Koboldmaske und kein Drache. Nein, etwas ganz Anderes.

Ein bodenlanges, silberweiß schimmerndes Ballkleid mit besticktem Saum. Sie stolperte in ihren hochhackigen Schuhen augenblicklich über den Saum und fiel zu Boden. Hektisch atmend stützte sie sich auf. Dort stand ein gläserner Pantoffel, den sie verloren hatte. Mit Absatz. Wie passend für den Wald. Bevor sie irgendwie reagieren konnte, waren sie da. Noch nie hatte sie eine solche Angst gehabt. Sie hörte ihre schnellen Schritte überall im Wald hinter sich. Das Knacken von Holz, das Brechen von Geäst. Laute Anweisungen, Befehle. Elysan versuchte, ihr schnelles, tiefes Atmen zu unterdrücken.

Und dann waren da überall bewaffnete Krieger, einige rannten noch im Wald an ihr vorbei, schnell, beweglich und hochgefährlich. Doch einer entdeckte sie. Sie war kaum zu übersehen in ihrem prächtigen weißen Ballkleid, dessen weite Röcke sich wie eine weiße, unschuldige Blumenblüte um sie gelegt hatten. Mitleidlose braune Augen, die sie streiften und fixierten, dann hob der Mann sein Schwert und kam auf sie zu. Elysan schrie und versuchte, hochzukommen. Kräftige Hände packten sie plötzlich gewaltsam von hinten und zogen sie hoch. Elysan schloss die Augen.

„Schon gut, Nathas. Sucht weiter. Sie gehört mir." Die Stimme kannte sie. Als der Mann sie zu sich umdrehte, atmete sie tief ein und öffnete vorsichtig die Augen. Der Dunkelhaarige, der sie nur Stunden zuvor aufgefangen hatte. Mit einem unleserlichen Blick musterte er sie. Dann setzte so etwas wie Erkennen in seinem Blick ein, als er ihr Gesicht betrachtete. Er packte sie unsanft am Handgelenk und zog sie mit sich.

Sie waren lange genug unter der Erde gewesen. Jetzt waren die Zwerge wieder da, sprangen hektisch durch die einbrechende Nacht über das stark nach Erde und Knoblauch riechende Gras und sprachen leise miteinander. Der Mechanismus klemmte. Zwerge waren Meister im Bau von Höhlen und Gängen, besonders in Fels und Stein. Dann hatte Gimbros die Sache im Griff. Er betätigte einen Hebel und die Wiesenfläche vor ihm glitt zur Seite weg. Das erste Grab lag wieder frei. Sie beeilten sich, es zu öffnen. Ein intensiver Knoblauchgeruch strömte ihnen entgegen. Von da an ging es schneller. Ein Krieger nach dem anderen stieg aus einem der geöffneten Gräber, jede und jeder von ihnen sog gierig die frische, kühle Abendluft in sich ein, froh darüber, dem engen und stickigen Grab nochmals entkommen zu sein. Was sie einte, war die Wut auf Nostromo: „Er hat uns Knoblauch in die Bohnenkapseln getan. Einfachen, müffelnden Knoblauchwurz. Ich dachte, dass ich wahnsinnig werde wegen des Geruchs. Wofür hält er uns, für Vampire, die man mit Knoblauch in ihr Grab bannen muss?"

„Er wird sich schon etwas dabei gedacht haben", versuchte Gavron eine schwache Verteidigung und wurde sofort übertönt.

„Das ist einer seiner Witze. Überleg dir gut, ob du den als Schwiegervater haben möchtest, Gavron."

„Nostromo weiß, was er tut", beendete Ceres die Diskussion knapp. „Jetzt ist wichtig, was wir tun. Wer mit mir gegen die Eindringlinge kämpfen will, der soll mir folgen. Wer lieber gehen möchte und sich ins Nachbardorf durchschlagen will, der kann das jetzt tun."

Die Krieger sahen sich an. Keiner von ihnen ging davon.

„Ich kämpfe an deiner Seite, Ceres."

„Mein Schwert hat schon lange kein Blut geleckt. Ich gehe mit dir, mein Anführer."

Einer nach dem anderen beteuerte seine Loyalität zum Kampf und damit zu Emberton, dann machten sich die Krieger bereit für einen lautlosen Angriff im Rücken des Feindes. Sie liefen los, die breite Wiese hinter dem Dorf hinauf in den Finsterforst, wo sie im Nachtschatten des Waldes verschwanden.

Kapitel 9

„Zündet überall die Feuer an. Das Tor ist der einzige Durchgang. Morgen früh suchen wir weiter."

Azrael sah überheblich auf sie hinunter.

„Und jetzt zu dir." Er hockte sich vor sie hin. Hätte man Elysan nicht die Hände auf dem Rücken verschnürt, hätte sie ihn von sich weggestoßen. Seine Nähe war ihr unerträglich.

Elysan war rückwärts am Boden sitzend an eine breite Nachteiche gebunden, umgeben von dem rauen Heer Azraels. Er hatte seine Leute von denen des Prinzen getrennt, der unweit von ihnen seine Männer um sich geschart hatte.

Die Feuer, die von den emotionslosen Soldaten geschürt wurden, erhellten die Nacht und hätten es selbst einer Maus unmöglich gemacht, sich an ihnen vorbeizustehlen. Über ihnen an den Hängen lagen die geheimen Verstecke im und am Hügel und Elysan kannte jedes Einzelne davon. Sie biss sich auf die Lippe. Es würde nicht schwer werden, sie zum Sprechen zu bringen. Sie durfte aber nichts verraten ...

Er betrachtete sie ruhig. Ein Holzscheit knackte im Feuer und Elysan zuckte zusammen. Azrael lächelte kalt. „Ein leergefegtes Dorf und eine Prinzessin in ihrem silberdurchwirkten Kleid. Wenn ich es nicht besser wüsste, würde ich dich für eine Hexe halten."

Was sollte das Geplänkel? Sie sah ihn misstrauisch an.

Azrael nahm die Finger an den Mund und dachte einen Augenblick nach. Dann sagte er etwas leiser:

„Du bist das Mädchen, das durch die Luft geflogen ist, oder?“

Elysan starrte stur vor sich hin und antwortete nicht.

Sie entdeckte, dass der Prinz jetzt mit zweien seiner Begleiter zu ihnen herüberkam.

Na prima. Der auch noch.

„Wo kommt sie her, Azrael?“, fragte er.

Der Dunkelhaarige wandte leicht den Kopf in Richtung des Prinzen und kam hoch.

„Ich versuche, es gerade herauszufinden, Prinz.“

„Schaut sie Euch doch an! Dieses Kleid, das Diadem in ihrem Haar, die gläsernen Schuhe“, er hielt den einen, den sie verloren hatte, jetzt in der Hand. Galant beugte er sich hinunter, hob ihren Rocksaum und streifte ihr den Schuh an den Fuß. „Das ist eine Prinzessin, die von den Aufständlern geraubt wurde. Sie ist mein Gast, Azrael, und nicht Eure Gefangene!“

Elysan sah, dass der Dunkelhaarige genervt die Augen verdrehte und dann beide Hände anhob. Beschwörend murmelte er ein paar Worte, dann umfing sie ein heller, grünlich leuchtender Ring, der sich um sie heraufzog und danach verblasste.

„Was tut Ihr da?“, fragte der Prinz geschockt.

„Ich umgebe die Prinzessin mit einem magischen Ring, Prinz Jared. So kann sie nicht weglaufen und niemand kann ihr etwas tun. Und jetzt lasst mich mit ihr reden, ja?“ Er hörte sich sichtlich genervt an.

Der Prinz gab einem seiner Begleiter ein Zeichen und dieser hob die Hand und ging in Richtung des Baumes. Ein Stück konnte er sich nähern, dann berührte er grell aufleuchtende, zischende Energie und zog die Hand zurück, als hätte er sich verbrannt. Es schien wehzutun, denn der Mann verzog das

Gesicht.

„Da ist ein magischer Ring, wie er sagt, Prinz."

Einen Augenblick wirkte der Prinz unentschlossen, dann entschied er:

„Gut. Du kannst mit ihr sprechen und danach bin ich dran. Du hast dafür eine Sanduhr Zeit, Azrael." Er drehte sich um, sein grauer, mit silberner Borte gesäumter Umhang schwang um ihn herum. Der Prinz schritt mit seinem Begleiter davon.

Azrael blickte wieder auf sie hinunter und ging dann erneut vor ihr in die Hocke.

„Wer oder was bist du?"

„Mein Name ist Elysan."

„Das weiß ich inzwischen. Ich habe dich nicht nach deinem Namen gefragt, sondern ich will wissen, woher deine Magie kommt. Sie ist außerordentlich stark. Ich habe diese Form von Energie bisher nur einmal bei einer Frau gespürt, aber als ich dich vorhin auffing, war da nichts. Wie machst du das?"

Er stellte Fragen, die sie nicht beantworten konnte. Aber wenigstens sprachen sie über sie und nicht über die anderen Dorfbewohner. Dieser Mann ihr gegenüber hatte ein intelligentes Gesicht und er war nicht nur stark, sondern auch ein Magier. Vorsichtig abwägend erwiderte sie:

„Ich bin eine Maskenträgerin. Die Maske, die ich jetzt trage, ist die falsche. Eigentlich hatte ich gehofft, mich in eine Bogenschützin oder Drachenfrau zu verwandeln. Aber in der Eile habe ich wohl die falsche Maske gegriffen. Diese Maske wollte ich morgen zum Fest tragen."

„Zieh sie ab."

Sie seufzte. „Dazu müsstet Ihr meine Hände befreien."

Er nickte, hob eine Hand leicht an und bewegte stumm die Lippen. Der Kreis um sie herum zeigte sich zischend und verlosch dann.

Azrael zog ein gewalttätig anmutendes Messer heraus, beugte sich vor und begann, die Stricke um sie herum durchzuschneiden. Dann war sie frei und rieb sich über die schmerzenden Handgelenke.

Da er das Messer zwar wieder wegsteckte, sie aber erwartungsvoll ansah, griff Elysan in ihr Gesicht und zog die Maske ab. Schmal und weiß lag sie in ihrer Hand, während sich das prächtige Kleid zurückzog und in das schlichte Stück Stoff zurückverwandelte, das sie zuvor getragen hatte.

Sie sah an seinem Blick, dass auch sie sich zurückverwandelte. Er beobachtete es aufmerksam. Dann nahm er die Maske und hielt sie in der Hand.

„Eine Maskenträgerin. Ich hätte nicht gedacht, dass ich nochmal einer begegne."

Seine Finger strichen gedankenverloren über die Maske. Da war etwas in seinem Gesicht, das wie ein dumpfer Schmerz wirkte.

„Ihr kennt jemanden, der das auch kann? Wer ist es?", fragte sie interessiert.

„Meine Frau." Er gab ihr die Maske zurück, die sie geistesgegenwärtig in ihre Rocktasche gleiten ließ.

„Oh. Ich wusste nicht, dass Ihr verheiratet seid."

„Das bin ich nicht mehr. Sie ist tot", stellte er ruhig fest.

„Oh", machte Elysan erneut, da ihr nichts darauf einfiel. Er war noch recht jung, also war seine Frau es wohl auch gewesen. „Das tut mir leid", fügte sie dann ehrlich hinzu.

Er warf ihr einen bösen Blick zu, bevor er emotionslos das Thema wechselte.

„Jetzt haben weder die Maske noch du irgendeine Magie. Es ist, als wärst du ein einfaches Bauernmädchen. Aber sobald du sie aufsetzt, verwandelst du dich in eine starke Magierin. So etwas habe ich noch nie erlebt."

Er sann vor sich hin und befahl dann:

„Zeig mir, wie du Masken herstellst."

Überrascht schaute sie ihn an.

„Ich kann sie nicht herstellen. Ich finde sie. Oder Hilgenbrand findet sie. Der Kobold."

Seine Augenbrauen hoben sich verblüfft.

„Du hast Kontakt zu Kobolden?"

„Ähm. Ja?"

Azrael schüttelte verwundert den Kopf.

„Das ist seltsam. Höchst seltsam. Kobolde sind meist sehr hinterlistig und oft aggressiv. Kontakte zu Menschen bauen sie nicht auf." Seine Augen bohrten sich nun in die ihren. „Jede Maskenträgerin kann die Masken formen, die sie benötigt. Du kannst das auch. Versuch es!"

Ihre Augenlider flatterten nervös. Wie sollte sie eine Maske herstellen? Sie hatte nicht die geringste Ahnung. Da Elysan mit ihrer Mutter oft weiches Moos im Wald sammelte und es abends zu Mooskissen verarbeitete, glitten ihre Hände jetzt über das Moos neben sich. Sie nahm eine Handvoll in die Hand und hob es an. So wie er auf ihre Hand starrte, erwartete er wohl, dass sie damit jetzt irgendein Wunder vollbrachte.

„Wir machen daraus Mooskissen und tauschen oder verkaufen sie auf dem Markt. Sie sind herrlich weich und man schläft fantastisch darauf. Aber Masken kann ich daraus nicht machen. Wie denn auch?"

Er atmete ärgerlich aus. „Mit Magie?", schlug er vor.

„Wenn du mir welche leihst, so mache ich das gern", entgegnete sie ironisch.

Im nächsten Moment zog er einen seiner Handschuhe aus und legte seine Hand auf die ihre. Erschrocken ließ sie es zu. Seine Hand war groß, warm und rau, Azraels lange, wohlgeformte Finger legten sich um die ihren und große Kraft lag darin. Ihre eigene Hand wurde auf einmal ganz warm in der seinen, sodass ihr bei dieser Berührung gleichzeitig das Blut in die Wangen stieg. Und dann spürte sie etwas, das sie die Luft anhalten ließ. An der Stelle, an der sie sich berührten, begann ein sanftes Kribbeln in ihren Adern, das sich den ganzen Arm heraufzog und sie umgab. Sie spürte Kraft und Wärme, Emotionen, Wut und einen eisernen Willen. Alles durchflutete sie gleichzeitig, stieg in ihr auf und hatte etwas ungemein Intimes, so, als würde er mit ihr über all seine Geheimnisse sprechen. Ihre Augen verloren sich in seinen. Es war aufregend, unglaublich und berauschend zugleich. Sie wollte unbedingt mehr davon.

Als er sie losließ, war Elysan geradezu enttäuscht. Ihre Verbundenheit verschwand, als hätte sie nie existiert.

Azrael rückte ein Stück von ihr ab.

„Los, versuch es jetzt", befahl er rau.

Sie atmete hörbar aus und legte beide Hände um das weiche Moospolster. Elysan schloss die Augen und konzentrierte sich auf den Wald, auf seine Stille, seine Schönheit und seine Gefährlichkeit. Und zwischen ihren Fingern geschah etwas. Das weiche Moos begann sich zu formen, härter zu werden und Gestalt anzunehmen. Schon bevor sie die Augen wieder öffnete, wusste sie, dass eine Maske in ihrer

Hand lag. Eine Tarnmaske, die sie im Wald verborgen halten würde. Ungläubig starrte sie auf die moosgrüne Maske und entdeckte, dass sich darauf ganz klein Buchstaben in das Material prägten. Reűr. Die Tarnmaske des Waldes. Es war die erste Maske, die sie selbst geformt hatte. Unglaublich! Immer noch starrte sie fasziniert darauf, als er sie ihr aus der Hand nahm.

Azrael zeigte fast ein Lächeln, ein wehmütiges Lächeln, als seine Finger über die Maske streichelten.

„Du kannst es. Ich wusste es."

Als er aufschaute betrachtete er sie anders als zuvor. Die Bosheit war aus seinem Blick verschwunden, stattdessen entdeckte sie Neugier, Interesse und echte Zugewandtheit darin.

Das war verrückt. Beide betrachten sich wortlos und intensiv, wahrscheinlich brannten ihre Wangen feuerrot unter seinen Blicken. Dennoch konnte auch sie den Blick nicht von ihm abwenden. Er besaß etwas, was sie unbedingt haben wollte. Am liebsten hätte sie ihn alles Mögliche über die Masken gefragt, über das, was eben passiert war und ob sie das erneut schaffen konnte. Aber kein Wort kam über ihre Lippen.

Es war Azrael, der diesen magischen Moment zwischen ihnen unterbrach, wortlos aufstand und erneut einen Zauberring um sie formte, der zischend entstand und dann wieder in der Dunkelheit verblasste. Ohne ihr einen weiteren Blick zuzuwerfen, ging er davon. In der Hand trug er ihre Maske.

Enttäuscht sah Elysan ihm hinterher, bis die Dunkelheit ihn verschluckte. Die brennenden Feuer, um die herum sich die Soldaten versammelten, ließen die Nacht noch intensiver und dunkler erscheinen.

Sie lehnte den Kopf gegen den Baum und befahl ihrem rasenden Puls, sich zu beruhigen. Azrael hatte eine Verbindung zwischen ihnen geschaffen, die sie körperlich gespürt hatte. Die Energie, die sie eben gefühlt hatte, perlte jetzt langsam von ihr ab, als wäre sie ohne Azrael nicht mehr vorhanden.

Als Prinz Jared zu ihr herüberkam, hatte Elysan sich wieder etwas gefasst.

„Du?“, fragte er überrascht. „Du bist das Mädchen aus dem Wald! Wo ist die Prinzessin in ihrem schönen Kleid?“

Er würde es nicht verstehen, wenn sie es ihm erklärte. Daher erwiderte sie knapp: „Ein Kleid macht noch keine Prinzessin, Prinz.“

„Dann bist du also eine Hexe.“

Er war noch so jung und Elysan wusste, dass Prinz Jared auch in ihrem Dorf als die große Hoffnung galt, die irgendwann die grausame Herrschaft König Kimbras’ beenden sollte. Aber von seiner überlegenen Güte, von der man überall sprach, bemerkte sie jetzt nichts. Im Gegenteil. Er wirkte wie ein großer, verärgerter Junge, der ungeduldig darauf wartete, Schlechtes zu tun. Prinz Jared war nicht hier, um zu seinen Untertanen zu sprechen und sie hinter sich zu scharen, er war gekommen, um sie zu töten. Warum auch immer.

„Emberton verehrt Euch“, versuchte Elysan es vorsichtig.

Jared zeigte keinerlei Emotionen, als er sich über seinen leichten Bart strich.

„Das merkt man. Laufen sie deshalb davon oder doch aus dem einfachen Grund, dass die Menschen aus Emberton eine Revolte planen?“

„Eine Revolte?“, brachte sie gepresst heraus und

dachte an ihren eigenen Bruder, der wohl an genau so etwas arbeitete. Und er hatte angedeutet, dass er nicht allein war. Wer gehörte noch zu den Verschworenen, wegen denen ein ganzes Dorf von des Königs Heer bestraft werden sollte? Sie wusste es nicht.

Der Prinz hatte sie sehr aufmerksam angesehen und nickte jetzt.

„Das Dorf und jeder seiner Bewohner wird seine gerechte Bestrafung dafür bekommen. Mein Vater, der König, wird ein Exempel in Emberton statuieren."

Oje. Alles, bloß das nicht!

„Und mit Hexen werden wir auch kein Mitleid zeigen. Du wirst uns morgen erzählen, wo wir zu suchen haben. Wenn du mit uns zusammenarbeitest, schenke ich dir vielleicht das Leben."

„Ich bin keine Hexe, Prinz Jared. Ich bin eine Maskenträgerin."

„Eine Maskenträgerin? Ach, deshalb lässt er keinen an dich heran." Auch er betrachtete sie jetzt sehr interessiert. Mit *er'* meinte der Prinz wahrscheinlich Azrael. Jared lachte auf. „Vielleicht macht er dich zu seiner nächsten Frau. Azrael hat eine Schwäche für diese Art Frau."

„Das glaube ich kaum. Wir sind einfache Leute, Prinz."

„Als ob ihn das interessiert. Magische Wesen sind niemals einfache Leute. Du bist hübsch und ich denke, dass Azrael weiß, was er tut." Der Prinz schüttelte den Kopf und meinte warnend: „Pass auf, schönes Mädchen, sonst verspeist dich der Wolf mit Haut und Haaren. Vielleicht sollte ich dir noch erzählen, dass Azrael seine letzte Frau getötet hat?" Sie musste ihn geschockt angestarrt haben, denn er lachte erneut auf.

„Bis morgen, Elysan Caldarion. Und pass gut auf, was du tust. Azrael hat Blut geleckt. Ich möchte nicht in deiner Haut stecken.“ Er wandte sich ab und ging mit seinen beiden Begleitern davon.

Elysan fühlte sich auf einmal sehr unwohl. Er hatte seine eigene Frau ermordet? Vorhin hatte Azrael so ausgesehen, als würde ihm der Gedanke an seine tote Frau förmlich wehtun. Sie konnte es nicht glauben. Wer brachte denn so etwas fertig?

Kapitel 10

„Maira, ich hab' solche Angst. Wo ist Mama?"

Maira streichelte ihrem kleinen Bruder Jonathan über das Haar. „Sie kommt schon, Joni. Und hier unten sind wir ganz sicher. Mama ist in einem der anderen geheimen Gänge." Hoffentlich!, ergänzte sie im Stillen. Es war wirklich dunkel hier unten in den geheimen Stollen des Berges. Drei von diesen langen Stollen waren in den Berg gehauen worden, Tag für Tag, Seite an Seite von Menschen, Kobolden, Zwergen und mit der Magie ihres Vaters, Nostromo. Sie alle einte der Wunsch nach einem friedlichen Zusammenleben. Es war jedem klar gewesen, dass ihr Dorf gegen ein großes Heer keine Chance hätte. Eigentlich waren die Stollen als Schutz gegen das feindliche Nachbarland Braemorian in die Felsen gehauen worden. Braemorian lag nur durch die hohen Berge von ihnen getrennt. Es war Ironie des Schicksals, dass sie sie nun wegen ihres eigenen Königs und des Heeres ihres eigenen Landes benutzen mussten. Hoffentlich war keinem ihrer Lieben etwas passiert. Und Elysan ... Sie war ihre beste Freundin! Normalerweise fanden sie sich immer instinktiv wieder. Diesmal nicht. Maira bat still darum, dass nicht nur Gavron und ihren Eltern, sondern auch Elysan nichts passiert war. Plötzlich war Lärm zu hören und gleich darauf wurde der versteckte Eingang geöffnet. Eine Fackel wurde entzündet und Maira schirmte ihre Augen gegen das Licht ab. Es war eine Gruppe von Dorfbewohnern, und zwei davon waren ihre Mutter und ihr Vater, der einen großen Sack mit sich schleppte. Gleichzeitig stützten beide eine alte Frau.

„Mutter! Vater!“, rief sie und kam hoch.

„Mama“, kreischte Lisa und ihre beiden Brüder schlossen sich an. Schluchzend lagen sie sich kurz darauf in den Armen. Es war ein wunderbares Gefühl, zu wissen, dass sie noch lebten. Mit der Ankunft von Mairas Eltern und besonders ihres Vaters machte sich etwas Hoffnung um sie herum breit. Schließlich war er doch ein großer Zauberer und Meister der Tränke, oder?

Kapitel 11

Azrael hatte Abstand zu ihr gebraucht. Jetzt ging er langsam zurück zu seiner Truppe und der Frau, deren Gegenwart er von hier aus spürte. Eine Maskenträgerin ... wieder einmal. Azrael versuchte, die Bilder zu verdrängen, die in ihm aufstiegen. Ihr Lachen und ihre unendliche Energie. Gwyladys war nicht nur schön, sondern auch einzigartig gewesen. Er erinnerte sich an ihre nackte Haut und ihr langes, blondes Haar, auf dem sich das Licht des Feuers warm widergespiegelt hatte, wenn sie sich auf dem Fell am Boden geliebt hatten. An ihre schöne Figur und ihre Leidenschaft, ihre melodische Stimme und ihr Selbstbewusstsein.

Du magst der mächtigste Krieger weit und breit sein, aber ich bin die Herrin deines Herzens, Azrael. Ohne mich bist du nicht vollständig, mein Liebster. Nur zusammen sind wir eins.

Der Wind schien ihm ihre Worte ins Ohr zu flüstern und Wehmut erfasste ihn.

Niemals wieder ... Und doch konnte er sich diese Frau nicht entgehen lassen. Er würde ihre Kräfte nutzen und seine Macht durch sie stärken. Aber niemals, wirklich niemals, würde er nochmal eine Frau an sich heranlassen. Und dann war da auch noch Gwyladys' Fluch, der auf ihm lag ...

Elysan war zum Glück ganz anders als Gwyladys. Seine Frau war die Tochter eines Fürsten gewesen, verwöhnt und eitel, selbstbewusst und stolz.

Dieses halbe Mädchen hier war eindeutig schüchtern und ihre Erwartungen würden nicht so hoch sein wie die Gwyladys'. Er würde ein einfaches Spiel mit ihr haben, wenn sie ihm erst einmal verfiel. Und darum ging es jetzt. Ein paar schöne Geschenke, ein teures Kleid oder Schmuck – sicher würde das reichen, um dieses Bauernmädchen zu gewinnen.

Als er sie vor der Nachteiche auf dem Boden sitzen sah, registrierte er verschiedene Dinge. Erstens, dass sie doch eine gewisse Art von Stolz besaß. Seine Soldaten gafften sie immer wieder an, wenn sie in der Nähe dürres Holz holten oder Wache hielten. Sie tat so, als würde sie das gar nicht wahrnehmen. Zweitens war sie schön, aber ganz anders als die strahlende Schönheit Gwyladys'. Es war eher eine natürliche Schönheit und Anmut. In dem Kleid vorhin hatte sie beeindruckend ausgesehen, ihr jetziges war erschreckend schäbig. Trotzdem sah sie nicht schäbig aus. Gwyladys hatte sich am wohlsten gefühlt, wenn alle Augen auf sie gerichtet gewesen waren. Er erinnerte sich an das große Fest am Hof des Königs, das der Anfang vom Ende gewesen war. An diesem Abend hatte sie sich in eine golden glitzernde Robe in der Maske einer Ballprinzessin gehüllt und an seinem Arm ihren großen Auftritt genossen. Er hatte damals noch nicht gewusst, wie dieser Abend enden würde. Niemals hätte er das erwartet.

Azrael blieb stehen und spürte, wie ihm kalter Schweiß den Rücken herunterrann. Erinnerungen waren böse Geister der Vergangenheit. Sie war seine Zukunft. Elysan. So viel Macht, mit der sie eindeutig nicht umgehen konnte. Er unterdrückte ein Lächeln, als er sah, dass sie unauffällig etwas Moos in die Hand nahm und die Augen schloss. Das würde nichts werden. Sie war noch nicht so weit. Elysan würde lernen. Und er würde sie in ein Netz von Lügen und

Oberflächlichkeit verwickeln, und ihr dafür das nehmen, was er eigentlich von ihr wollte. Ihre Macht.

Die Soldaten überall waren höchst aufmerksam und Elysan war sich bewusst, wie zart ihr Lebensfaden in dieser Umgebung geworden war. Sie ignorierte sämtliche Blicke und provozierende Gesten. Vielleicht konnte sie sich nicht gegen diese Männer verteidigen, aber sie wollte wenigstens nicht wie ein schwaches Opfer auf ihre Hinrichtung warten. Der Prinz selbst und seine Worte hatten ihr Angst gemacht. Es war alles so nebensächlich und klein geworden, ihr ganzes Leben bis zu dem heutigen Tag. Sie versuchte, nicht an ihren Vater zu denken, den die Soldaten des Königs getötet hatten, als sie ihren Bruder holten. Elysan war damals noch ein kleines Mädchen gewesen. Und jetzt wurde auch sie von den Soldaten geholt. Elysan schluckte und tastete unauffällig den Boden nach Moos ab, ohne hinzusehen. Als sie etwas davon unter ihren Fingerkuppen spürte, rupfte sie eine Handvoll davon ab und legte es zwischen ihre Hände. Elysan schloss die Augen und konzentrierte sich. Als sie die Augen wieder öffnete, war *er* da.

Sie erschrak fürchterlich und musste ihn für einen Augenblick wohl genauso erschrocken angesehen haben, sodass seine Mundwinkel belustigt nach oben glitten. Angst sah er wohl gern. Seine blauen Augen waren wach und aufmerksam. Er deutete auf das Moos in ihrer Hand. „Klappt wohl noch nicht so?“

Sie brauchte einen kurzen Moment, um zu sich zu kommen.

„Nein, es geht nicht“, gestand sie. Azrael nickte und seine Lippen bewegten sich tonlos. Der magische Ring flammte auf und verblasste dann.

Mit der Magie um sich herum hatte sie sich sicherer vor ihm gefühlt.

Sie rutschte gegen den Baum zurück, als er ihr näher kam und sich wieder vor sie hinhockte.

„Ich kann es dir beibringen“, meinte er knapp.

Elysan starrte ihn mit großen Augen an. Was redete er da?

„Das hier ist kein Platz für dich, Elysan.“

Sein Gesicht war ihrem so nah und sie nahm ihn überdeutlich wahr. Seine blauen Augen, der leichte dunkle Bart auf seinem markanten Gesicht, die gerade Nase, die dunklen, geschwungenen Brauen und seine schmaleren Lippen. Die Narbe auf seiner Stirn, über die eine seiner schwarzen, ungezähmten Haarsträhnen fiel. Was hatte er vor? Sie war völlig irritiert.

Sie musste ihn deutlich angestarrt haben, denn er lächelte überheblich.

„Das soll keine Annäherung sein, Engelchen.“

Elysan spürte, wie ihr das Blut in die Wangen stieg. Ärgerlich erwiderte sie:

„Ich bin kein Engelchen. Und schon gar nicht deins.“

„Noch nicht.“

„Was wollt Ihr, Azrael?“

„Oh. Eben waren wir schon einen Schritt weiter. Du kannst mich duzen, Engelchen.“

Er machte das absichtlich. Es ging ihm darum, sie zu provozieren, das war offensichtlich. Vielleicht suchte er einen Grund, sie zu töten. Elysan ballte die Fäuste und versuchte, die Wut über seine Worte zu verdrängen. Und dann war da noch etwas. Seine Nähe verunsicherte sie zutiefst. Seine Körperwärme, sein herber Geruch, nach warmen Hölzern, Wald und ihm selbst brachte ihr Blut in Wallung. Geistesgegenwärtig rutschte sie noch ein Stück von ihm weg.

„Magie ist etwas Warmes und Wunderbares. Was hast du gefühlt, als du über den Wald geflogen bist?"

Elysan war wiederum verblüfft. Wie kam er jetzt auf das Fliegen? Was bezweckte er? Sie fand den Sinn in seinen Worten nicht.

Aber das Fliegen war wirklich unglaublich gewesen.

„Ich wusste nicht, dass so etwas möglich ist", gestand sie zögernd.

„Es ist noch viel mehr möglich als das. Wäre es nicht schön, dir deine eigenen Masken zu formen?", wie zufällig zog er die Maske aus Moos aus einer Tasche seines Umhangs und hielt sie in den Händen. „Du weißt gar nicht, was Maskenträger alles können, Elysan. Kein Ball des Königs, auf den du nicht als eine ganz andere gehen kannst. Ein Leben ohne Sorgen und Nöte, ein Leben, in dem die Magie in dir erwachen kann und du von dem kleinen Dorfmädchen aufsteigst zu einer großen Zauberin, die das tun kann, was sie möchte. Was möchtest du gern tun, Elysan? Verrätst du es mir?"

Seine Worte wirkten seltsam vernebelnd auf sie. Es war so, als schicke er ihr Bilder von sonnigen Gärten, schönen Schlössern und Gesellschaften mit lachenden Menschen. Überall war Überfluss und Schönheit, die Armut und der Schmutz blieben hinter ihr. Aber das Stärkste dieser Bilder zeigte sie mit einer Maske in den Händen, die sie sich glücklich vors Gesicht hielt. Das Bild verblasste, nur ihr Herz klopfte noch aufgeregt. Das war es, was sie wollte! Sie wollte die Magie spüren, die ihr einfaches Leben in schillernde Farben tauchte und es aus seiner

Einfachheit heraushob.

Dennoch zögerte sie.

„Ich bin glücklich. Ich brauche nichts“, meinte sie abweisend.

„Hast du Familie, Elysan? Einen Verlobten?“

Was ging ihn das an? Dieser Mann machte sie rasend.

„Ich habe eine Mutter und einen Bruder. Den zweiten hat der König in sein Heer geholt. Und mein Vater ist tot.“

„So allein. Willst du immer deinem Bruder gehorchen und für ihn arbeiten? Ich biete dir ein neues Leben an, verstehst du?“

Sie war so wütend, dass sie am liebsten aufgesprungen und davongelaufen wäre. Aber hier war das keine gute Lösung. Beherrscht sagte sie:

„Mein Bruder ist meist nicht da. Wir kommen allein zurecht. Wir haben einen kleinen Hof und uns ging es gut, bis heute. Wenn Ihr mir einen Gefallen tun wollt, Azrael, dann bringt die bewaffneten Krieger hier weg und lasst uns in Ruhe. Niemand hat etwas Böses getan. Wir sind treue Untertanen des Königs.“

Er packte ihr Kinn und sie starrte ihn erschrocken an.

„Ihr seid so einiges, aber keine treuen Untertanen, Engelchen. Ich biete dir an, dass du lebst und wenn du mich darum bittest, werde ich auch deine Familie leben lassen. Gibt es einen Mann in deinem Leben?“

„Es gibt keinen“, brachte sie erstickt heraus und dachte an Aldrick.

„So, so“, er ließ sie los. „Ich glaube dir vieles, aber das bestimmt nicht. Du wirst darüber hinwegkommen, glaub mir.“

„So wie Ihr über den Tod Eurer Frau?“ Sie starrte

ihn aus schmalen Augen an. Er war ein Mörder. Aber nun war ihre lose Zunge mit ihr durchgegangen. Einen Mörder provozierte man nicht. Sie sah die Wut in seinem Gesicht. Er stand auf und schaute eisig auf sie hinunter.

„Du kannst morgen auch mit allen anderen sterben. Ich werde dir kein zweites Mal etwas anbieten." Er drehte sich um und ging davon.

Elysan spürte die Angst in ihrem Magen aufsteigen.

„Azrael, bitte wartet!"

Er hielt an und drehte sich erneut zu ihr um. Immer noch wirkte er wütend.

Was wollte er von ihr? Worum ging es hier, sie verstand es nicht. Was sie sehr wohl verstand, war, dass ihr der ungekrönte Anführer des Heeres ein Angebot machte, sie und ihre Familie zu verschonen.

„Ich habe auch noch eine sehr gute Freundin mit ihrer Familie. Würdet Ihr wenigstens auch sie verschonen?"

„Nein. Deine Familie. Ich kann nicht gegen den König handeln, Elysan."

Sie nickte geschockt. Der König ... was war passiert, dass der König ihr ganzes Dorf vernichten wollte?

„Was ... soll ich dafür tun?"

„Du kommst mit mir auf meine Burg, wenn wir hier fertig sind. Du bist solange durch die Magie und die beiden Wachen, die ich dir hierlasse, geschützt. Wie erkenne ich deine Mutter und deinen Bruder?"

„Sie haben die gleiche Haarfarbe wie ich. Meine Mutter sieht mir ähnlich, mein Bruder hat eher lockiges Haar. Er ist Anfang zwanzig und recht groß."

„Keine sehr genaue Beschreibung. Aber ich werde sie auch so erkennen. Gib mir eine Haarlocke von dir, dann spüre ich, wer die Richtigen sind." Er kam zu ihr zurück, zog wiederum das Messer aus seinem Gürtel, beugte sich hinunter und griff in ihr Haar. Langsam, fast liebevoll, schnitt er ihr eine kleine Haarlocke ab. Mit einem Griff ließ er das Messer wieder in seine Halterung gleiten, dann zog er ein silbernes Medaillon unter dem von einem Lederschutz verdeckten Hemd hervor und öffnete es. Sorgsam legte er ihre goldbraune Haarsträhne herein. Dann ließ er den Anhänger unter seinem Hemd verschwinden.

„Hier. Das ist deine." Er zog die Maske heraus, die sie vorhin hergestellt hatte und gab sie ihr. Danach beschwor er wieder die Magie herauf und ein feuriger Kreis umgab sie, der langsam verblasste.

Ohne ein weiteres Wort drehte er sich um und ging davon.

„Nein, eine Maskenträgerin! Das darf nicht wahr sein!" Zhuma schäumte vor Wut, als das Bild, das er heraufbeschworen hatte, jetzt vor ihm verschwand. Sicher, da war ab und zu magische Energie aus Emberton aufgeblitzt, aber eine Maskenträgerin besaß diese doch immer und nicht nur zeitweise. Was war das für eine Frau? Sie hatten die Armee nicht wegen der Maskenträgerin nach Emberton geschickt. Und vor allem: Das, was er bisher gesehen hatte, deutete darauf hin, dass Azrael schon erkannt hatte, wieviel sie für ihn wert war. Er durfte sie nicht bekommen!

Sie hatten den Großmeister der Tränke töten sollen, den Zauberer, der sich als einfacher Heilkundiger tarnte und doch so viel Zauberkraft besaß, dass von ihm Gefahr für das ganze Königreich ausging. Außerdem durfte keiner mehr Macht haben als er selbst! Aber noch immer lebte dieser große Zauberer und daneben war eine neue Macht in Emberton aufgestiegen. Eine Maskenträgerin. Die letzte hatte er in einem kleinen Konvent aufgespürt und töten lassen. Warum hatten sie ausgerechnet Azrael mitgeschickt? Er hatte ein Herz für Maskenträgerinnen.

Zhuma ballte wütend die Faust und hieb sie auf den Tisch, dass die Kerzenfunken aufsprühten.

Die Tür öffnete sich, sein Kammerdiener schielte vorsichtig in den Raum.

„Was kann ich für euch tun, Großmeister?“

„Geh zum König und sag ihm, dass wir ein Problem haben.“

Der Kammerdiener zögerte.

„Warum gehst du nicht?“, fuhr Zhuma ihn wütend an.

„Der König hat ... Besuch heute Nacht, Großmeister.“

Zischend ließ Zhuma die Luft aus seinem Brustkorb entweichen. Seine Nichte, Lady Roslyn, war ein heißes Eisen, die darauf aus war, die nächste Königin zu werden. Sie würde den König heute Nacht bestimmt wieder um ihre hübschen Finger wickeln. Der König liebte es nicht, bei wichtigen Geschäften gestört zu werden. Zhuma rubbelte über seine Augenbrauen und plättete das sich dort sträubende Haar.

„Du kannst gehen“, schnauzte er seinen Kammerdiener an. Dieser verbeugte sich tief und verließ den Raum. Die Tür schloss sich wispernd hinter ihm.

Also würde er selbst handeln müssen ...

Zhuma tappte hinüber zu einem blubbernden Kessel, aus dem faulige Blasen nach oben stiegen und an der Oberfläche zerplatzten. Er atmete den Duft tief und genussvoll ein, dann schloss er die Augen und murmelte unverständliche Worte, die wohl eine Zauberformel waren.

Vor seinem inneren Auge tauchte der dunkle Finsterforst auf, er schien in Gedanken darüber zu fliegen und den Boden unter sich genau zu betrachten. Nicht weit und er fand, wonach er suchte. Eine Gruppe von Ork-Kriegern, groß, gewaltsam und brutal. Und nicht an den Menschen dort am Hange des Hügels interessiert. Das würde er ändern. Einer der Orks briet ein Wildschwein über dem Feuer. Zhuma murmelte leise Worte und der Spieß brach ab, das Wildschwein fiel ins Feuer und verbrannte. Die Orks sprangen wütend in die Flammen hinterher, versuchten, sie auszutreten, und begannen, an ihren haarigen Körpern zu brennen. Diese ... Idioten. Zhuma schickte eine nasse Regenböe, die das Feuer sofort löschte. Er brauchte diese hässlichen Gestalten noch. Dann konzentrierte er sich darauf, ihnen Gedanken zu schicken. Orks hatten sehr einfache Interessen. Fressen, kämpfen, töten – viel mehr existierte da nicht. Er schickte ihnen Gedanken an Essen, viel Essen, an jede Menge dicker, leckerer Wildschweine, die am Hang des Hügels unweit von ihnen rasteten. Er schickte ihnen das Bild einer Nachteiche, an der ihre neue Beute lehnte. Die Krieger grunzten erfreut, dann schwangen sie sich ihre Keulen über die Schultern und gingen los. Er würde sie zum eigenen Heer lenken. Es war wichtig, dass sie die Maskenträgerin töteten. Alles andere war egal.

Zhuma lehnte über dem dampfenden Kessel und konzentrierte sich zutiefst.

Es war nicht schwer, das Heer des Königs aufzuspüren. Die Soldaten dachten nicht einmal daran, vorsichtig zu sein. Die obligatorischen Wachen – mehr nicht. Überall brannten Feuer und einige der Soldaten hatten sich sogar mit ihren Decken auf den Boden gelegt, um zu schlafen.

Ceres hob die Hand, um seine zusammengewürfelte Kriegertruppe zu stoppen. Gavron ließ sich von der Ruhe im Lager nicht täuschen. Die aufgestellten Wachposten waren höchst aufmerksam. Ihnen fehlte ein Ablenkungsmanöver, um angreifen zu können. Er entdeckte eine Frau, die an einer großen Nachteiche lehnte, und spürte sein Herz heftig klopfen. Gavron war geradezu erleichtert, als die Frau ihren Kopf leicht neigte und er sah, dass sie kein blondes Haar hatte, sondern goldbraunes. Elysan ... Er stieß Ceres an und wies mit der Hand in Richtung des großen Baumes. Die Krieger nickten sich zu. Sie würden Mairas beste Freundin befreien. Ceres wies in eine andere Richtung und Gavron folgte seinem Fingerzeig mit den Augen. Er entdeckte den gefürchtetsten Mann der Königsarmee sofort. Ein hochgewachsener Dunkelhaariger mit einem weiten, roten Umhang, hohen, dunklen Stiefeln und ebenso dunkler Bekleidung. Azrael. Er war tatsächlich hier. Der Krieger sprach mit einem großen Blonden in einem grauen, edel gesäumten Umhang. Gavron runzelte die Stirn. Wer war dieser Mann?

Und da war sie plötzlich, ihre Ablenkung. Wie aus dem Nichts brach eine laut brüllende Horde Orks aus dem nächtlichen Wald und stürzte sich augenblicklich auf die Soldaten des Königs. Die gewaltigen Orks liefen gebeugt, ihre hässlichen Mäuler standen offen. Bevor das Heer des Königs reagieren konnte, wurden ein paar Soldaten von ihnen gepackt und auf der Stelle getötet. Des einen Todesschrei hallte durch die Nacht.

Gavron sah hinüber zu Azrael, der sofort sein Schwert zog und ohne zu zögern kampfbereit war. Er rief seine Leute zu den Waffen, während seine Klinge vernichtend auf die Orks einschlug. Mit einem gezielten Hieb erwischte er einen von ihnen mitten in die Brust, worauf dieser laut aufschrie und in sich zusammensackte. Sämtliche Soldaten waren jetzt auf den Beinen und kämpften gegen die durchs Lager wütenden Orks. Gewaltige Keulen schwangen auf die Soldaten nieder, während diese ihre Schwerter antworten ließen. Doch das eigentliche Ziel der Orks waren nicht die Soldaten. Gavron sah, wie sie immer wieder versuchten, sich zur großen Nachteiche durchzuschlagen. Sie brüllten dabei entsetzlich.

Nun zogen auch die versteckten Krieger ihre Schwerter. Die mit ihnen verbündeten Bogenschützen griffen nach ihren Pfeilen und spannten ein. Ceres hatte kurz überlegt, ob ein Kampf an dieser Stelle durchführbar sei. Die Orks hatten ihnen einen günstigen Moment geliefert, allerdings würden sie auch gegen sie kämpfen müssen. Dennoch erhob er sein Schwert und gab den Befehl zum Angriff. Gavron folgte ihm. Im nächsten Moment kämpfte er auch schon gegen einen Soldaten. Es war seine erste Schlacht und er spürte Unwohlsein. Tief in seinem Inneren hatte er nur ein Ziel, er musste sein Dorf verteidigen. Während er auf sein Gegenüber einschlug, hörte er Azraels Befehl an sein Heer:

„Schützt die Frau."

Sowohl er als auch der Krieger, mit dem er sich gerade duelliert hatte, unterbrachen den Kampf und blickten fast gleichzeitig zur großen Nachteiche. Mehrere Orks näherten sich ihr, wild brüllend und mit schwingenden Keulen.

Ein Blitz erhellte die Nacht am wolkenfreien Himmel und schlug vor der Eiche ein, wo er auf Energie prallte. Da musste ein magischer Ring gewesen sein, der jetzt vom Blitz zerstört worden war. Kurz flimmerte es noch um den Baum herum, dann war der magische Schutz fort. Und der Weg für die gewaltigen Orks war frei.

„Nein!“, schrie Gavron und rannte los. Seite an Seite lief er mit dem Soldaten, mit dem er sich eben noch bekriegt hatte, in Richtung Eiche. Im nächsten Moment schlug er gemeinsam mit dem vermeintlichen Feind auf die Orks ein. Grünes Blut spritzte auf und Gavron sprang zurück. Auf keinen Fall durfte er von dem ätzenden Ork-Blut getroffen werden. Dem Soldaten gelang dies weniger gut. Etwas traf ihn am Arm und er biss die Zähne zusammen, um nicht laut aufzuschreien. Einer der Orks fuhr zu ihm herum, um ihn mit seiner Keule zu zerschmettern.

Gavron reagierte instinktiv. Er riss den Königssoldaten weg, aus der Reichweite der Keule heraus, und holte selbst zum Schlag gegen das Monster aus.

Plötzlich war Azrael an seiner Seite und übernahm den Ork. Gavron wich zur Seite und zog den verletzten Soldaten aus der Kampfzone.

Es war eindrucksvoll zu sehen, wie Azrael kämpfte. Jeder seiner Schwerthiebe saß, er wich der Pranke des Orks aus und griff sofort wieder an. Besiegt und tödlich getroffen ging der Ork zu Boden. Ein Zweiter wurde derweil von dem Blonden und einigen

Königssoldaten niedergestreckt.

Gavron ließ seinen Blick über das Geschehen schweifen. Soldaten kämpften gegen Orks und seine Leute gegen die Soldaten. Wie würde diese Schlacht ausgehen? Konnten sie es mit dem Heer des Königs und den gewaltigen Bestien aufnehmen? Ceres musste ihre Unterzahl ebenfalls bemerkt haben, denn er befahl lautstark: „Rückzug."

„Wo ist sie? Wo ist Elysan? Findet sie, los!", brüllte Azrael.

Gavron musste umgehend zurück zu seinen Leuten, aber der verletzte Soldat neben ihm sank zu Boden und stöhnte qualvoll. Gavron griff in seine Tasche und holte einen kleinen Tiegel heraus, den er dem Zauberer Nostromo abgekauft hatte. Einen Heilzauber.

Hektisch entkorkte er ihn, packte dem Soldaten ins Haar und befahl:

„Trink."

Schlaue braune Augen sahen ihn an.

„Garantiert nicht", zischte der Mann. Eigentlich hätte er jetzt wegrennen müssen, seine Truppe trat den Rückzug an.

„Mach schon. Die Wunde sieht nicht gut aus."

Tatsächlich öffnete der Verwundete leicht seinen Mund. Gavron träufelte ihm etwas von dem Heiltrank hinein. Dann schloss er den Tiegel rasch wieder und kam hoch.

Eine Schwertklinge war direkt auf seinen Hals gerichtet. Er sah in gnadenlose blaue Augen.

„Gib auf, Rebell", sagte Azrael.

„Das ist … ein Heiltrank Nostromos. Er hat eine schwere Verletzung."

„Wenn schon. Verabschiede dich von der Welt,

Rebell."

„Nein", rief eine weibliche Stimme.

Azrael war genauso überrascht wie er, als vor ihm die Luft zu flimmern begann und Elysan im nächsten Moment dort stand. Sie hielt eine grünliche Maske in der Hand. „Das ist Gavron. Er ist der Verlobte meiner besten Freundin. Verschone ihn!"

Azrael blinzelte böse.

„Halt dich da raus und geh weg von ihm."

Sie wich zu Gavron zurück und flüsterte kaum hörbar:

„Bedroh mich mit deinem Schwert, mach schon."

Er verstand, riss sie an sich und hielt sein Schwert dicht vor sie.

„Kommt nicht näher", drohte er.

„Was sollen die Spielchen, lass sie los und stell dich deinem Schicksal!"

Azrael funkelte ihn mörderisch an.

Plötzlich war jemand hinter ihm, der seine Schwerthand ergriff und sie gewaltsam von der Frau wegdrückte. Sein Schwert fiel zu Boden und seine Arme wurden nach hinten gedreht.

„Danke für die Hilfe, Krieger. Der Trank hat seine Wirkung nicht verfehlt."

Es war der Soldat des Königs, dem er geholfen hatte. Dankbar war er ihm wohl aber nicht dafür.

Gavron wusste, dass er verloren hatte. Jemand stieß ihn zu Boden.

Ein Blitz zuckte orientierungslos durch die Nacht. Einen Augenblick später schlug er direkt neben ihnen ein.

Gavron war frei. Azrael lag schützend über Elysan.

Die meisten Orks waren tot oder vertrieben, dafür loderten nun überall im Lager kleinere Feuer von dem

Energieeinschlag auf. Einige der Soldaten waren verletzt und ihre Wunden mussten dringend versorgt werden.

„Löscht die Feuer“, brüllte Azrael und riss Elysan hoch.

Überall im Lager war jetzt Unruhe, Männer liefen eilig umher und löschten die Feuer. Eines nach dem anderen verlosch und färbte die Nacht schwarz.

Gavron kam hoch und blickte dem Königssoldaten in die Augen, der bei ihm stehen geblieben war.

„Wer bist du?“

„Nathas.“

Azrael trat zu ihnen und gab ihm unerwartet sein Schwert zurück.

„Geh zu deinen Leuten und richte ihnen aus, dass ich mit Nostromo reden möchte. Wir haben hier ein gemeinsames Problem.“

Gavron nickte, machte eine ehrerbietige Geste mit der Hand, die er auf die Brust legte, und beeilte sich dann, zwischen den Bäumen zu verschwinden. Keiner beachtete ihn mehr.

Der Prinz schritt festen Schrittes über die breite Lichtung und schrie Befehle in einer fremden Sprache. Seine Truppe zog sich augenblicklich in den Schatten der Nacht zurück. Als der nächste Blitz vom wolkenlosen Himmel zuckte, beantworte Azrael ihn geistesgegenwärtig mit Magie, die er gegen den Blitz schleuderte. Energie traf zischend auf Energie, flammte leuchtend auf und verpuffte dann mit einem Knall.

Azrael brüllte wütend:

„Zhuma! Das war anders verabredet!“

Der Zauberer des Königs wankte zurück von der gewaltigen Energie, die ihn getroffen hatte. Ein Blitz fuhr in seinen Kessel und ließ die faulig stinkende Brühe aufspritzen. Zhuma stürzte mit einem Wutschrei zu Boden. Sofort ging die Tür auf und sein Kammerdiener stand im Raum.

„Kann ich etwas für Euch tun, Sire?"

„Raus! Verschwinde augenblicklich."

Der Kammerdiener folgte erschrocken der Aufforderung.

Zhuma rappelte sich hoch und wankte zurück zum Kessel. Blubbernde Blasen stiegen auf und zerplatzten in der Luft. Die Brühe war in dunkler Aufregung. Als er endlich wieder ein Bild heraufbeschwor, war es dunkel und unscharf.

Azrael war gewarnt. Und sicherlich würde er die richtigen Schlüsse ziehen. Er musste sie alle vernichten. Augenblicklich.

Zhuma begann, Zauberformeln zu murmeln, hob mit geschlossenen Augen die Hände und versank in Trance. Sein Geist verließ ihn und strich über die dunklen Hügel und den Finsterforst. Aber es war wie eine unscharfe Nebelwand, die unter ihm lag. Er konnte nichts Genaues wahrnehmen, dann stieg der Nebel stürmisch auf und drängte ihn davon. Immer weiter entfernte er sich von dem Heerlager und kam zurück in sein zugiges Turmzimmer. Wütend öffnete er die Augen. Er musste zum König. Augenblicklich.

Kapitel 12

„Aber warum sollte Zhuma uns angreifen, Azrael. Denkt nach, das ist absurd."

So absurd schien Prinz Jared es trotz seiner zweifelnden Worte aber nicht zu finden. Nachdenklich strich er sich über seinen leichten Bart.

„Vielleicht, weil wir etwas besitzen, was wir nicht besitzen dürfen?", meinte Azrael unfreundlich und steckte sein Schwert in den Gurt, mit dem er eben eine Art Luftwirbel erzeugt hatte. „Und dieses Etwas werde ich mir zurückholen. Ihr könnt hierbleiben, wenn Ihr von Zhumas nächstem Energieschub vernichtet werden wollt. Ich hole mir das Mädchen zurück."

„Warum hat sie keiner festgehalten, bevor sie sich die Maske wieder aufzog?", warf der Prinz ein.

„Weil ich mich Zhuma widmen musste. Sonst wäre dieses Heerlager nur noch verbrannte Erde."

„Aber das passt nicht. Ich bin der Prinz", warf Jared ruhig ein. „Zhuma würde mir nichts tun. Ich bin sein zukünftiger König."

Azraels belustigte blaue Augen trafen ihn mit voller Wucht.

„Lady Roslyn hat auch Ambitionen. Ist sie nicht Zhumas Nichte? Bekommt sie ein Kind, dann seid Ihr Vergangenheit, Prinz." Er drehte sich um und wollte in Begleitung seines ersten Vertreters Nathas gehen, aber Prinz Jared trat ihm in den Weg.

„Sag mir, was du weißt, Azrael."

Dieser atmete tief ein.

Dann traf sein Blick wieder den des Prinzen und

dieser erschauerte. Er las so viel Schlimmes darin.

„Ich rate Euch, Euren Feldzug hier abzubrechen, Prinz. Es gibt einen mächtigen Mann, den sowohl der König als auch Zhuma gerne tot sehen möchten. Man nennt ihn Nostromo. Er ist Heiler und Kämpfer und gleichzeitig ein Großmeister der Zauber und Tränke. Es geht hier nicht um Aufständische. Sie sind unwichtig. Es geht nur um Nostromo. Ihr solltet das ganze Dorf vernichten und das nur wegen *ihm*." Azrael machte eine kleine Pause, dann fuhr er kalt fort: „Und Ihr solltet wissen, dass Lady Roslyn guter Hoffnung ist. Es kann nur *einen* Thronfolger geben."

Er schob sich am Prinzen vorbei und ging einfach los. Nathas folgte ihm, während seine Leute eilig ihr Lager abbauten.

„Ich glaube Euch nicht."

Azrael hielt nochmals an und blickte zurück.

„Dann lasst es. Rettet lieber Euren königlichen Hintern und sucht Nostromo. Er ist der Einzige, der Euch gegen Zhuma schützen kann. Mein Rat: Verbündet Euch mit den Aufständischen und erkämpft Euch den Platz, der Euch zusteht."

„Halt. Wartet! Warum sagt Ihr mir das alles? Mein Vater wird Euch bestrafen, Azrael!"

Der lachte spöttisch auf.

„Dazu muss er mich erst einmal kriegen. Ein paar Monate auf meinen Ländereien, und der König bittet mich auf Knien, zurückzukommen.

Es gibt nicht viele, die das für ihn leisen können, was ich kann, Prinz Jared."

„Mein *Vater* duldet keinen großen Kontrahenten neben sich. Das gilt auch für Euch, Azrael!"

„Ihr habt noch viel zu lernen. Aber vielleicht schafft Ihr das, wenn Ihr hier heil herauskommt, Prinz.

Willkommen im Finsterforst." Er deutete eine spöttische Verbeugung an und lachte.

Dann wandte er sich leise an Nathas:

„Wie hoch sind unsere Verluste?"

„Sehr hoch."

„Und die des Prinzen?"

„Bei Weitem nicht so hoch."

„Reicht es, um unseren Auftrag zu erledigen?"

Nathas erwiderte gedämpft:

„Wir könnten mit unseren Kriegern einen Nachtangriff wagen. Aber wenn der Prinz Kontakte zu den Kriegern von Emberton aufnimmt - wir kennen nicht deren Truppenstärke. Warum habt Ihr ihm das überhaupt vorgeschlagen, Hauptmann?"

Azrael unterdrückte ein Grinsen.

„Prinz Jared soll mir vertrauen. Er wird versuchen, einen Weg gegen Zhuma zu finden. Das kann uns nur recht sein. Und es kann nicht schaden, wenn er für uns die Stärke der Kämpfer Embertons testet und sie zu gegebener Zeit erledigt. Unsere Leute sind verletzt – holen wir uns den Heilzauber Nostromos. Alles Weitere wird sich finden.

Wir brechen auf. Die Männer sollen zusammenbleiben, wir schlagen unser Lager an anderer Stelle auf. Du übernimmst. Ich suche *sie*."

Nathas nickte stumm. Routiniert schlossen jetzt sämtliche Soldaten zu ihnen auf.

Azrael verließ mit seiner Truppe die Lichtung im Wald, der Prinz blieb zurück.

Er wollte Elysan, und Zhumas Angriff hatte ihm gezeigt, dass der alte Berater des Königs bei ihr ebenfalls die richtigen Schlüsse gezogen hatte.

Eine Maskenträgerin war unendlich wertvoll für ihn. Bevor Zhuma sie erneut angriff, würde er sie hoffentlich wiedergefunden haben. Es sollte nicht allzu schwer werden mit ihrer Locke in seinem Medaillon, die ihm den Weg zu ihr weisen würde. Sie bahnten sich einen Weg durch den Wald und erreichten schon bald eine Stelle, an der er dem Heer den Befehl gab, zu lagern. Dann machte er sich auf die Jagd nach *ihr*.

Kapitel 13

„Ich, Prinz Jared von Talís, versichere euch, dass wir euch nichts tun werden. Kehrt in euer Dorf zurück. Azrael ist mit seiner Truppe abgezogen. Ihr habt mein Wort als Prinz von Talís."

Bis auf das Flüstern des Windes in den Bäumen war nichts zu hören. Der Prinz und seine Truppe standen allein zwischen den Tannen.

Der untersetzte Daneon an seiner Seite räusperte sich jetzt.

„Hier ist niemand, Prinz Jared. Es ist jetzt schon die vierte Stelle in diesem verdammten Wald, an der Ihr Eure Nachricht verkündet. Wir sollten uns zurückziehen, wenn Ihr mich fragt."

„Sie werden schon herauskommen, wenn sie Hunger haben", brummte der stämmige Francis missmutig und runzelte die Stirn. „Lasst uns nur den Wald verlassen, Prinz. Hier ist alles möglich und wir können Eure Sicherheit nicht gewährleisten."

Ein kleiner Fels stürzte von einem Steinhügel hinter ihnen und alle fuhren gleichzeitig herum.

Es war ein Zwerg mit einer roten Bommelmütze, der sich dort auf dem steinernen Maulwurfshügel zeigte.

„Tag. Eure Hoheit. Wenn Ihr mir das schriftlich gebt, dann reiche ich es weiter."

„Bist du ein Zwerg? Aus Emberton?"

„Ja, ich bin ein Zwerg", der kleine Mann spielte mit seiner Bommelmütze und betonte: „und ein Vermittler. Daher trage ich diese alberne rote Mütze. Damit Ihr mich als Zwerg erkennt. Aber eigentlich komme ich aus den unterirdischen Höhlen von

Nitringen. Mein Name ist Edmont."

„Leider kann ich es dir nur wörtlich geben, Edmont. Ich habe kein Papier und keine Feder dabei."

„Kein Problem. Hab' alles."

Der Zwerg sprang von dem steinernen Hügel hinunter und wedelte wild mit einem mit Erde befleckten Blatt Papier herum. „Und die Feder – die Feder hatte ich doch auch irgendwo. Ah ja!" Er zog seine Mütze vom Kopf.

Jared bemerkte mit Erstaunen das Fass Tinte, das auf seinem kahlen Kopf stand. Edmont hatte sich eine Feder hinters Ohr geklemmt, die er ihm jetzt mit dem Tintenfass hinhielt.

„Bitte, Eure Prinzlichkeit."

Jared nahm ihm Feder, Tinte und Papier ab und legte alles auf ein Stück Holz am Boden. Dann tauchte er die Feder in das kleine Glas ein und begann augenblicklich, zu schreiben.

Seine Soldaten, die sich bis jetzt im Hintergrund gehalten hatte, betrachteten neugierig den Zwerg, der sich sichtlich unwohl unter all den Blicken fühlte.

Raue, schwerbewaffnete Krieger ließen seine leicht verhornte Zwergenhaut frösteln. Als der Prinz ihm kurz darauf die verschnörkelte Botschaft reichte, griff Edmont rasch danach. Dann verbeugte er sich eilig und beeilte sich, schnell wieder in seinem Erdloch zu verschwinden.

„Meint Ihr, man kann ihm trauen, Prinz?", fragte Daneon neugierig.

„Wahrscheinlich schon. Wir ziehen uns jetzt ins Dorf zurück und warten ab, was passiert. Sag den Männern Bescheid, Daneon." Seine grauen Augen streiften langsam über das dunkle Grün der Tannen. Dann murmelte er kaum hörbar: „Dieser seltsame

Forst hält noch mehr Geheimnisse bereit. Und ich bin nicht wild darauf, sie kennenzulernen. Daher machen wir, dass wir aus ihm fortkommen."

Maira stand verfroren auf der Wiese unweit der geheimen Eingänge in die versteckten Stollen. Ihr Vater hatte sich nach der Nachricht des Prinzen mit seiner Familie auf den Weg an die Erdoberfläche gemacht. Er war sowieso nicht der Typ, der sich in einer Höhle versteckte. Auch einige der Dorfbewohner waren mit an die Erdoberfläche gekommen und machten sich jetzt unruhig auf den Weg hinunter ins Dorf. Der Müller, der um sein Korn bangte, die Soldaten könnten es stehlen. Der Schmied mit seiner Frau, seinem Sohn und seinem Gesellen und noch Weitere. Bisher waren es nur die Menschen, die sich zurück auf den Weg ins Dorf machten. Alle anderen trauten dem Frieden nicht. Nostromo sortierte die magischen Gegenstände in seinem braunen Jutesack. In Gedanken versunken murmelte er Formeln und platzte plötzlich heraus:

„Ich hab's."

„Was, Omo?", fragte Mairas Mutter liebevoll. Sie trug den kleinen Jonathan auf dem Arm, das Kind war dort nach durchwachter Nacht endlich eingeschlafen.

„Die Zutaten für einen Springzauber. Lange habe ich danach gesucht, jetzt ist er mir eingefallen. So könnte es gehen."

Mairas Mutter seufzte. Ihr Mann lebte nur in der Welt seiner magischen Zauber. Daher sagte sie bestimmt:

„Ich traue den Worten des Prinzen nicht. Das Leben unserer Kinder ist zu kostbar, Omo. Ich werde sie zu meinem Volk bringen. Dort sind sie geschützt. Wirst du uns begleiten?"

„Das kann ich nicht! Ich bin ein Magier, Nesturia. Diese Tränke hier im Sack habe ich nicht hergestellt, um mich bei den Elfen zu verstecken. Sie sind mein Leben – unser Leben! Ich werde zurück zu meiner Zauberschenke gehen und sehen, wie mir der Springzauber gelingen kann. Aber es wird mich beruhigen, zu wissen, dass es euch gut geht."

Maira wollte nicht zu den Elfen. Sie war schon ein paarmal dort gewesen, zu Festen und Feierlichkeiten. Die Welt der Elfen war durchorganisiert und magisch. Aber sie wollte das richtige Leben. Und vor allem wollte sie Gavron wiedersehen. Daher entschloss sie sich sofort: „Ich werde mit Vater gehen. Letzte Nacht habe ich das erste Mal seit langem keinen magischen Trank von euch bekommen. Ich fühle mich heute unheimlich stark. Und irgendwie bin ich innerlich noch ein Stück gewachsen und stärker geworden."

Ihre Mutter betrachtete sie zweifelnd, ihr Vater lächelte sie stolz an.

„Vielleicht hat unsere Große recht, Nesturia. Die Magie ist in Maira erwacht und sie muss lernen, sie für das Gute zu nutzen. Wir werden auf uns aufpassen, der Wald und seine Bewohner schützen uns. Bring du die Kleinen nach Iria, ich nehme Maira mit mir."

„Garantiert nicht." Nesturia verschränkte die Arme vor der Brust. „Unsere Tochter soll eine gescheite Elfe werden und keine Magierin. Und dem Prinzen und seinen Leuten traue ich keine zwei Meter weit! Maira ist schlank und schön und nicht dafür da, sich von fremden Kriegern begaffen zu lassen. Sie soll einen Elfen heiraten und keinen schmutzigen Menschen."

„Äh -" Nostromo stutzte. „Ging das jetzt gegen mich, Nesturia?"

„Nein. Gegen die Krieger dort im Dorf!“

Ihr Mann lächelte milde und betonte ruhig:

„Maira ist alt genug, um ihren eigenen Weg zu gehen. Unsere Tochter besitzt nicht nur die Magie der Elfen, sondern auch die Zauberkraft eines Großmeisters der Tränke. Wir müssen es zulassen, dass unsere zarte, schöne Tochter von nun an ins Leben geht. Ich passe auf sie auf, Nesturia.“

„Du schaffst es nicht einmal, auf dich selbst aufzupassen.“

„Ich brauche Mairas Hilfe in der Zauberschenke. Sie ist sehr nützlich dort.“

Mairas Mutter atmete genervt aus. Dann warf sie einen gehetzten Blick zum Himmel hinauf, in den die ersten Sonnenstrahlen des neu anbrechenden Tages fielen. Sie musste die Kinder von hier fortbringen, solange noch Zeit blieb. Jede der Elfen würde ihr helfen, bis auf die Dunkelelfen, die ihre ganz eigenen Wege gingen. Auch wenn es sie unendliche Überwindung kostete, sagte sie beherrscht: „Gut. Du gehst mit deinem Vater, Maira. Pass auf dich auf, meine Kleine.“ Sie nahm Maira schluchzend in die Arme und drückte ihr einen Kuss auf die Wange. „Und lass dich nicht mit fremden Männern ein. Sie wollen schmutzige Sachen mit dir machen.“

„Ja, ja, Mama. Schon gut. Wir kommen zurecht, glaub mir“, meinte Maira verlegen und dachte an Gavron, mit dem sie gerne schmutzige Sachen machen wollte. Aber das konnte sie ihrer Mutter unmöglich sagen!

Nesturia ging hinüber zu ihrem Mann, umarmte auch ihn und unterhielt sich leise mit ihm. Da sie immer wieder auf sie zeigte, wurde Maira unruhig.

„Ja, ja gut!“, meinte Nostromo schließlich ärgerlich

und stieß seine Frau fast von sich fort. „Ich kümmere mich darum."

„Jetzt!"

Der Magier seufzte. Dann nahm er seinen Sack von den Schultern und suchte einen Augenblick darin herum. Schließlich zog er einen kleinen, irdenen Tiegel heraus und gab ihn Nesturia.

„Du sagtest, du wolltest immer nur Gutes mit meinen Zaubern tun, Nesturia."

„Aber das ist gut!"

Ihr Mann schwieg.

Derweil kam ihre Mutter strahlend auf sie zu. Maira schwante Böses.

„Was, Mutter?"

„Du gehst nur mit, wenn du diesen Trank zu dir nimmst."

„Was soll das sein?" Maira versuchte neugierig, auf das Etikett zu schielen, das ihre Mutter hastig abriss.

„Ein kleiner Schutzzauber für dich, Mairachen."

„Den brauche ich nicht, Mutter. Wirklich ni..." Ihre Mutter hatte sie erstaunlich geschickt gepackt und an den Haaren zurückgerissen. Hastig entkorkte sie den Tiegel mit den Zähnen und hielt ihrer Tochter den Trank an die Lippen. Maira wehrte sich, aber als ihre Mutter erneut an ihren Haaren riss, öffnete sie den Mund zu einem Protestschrei. Ein süßlicher Geschmack erfüllte ihren Mund und sie schluckte geistesgegenwärtig. Sofort setzte eine Verwandlung bei ihr ein. Es fühlte sich an, als würde sie sich körperlich verändern. Ihre Mutter ließ sie mit einem zufriedenen Lächeln los und Maira sah schockiert an sich hinunter. Was war bloß passiert?

Sie besaß normalerweise eine schöne weibliche Figur und war sehr stolz darauf. Jetzt war unter der hellen Tunika so gut wie nichts mehr. Der Stoff darüber war überhaupt nicht mehr ausgefüllt. Für einen Augenblick glaubte sie, schreien zu müssen und gleich wahnsinnig zu werden. Zitternd tasteten ihre Hände an sich hinab. Ihre ganze Gestalt war hagerer geworden, ihre leicht gerundeten Hüften waren schmal und ihr Haar ... Maira griff sich erschrocken hinein und unterdrückte einen Aufschrei. Ihre Mutter hatte es gar nicht losgelassen, es war einfach kürzer geworden. Kinnlang, als hätte es jemand abgeschnitten. Schockiert starrte Maira ihren Vater an. Er sah nicht sehr glücklich aus über das Ganze. Wütend fuhr sie zu ihrer Mutter herum.

„Was hast du getan?"

„Das ist nur ein kleiner Schutzzauber, meine Kleine. Er verwandelt dich in ein unscheinbares Zwischenwesen. Ein Mädchen, das aussieht wie ein Junge. Keiner erkennt es so genau. Daher wird dich auch niemand als Jungen töten oder als Mädchen belästigen. So, ich gehe dann mal, meine beiden Lieben."

Sie hatte es auf einmal erstaunlich eilig, Mairas drei Geschwister mit sich zu nehmen und zu verschwinden. Lisa hatte sie dermaßen bestürzt angesehen, dass Maira mit dem Schlimmsten rechnete. Während sie immer noch entsetzt zu erkennen versuchte, wie schlimm der Schaden eigentlich war, seufzte ihr Vater resigniert, knotete den Sack wieder zu und schwang ihn sich über den Rücken.

„Komm, Maira, wir gehen."

Verwirrt folgte sie ihm.

„Vater, sie ist weg – kannst du das bitte wieder rückgängig machen?"

„Das geht nicht so leicht, Maira. Ich brauche einen Gegenzauber. Und den muss ich erst brauen. Dieser Zauber ist erstaunlich stark."

„Moment, Moment. Du willst mir doch nicht sagen, dass ich jetzt erst einmal so herumlaufen muss, oder?" Sie merkte selbst, dass ihre Stimme leicht hysterisch klang.

„Leider doch, mein Schatz. Sieh es mal von der positiven Seite:

Niemand wird dir mehr nachschauen. Es ist tatsächlich besser, wenn wir uns im Dorf unauffällig bewegen können, Mairachen. Ich gebe dir eine Hose." Er zog eine schmale Hose aus dem Jutesack hervor und gab sie seiner Tochter. Dann betrachtete er sie von der Seite und beeilte sich rasch, wieder auf den Weg zu sehen.

Maira war immer noch völlig geschockt. Benommen nahm sie die Hose und tappte neben ihm her. Sie würde sich hinter einem der Bäume dort hinten umziehen. Das konnte ihre Mutter unmöglich getan haben! Ihr Oberteil und der Rock schlackerten um sie herum und sie fühlte sich wieder so schmal und hässlich, wie sie sich als kleines Mädchen gefühlt hatte. Maira biss sich auf die Lippe, um nicht laut loszuheulen. Aber sie wäre nicht sie selbst, wenn sie sich von so etwas unterkriegen ließe. Nach und nach setzte sich immer mehr die Wut auf ihre Mutter durch und sie schwor sich, ihrem Vater so schnell wie möglich zu helfen, seine Brauküche und die Verkaufsräume in der Zauberschenke wieder in Betrieb zu nehmen. Sie konnte und sie wollte nicht so bleiben. Und dann kam ein ganz anderer erschreckender Gedanke in ihr auf: Was, wenn Gavron sie so sähe?

Kapitel 14

Elysan wagte noch immer nicht, die Maske abzunehmen. Sie war durch den dunklen Wald geirrt, aber ihre Tarnmaske des Waldes ließ sie eins mit ihrer Umgebung werden und Hindernisse und Gefahren besser spüren. Noch bevor sie ein schweres Atmen gehört hatte, hatte sie schon gewusst, dass dort drüben hinter den großen Eichen ein gefährliches Wesen zwischen den Bäumen rastete. Sie witterte es förmlich.

Ein Stachelerdwurm, der sich an die Oberfläche gegraben hatte.

Elysan überlief ein kalter Schauder bei dem Gedanken an das abstoßende Geschöpf. Einmal hatte sie eines dieser Wesen im Finsterforst entdeckt, als sie mit ihrer Freundin Pilze und Baumschwämme im Wald suchte. Sie waren beide in ihrer Bewegung eingefroren und das Wesen hatte sich zum Glück in die Erde zurückgezogen, aus der es gekommen war. Stachelerdwürmer waren dumm und konnten mit ihren eingeschränkten Sinnen lediglich schemenhafte Bewegungen wahrnehmen. An der Luft über der Erde versagte zudem ihr guter Tast- und Riechsinn, da sie sich durch das Licht gestört fühlten. Aber in der Nacht konnte so ein baumstammgroßes Tier durchaus zu einer Gefahr werden.

Vielleicht nahm es sie wahr, aber Elysan verließ sich auf den Schutz ihrer Maske und schob sich leise an den nahestehenden Bäumen vorbei.

Sie sah die schwarzen Stacheln auf der Haut des seltsamen Geschöpfes dort im Mond glitzern. Die

Zwerge kämpften ab und zu gegen einen Stachelerdwurm, wenn sie auf einen von ihnen beim Höhlenbau stießen. Unter der Erde waren diese Würmer sehr gefährlich.

Sie war sehr erleichtert, als sie das Wesen hinter sich ließ und den Hügel hinabstieg. Elysan war auf dem Weg zu den Wasserfällen, an denen sie Aldrick vermutete. Die Bogenschützen waren allesamt sehr mutig und wahrscheinlich hatten Aldrick und seine Brüder sich irgendwo dort in der Nähe versteckt, um Pläne gegen die Eindringlinge zu schmieden.

Sie hörte hinter sich ein kreischendes Fauchen und dann einen lauten Knall wie bei einer Explosion. Als sie zurücksah, schien über dem Wald ein rotes, nebelhaftes Glühen zu liegen. Ein leichter Druck, fast wie ein magischer Wind, traf sie.

Der Stachelerdwurm war, so wie es aussah, auf jemanden gestoßen.

Es war längst zu spät, um zurückzulaufen und seinem Opfer zu helfen. Stachelerdwürmer verschlangen ihre Beute sofort oder spießten sie auf, um sie mit unter die Erde zu nehmen und dort in ihre Vorratskammer zu legen.

Ihr wurde ganz schlecht bei dem Gedanken. Wer war dort gewesen? War ihr jemand gefolgt? Und wenn ja: Das Licht und die Explosion kamen nicht von dem Stachelerdwurm. Die hassten Licht.

War ihr der große Zauberer Zhuma auf den Fersen? In Elysans Kopf arbeitete es fieberhaft, während sie noch eiliger weiterging, sich an morschem Holz und Farnen vorbeischob. Sie stieg über knorrige Wurzeln, stolperte über eine von ihnen und fiel auf den weichen Waldboden. Der Baum neben ihr begann augenblicklich, seine Äste tastend nach ihr auszustrecken, und sie robbte geistesgegenwärtig von ihm weg.

Ein Baumgreifer. Verdammt! Einer seiner Äste hatte ihren Fuß erwischt und umklammerte diesen nun. Elysan krallte sich in die Erde und schrie laut auf, als der Ast sie in Richtung des Baumes heranzog.

Azrael war wirklich wütend. Dieser Wald hier war voller Gefahren und ständig musste er auf der Hut sein. Er schickte seine Sinne voraus, ließ sie über den dunklen Wald streifen und spürte nicht nur Elysans Gegenwart, die sich immer wieder von ihm entfernte, sondern auch die Nähe anderer magischer Geschöpfe. Die meisten waren weiter von ihm entfernt, dieser hässliche Stachelerdwurm da vor ihm jedoch nicht. Mit einem kurzen Schleifen zog er blitzartig sein Schwert aus der Halterung, der Wurm nahm ihn augenblicklich wahr und griff fauchend an.

Azrael hieb in Richtung seines geifernden Maules, aber der Wurm wich schnaufend aus und schwang seinen stacheligen Schwanz in seine Richtung.

Zack! Er hatte sich gerade noch rechtzeitig geduckt, bevor sich die schwarz glänzenden Stacheln ins Holz neben ihm gruben. Der Wurm war jetzt im Kampfmodus, er schnaufte und zischte wie ein Gemisch aus Schlange und Wildschwein. Nebenbei verströmte er seinen widerlich modrig-fauligen Eigengeruch.

Azrael hatte genug davon. Er würde sein Schwert nicht mit schleimigem Wurmblut beschmutzen und hatte auch keine Zeit für solche Kämpfe. Ehe er sich versah, hatte er einen Feuerblitz auf die Kreatur geschleudert. Der Wurm explodierte förmlich an den Bäumen hinter ihm, rotes Licht und Rauch färbte seine Umgebung. Azraels Blick glitt über die Reste des Stachelerdwurmes, die an einigen der breiten Bäume klebten, dann steckte er sein Schwert ein und lief hastig weiter.

Undenkbar, dass sie es nicht gehört hatte. Und wahrscheinlich hatte auch Zhuma diese große magische Energiewelle gespürt. Ärgerlich runzelte Azrael die Stirn. So lange hatte er seine Magie unter einem Schutz aus Lederrüstung und Scheinzauber versteckt und wie ein Krieger gekämpft. Aber bei diesem Einsatz hier setzte er permanent seine Magie ein. Das war ein Fehler, denn Zhuma konnte Magie nicht nur spüren, sondern auch genau orten. War sie zwar ein Schutz gegen die dunklen Bewohner des Waldes, so war sie zugleich eine Art Zielscheibe für Zhuma. Als er einen kleinen Schrei hörte, rannte er sofort los. Elysan!

Das Baumwesen zog sie immer näher an sich heran, ihre Finger waren in die weiche Erde gegraben und zogen Rillen hinter sich her. Sie griff in ihrer Not nach einer der über der Erde liegenden Wurzeln und hielt sich daran fest. Aber die Gewalt des Astes, der sich fest um ihr Fußgelenk geschlungen hatte, riss unerbittlich an ihr. Es tat so weh, dass sie schließlich mit einem erneuten Schrei losließ.

„Zieh die Maske ab", befahl irgendwo eine Stimme, sie sah hoch und entdeckte kräftige Waden in dunklen, enganliegenden Hosen. Seine hohen Stiefel waren vom Schlamm bespritzt.

Elysan zog ihre Maske ab. Sofort nahm ihr Körper flackernd Gestalt an. Der Baum riss an ihr, während Azrael auf den Zweig einhieb, der sie umklammerte. Der Schmerz war kaum auszuhalten.

„Runter", befahl Azrael und sie presste ihren Kopf

auf den Boden und legte ihre Hände schützend darüber. Sie hörte einen Laut, als würde ein Sturm über den Baum gleiten, und das Schwert, das knackend auf Holz traf. Ihr Fuß war frei, der Baumgreifer grollte wütend.

„Weg hier.“ Azrael fasste sie unter den Armen, half ihr hoch und zog sie eilig mit sich fort. Ihr Fußgelenk tat höllisch weh, aber Elysan ignorierte es so gut es ging. Sie rannten beide so schnell sie konnten über die vom Kampf aufgewühlte Erde. Hinter ihnen peitschten Äste auf den Boden, mächtige Wurzeln hoben sich aus der Erde und bildeten Stolperfallen. Sie liefen noch eine Weile weiter, dann blieben sie schwer atmend stehen.

Azrael drehte sich zu ihr um und sie schaute hoch in sein Gesicht. Er war ein ganzes Stück größer als sie und voller Kraft und Stärke.

Im ersten Dämmerlicht des Tages entdeckte Elysan eine blutende Wunde an seiner Wange. Strähnen seines schwarzen Haares fielen ihm, feucht vom Morgentau, ins Gesicht und sein Lederschutz am Oberkörper war an einer Stelle zerkratzt, als wäre etwas sehr Scharfes darüber geglitten. In seinem aufmerksamen Blick lagen Intelligenz und noch etwas anderes, das sie nicht benennen konnte. Aldrick hatte sie ebenso angeschaut, als sie ihn gestern getroffen hatte.

„Schön, dich zu sehen, Engelchen.“

„Ich wünschte, ich könnte das Gleiche behaupten. Aber danke für die Hilfe eben“, erwiderte sie betont abweisend. Ein Lächeln stahl sich in sein Gesicht.

„Bitte. Gern geschehen. So wie es aussieht, brauchst du einen starken Beschützer.“

„Vielleicht. Aber das seid ganz sicher nicht Ihr,

Azrael!“

„Wer sonst? Ich denke, dass es Zhuma persönlich auf dich abgesehen hat. Du kennst Zhuma?“

Sie nickte. Natürlich war der Name des ersten Magiers und Beraters des Königs ihr ein Begriff. Zhuma galt als kalt und grausam. Er besaß weder Ehre noch Würde und das Leben von Menschen war ihm nichts wert.

„Wie kommt Ihr darauf?“, fragte sie vorsichtig.

„Hm. Erinnerst du dich an den Angriff der Orks letzte Nacht im Lager? Jemand hatte sie geschickt. Jemand, der auch den magischen Ring um dein Gefängnis herum gesprengt hat. Und dieser jemand war Zhuma.“

„Oh.“ Ihr fiel dazu gar nichts ein. „Aber warum ...“, stammelte sie schließlich verwirrt.

„Du bist eine Maskenträgerin. Und damit eine Gefahr für ihn. Zhuma wird nicht eher ruhen, bis du tot bist.“

„Aber ich bin doch gar keine Gefahr! Bis gestern wusste der große Magier doch anscheinend nicht einmal, dass es mich gibt! Warum sollte ich jetzt eine Gefahr für ihn sein?“

„Weil du eine unterdrückte Magie besitzt, die immer wieder hindurchschimmert, wenn du die Masken trägst. Ich nehme an, dass er diese Magie Nostromo zugeordnet hat, weil sie nicht immer da ist. Auch ich habe noch nie eine Maskenträgerin getroffen, die nur ab und zu Magie besitzt.

Zhuma verfügt über beträchtliche Magie und Mittel. Aber eine Maskenträgerin ist ein unkalkulierbares Risiko für ihn. Er wird es nicht hinnehmen.“

Sie sah ihn mit großen Augen an. Er begegnete ihrem Blick forschend und dann war da wieder etwas zwischen ihnen, eine seltsame Anziehungskraft und Vertrautheit, die sie rasch hinuntersehen ließ.

„Meine Maske ... ich habe meine Maske vergessen!“, fiel ihr erschrocken ein und sie sah ihn wieder an.

Er zeigte so etwas wie ein halbes Lächeln.

„Sollte dir nicht nochmal passieren.“ Er zog ihre grüne Maske unter seinem Umhang hervor. Als sie danach greifen wollte, zog er die Maske weg.

„Zuerst die Regeln!

Erstens: Du ziehst diese Masken nicht mehr auf, um vor mir zu fliehen.

Zweitens: Wenn du mich noch einmal förmlich anredest, nehme ich sie dir wieder weg.

Nimmst du meine Regeln an?“

Alles in ihr drängte nach ihrer grünen Maske, sie war ein Teil von ihr. Immerhin hatte sie sie selbst geschaffen ... mit seiner Hilfe.

„Ja“, erwiderte sie knapp.

„Gut.“

Azrael gab ihr die grünliche Maske zurück und Elysan strich zärtlich darüber. Dann ließ sie sie mit deutlichem Widerwillen in eine ihrer Rocktaschen gleiten.

Er beobachtete sie die ganze Zeit abwartend.

„Warum besitze ich diese Magie nur ab und zu, Azrael?“, fragte Elysan ihn offen.

„Das weiß ich nicht. Aber solange du an meiner Seite bist, bist du geschützt.“

„Vor Zhuma? Vor den Gefahren im Finsterforst?“

Er nickte. „Vor beidem.“

„Und wer schützt mich vor dir, Azrael?“ Sie hatte die Frage gar nicht laut stellen wollen, aber jetzt waren die Worte gesagt und ließen sich nicht zurücknehmen.

Azrael lachte auf. Es war ein tiefes, angenehmes Lachen, das ihr dennoch ein Schaudern über die Haut gleiten ließ.

„Niemand“, gestand er ehrlich.

„Dann sollte ich es wohl besser mit Zhuma und dem finsteren Forst aufnehmen“, meinte sie zögernd.

„Wahrscheinlich ja“, in seinen blauen Augen lag Spott. Er war ihr so nah und besaß eine unglaubliche Präsenz. Seine Nähe war auf einmal deutlich spürbar und unerträglich für sie. Azrael roch nach einem warmen, herben Duft und nach Wald. Aber da war auch etwas Kaltes, Abstoßendes an ihm. Dieser Mann war nicht freundlich. Sein Ausdruck verschloss sich merklich, als sie vor ihm zurückwich.

„Komm jetzt, Elysan“, sagte er kühl. Da es keine Einladung war, sondern ein Befehl, folgte sie ihm augenblicklich.

Elysan hatte sich die ganze Zeit über mühsam zusammengerissen, aber ihr Fußgelenk schmerzte an der Stelle, an der der Baumgreifer sie mit seinen Ästen umklammert gehalten hatte. Lange würde sie nicht mehr weiterlaufen können. Jeder Schritt war eine Qual.

Kapitel 15

Überall im Dorf waren jetzt Soldaten. Zwei von ihnen hielten sie schon vor dem Dorf auf.

„Wie heißt ihr?“, fragte der eine ihren Vater, während Maira verschüchtert auf sein Kettenhemd starrte. Die Ausrüstung der Soldaten des Prinzen war sehr gut. Über ihrem grauschwarzen Obergewand trugen sie weite, bodenlange Umhänge, schwarze Hosen und hohe Stiefel. Diese hier waren als Wachposten zusätzlich mit den metallisch schimmernden Kettenhemden ausgestattet. Sie versuchte, den Blick von den Schwertern und Messern in ihrem Gürtel abzuwenden.

„Mein Name ist Nostromo. Und das ist ... der Bauernjunge Isgard. Er hat mich zurück ins Dorf gebracht. Ich sehe manchmal schlecht. Danke, Isgard. Du kannst jetzt nach Hause gehen.“

Maira spürte die Angst wie eine kalte Faust in ihrem Magen. Warum redete ihr Vater so komisch? Sie sah einige der Dorfbewohner, die verschüchterte Blicke zu ihnen warfen und sich dann beeilten, ihren Geschäften nachzugehen.

Die Wache wandte sich an eine andere und flüsterte ihr leise etwas zu. Der Mann lief davon.

„Ich bringe Euch noch ein Stück, Nostromo“, stellte Maira klar und sah kurz den Tadel in seinen Augen aufblitzen.

Ich versuche, dich zu schützen.

Sie glaubte, seine tadelnden Worte buchstäblich zu hören, obwohl er nicht sprach. Die Kraft des Gedankenzaubers.

Ich bin bei dir und bleibe bei dir, schickte sie stumm zurück.

„Können wir weitergehen?", fragte ihr Vater die Wache umgänglich.

„Nein. Ihr wartet einen Moment."

Nostromo nahm es mit einem Achselzucken hin.

Kurz darauf kam ein großer, blonder Mann zu ihnen hinüber in Begleitung einiger Wachen.

Er hatte gewelltes, blondes Haar, einen leichten Bart und feste graue Augen, die kurz über sie glitten und ihren Vater förmlich in den Boden stampften.

„Du bist Nostromo?"

„Ja, der bin ich."

Ein kurzes Schweigen lag in der Luft. Der Blonde war schwarz gekleidet, sein weiter, langer grauer Umhang schien edler zu sein als der seiner Begleiter. Er war mit einer silbern gemusterten Borte besetzt. Sein Gesicht konnte wohl durchaus als anziehend männlich bezeichnet werden, jetzt waren seine Wangenknochen allerdings fest aufeinandergepresst und der Ernst in seinem Ausdruck war fast greifbar.

„Ich werde Euch festnehmen."

Maira brauchte einen Augenblick, bis die Worte des Mannes bei ihr ankamen. Ihren Vater? Warum?

„Dann müsst Ihr das wohl tun, Prinz Jared. Verratet Ihr mir den Grund dafür?"

Das war der Prinz? Maira starrte ihn schockiert an. Woher wusste ihr Vater das? Sie hatte den Mann ihnen gegenüber noch nie zuvor gesehen.

Neben ihm färbte sich die Luft mit schwarzem Nebel, es stank nach Schwefel, Verderbnis und … Bosheit. Konnte man Bosheit riechen? Angsterfüllt registrierte Maira, dass sich der hagere Schatten eines Mannes dort bildete. Er trug einen schwarzen, spitzen Hut und einen tiefschwarzen Umhang, der mit grünem Matsch bespritzt war. Das war kein Matsch, das war irgendein magischer Trank, das registrierte sie in einem Sekundenbruchteil. Lange genug hatte sie ihrem Vater assistiert, wenn er seine Tränke braute.

„Zhuma ..."

Der Name hing in der Luft wie dicker, schwerer Nebel.

„Nostromo. So sieht man sich wieder."

„Hm. So wie ich das sehe, ist das nur deine zweite Gestalt, die du auf Reisen geschickt hast. Dein wirkliches Ich hockt wahrscheinlich irgendwo an einem stinkenden Kessel voller boshafter Zauberkräfte."

„Nostromo. Ich vernichte dich. Hier und jetzt und sofort! Da, nimm das!" Ein Blitz zuckte vom Himmel und prallte an einem aufflammenden Schutzschild über ihnen ab.

„Das war wohl nichts, Zhuma. Nimm das!" Seelenruhig zog Nostromo eine kleine Phiole aus der Tasche seines Umhanges und entkorkte sie. Nichts passierte.

Die nebelhafte Gestalt Zhumas begann zu lachen.

„Genau wie deine Zauberkräfte, Nostromo. Sie verblassen vor meiner Macht. Nun gut: Nimm also das."

Ein Blitz zuckte aus dem Nirgendwo auf Nostromo nieder, wurde wie von einem Spiegel allerdings vorher abgefangen und zurückgeworfen.

Ein lauter, spitzer Schrei ertönte und die Gestalt Zhumas verblasste und verschwand.

Lediglich eine schwarze, stinkende Rauchsäule blieb zurück.

Nostromo lächelte und klopfte etwas Staub von seinem Umhang ab.

„Wo ist er hin?“, fragte der Prinz jetzt aufmerksam.

„Er hatte eine Verabredung.“

„Na dann: Ihr habt auch eine Verabredung, Nostromo. In unserem behelfsmäßigen Gefängnis. Ich werde noch herausfinden, was mit Euch nicht stimmt. Nehmt ihn fest, Männer.“

„Nein!“, schrie Maira und der Prinz fixierte jetzt sie.

Wenn du uns helfen möchtest, hier wieder herauszukommen, dann spiel deine Rolle als Bauernjunge, Maira, schickte ihr Vater ihr die stumme Botschaft.

„Abführen“, der Prinz gab einen Wink mit der Hand und seine Wachen führten ihren Vater davon. Maira zwang sich, nicht in Tränen auszubrechen.

„Hör mal, Kleiner, lauf nach Hause, ja“, sagte der Prinz kühl zu ihr. „Wir werden niemandem etwas tun. Fang bloß nicht an zu heulen. Deinem Meister passiert erst einmal nichts.“

„Ich bin Waise“, brachte Maira kläglich hervor und zwang sich jetzt, die dicken Tränen in ihren Augen zurückzuhalten. Sie konnte ihrem Vater nicht helfen ..., aber sie würde es können, bald schon. Trotzig schniefte sie mit der Nase und wollte sich abwenden, als der Prinz sie am Arm festhielt.

„Einen Moment.“

Schreckerfüllt sah sie ihn an.

„Ach du liebe Zeit. Ich fress dich schon nicht! Aber letzte Nacht hat ein hässlicher Ork meinen Leibdiener getötet. Du scheinst eine treue Seele zu sein. Ich nehme dich mit in unser Lager, du wirst mir in Zukunft dienen, hörst du?“

Sie konnte ihn nur anstarren.

„Daneon, bring ihn hinüber zu meinem Zelt."

„Sehr wohl, mein Prinz." Ein untersetzter aber dennoch sehr kräftiger Mann griff ihren Arm und zog sie mit sich. Maira stolperte leicht, dann folgten ihre Füße geistesgegenwärtig seinem festen Schritt.

Ihr Vater war ein Gefangener – und sie der neue Leibdiener des Prinzen. Aber vielleicht war das ein Weg, ihren Vater zu befreien. Sie ballte die Fäuste und ließ sich von dem kräftigen Mann in Richtung einiger provisorisch aufgebauter Zelte nahe des großen Flusses führen. Vor nicht langer Zeit, als die Welt noch in Ordnung war, hatte sie dort mit ihrer Freundin Elysan Wäsche gewaschen. Wo ihre Freundin jetzt wohl war?

Kapitel 16

Sie gingen schon seit einer ganzen Weile einen schmalen Weg an einer Schlucht entlang, stets umgeben vom schattigen Finsterforst. Elysans Herz klopfte zum Zerspringen, weil sie den Weg sehr gut kannte. Er führt zu dem Wasserfall im versteckten Tal, zu dem Aldrick und seine Brüder gestern Vormittag aufgebrochen waren. Waren sie noch dort?

„Geh schneller." Hatte sie eben noch mit einem Luftanhalten versucht, zu ergründen, ob sich irgendwo dort unter ihnen ein paar Bogenschützen versteckt hielten, beschleunigte sie ihre Schritte rasch wieder, obwohl ihr das bei jedem Schritt wehtat. Azrael sollte nicht bemerken, dass sie nach Hilfe Ausschau hielt und noch viel weniger, dass sie verletzt war. Obwohl – konnte Aldrick ihr gegen einen Mann helfen, der sich derart auf Magie verstand? Sie atmete nervös aus. Nirgendwo war jemand zu sehen, obwohl man von hier aus einen guten Blick auf die Lichtung nahe des Wasserfalls hatte. Das Rauschen des Wassers wurde jetzt immer lauter, je näher sie dem großen Wasserfall kamen.

„He – warte." Azrael griff grob ihren Oberarm und hielt sie an. „Das kommt mir nicht ungelegen. Ich habe genug von dem Stachelerdwurmschleim abbekommen, dass ein kurzes Bad nicht schaden könnte. Los, dort hinunter", er stieß sie in Richtung eines schmalen, überwachsenen Weges, und sofort klopfte ihr Herz noch schneller. Der geheime Abzweig hinunter zum Wasserfall. Den hatte sie schon ein paar Mal genommen, wenn sie den Bogenschützen heimlich beim Training zuschauen wollte. Sie versuchte, auf dem feuchten Gras des Weges nicht auszugleiten, denn die Gischt des Wasserfalles trug leichte Wassertröpfchen bis zu ihnen hinüber. Ihre Beine zitterten etwas beim Abstieg, ihr Knöchel machte Gehen jetzt fast unmöglich. Als sie im Tal ankamen, standen sie direkt unter dem großen Wasserfall. Sie schaute hinauf zu dem Felsen, von dem aus er hinunterbrandete, und betrachtete fasziniert den leichten Regenbogen, der sich darüber abzeichnete.

„Du setzt dich da hin." Azraels befehlende Stimme holte sie aus ihren Gedanken zurück. Er wies auf einen Stein nahe des Ufers. „Es sei denn, du möchtest mit mir ein Bad nehmen. Na, wie wäre es?"

Das konnte er unmöglich ernst meinen! Elysan starrte ihn entsetzt an und er begann zu lachen. Dann wurde er wieder ernst. Azrael trat einen Schritt näher, griff ihre Hände und zog ein Lederband aus seiner Tasche hervor. Bevor er ihre Handgelenke damit fixieren konnte, meinte sie rasch: „Ich sitze hier und werde nicht fortgehen, Azrael. Du hast mein Wort darauf."

„Dein Versprechen, nicht fortzu*gehen* nützt mir nichts. Versprich mir einfach, dass du hierbleibst, ja?"

„Mein Knöchel tut weh. Selbst wenn ich wollte, könnte ich nicht fort. Der Ast des Baumgreifers hat mich verletzt."

„Och. Zeig her." Er hob sie leicht wie eine Feder auf den Felsen hinauf und zog dann den Saum ihres Kleides ein wenig hoch, um ihren Fuß zu betrachten. Azrael strich ihren schlichten Schuh hinunter und runzelte die Stirn. „Das sieht nicht gut aus." Er umfasste ihr Fußgelenk und sie zwang sich, nicht aufzuschreien, da es wirklich schmerzte. „Es wird gleich besser", beruhigte er sie, hob sie dann unsagbar sanft vom Stein herunter und trug sie die wenigen Schritte bis zu dem einladenden See hinüber, den einen Arm in ihrem Rücken, den zweiten unter ihren Kniekehlen. Der schimmernd dunkle See befand sich am Fuße des Wasserfalles. Sie hatte hier schon gebadet, zu einer anderen Zeit, mit einer anderen Person. Mit ihrer Freundin Maira, die den Ausflug sehr genossen hatte. Azrael ließ sie auf den Boden hinunter und begann in aller Ruhe, sich auszuziehen. Erschrocken wandte sie sich ab. Wieder lachte er leise und dunkel auf.

„So prüde?"

„Ich befolge deine Regeln, Azrael. Aber baden mit einem unbekleideten Mann gehört nicht dazu."

Da er nicht antwortete, wagte sie einen scheuen Seitenblick auf ihn. Er zog sich gerade sein langes, über der Hüfte mit einem Gürtel fixiertes Hemd über den Kopf und legte es auf den Boden. Azrael trug nichts mehr außer einer kurzen Hose. Sie wollte es nicht, dennoch musste sie zugeben, dass sein Oberkörper sowohl muskulös als auch sehr ansehnlich war. Als seine blauen Augen die ihren trafen, schaute sie rasch weg und Röte stieg ihr ins Gesicht. Soweit kam es noch, dass sie ihren Wächter bewunderte.

„Und, doch Lust auf ein kleines Bad? Wasser kann sehr heilsam wirken, besonders, wenn ich ein wenig Magie anwende, um deinem Knöchel den Schmerz zu nehmen. Heilen kann ich ihn leider nicht, aber es wird reichen. Unter Wasser wird die Energie nicht bis zu unserem Verfolger dringen."

Er sprach von Zhuma, das war ihr klar, dennoch schüttelte sie augenblicklich den Kopf.

„Ich werde nicht mit dir zusammen baden, Azrael."

„Dann muss ich dich eben zu deinem Glück zwingen. Mit dem Fuß kommen wir nicht schnell genug vorwärts." Im nächsten Moment stieß sie einen erschrockenen Schrei aus, da er sie wieder hochhob und zum Wasser trug. Ihr zweiter Schuh glitt von ihrem Fuß und fiel zu Boden.

„Lass mich runter, Azrael." Sie kämpfte leicht gegen ihn an.

„Willst du das wirklich? Dann bist du aber ziemlich nass, Engelchen." Das Wasser plätscherte sanft, als er sie hineintrug.

Rasch schlang sie ihren Arm um seinen Nacken, während er mit ihr tiefer ins Wasser hineinging. Ihr stockte fast der Atem, als er stehen blieb und seinen Griff so löste, dass ihr Fuß hinunter ins Wasser glitt.

„Halt dich fest", befahl er ihr leise und sie verstärkte den Griff um seinen Nacken. Er hielt sie nur noch mit einer Hand, seine zweite glitt ins Wasser und umfasste ihr Fußgelenk. Sie hielt fast die Luft an, weil seine Berührung unerwartet sanft und kühlend war.

Gleichzeitig bewegte er die Lippen, als würde er einen stummen Zauber murmeln.

Die Schmerzen verschwanden sofort, während seine Finger über ihr Fußgelenk streichelten. Der rote Striemen mit dem Bluterguss an ihrem Knöchel verblasste. Azrael nahm erstaunt wahr, dass ihr Körper selbst in der Lage war, sich zu heilen, wenn er seine Magie auf sie übertrug. Deshalb stoppte er seine Magie an dieser Stelle und beschränkte sich darauf, seine Finger über ihre Haut streicheln zu lassen.

Ein angenehmer Schauder lief über ihren Rücken,

brachte sie dazu, geräuschvoll auszuatmen und ihn anzusehen. Sofort fingen seine schönen blauen Augen ihren Blick ein und hielten ihn. Etwas kribbelte in ihrem Magen und sie wollte fortsehen, aber es ging nicht. Da war nur er, selbst das Brausen des Wasserfalls geriet in den Hintergrund. Seine forschenden Augen unter seinen dunklen Brauen. Seine Wärme und seine deutlich fühlbare Nähe. Ohne es zu wollen, begann ihr Puls sich zu beschleunigen. Seine Hand an ihrem Bein sandte Impulse in ihren ganzen Körper aus, sie wünschte sich, er würde nicht mehr nur ihren Knöchel streicheln, sondern mehr als das.

„Elysan“, seine Lippen formten ihren Namen, aber das laute Donnern des Wassers verschluckte seine Worte. Elysan runzelte die Brauen und konzentrierte sich nur noch darauf, ein- und auszuatmen. Ihr Blick wanderte hoch von seinen unsagbar blauen Augen zu der Narbe an seiner Stirn und sie versuchte, die Kontrolle über sich zurückzubekommen. Dieser Mann war ein Mörder. Sie mochte nette Männer, keine Mörder.

„Elysan“, wiederholte er, seine Hand war nicht mehr an ihrem Fußgelenk, sondern streichelte über ihre Wange, hinterließ dort eine prickelnd nasse Spur und brachte sie erneut an den Rand des Wahnsinns. Sie hörte den Schrei des Regenbogenpfeifers wie aus weiter Ferne und dennoch so laut, dass es den Wasserfall übertönte. Erschrocken schaute Elysan in Richtung des Ufers. Unweit erhoben sich die Tannen des Forstes und viele kleinere Bäume und Gebüsch umgaben den See.

„Was?“ Azraels Lippen formten das Wort leise und er folgte ihrem Blick, fasste sie mit der zweiten Hand wieder unter den Beinen und fragte: „Was ist?“

„Es ist nichts“, sie wollte ihn beruhigend ansehen, aber schaffte es diesmal nicht, seinem Blick standzuhalten. Da war er erneut, der laute Pfiff eines Regenbogenpfeifers. Wenn es denn einer war. Elysan kannte das geheime Signal der Bogenschützen sehr gut. Sie biss sich auf die Unterlippe und ließ es sogleich wieder. Azrael war ihr Feind. Nicht die Bogenschützen. Oder war es doch nur ein unschuldiger Vogel, der dort gerufen hatte?

„Ich will zurück ans Ufer“, meinte sie kühl und fixierte das Wasser. Einen Augenblick hielt er noch inne, dann trug er sie zurück in Richtung des Ufers. Sie spürte die Gefahr plötzlich so deutlich, dass sie ihren Griff um seinen Nacken wieder verstärkte.

Augenblicklich hielt er an.

„Willst du mir nicht sagen, was ...“, weiter kam Azrael nicht, dann stürzten drei Männer hinter dem Gebüsch am Rande des Ufers hervor, die angelegten Bögen gespannt und auf sie gerichtet.

„Lass sie los! Augenblicklich lässt du sie los!“, schnauzte Aldrick mit sich überschlagender Stimme. Seine beiden Brüder hielten ihm mit ihren gespannten Bögen den Rücken frei. Elysan nahm den Mann, der ihr gestern noch eine Kette geschenkt hatte, wie aus weiter Ferne wahr. Aldrick. Sein braunes Haar wehte im leichten Wind zurück, seine dunklen Augen blitzten voller Hass auf. „Hörst du, Fremder, lass sie los!“

Zwischen ihnen und den Männern lag nur ein kurzes Stück Wasser, das sie trennte, und sonst nichts.

„Besser nicht. Dann fällt sie ins Wasser. Das kannst du unmöglich wollen.“ Elysan spürte, dass Azrael langsam mit ihr zurückwich, zurück ins tiefere Wasser.

„Komm her. Komm gefälligst her!“, Aldrick spannte seinen Bogen demonstrativ etwas weiter.

„Aldrick“, begann Elysan mit dünner Stimme. „Er hat mir nur geholfen. Mein Knöchel war verletzt.“

Und während dieser wütend schrie: „Das sieht mir nicht so aus“, spürte Elysan, dass das Wasser ihre Füße umfloss und dann langsam an ihren Beinen höher stieg. Azrael ging immer tiefer mit ihr ins Wasser zurück.

„Komm gefälligst her, du Bastard!“, brüllte Aldrick und hastete ins Wasser, während seine Brüder unruhig ihre Bögen gespannt hielten. Da Elysan im Schussfeld war, mussten sie warten, bis sie den Weg freigab.

„Ich hoffe, du kannst tauchen, Elysan. Es ist besser, du kommst jetzt mit mir, sonst müsste ich deine drei Freunde ins Jenseits befördern“, sagte Azrael. Immer schneller wich er jetzt mit ihr zurück, dann zog er sie plötzlich mit sich hinunter ins Wasser. Elysan glaubte noch, Aldricks entsetzten Blick zu sehen und sein „Nein!“, zu hören, dann schlug kühles, frisches Wasser über ihr zusammen. Sie fühlte sich um die Taille gepackt und mitgezogen. Azrael hielt sie, tauchte mit ihr ins tiefere Wasser und wies nach vorn. Der Wasserfall. Er konnte unmöglich wollen, dass sie zum Wasserfall schwammen. Dennoch schaffte sie ein Nicken, als er sie losließ. Azrael schwamm unter Wasser los und sie tauchte neben ihm her. Es war nicht schwer, unten zu bleiben, da ihre langen, vollgesogenen Röcke sie hinunterzogen. Sie tauchten ein ganzes Stück, unter einer Wasserwand hindurch, die sich für sie zu öffnen schien, dann wusste sie, dass sie auftauchen musste. Eine Hand griff sie und zog sie weiter, ein kurzes Stück noch, dann wurde sie nach oben gezogen. Nach Luft schnappend durchbrach sie die Wasseroberfläche und atmete tief ein. Es dauerte einen Augenblick, bis sie wieder ruhiger atmen konnte. Auch deshalb, weil Azrael ihr dort gegenüberstand, in einem seltsamen, gedämmten Licht, seine Augen besorgt und zugleich aufmerksam auf sie gerichtet.

„Ist alles in Ordnung?“ Sie nickte. Erst jetzt wurde Elysan bewusst, dass sie hinter dem Wasserfall waren. „Du kennst den Bogenschützen.“

Es war mehr eine Feststellung als eine Frage. Sie konnte wieder nur nicken, bisher fehlte ihr der Atem. Sein Gesicht wurde ärgerlich.

„Er wird uns folgen. Wenn die anderen beiden mitkommen, ist es besser, wir verschwinden hier. Kannst du klettern?“ Elysan runzelte die Stirn und brachte ein schwaches: „Was hast du vor, Azrael?“, hinaus. Er wies auf das nasse, felsige Gestein neben ihnen. „Es wäre kein Problem, dort hinaufzusteigen und ihnen zu entkommen. Aber ich glaube, du wirst nicht klettern können. Dann bleibt nur, diesen Dummkopf zu töten.“

„Azrael, das ist Aldrick“, begann sie und merkte dann, wie seltsam ihre Worte für ihn klingen mussten.

Der Spott in seinen Worten war kaum zu überhören: „Den wollte ich wirklich niemals kennenlernen. Wenn du es sagst, Engelchen, dann klingt es, als sei er die Berühmtheit eures Dorfes. Oder so, als ob dieser Mann dir persönlich wichtig wäre. Ist es so?“

„Er hat mir eine Kette geschenkt.“ Sie fühlte sich

unwohl bei diesen Worten, wusste aber selbst nicht, was sie sagen sollte.

„Und das bedeutet dir etwas?“

Seine Finger wanderten unter ihr Kinn und sie musste den Blick, den sie eben gesenkt hatte, wieder zu ihm anheben. Aufmerksam betrachtete er sie.

„Bitte töte ihn nicht, Azrael.“

„Ist es dir lieber, wenn er mich tötet?“

„Nein. Aber ...“

Er atmete tief aus und ließ sie los. „Es tut mir leid, aber ich habe angeborene Reflexe. Dagegen kann ich nichts tun. Du wartest hier.“

„Azrael.“

Ein Schatten tauchte hinter dem Wasserfall auf und Azrael zog sie zurück.

„Bleib da.“ Sie wollte ihn zurückhalten, aber im nächsten Moment war er untergetaucht und verschwunden.

„Azrael?“, flüsterte Elysan ängstlich und versuchte, ihre aufsteigende Panik hinunterzukämpfen. Sie wollte nicht, dass die zwei aufeinander losgingen. Und das würden sie unzweifelhaft tun. Bevor sie weiter nachdenken konnte, tauchte auch sie wieder unter, immer tiefer, damit sie unter der Wasserwand hindurchtauchen konnte. Diesmal öffnete sich die Wasserwand nicht für sie und sie wurde ein ganzes Stück weiter hinuntergedrückt, bis sie es schaffte, weiterzuschwimmen. Elysan kam schon nach einem kurzen Stück wieder nach oben. Hinter ihr donnerte der Wasserfall tosend in den See.

„Azrael? Aldrick?“ Suchend sah sie sich um, dann entdeckte sie Aldrick, der gerade wieder unter Wasser gezogen wurde und verschwand. „Azrael, nein“, sie schwamm auf die Stelle zu, an der eben noch der

Bogenschütze gewesen war, doch plötzlich wurde sie gepackt und festgehalten. Es war sein Bruder Tamian, der sie hielt. Aldrick kam wieder nach oben, sein Gesicht war von Panik durchzogen, wahrscheinlich wegen Azrael, der neben ihm auftauchte und ihn sofort wieder herunterzureißen versuchte. Es war nur ein Zufall, dass Azrael sie entdeckte. Augenblicklich hielt er inne und ließ von seinem Opfer ab. Aldrick entfernte sich prustend ein Stück von ihm. Dann erst folgte er Azraels Blick und sein Entsetzen wandelte sich in Erstaunen und dann in Hass, als er Azrael wieder ansah. Lautstark höhnte er: „Da staunst du, Krieger. Sie gehört zu uns. Entweder du kommst mit und bist unser Gefangener, oder mein Bruder dort hinten wird ein paar Pfeile auf dich abschießen, sobald wir weit genug von dir entfernt sind. Wir können alle drei sehr gut zielen, verlass dich drauf. Und wir halten mehrere Tage hier aus."

„Aldrick, ihr dürft ihm nichts tun. Er hat mir geholfen", schrie sie gegen das Donnern des Wasserfalls an. Vielleicht hatte er sie gehört, vielleicht auch nicht. Auf jeden Fall wusste Aldrick wohl nicht, wer ihm da gegenüberstand. Tamian zog sie jetzt mit sich in Richtung des Ufers. Azrael hatte seine dunklen Brauen gerunzelt, als dächte er nach. Dann schwamm er tatsächlich langsam hinter ihr her. „Er hat mir geholfen, Tamian", wiederholte sie gegenüber Aldricks Bruder, der ihren Einwand allerdings völlig ignorierte. Brevon half ihr, aus dem Wasser zu steigen, das Kleid klebte nass an ihren Beinen und Wasser perlte davon ab.

Aldrick überließ es seinen Brüdern, Azrael aus dem Wasser zu ziehen. Mit zwei Schritten war er bei

Elysan.

„Geht es dir gut, Elysan? Was hat dieses Monster dir angetan?“

„Es ist alles gut“, beschwichtigte sie ihn. „Er hat ...“, sie hörten den Schlag und das Aufstöhnen zugleich und drehten sich rasch um. Aldricks Brüder waren wohl mit dem Kopf zusammengeschlagen und taumelten jetzt beide zu Boden. Ein Blick, ein Satz, dann war Azrael auch schon neben ihnen, riss sie von Aldrick weg und setzte fort, was er unter Wasser begonnen hatte. Seine Faust schlug fest in Aldricks Gesicht und dieser wankte zurück.

„Azrael!“, schrie Elysan erschrocken auf und konnte doch nicht verhindern, dass er mit dem nächsten Schlag seinen gleich großen und starken Gegner zu Boden schickte. Aldrick stöhnte auf, seine Beine knickten einfach ein und er sank auf die feuchte Erde hinunter.

Da er nochmals zuschlagen wollte, lief sie zu ihm und umklammerte seinen Arm.

„Nicht, Azrael, nicht!“

Er stieß sie fort und sie wankte zurück.

„Halt dich da raus“, fuhr er sie voller Wut an. Sie hatte sein Gesicht so noch nie gesehen, es wirkte kalt und gefühllos.

Nochmals schlug er zu, dann hielt er schwer atmend inne.

Er ballte die Faust und öffnete sie wieder, knurrte dann wie ein wütender Wolf und ging hinüber zu seiner Kleidung. Rasch zog er ein Messer hinaus und das Lederband, mit dem er vorhin ihre Hände hatte fesseln wollen.

„Nein, bitte nicht“, hauchte sie und trat ihm in den Weg, als er erneut zu dem bewusstlosen Aldrick schritt.

„Geh mir aus dem Weg."

„Ich bitte dich. Du darfst ihm nichts tun, hörst du?" Ihre Stimme hörte sich reichlich dünn an vor Angst. Er stieß sie unsanft zur Seite, sie taumelte und wäre fast gefallen. „Azrael!"

Er beugte sich hinunter, griff Aldricks Hände und hielt sie auf seinem Rücken. Dann fixierte er sie fest mit dem Lederband. Rasch kam er wieder hoch, ging hinüber zu seinen Brüdern, von denen der eine leise stöhnte und sich wohl aufrichten wollte. Unsanft stieß er dessen Kopf erneut zu Boden, setzte sich auf dessen Rücken, packte das Seil und schnitt es durch. Dann begann er ruhig, Brevon die Handgelenke auf dem Rücken zu verschnüren. Kaum war er fertig damit, wendete er sich dem dritten Bruder zu, fixierte zunächst seine Hände auf dem Rücken, bevor er das lange Seil durchschnitt und seine Fußgelenke zusammenband. Er wiederholte dies auch bei den anderen beiden. Erst danach grummelte er irgendetwas Bösartiges, kam hoch und ging hinüber zu seiner Kleidung. Entsetzt wandte Elysan den Blick ab, als sie sah, dass er sich völlig auszog. Ihre Wangen glühten vom Anblick seines kräftigen Rückens und seiner eindrucksvollen Arme. Rasch drehte sie sich um und ballte die Fäuste. Er hatte alle drei Bogenschützen erledigt, was unmöglich war, denn die Männer waren zu dritt gewesen. Wäre sie, anstatt mit ihm mitzutauchen, zurückgeschwommen, wäre das alles nicht passiert. Aldrick würde sie jetzt beschützen und sicher von hier und diesem Mann dort wegbringen. Auf einmal war ihr unsagbar kalt und sie verschränkte zitternd die Arme vor der Brust.

Eine Hand legte sich auf ihre Schulter und Azrael

sagte ruhig:

„Zieh dich aus."

„Garantiert nicht", Elysan fuhr wütend zu ihm herum und biss sich dann rasch auf die Lippe, da sie seinen Gesichtsausdruck wahrnahm. Dieser kalte Mann ihr gegenüber war ihr völlig fremd. Rasch wich sie ein Stück vor ihm zurück.

„Keine Angst, ich schaue dir nicht zu. Ich muss diese Gestalten noch an einen Baum fesseln. Beeil dich, ich will hier nicht ewig bleiben."

Und da sie immer noch zögerte, meinte er mit einem genervten Ausatmen: „Du kannst eine deiner Masken verwenden, wenn du möchtest. Die mit dem schönen Kleid. Wenn du sie nicht im Wasser verloren hast."

Ihre Masken! Jetzt erst glitten ihre Hände rasch hinunter zu ihren Rocktaschen und Elysan stellte erleichtert fest, dass sie noch dort waren. Soweit sie fühlen konnte, waren die Masken noch vollzählig. Azrael wandte sich mit einem Kopfschütteln ab und ging zu Aldrick, um ihn unsanft hinter sich her in Richtung eines größeren Baumes zu schleifen. Sie wandte angeekelt den Blick davon ab. Er würde damit nicht aufhören, selbst, wenn sie ihn darum bat. Im Gegenteil: Es war noch nett von ihm, dass er die Männer am Leben ließ. Deshalb suchte sie rasch ihre Schuhe zusammen und lief hinüber zu einem Gebüsch, das ihr als guter Schutz erschien. Dann begann sie mit zitternden Fingern, ihr Kleid aufzuschnüren. Erst, als sie eine der Masken aufzog, wich das erstarrte Gefühl aus ihrem Körper. Sie atmete tief ein und rief sich selbst zur Ruhe. Der kurze Rock der Jägerin ging ihr gerade einmal bis zu den Knien, aber die Stiefel waren dafür etwas höher.

„Bist du soweit?"

Einen Augenblick zögerte Elysan noch, seiner Stimme zu folgen. Dann schwang sie den Köcher mit Pfeilen über die Schulter, hob ihren Langbogen auf und bückte sich nach ihrem nassen Kleid. Langsam trat sie hinter dem Gebüsch hervor. Azrael wartete bereits, bei ihrem Anblick weiteten sich seine Augen für einen Augenblick unmerklich.

„Wenn du mich beeindrucken wolltest, so ist dir das gelungen. Du hast sehr schöne Beine, Elysan."

Da er ihr daraufstarrte, bereute sie die Wahl der Maske augenblicklich. Sie hatte stark und kämpferisch wirken wollen. Sein Ausdruck gefiel ihr jedoch nicht.

„Was kannst du durch diese Maske?"

„Ich treffe alles, worauf ich ziele."

„Zeig es mir", forderte er sie auf und hob ein Stück Baumrinde hoch. Fragend sah er sie an und Elysan nickte.

„Die treffe ich auch."

Sie nahm ihren Bogen und einen Pfeil aus dem Köcher, als er die Rinde in die Luft warf. Spannen und schießen waren eins, Elysan verließ sich völlig auf die Magie der Maske, die ihr die Fähigkeit schenkte, eine treffsichere Bogenschützin zu sein. Sie musste nicht hinschauen, um zu sehen, dass die Rinde mit dem Pfeil darin wieder zu Boden fiel.

„Nicht schlecht", bescheinigte ihr Azrael. „Aber überschätze dich nicht." Er hob die Rinde mit dem Pfeil darin auf, warf sie in die Luft und zog in einer fließenden Bewegung sein Schwert.

Mit einem Sirren zerschnitt das Schwert die Stille des Waldes. Elysan starrte auf die zerstückelten Reste von Pfeil und Baumrinde, die zwischen ihnen zu Boden fielen. Azrael lächelte kühl, als er sein Schwert lässig wieder in den Gurt steckte.

Elysan schluckte. Das war ein eindrucksvoller Beweis seiner Überlegenheit gewesen.

„Du gehst vor.“ Er wies ihr den Weg.

„Wohin bringst du mich?“

„Traust du mir nicht?“

„Wie sollte ich?“

Er lachte leise auf, es klang tief und anziehend.

Sie versuchte, sich gegen seine seltsame Anziehungskraft zu verschließen, stapfte an ihm vorbei und entdeckte Aldrick dort an einen der Bäume gebunden. Neben ihm waren seine Brüder an den Baum gefesselt.

„Aldrick!“ Was hatte Azrael nur getan! Elysan lief los, obwohl Azrael sie wütend mit: „Bleib hier“, anschnauzte. Gleich darauf war sie neben Aldrick, fasste an seine Wange und dann hinunter an seinen Hals, um zu spüren, ob noch Leben in ihm pulsierte, da er bewegungslos am Baum lehnte. Als sie ein schwaches, aber regelmäßiges Pulsieren fühlte, atmete sie erleichtert auf. Sie stand auf und kontrollierte auch bei seinen Brüdern die pochende Stelle am Hals, die darauf hindeutete, dass ihr Herz noch schlug.

Ein kräftiger Arm legte sich um ihre Taille und Arzael drehte sie um und zog sie mit sich davon.

„Ich habe sie dir zuliebe am Leben gelassen.“

„Danke, Azrael.“ Ihre Stimme klang erstaunlich dünn.

„Geht es deinem Knöchel besser? Da entlang, nach oben.“ Er wies in Richtung des versteckten Weges, den sie vorhin gekommen waren. Irgendwo wieherte ein Pferd und Azrael hielt inne. „Gibt es noch mehr von denen? Ich lasse mich nicht von euren Jägern durch den Wald jagen, Elysan." Da seine Hand an sein Schwert glitt, beruhigte sie ihn rasch:

„Das sind wohl ihre Pferde. Sie haben sie wahrscheinlich bei der kleinen Senke dort hinten festgebunden."

„Die Bogenschützen haben Pferde? Warum sagst du das nicht gleich?" Er änderte sofort die Richtung und befahl ihr: „Führ mich dort hin."

Wiederum folgte sie seinem Befehl augenblicklich.

Kapitel 17

„Was bist du doch für ein ungeschickter Bursche! Du sollst mir den Gürtel öffnen und nicht vor mir niederknien.“

„Entschuldigt, Prinz“, brachte Maira kleinlaut hervor. Ihre Wangen brannten feuerrot und sie versuchte mühevoll und möglichst mit geschlossenen Augen, den Prinzen auszuziehen. Jemand packte fest ihren Arm und Maira öffnete erschrocken die Lider. Graue Augen sahen sie nachdenklich an.

„Hast du schon jemals einen Mann ausgezogen?“

„Nicht wirklich“, flüsterte sie und er nickte und ließ sie los. Er machte eine Geste, sich zu erheben und sie tat es augenblicklich.

„Wie alt bist du? Ich sehe dich an und kann doch nicht sagen, wie alt du sein könntest. Von elf bis siebzehn halte ich alles für möglich. Du hast wohl Elfenblut in dir, so zart und durchscheinend wie deine Haut ist.“

Sie sah nur betreten nach unten. Selbst auf dem Boden war nur ein schlichter Teppich ausgebreitet, der das Zelt des Prinzen wahrscheinlich kaum wohnlicher machte, als es die Zelte der anderen waren. Lediglich auf dem einfachen Lager des Prinzen lagen ein paar Felle.

Der Prinz stieß die Luft aus.

„Ich weiß nicht genau, warum ich dich als meinen Leibdiener ausgewählt habe. Aber da ist etwas an dir, so etwas wie eine schimmernde Aura, die dich umgibt. Wenn du nicht in der Lage bist, einem fremden Mann beim Ausziehen zu helfen, dann mach dich anderweitig nützlich. Klopf die Felle aus, putz meine Stiefel oder leg meine Sachen bereit. Ich bin in der Lage, mich selbst auszuziehen."

Große Güte! Maira zwang sich, ihre Mundwinkel am Grinsen zu hindern. Trotzdem musste er es bemerkt haben, denn er fragte mürrisch:

„Warum lachst du?"

„Verzeiht, Prinz", zwang sie ihre Stimme zur Ruhe. Es ging auch um ihren Vater!

Sofort war sie wieder ernst.

„Ihr seid auch alt genug, um das zu können." Als sie es gesagt hatte, spürte sie ihren Fehler. Entsetzt sah sie dem Prinzen das erste Mal in diesem Zelt direkt in die Augen.

In seinem Gesicht konnte sie nichts lesen.

„Es ist unter Adeligen üblich, dass sie sich beim An- und Auskleiden helfen lassen. Ich dachte, auch ihr Bauern wüsstet das."

Obwohl Maira spürte, dass dieses Thema ungut für sie enden konnte, rutschte es aus ihr hinaus:

„Das wusste ich, mein Prinz. Aber ihr wirktet auf mich so stark und männlich, dass ich es euch zutraute, es auch allein zu können." So stark und männlich? Hatte sie das eben wirklich gesagt? Warum hatte sie nur immer so eine vorlaute Zunge!

Der Prinz sagte nichts, nur seine Augenlider zuckten für einen Moment nervös. Dann straffte er seine Schultern, machte eine wegwischende Bewegung mit der Hand und befahl ihr kühl: „Tu etwas, Junge." Sie verbeugte sich höflich und griff rasch seine Stiefel, um sie zu putzen. Maira beeilte sich, ein wenig Abstand zwischen sich und den ihr nun so ungeliebten Prinzen zu bringen. Sie wusste, dass sie alles versuchen musste, um ihren Vater zu befreien. Und sie hatte hier einen Platz, von dem aus ihr das am ehesten möglich war. Daher besann sie sich auf das, was sie konnte. Und das war bei drei kleineren Geschwistern, alles im Griff zu haben. Niemals konnte ein Prinz anstrengender sein als ihr kleiner Bruder. Das hoffte sie zumindest.

Als er ihr wenig später eine Decke zuwarf und mit den Worten: „Du schläfst dort“ auf den Teppich am Boden wies, stiegen ihr dennoch Tränen in die Augen. Sie wollte nicht bei ihm sein, sondern nach Hause gehen und darüber nachdenken, wie sie ihrem Vater helfen konnte. Und vor allem auch sich selbst dabei, diese seltsame Gestalt wieder abzulegen.

„Kann ich nicht nach Hause gehen?“, fragte sie rasch und der Prinz, der sich schon auf das Fell des einfachen Lagers gelegt hatte, runzelte die Stirn.

„Nach Hause? Wo soll das sein? Ich dachte, du wärst Waise, Isgard.“

„Ich wohne beim Schmied“, redete Maira sich schnell heraus. Der Prinz betrachtete sie nachdenklich im Kerzenlicht.

„Dann sei froh, dass ich dich dort herausgeholt habe. Für die Arbeit in der Schmiede bist du viel zu zart. Schlaf jetzt.“

Er blies die Kerze einfach aus, deckte sich mit einem der Felle zu und drehte sich auf die Seite. Sie starrte noch eine Weile auf ihn und ihr kam der Gedanke, wie leicht er doch so zu verletzen war. Sie war doch eine Fremde, wie konnte er mit einer oder besser einem Fremden im Raum überhaupt so entspannt schlafen?

Irgendwann warf sie sich die Stoffdecke über und rollte sich auf dem Teppich möglichst klein zusammen. Die Geräusche des Heerlagers verstummten nach und nach und bis auf wenige Fackeln wurde es draußen auch ein wenig dunkler. Dann schlief sie wider Erwarten einfach ein.

Kapitel 18

„So. Absteigen."

Elysan zügelte zwar ihr Pferd, warf Azrael allerdings einen überraschten Blick zu.

„Wir sind mitten im Wald. Es ist schon dunkel. Sag mir nicht, dass wir hierbleiben wollen."

„Doch, genau das wollen wir." Er sprang vom Pferd, ergriff dessen Zügel und kam dann zu ihr hinüber, als sie aus dem Sattel hinunterglitt, um die Zügel ihres Pferdes zu übernehmen. Ein einziges Pferd hatten sie am Wasserfall zurückgelassen, und das hatte Azrael in seiner Bosheit auch noch ein Stück fortgejagt. Wie es wohl Aldrick ging? Elysan dachte mit einem schlechten Gewissen an ihn und seine beiden Brüder. Azrael kam hinüber zu ihr auf die kleine Lichtung und nahm dann seinen Umhang ab, um ihn auf dem Boden auszubreiten.

„Dein Bett unter den Sternen, Engelchen. Mach es dir bequem." Derweil hängte er ihr immer noch nasses Kleid über einen umgestürzten schmalen Baum.

„Warum nennst du mich so?", fragte sie ihn ärgerlich, folgte allerdings dennoch seiner Anweisung. Es war ein seltsames Gefühl, seinen Umhang so dicht an sich zu spüren. Lieber hätte sie sich auf das Moos darunter gekuschelt, als etwas von ihm so dicht an sich zu haben. Azrael zog sein Schwert, ließ es locker und ganz sanft über den Boden schleifen, während er einmal um ihr provisorisches Lager am Boden herumging. Dann blieb er vor ihr stehen, hob das Schwert etwas an, sodass das Mondlicht sich darauf spiegelte und ihr ein kalter Schauer über den Rücken jagte. Dann rammte er es direkt vor ihr in den Boden. Elysan schluckte mühevoll und konnte nur auf die sanft schimmernde Klinge vor sich starren. Ein glänzender durchsichtiger Edelstein oberhalb des Griffs brach das Mondlicht wie ein leuchtender Stern.

Wie ... einladend. Der Mann hatte wirklich einen Sinn für Romantik.

Azrael warf ihr einen knappen Blick zu, dann kam er zu ihr und legte sich hinter sie auf seinen Umhang. Er war ihr so nahe, dass sie seine Körperwärme spüren konnte. Er schlug den Umhang seitlich über sie zusammen.

Elysan brachte mühevoll heraus:

„Wenn du mir Angst machen willst, Azrael, dann gelingt dir das ganz gut."

„Will ich nicht, Engelchen. Schlaf jetzt."

Als sich sein Arm um ihre Taille legte, riss sie entsetzt die Augen auf und hielt erschrocken den Atem an.

„Weiteratmen. Ich passe nur auf dich auf", flüsterte er amüsiert und sie stieß unwillig den Atem aus.

„Fass mich nicht an!"

„Warum so abweisend? Nur du und ich und die Sterne über uns. Mir gefällt's."

„Lass mich los, sonst ..."

„Sonst?"

„Greife ich dich mit deinem eigenen Schwert an!"

„Versuche, es zu ziehen, und es gehört dir."

Sie seufzte still, denn wahrscheinlich hatte er wieder einen Zauber verwendet. Es war garantiert unmöglich, dieses Schwert zu ziehen. Die Sache mit dem Zauber war ihr aber eigentlich ganz lieb, denn ungeschützt mitten im Finsterforst auf dem Boden zu liegen war ganz und gar unklug. Sehr schnell konnte man hier zur Beute werden und jeder Bewohner ihres Ortes bemühte sich, nach Einbruch der Nacht wieder im Dorf zu sein. Obwohl die vielen Elfen, Zwerge und Kobolde die anderen Kreaturen des Waldes auf Abstand hielten. Wie lange war es her, seitdem sie von Orks gehört hatte, die im Wald angriffen? Es war so, als hätte das Böse, das den Finsterforst seit einer ganzen Weile verlassen hatte, wieder Einzug in ihn gehalten. Zhuma. Hatte er diese Männer zu ihnen geschickt? Und was war aus ihrer Mutter und ihrem Bruder geworden? Elysan starrte auf die glänzende Klinge vor sich und murmelte dann erneut:

„Lass mich los, Azrael. Du hast kein Recht dazu."

Tatsächlich ließ er sie los, aber er lachte leise und grausam dabei auf.

„Zu allem was ich tue, gebe ich mir selbst das Recht."

„Dazu hast du es aber nicht."

„Warum so abweisend? Wegen dem vertrottelten Bogenschützen?"

„Er ist nicht vertrottelt."

„So, meinst du. Ich fand ihn schon recht dümmlich."

„Du kennst ihn auch nicht."

Azrael sog tief die Luft ein. Er hatte auch nicht vor, diesen Waldschrat näher kennenzulernen. Aber dass die hübsche Frau vor ihm, die ihn überaus ansprach, immer noch so abweisend war, ärgerte ihn. Er entschloss sich dazu, ihr eine Falle zu stellen. Sie waren im Umkreis des Schwertes durch den magischen Ring geschützt, dessen Energie Zhuma nicht würde aufspüren können. Kleine Magie, keine große, spürbare. Die große, spürbare hatte er mit ihr vor.

Sie stieß ihn zwar immer noch weg, aber das würde sich bald ändern. Sehr bald.

„Ich habe etwas für dich, kleine Jägerin."

Wieder hielt sie beinahe die Luft an, wahrscheinlich vor Überraschung über seinen Themenwechsel.

„Ach ja?" Es war süß, wie sie versuchte, ihre Neugierde hinter diesen zweifelnd herausgestoßenen Worten zu verstecken. „Vielleicht will ich es aber gar nicht."

„Doch, ich denke schon. Du magst den Wald, Elysan. Das hier ist Engelskraut, es wächst auf den höchsten Bäumen", er hielt ihr die seidig weichen weiß-grünen Blätter vor den Körper, wohlweislich darauf bedacht, sie dabei nicht zu berühren.

„Oh", sagte sie überrascht und nahm ihm die Blätter aus der Hand. Elysan richtete sich zum Sitzen auf und er tat es ihr ruhig nach, während ihre Hand im Mondlicht über das Engelskraut streichelte. „Woher hast du es?", fragte sie kaum hörbar. „Es ist so selten."

„Ich kann dir vieles beschaffen, das selten ist. Willst du dir daraus eine Maske formen?"

Sie schwieg für einen Moment verblüfft. Ihr Atem ging deutlich schneller und ihr gehauchtes „Vielleicht. Wenn ich es kann", ließ ihn vermuten, dass die Falle zugeschnappt war.

„Allerdings müsste ich dich dann anfassen und das darf ich ja nicht." Noch ein kurzes Zögern, dann erwiderte sie: „Aber nur für die Maske."

„Gut. Versuchen wir es. Konzentriere dich auf die Maske", befahl er und versuchte, das Gleiche zu tun, was ihm aber nicht gelang, als er sie von hinten umarmte und dicht an sich heranzog. Ihre Wärme wirkte berauschend auf ihn und der Geruch ihres Haares nach Natur und wilden Blumen stieg in seine Nase und ließ das beständige Verlangen nach ihr noch stärker werden. Seine Hände verlangten danach, sie weiter zu umarmen und zu erkunden, aber er zwang sich, sie jetzt um die ihren zu legen.

„Konzentriere dich“, wiederholte er mehr zu sich selbst als zu ihr, weil seine Instinkte jetzt kurz davor waren, die Kontrolle zu übernehmen. Ihre Nähe, ihr anziehender Geruch und ihr weiches Haar – es waren ganz andere Bilder, die er vor Augen hatte als das, was er hier tun musste. Er fluchte leise und Elysan sagte hörbar lächelnd: „Ein Zauberspruch? Bringst du ihn mir bei, Azrael?“

Sofort ließ er sie los und rückte ein Stück von ihr ab. So unschuldig. Und so unbedarft. So wie es aussah, war der vertrottelte Jägersmann noch nicht allzu weit bei ihr gekommen. Sie drehte sich jetzt halb zu ihm um.

„Azrael?“

„Gleich. Ich denke nach.“

Warum konnte sie nicht einfach dieses knappe Kleidchen ausziehen? Andere Frauen waren ihm gegenüber deutlich entgegenkommender. Er hatte extra mitten im Wald mit ihr angehalten, um etwas mehr Ruhe für ihre neu entstehende Zweisamkeit zu haben. Sie hätten das Lager seines Heeres noch mühelos erreichen können. Azrael atmete tief ein, um sich wieder unter Kontrolle zu bringen. Dann rückte er soweit an sie heran, wie er es verantworten konnte, griff erneut ihre Hände von hinten, die sich um die zarten Blätter gelegt hatten, und konzentrierte sich auf die Magie in sich. Dunkel stieg sie in ihm auf und lenkte ihn ein wenig von den drängenden fleischlichen Gelüsten ab. Er begann, eine der Formeln zu murmeln, die seinen Kopf im richtigen Moment streiften. Anders als Zhuma hatte er nicht vor vielen Büchern gehockt, um jeden kleinen Spruch auswendig zu lernen. Er fing die Magie, die ihn umgab, lieber auf und lenkte sie weiter. Es war weitaus größer als das, was Zhuma da so mühevoll praktizierte. Und dann war die Magie bei ihr. Überrascht darüber zog Azrael die Hände zurück und beobachtete, was passierte. Da war als erstes dieses Licht, das sich um die aus den Blättern entstehende Maske legte. Azrael runzelte die Stirn. Das war weiße Magie, keine schwarze.

Wie konnte sie schwarze Magie in weiße wandeln? Oder hatte er ihr unbewusst weiße Magie geschickt? Hatte er ihre eigene Energie damit erweckt und würde diese Magie anhalten oder sofort wieder verblassen?

Elysan ahnte derweil nichts von den Gedanken, die sich der Mann hinter ihr machte. Sie war versunken in Gefühle, den Hauch des Windes im Wald und die Laute der Tiere und anderen Lebewesen. Und dann konzentrierte sie sich völlig auf die Blätter in ihrer Hand und den Ort, an dem sie wuchsen. Diese hier stammten spürbar von einer schlanken Weidenbirke, deren Äste und Blätter sich mit dem Wind neigten. Das Engelskraut brauchte den Wind hoch oben in den Baumwipfeln, um zu gedeihen. Es zu finden, galt als großer Glücksfall. Engelskraut und Wind gehörten immer zusammen. Und so würde diese Maske auch etwas davon verliehen bekommen.

Die Blätter in ihrer Hand begannen, sich zu verformen, sie nahmen Gestalt an, und als Elysan die Augen wieder öffnete und die Magie langsam abflaute und dann verebbte, lag eine zarte helle Maske in ihren Händen. Das Zeichen darauf kannte sie bereits. Ein Rhím. Das alte Zeichen für die Magie des Windes.

„Azrael", sie wandte sich begeistert um und begegnete seltsam ruhig lauernden Augen.

„Hm?"

„Vielen Dank. Mit dieser Maske kann ich mich in ein Windwesen verwandeln."

Unglauben lag in seinem Blick, als er sie ihr aus der Hand nahm. Während ihre Finger sich berührten, schien seine Magie sie nochmals prickelnd zu streifen.

„Kein Mensch kann sich in ein Windwesen verwandeln. Nicht einmal ein Magier. Was meinst du überhaupt mit *Windwesen*?"

„Willst *du* die Maske ausprobieren?"

Überrascht sah er auf. Meinte sie das ernst? So wie sie ihn anstrahlte, durchaus. Als ob er mit dieser Maske etwas anfangen könnte! Er reagierte augenblicklich auf ihr Lächeln und musste sich zwingen, ruhig zu bleiben. Das lief alles anders als geplant. Gwyladys hatte sich von einer Reiterin in eine Prinzessin verwandeln können, inklusive passender Garderobe. In eine schäbige Magd in lumpiger Kleidung oder in eine Ballkönigin. Aber niemals in etwas Größeres oder Mächtigeres. Er kannte keine Maskenträgerin, die das konnte. War sie doch eine Gestaltwandlerin? Wie passte das zusammen? Und warum war sie jetzt erneut völlig ohne Magie? Wie konnte sie sich ohne Magie verwandeln?

„Tu es", flüsterte er.

Elysan war so gefangen in ihren Maskenzauber, dass sie die Maske der Jägerin achtlos abnahm. Ihr nackter Rücken ließ Azrael gebannt darauf starren.

Er widerstand dem Impuls, seine Hand daraufzulegen. Dann rückte sie etwas von ihm ab und hielt die Maske vor ihr Gesicht. Fasziniert beobachtete er den Moment, in dem ihr Gesicht mit der Maske zu verschmelzen schien. Und dann war sie da, die Magie, die er tief und klar spüren konnte. Azrael atmete zufrieden ein, denn es war weiße Magie, pure, reine weiße Magie, zart und sanft und gut. Das Nächste, was er wahrnahm, war ihre Verwandlung. Licht umspielte sie wie leuchtende Perlen und ließ ihre Haut zart und durchscheinend wirken. Ihr Körper schien sich in ein sanftes Schimmern zu verwandeln. Als sie ihm den Blick zuwandte, war er ehrlich beeindruckt. Sie hatte sich in eine bildschöne, schemenhafte Gestalt in einem elfenähnlich luftigen Kleid verwandelt. Als sie aufstand, konnte er nur auf ihre halbnackten Beine starren. Das Kleidchen ging ihr lediglich bis zu den Knien.

„Azrael, schau doch!"

Das tat er ja schon. Sie meinte aber wohl auf das Gesamtkunstwerk.

Langsam stand er auf.

Elysan hatte sich lange nicht so frei, leicht und wohl gefühlt. Es war so, als würden die Mühsalen des Lebens komplett von ihr abfallen. Als sie an sich heruntersah, entdeckte sie ein elfenähnliches Kleidchen, das aus fast durchsichtigem Stoff zu sein schien. Sie hob ihre Hand an und betrachtete sie fasziniert. Auch sie selbst war irgendwie transzendent.

„Schau doch", wiederholte sie beglückt und stellte dann fest, dass er das bereits tat. Aber irgendwie nicht so, wie sie es sich gewünscht hätte. Seine blauen Augen hatten etwas ungemein Hartes und da war noch etwas anderes. Bevor sie es näher benennen konnte, packte er sie um die Taille herum und riss sie an sich heran. Ein erschrockener Schrei entschlüpfte ihr, dann fand sie sich an seinen festen, warmen Oberkörper gelehnt wieder und seine Lippen legten sich auf die ihren. Azrael küsste sie nicht sanft und vorsichtig, wie Aldrick es getan hatte. Sein Kuss war fordernd und provokant, ungemein heiß und sinnlich. Ihr Blut begann augenblicklich, schneller durch ihre Adern zu pumpen. Hitze stieg in ihr auf und breitete sich bis in ihren Bauch hinein aus. Sie vergaß fast, zu atmen, da er sie noch intensiver küsste, seine rauen Hände an ihrem Körper herabwanderten und ihr ganzes Selbst in einen Ausnahmezustand versetzten. Und das Einzige, was sie tun konnte, war, seine Küsse zu beantworten, ihm entgegenzukommen und sich an ihn zu schmiegen, als müsse es so sein. Seine Finger strichen über den dünnen Stoff ihres Kleides und hinterließen eine prickelnd heiße Spur auf ihrer Haut, als wäre das Kleidchen gar nicht vorhanden. Elysan schlang die Hände in sein Haar, beantwortete seinen drängenden Kuss und wölbte sich ihm entgegen. Sofort waren seine Hände an ihren Hüften und zogen sie noch etwas dichter, sodass sie ihn intensiv spüren konnte. Er ließ für einen winzigen Moment von ihr ab, aber die Entschlossenheit in seinen Augen machte ihre Knie noch weicher. Dann packte er sie erneut, und gab ihr einen Kuss, der frei war von jeglichem Anstand. Elysan stöhnte in seinen Mund. Azrael hob sie hoch und sie schlang die Beine um ihn, sie wusste gar nicht mehr, was sie da tat, denn ihr Körper hatte die Kontrolle übernommen, reagierte instinktiv auf seine Küsse und Berührungen. Ihr war unglaublich heiß, das Blut rauschte in ihren Ohren und als er sie trug und auf einem umgestürzten Baum herunterließ, war er sofort wieder da, provozierte sie mit einem viel zu heftigem Kuss und zog sie noch dichter an sich, sodass ihre Handflächen auf seinen harten Muskeln unter seinem Hemd lagen. Zitternd strich sie ihm darüber, dann schlang sie erneut ihre Beine um seine Hüfte und ihre Hände in sein Haar. „Azrael“, flüsterte sie eine stumme Bitte, die er augenblicklich verstand.

Zhuma hatte schon eine ganze Zeit lang Augen und Ohren aufgesperrt, um mitzubekommen, was dort im Finsterforst passierte. Die Magie war kaum mehr irgendwo spürbar, er hatte Nostromo wohl doch übel erwischt.

Von jetzt auf sofort war da plötzlich eine riesige Energie, mitten in der hereinbrechenden Nacht. Er spürte sie deutlich, stöhnte entsetzt auf und rührte rasch in seinem magischen Kessel. Zhuma murmelte seltsame Worte, dann holte er das über dem dunklen Nebeldampf entstehende Bild immer näher zu sich heran.

„Nein!“, er kratzte sich nervös über seinen Bauchnabel. Das durfte nicht wahr sein! Mit wem trieb es Azrael dort? Zwei verschlungene Körper, die in ihren heißen Küssen und Berührungen wohl gar nicht wahrnahmen, wieviel Energie sie ausstrahlten. Wer war die zarte Frau in dem seidigen Kleidchen, das Azrael gerade ein wenig nach oben schob, um seine Hände daruntergleiten zu lassen? Er hörte ihr Aufstöhnen, sah die Leidenschaft in ihrem Gesicht und war sich bewusst, dass es dort gleich zum Äußersten kommen würde. An sich etwas, bei dem er gern zuschaute, aber jetzt lagen die Dinge anders. Er musste verhindern, dass sich diese zwei magischen Geschöpfe vereinigten. Und er musste es schnell tun, denn diese zwei heißblütigen Wesen würden sich nicht mehr viel Zeit damit lassen.

Er murmelte beständig Sprüche, ballte seine Magie zu einer gewaltigen Kraft an, dann feuerte er sie in das Bild vor sich. Eine gewaltige Druckwelle fuhr zwischen das Paar und schleuderte die beiden voneinander weg. Zhumas zweite Gestalt breitete sich wabernd wie schwarzer Nebel auf der Lichtung im Finsterforst aus, wo sie gerade eben noch gestanden hatten. Er musste die Frau finden, nur die Frau war jetzt wichtig. Zhuma schloss die Augen und konzentrierte sich, schließlich ertasteten seine Sinne ein ganzes Stück von sich entfernt weiße Magie. Der Wind musste sie weggetragen haben, anders war die plötzliche Entfernung nicht zu erklären.

„Ich komme, mein Mädchen“, krächzte er bösartig und wollte ihr folgen, aber etwas hielt ihn fest. So sehr er den dunklen Nebel auch verschieben wollte, er kam nicht von der Stelle. Ärgerlich wandte er sich um.

„Dir ist sicher nicht aufgefallen, dass du störst, Zhuma“, sagte Azrael betont ruhig. Dann stieß er sein Schwert mitten in den Nebel. Zhumas zweites Ich stieß einen schrillen Schrei aus, der weit durch den dunklen Wald hallte.

Der große Zauberer wankte krächzend von seinem Kessel zurück, während sein zerstörtes Ich aus dem wabernden Nebel in ihn zurückglitt. Er taumelte und ging zu Boden. Sofort flog die Tür auf, sein Kammerdiener betrat den Raum.

„Herr, es ist ...“

„Raus!“, schnauzte Zhuma und verstummte dann

ehrfürchtig, denn der große König Kimbras betrat den Raum. Sein langer, edel bestickter schwarzer Umhang rauschte hinter ihm her. Der König sah nicht zufrieden aus. Beim Anblick seines ersten Hofmagiers am Boden runzelte er die dichten Brauen.

„Was machst du da, Zhuma? Erhebe dich gefälligst, wenn ich mit dir spreche."

„Sehr wohl, mein König", stöhnend kam er hoch und klopfte sich den Staub von seinem Gewand.

„Also? Ich habe immer noch keine Nachricht erhalten, ob der Auftrag geglückt ist, Zhuma. Es raubt mir den Schlaf und doch kann ich es nicht glauben, dass Azrael scheitert. Was ist los? Sind die Menschen in Emberton alle tot?"

„Nun ja", wand sich Zhuma um eine Antwort. „Die Menschen leben wohl noch. Aber der große Zauberer ist in Gewahrsam. Nur gibt es da ein Problem. Ein großes Problem."

„Und das wäre?"

„Eine Maskenträgerin."

Der König runzelte augenblicklich noch mehr die Brauen, sodass sie eine einzige, grauschwarze Linie über seinen Augen bildeten.

„Eine Maskenträgerin? Wie kommt sie dorthin? Und warum hast du nicht vorher von ihrer Existenz gewusst, Zhuma? Ich denke, du beherrschst den wahren Zauber?"

„Das ist auch so, Eure Majestät", meinte Zhuma zerknirscht und versuchte, sich vor eines seiner zahlreichen Porträts zu stellen, die er in seinem zugigen Raum ausgestellt hatte. „Ich war gerade dabei, sie zu zerstören."

„Und das ist dir sicher auch gelungen, oder?"

„Noch nicht ganz."

Der König donnerte seine Faust auf den dunklen Tisch vor sich, sodass sowohl der goldene Humpen darauf als auch der Kerzenleuchter in die Höhe hüpften. Sein Gesicht war zornesrot, als er brüllte:

„Warum leben die Menschen dort noch? Mein Stiefsohn wohl eingeschlossen. Was macht Azrael? Er wird es sicher bald ändern, nehme ich an. Sag es mir, Zhuma!"

„Azrael jagt die Maskenträgerin."

„Na bitte. Wenigstens einer, der etwas Sinnvolles tut. Was ist mit meinem Stiefsohn?"

„Er rastet mit seinem Heer in Emberton."

„Er *rastet*? Er hat noch nichts getan und *rastet*?" Der König sah aus, als würde er gleich erneut in zorniges Schreien ausbrechen.

Um das zu verhindern, versicherte Zhuma hastig:

„Vielleicht wäre es besser, die Truppen Malphas' und Bogdans hinterherzuschicken? Nur zur Sicherheit?"

Die Ader an Kimbras' Stirn begann, bedenklich zu klopfen, der ungesunde Rotton seines Gesichtes verstärkte sich noch. Dann brach es aus, das erwartete Gewitter:

„Zur Sicherheit? Zu welcher Sicherheit? Womit rechnest du, Zhuma?"

„Dass der Prinz sein Herz für die Dorfbewohner von Emberton entdeckt und Azrael Hochzeit mit einer Maskenträgerin feiert", entgegnete er wahrheitsgemäß.

„WAS?" Der angekündigte Wutausbruch des Königs brach jetzt heftig los. Er trat gegen einen der kostbaren Edelholzstühle, der krachend entzweibrach, und fegte mit dem Arm alles vom Tisch herunter. Das Tintenfass zersprang am Boden und schwarze Tinte durchnässte die angefangen Seiten von Zhumas Buch der Zauberformeln. Schmerzerfüllt biss sich der Zauberer auf die Unterlippe. Aber die Wut des Königs war noch nicht verraucht. Er stieß ihn zur Seite, ging hinüber zu seiner Bildergalerie und packte ausgerechnet das Bild, das Zhuma für das Gelungenste hielt: Ihn, Zhuma, im Profil getroffen, seine hagere Gestalt eingefangen für die Ewigkeit.

„Nein, mein König, alles bloß das …“ Die Leinwand riss krachend über seinem Kopf. Wieder etwas besänftigt rieb sich König Kimbras die kräftigen Hände.

„So, Zhuma. Du schickst Malphas’ und Bogdans Truppen nach Emberton. Sie sollen mit allem dort kurzen Prozess machen. Wenn ich nicht mehr auf Azrael zählen kann, sollen sie auch ihn und seine Leute vernichten. Ich verlange ganze Arbeit, mach das den Männern klar. Jeder, der erfolglos zurückkehrt, wird von mir persönlich um einen Kopf kürzer gemacht. Und du räum hier auf und lüfte mal. Deine Raben haben ihren Dreck im ganzen Raum verteilt. Es stinkt. So. Lady Roslyn erwartet mich. Enttäusche mich nicht noch einmal, Zhuma!“

„Nein, Eure Majestät, das werde ich nicht.“ Der Zauberer verbeugte sich tief, als der König sich umwandte und dann mit festen Schritten aus dem Raum stapfte. Zhuma ballte die Faust und eine Träne trat ihm ins Auge, als er sein geschändetes Porträt am Boden liegen sah. Das würden sie büßen, alle zusammen.

„Roger, komm herein“, befahl er und sein stummer Kammerdiener huschte kurz darauf in den Raum. „Sollen wir saubermachen, Herr?“

„Das auch. Aber später. Zuerst pack meine Sachen und sag meinen Leibwächtern Bescheid. Ich beabsichtige, das Heer zu begleiten, wenn es losreitet. Benachrichtige Malphas und Bogdan. Sie sollen ihre Truppen hierherbringen, aber zack zack."

„Sehr wohl, mein Herr", der Kammerdiener verbeugte sich, schloss die klemmende Tür mit einem dumpfen Schlag und verschwand. Ärgerlich vor sich hinmurmelnd ging Zhuma im Raum auf und ab. Das würden sie büßen. Allesamt.

Kapitel 19

Simon war unendlich erleichtert, dass der grüne Gnom oder besser Kobold ihn endlich aus diesem Baum entlassen hatte. Vorher hatte er – der Gastfreundschaft wegen – aber noch mit ihm zusammen speisen müssen. Simon würgte, als er an die gerösteten Käfer in Bucheckernöl dachte. Aber anders wäre er dort niemals mehr herausgekommen. Hilgenbrand war eisenhart.

„Essen odeer warrrten", schnarrte er und Simon entschied sich augenblicklich fürs Essen. Er musste hier raus, es war dunkel, eng, stinkig und glitschig und er hätte wirklich alles getan, um endlich wieder frische Luft atmen zu können. Ihm war bewusst gewesen, dass ihm als Verräter jederzeit Folter und Gefängnis drohten, aber dann zumindest ein richtiges Gefängnis. Nicht der Wohnbaum eines grünen Stinkekobolds.

Jetzt beschleunigte er rasch seine Schritte, weil er die Soldaten entdeckte, die weiter hinten mit einer Laterne Wache gingen.

„Halt. Wer da?" Sie hatten ihn schon entdeckt. Panik stieg in ihm auf und kalter Schweiß rann über seinen Rücken. Er überlegte, wegzulaufen, ließ es dann aber sein. Stattdessen glitt seine Hand unter seinen Umhang ans Schwert.

„Wer seid ihr? Urgh", brachte einer der großen, stämmigen Wachmänner heraus, die eiligen Schrittes herankamen, und hielt sich dann die Nase zu. Beide stoppten und traten sofort wieder einen Schritt von Simon zurück. „Was bist du denn für einer? Eine

Moorleiche zurück auf dem Weg nach Hause? Du riechst jedenfalls wie eine."

„Schon gut", meinte Simon lässig. „Tatsächlich komme ich gerade aus dem Nachbarort und hatte mich in den Sümpfen verirrt. Ich bin froh, da wieder herausgekommen zu sein."

„Ja, da hast du wohl recht. Die Erleichterung steht dir wirklich ins Gesicht geschrieben. Was hast du im Nachbarort gemacht?"

„Handel und so. Wir verkaufen Mooskissen." Im letzten Augenblick waren ihm die Geschäfte seiner Mutter und Schwester eingefallen.

Einer der Soldaten brummte zustimmend:

„Gute Idee. Könnten wir im Lager auch gebrauchen. Bring morgen eins für den Prinzen vorbei und sag, Jakob hat dich geschickt. Ich bezahl's dir dann auch."

„Ja, das mach ich. Schönen Abend noch."

„Dir auch." Die Soldaten stapften davon und Simon beeilte sich, rasch in Richtung ihres kleinen Hofes zu gelangen. Sie griffen momentan wohl nicht an. Was war in seiner Abwesenheit geschehen? Er würde es herausfinden, aber zunächst musste er sich waschen. Direkt an der Tiertränke oder am Brunnen, Hauptsache, der Gestank wich endlich von ihm ab. Rasch lief er weiter.

Immer noch saß Elysan der Schreck in den Gliedern. Die Druckwelle hatte sie weit davongeschleudert, aber sie prallte gegen keinen der eng stehenden Bäume, sondern wurde wie von einem sanften Wind getragen. Es war nicht wie bei der Drachenmaske, dass sie fliegen konnte, sondern sie fühlte sich einfach nur eins mit der Luft und dem leichten Wind. Sanft wie eine Feder trug er sie noch ein Stück weiter, bis sie schwer atmend an einem Baum innehielt und sich dagegenlehnte.

Ach du liebe Zeit. Was hatte sie getan? Und vor allem: Was hätte sie noch alles getan, wäre diese Energie nicht zwischen sie gefahren?

In dem Moment hatte es sich so gut und richtig angefühlt, aber Azrael war des Königs Heerführer! Er behandelte sie wie seine Gefangene und mit schlechtem Gewissen fiel ihr wieder ein, dass Aldrick mit seinen Brüdern wahrscheinlich immer noch an diesen Baum am Wasserfall gefesselt stand. Unentschlossen dachte sie nach. Sie hatte Azrael versprochen, die Masken nicht mehr zu nutzen, um vor ihm zu fliehen. Außerdem waren alle ihre Masken in der Tasche ihres Kleides und das lag zum Trocknen über einem Stamm.

Wenn sie jetzt aber zurückkehrte, dann würde Azrael sicher dort weitermachen, wo sie eben unterbrochen worden waren. Elysan hielt sich die Stirn. Das ging ihr alles zu schnell, sie brauchte dringend Zeit, um über ihn und sich nachzudenken. Und dazu brauchte sie Abstand von ihm.

Er würde es verstehen. Hoffte sie. Und die Masken wären bei Azrael in guten Händen. Er hatte Achtung vor ihnen, das wusste sie. So schwer es ihr auch fiel, sie wandte sich ab und ging langsam durch den an dieser Stelle tiefdunklen Wald. Sie atmete tief aus und die Äste rund um sie herum neigten sich augenblicklich im Wind. Augenzwinkernd blieb Elysan stehen. Das war ja beeindruckend. Ihre Maske besaß Kräfte, die sie noch gar nicht kannte. Also wollte sie diese auch nutzen.

„Trag mich nach Haus, oh Wind“, flüsterte sie und

sanft und zart war der Wind plötzlich da, umfing sie und trug sie mit sich davon. Endlich heraus aus dem Finsterforst. Als ein Windstrudel sie sanft wie einen landenden Schmetterling auf der Hinterseite ihres Hofes absetzte, lächelte Elysan beseelt. Sie würde weitere Masken herstellen. Aber nicht jetzt. Jetzt brauchte sie eine Nacht in ihrem eigenen Bett, weit weg von Azrael. Sie wollte schon in Richtung des Einganges laufen, als sie das Stöhnen und Platschen wahrnahm.

„Simon?“, fragte sie verblüfft, als sie den Mann erkannte, der sich dort an der Tiertränke reinigte. „Was machst du da?“ Rasch ging sie zu ihm hinüber.

„Elysan!“

Sie war nicht mehr hier. Azrael fluchte, stieß mit dem Stiefel gegen ein Gebüsch und wurde daraufhin von einem aggressiven Hasen angegriffen, der sich wohl dort versteckt hatte und jetzt in seinem Stiefel verbiss. „Verschwinde, du blödes Karnickel“, schimpfte er, schüttelte den Fuß mit dem Tier daran und stellte dann fest, dass es sich um etwas anderes als einen Hasen handelte, denn das Tier begann größer zu werden und krötenähnliche Züge anzunehmen. Eine scharfkantige Hasenkröte. So ein Geschöpf fehlte ihm gerade noch. Azrael seufzte und zog sein Schwert. Er hätte auch den Stiefel zurücklassen und weglaufen können, aber das lag ihm nicht. Azrael entschied sich für den Kampf mit diesem Wesen, das ihn nun bösartig anzischte. Es war sowohl gewandt als auch stark und so dauerte der Kampf eine Weile an. Als er ihm sein Schwert endlich ins Herz stieß und das Wesen in sich zusammensackte, atmete Azrael tief aus.

Der Finsterforst reichte ihm allmählich. Elysan

hatte sich weit von ihm entfernt, von der Richtung her vermutete er sie in dem Dorf. Er entschloss sich, das Pferd zu holen und dann zu seiner Truppe zurückzureiten. Diese hübsche Frau war erstaunlich heißblütig und er sehnte sich danach, sie wieder aufzuspüren. Elysan hatte ihm versichert, nicht mehr vor ihm, davonzulaufen. War sie so vor dem Auftritt Zhumas' erschrocken? Missmutig ging er durch den Wald.

Kapitel 20

Maira hatte bereits zu Beginn des neuen Tages an dem breiten Fluss Wäsche gewaschen, als wären die Soldaten des Prinzen um sie herum gar nicht vorhanden. Beinahe hätte sie dabei gesungen, so gut tat es ihr, die nasse Tunika des Prinzen auf einen Stein zu klatschen. Wenn sie fleißig arbeitete, würde der Prinz sie vielleicht endlich ihrer eigenen Wege gehen lassen. Sie musste sowohl zuhause nach dem Rechten sehen als auch in dem Turm, in dem ihr Vater sonst seine Zaubertränke und -gegenstände anbot. Aus einem kurzen Gespräch des Prinzen mit einem seiner Begleiter namens Daneon hatte sie mitbekommen, dass es ihrem Vater gut zu gehen schien. Da auch sie etwas vom Essen des Prinzen abbekam, hoffte sie, dass er trotz seiner Gefangenschaft gut versorgt war.

Maira behandelte die Soldaten ringsum wie Luft und die meisten taten es ihr gleich, wenn einige sie auch zunächst neugierig gemustert hatten. Der Zaubertrank ihres Vaters schien ganze Arbeit geleistet zu haben. Zu gern hätte sie sich auch wieder einmal gewaschen, aber das war momentan wirklich unmöglich.

Fröhlich warf sie die tropfnasse Tunika in den Weidenkorb neben sich und drehte sich halb, um ein weiteres Kleidungsstück zu greifen, als sie Gavron auf dem breiten Weg ins Dorf entdeckte. Ihr Herz klopfte sofort ein paar Takte schneller. Er und ein weiterer Mann, beide trugen die einfache Kleidung von Bauern. Maira runzelte die Stirn. Den hochgewachsenen Braunhaarigen neben ihm kannte sie auch irgendwoher. Aber natürlich! Elysans Bruder! Sie hatte ihn noch nie mit einem so dichten Bart gesehen, aber er war es tatsächlich. Vielleicht wusste er, wie es Elysan ging? Maira strich sich nervös durch das Haar, dann stand sie auf und wischte ihre Hände an der schlichten Hose ab. Da die beiden jetzt zügig weitergingen, lief auch sie los, an den Wachen des Prinzen vorbei, die rundherum bei ihren Zelten lagerten.

„Hey, Bürschchen, das trägt dir keiner hinterher, hörst du?“, schimpfte irgendwo einer der Soldaten, aber sie beachtete ihn nicht. In ihrem Kopf war nur noch Platz für Gavron. Ihre Hände wollten beim Laufen den Rock leicht raffen, allerdings war da nur die Hose und sie lockerte rasch den Griff.

„Gavron!“

Die beiden Männer wandten sich zu ihr um, der hochgewachsene braunhaarige Krieger betrachtete sie überrascht und misstrauisch zugleich.

„Du bist der Leibdiener des Prinzen? Was kann ich für dich tun, Junge?“

Ihr Lächeln rutschte augenblicklich ab. Er erkannte sie nicht, aber dass sie für den Prinzen arbeitete, wussten sie also schon. So bösartig wie Elysans Bruder sie ansah, war das wohl ein Argument dafür, sie ebenfalls als Feind zu betrachten.

„Ich bin’s, Gavron“, flüsterte sie. „Maira.“

Die Männer starrten erst sie an und wechselten dann untereinander einen Blick.

„Ich muss dann mal weiter“, sagte Simon abweisend, wandte sich ab und verschwand rasch. Auch Gavron machte Anstalten, weiterzugehen. Daher griff Maira ärgerlich seinen Ärmel.

„Liebster, du kennst Vaters Zauberkünste."

Der Krieger strich sich überrascht durchs Haar.

„Maira. Bist *du das* wirklich?"

Da lag Entsetzen in seinem Blick, das sie ihm irgendwie übelnahm.

„Ja. Stell dir vor. Es geht noch schlimmer. Ohne Kopf oder gespalten."

So, wie er sie anschaute, waren die Alternativen für ihn wohl nicht schlimmer als ihr jetziges Aussehen.

„He, Junge, mach gefälligst mit der Arbeit weiter oder ich lasse dich auspeitschen."

„Geht das wieder weg?", fragte Gavron und seine Augen glitten unglücklich an ihrem Körper hinunter.

„Ja klar. Mit dem richtigen Zaubertrank. Aber dazu brauche ich Vater. Kannst du im Turm nachschauen, ob du irgendwo einen Gegenzauber findest?"

„Ich rede mit dir, du kleiner Bastard."

„Er redet mit dir", wiederholte Gavron ruhig und wies auf den keifenden Soldaten hinter Maira.

Diese drehte sich erschrocken um.

„Oh. Entschuldigung. Ich komme schon. Wollte nur fragen, wie es seiner Mutter geht. Und, wie geht es deiner Mutter, Torfried? Kümmerst du dich um sie?"

Der Blick, den Gavron ihr zuwarf, war nachdenklich.

„Ich kümmere mich", sagte er, nickte dem Soldaten zu, warf Maira noch einen warnenden Blick zu und verschwand dann.

„Tja, wen man so alles trifft, wenn man hier herumsteht", lächelte Maira den Soldaten an. „Jetzt muss ich aber weitermachen. Ist noch viel zu waschen, der Prinz hat sich den Honigmet über die Hose gekippt. Kann passieren, wenn der Tisch wackelt, oder?"

Der Mann starrte sie wortlos und sehr zornig an, daher beeilte sich Maira, ihm freundlich zuzunicken und dann so schnell sie konnte zurück zum Fluss zu laufen.

Sie wich einigen Soldaten aus, die ihr demonstrativ den Weg versperrten und war froh, als sie wieder bei der wartenden Wäsche ankam. Die nächste Zeit verbrachte sie damit, zu waschen, bevor sie den schweren Korb anhob und in alter Gewohnheit vor sich herschweben lassen wollte. Gerade noch rechtzeitig wurde ihr bewusst, dass ein schwebender Korb gar seltsam wirken musste. Daher tat sie so, als würde sie ihn halten. Dennoch blieb ihr das Gewicht bis ins Zelt des Prinzen erspart.

„Da steckst du, Isgard."

„Prinz", Maira verbeugte sich tief, erschrocken darüber, dass er jetzt schon wieder im Zelt war. Schnell drückte sie den schwebenden Korb dabei zu Boden. Eigentlich sollte der Prinz mit seinen engsten Vertrauten im Dorf unterwegs sein und alles inspizieren. Jetzt waren sie allein im Zelt.

„Du hast gewaschen. Gut, gut. Hm." Er strich sich nachdenklich über seinen leichten blonden Bart und seine grauen Augen betrachteten nicht sie, sondern schauten eher auf die Zeltleinwand. Dann murmelte er mehr zu sich selbst als zu ihr:

„Warum kommen die Elfen nicht zurück ins Dorf? Die Elfen und Zwerge, die Kobolde und magischen Wesen. Die Bogenschützen und Krieger. In Emberton leben sie alle zusammen, sagte man mir. Aber nur die Menschen sind zurückgekehrt. Woran liegt das?"

„Das liegt daran, dass Ihr der Prinz der Menschen seid. Und daran, dass ihr Nostromo eingesperrt habt", sagte sie sofort und hielt sich dann erschrocken den

Mund. Sie hatte inzwischen gelernt, dass man mit dem Prinzen nur sprach, wenn er einem eine direkte Frage stellte. Aber andererseits: Wen sollte er sonst gemeint haben, wenn nicht sie?

Ernste, graue Augen sahen sie an.

„Nostromo. Immer wieder Nostromo. Und ich weiß nicht einmal, ob er gut oder böse ist. Wie kann ich der Prinz aller werden, Isgard?"

Da die Frage eindeutig direkt an sie gestellt war, antwortete Maira rasch:

„Durch eure Kleidung zum Beispiel. Der Umhang", sie wies auf den grauen Umhang mit der Borte. „Er ist ein Zeichen des Königs. Die Wesen fürchten den König. Er hat ihnen oft genug gezeigt, was er von ihnen hält. Ihr braucht einen Umhang aus Elfenstoff oder mit einem Elfenzauber, einen geschmiedeten Hammer der Zwerge und Stiefel aus von Koboldzähnen gekautem Leder. Dann seid Ihr mehr als nur der Menschenprinz, Mylord."

Er lächelte jetzt.

„Du hältst nichts von meinem Vater, oder?"

Augenblicklich brach ihr der Schweiß aus, sie sah auf den Boden und scharrte mit dem Fuß darüber.

„Er ist der König", sagte sie knapp und Jared nickte. „Ja, das ist er."

Beide wechselten einen Blick.

„Was bist du für ein Wesen, Isgard? Ein Mensch oder ein Elf?"

„Ein Zwischending", brachte sie mit trockener Stimme heraus.

„Und sie behandeln dich schlecht, weil du beides nicht bist?"

Maira sah ihn überrascht an.

„Keiner behandelt mich schlecht. Außer Euch!" Sie

biss sich auf die Zunge, da sie das nicht hatte sagen wollen. Und vor allem: Es stimmte auch nicht unbedingt. Trotzdem fragte er sogleich nach:

„Inwiefern tue ich das?“

„Ich wünschte, dass ich einen halben Tag frei hätte, um im Dorf nach dem Rechten zu sehen.“

Der Prinz schüttelte den Kopf.

„Das geht jetzt nicht. Aber du kannst mich begleiten: Auf dem Markt haben ein paar Bauern und Händler ihre Stände wieder eröffnet. Vielleicht finden wir dort gekautes Koboldleder?“ Er sagte das ganz ernsthaft und doch wusste sie, dass er sie neckte.

„Gern“, Maira schaffte ein Lächeln. „Wir können zumindest danach Ausschau halten.“

„Dann gehen wir los.“ Als sie kurz darauf mit dem Prinzen und ein paar Wachen durchs Dorf ging, fühlte sie sich ganz eigenartig.

Kapitel 21

Elysan richtete sich verschlafen von ihrem schmalen Bett auf und rieb sich die Augen. Dann seufzte sie und ließ ihren Blick über die spärliche Einrichtung ihrer kleinen Kammer schweifen. Ein Bett, ein wackeliger Tisch, ein Schemel und die Holzwand, in der hinter einem der Bretter die Maske des Windes versteckt war. Sie schob ihre leichte Decke zur Seite und stand auf. Die ganze Nacht hatte sie nur von *ihm* geträumt, von seinen Küssen, seinen Berührungen und seinen Händen auf ihrer Haut. Es waren seltsame neue Gefühle, die sie für diesen dunklen Magier empfand.

„Elysan“, erklang die Stimme ihrer Mutter von unten und sie beeilte sich mit roten Wangen, sich ein schlichtes weißes Oberteil und einen weiten, grünlichen Rock anzuziehen. Als sie das Band ihres Rockes im Rücken schnürte, dachte sie wieder nur an ihn.

Rasch kämmte sie sich ihr Haar und steckte es locker am Hinterkopf fest. Dann beeilte sie sich, hinunter zu ihrer Mutter zu gehen.

„Du hast mir immer noch nicht beantwortet, wo du gewesen bist, Elysan“, schimpfte ihre Mutter zum wiederholten Mal, während die geschickten Hände ihrer Tochter die Mooskissen aus dem weichen, kühlen Moos im Korb formten.

„Ich habe mich im Wald versteckt“, meinte sie ausweichend und schaffte es nicht, ihre Mutter dabei anzusehen. Zum Glück kam gerade in diesem

Moment ihr Bruder Simon zur Tür herein. Ihre Mutter konzentrierte sich sofort auf ihn und begann augenblicklich, mit ihm zu schimpfen.

Elysan wandte sich wieder lächelnd dem Moos zu und hörte nur mit halbem Ohr zu.

„Weißt du, wie lange ich dich nicht gesehen habe, Simon Caldarion? Zwei Wochen lang warst du weg, zwei ganze Wochen! Wie sollen wir den Hof allein bewirtschaften? Wo warst du die ganze Zeit?"

„Es gibt Dinge, die gehen Frauen nichts an", konterte Simon, eine Zwiebel kauend, und ihre Mutter stemmte die Hände in die Hüften.

„So? Zum Beispiel? Was isst du da eigentlich?"

„Eine Zwiebel. Die reinigt den Magen." Simon sah für einen Moment wirklich ungehalten aus, dann ergänzte er: „Ich meine die größeren Dinge, Mutter. Davon versteht ihr Frauen nichts. Und wenn Aldrick Elysan zur Frau nimmt, dann werden er und seine Brüder euch sicher unterstützen."

„Aldrick?"

O nein. Da war ihrem Bruder etwas Ungutes entschlüpft. Die braunen Augen ihrer Mutter wandten sich prüfend zu ihr. Elysan versuchte ein unschuldiges Lächeln und meinte wegwerfend:

„Ich weiß nicht, wovon er spricht."

„Klar, weißt du das", höhnte Simon und Elysan erkannte, dass er ihre Mutter von sich abbringen wollte. Er grinste, zuckte bedauernd mit den Schultern und griff sich eine Schale mit gekochtem Hafer. „Ah, schmeckt das gut! Köstlich! Viel besser als Käfer." Das Letzte ging ein wenig unter durch sein hastiges Kauen.

„Wann hast du Aldrick das letzte Mal gesehen, Elysan Caldarion?", fragte ihre Mutter derweil streng.

„Gestern. Bei den versteckten Wasserfällen." An einen Baum gefesselt. Von dem Mann, der vorher ihr Fußgelenk auf so atemberaubende Weise angefasst und geheilt hatte. Ihre Wangen färbten sich beim Gedanken an seine Berührungen tiefrot und über ihre Haut glitt ein aufregendes Prickeln.

„Oh, Elysan", ihre Mutter folgerte wohl das Falsche aus ihrem Erröten und schlug die Hände vor dem Gesicht zusammen. „Du und ... Aldrick? Ist es wirklich wahr?"

„Na ja ... nicht so wirklich. Aldrick war ziemlich ... gefesselt, als ich ihn das letzte Mal sah", bekannte sie betreten.

„Ach, meine Kleine. Ich vergesse immer, dass du inzwischen erwachsen geworden bist. Ich werde mit Aldricks Mutter sprechen, wenn die Arbeit heute getan ist. Verkaufst du die Kissen auf dem Markt, Schatz?"

„Ja, das mache ich, Mama. Aber sprich bitte nicht mit Aldricks Mutter, hörst du?"

Ihre Mutter lachte nur, schwang sich ihr Schultertuch über und griff den großen, leeren Korb. „Ich mache schon das Richtige, Elysan. Begleitest du mich ein Stück, Simon?", fragte sie und er erhob sich seufzend.

„Ich habe aber nicht viel Zeit, Mutter. Gut, ein kleines Stück begleite ich dich."

Während ihre Mutter schon hinausging, wandte er sich leise seiner Schwester zu:

„Du, als ich eben mit Gavron vom geheimen Treffpunkt kam, war da so ein dünner, blonder Kerl. Er hat behauptet, Maira zu sein."

„Maira? Ein Kerl? Was redest du da, Simon? Wo war sie?"

„Es war ja keine sie, das erzählte ich dir doch gerade. Es war der Leibdiener des Prinzen. Ein dünnes, unscheinbares Zwischenwesen. Wenn es Maira gewesen wäre, hätte ich sie doch erkannt. Bei ihrer Figur läuft einem ja das Wasser im Mund zusammen. Aber diese Kreatur vorhin … uah!" Er schüttelte sich, nickte ihr dann zu und verließ den Raum mit einem: „Viel Erfolg mit deinen Kissen. Es gibt keine, die das so gut kann wie du, Schwesterchen. Das Beste davon halt zurück, jemand will es mir abkaufen. Lass dich von keinem der Soldaten ansprechen, hörst du? Ich werde den anwesenden Kriegern Bescheid geben, ein Auge auf dich zu haben."

„Na, vielen Dank auch, Simon."

Er zwinkerte ihr zu und schloss die Tür hinter sich.

Elysan beeilte sich, mit den Kissen fertig zu werden, dann stand sie rasch auf und begann, die schmutzigen Schüsseln hinauszutragen. Als sie sie am Brunnen säubern wollte, tauchte eine bekannte kleine, grüne Gestalt neben ihr auf.

„Hilgenbrand!"

„Hab ihn verrrsteckt, Elysan. Und Maske dabei." Seine klobigen grünen Händchen streckten ihr eine erdbeschmutzte Maske hin.

„Wo hast du die her, Hilgenbrand?", fragte Elysan aufgeregt und ließ die Schüsseln einfach auf dem Brunnenrand stehen.

„Verrgrrraben. In Kiste in Erde", brummelte er, bevor sich seine leicht hervorstehenden Augen hoffnungsvoll verzogen. „Butterrrbrrrühe???"

„Ja, die bekommst du. Du bist wirklich klasse, Hilgenbrand. Ich danke dir." Sie lief mit der Maske ins Haus und suchte nach Butter. Ihre Mutter hatte frische Butter mitgebracht. Elysan legte die gesamte Butter in den eisernen Topf, füllte frische Milch hinzu und ein wenig Honig, dann hielt sie das Gemisch über die glimmende Glut des Feuers, bis die Brühe warm war und füllte sie in den Holzbecher, der etwas abseits stand, weil Hilgenbrand regelmäßig daraus trank. So schnell sie konnte, brachte sie die Flüssigkeit nach draußen. Der Kobold hüpfte aufgeregt herum und stieß ein schräges Quietschen dabei aus. Dann riss er ihr die Brühe förmlich aus der Hand und genoss sie schlürfend.

Lächelnd ließ Elysan ihn allein und lief zurück ins Haus, um die Maske zu reinigen.

„Der Prinz hat sein Lager am Ende des Dorfes beim Fluss aufgebaut. Also schlagen wir unser Lager am anderen Ende auf. Finde heraus, ob es dort sicher ist, Nathas."

„Sehr wohl. Männer, folgt mir."

Azrael ließ Nathas vorausreiten, dann folgte er der Formation in einem geringen Abstand, um sich einen Eindruck über die Situation zu verschaffen. Nein, die Elfen oder anderen Wesen waren noch nicht zurückgekommen. Er spürte menschliches Leben. Und Magie, starke Magie, die gefangen war in einem Schild aus Dunkelheit. Zhumas Dunkelheit. Azrael verzog angewidert den Mund. Die Magie kam wahrscheinlich von dem Zauberer, um den es eigentlich ging. Der Heilzauber Nostromos war erstaunlich effektiv gewesen. Er konnte ihn dringend für seine verletzten Männer gebrauchen. Und auch sonst war ein Heilzauber ungemein wertvoll für ihn. Er würde einige seiner Leute deshalb zu Nostromo schicken. Nostromo musste richtig gut sein, wenn

Zhuma ihn so hasste.

Wenn man bedachte, dass sie dieses Dorf hatten vernichten sollen, so sah es noch sehr lebendig aus. Vor einigen der kleinen Hütten flatterte Wäsche im Wind. Ein Junge, der Gänse hütete, beeilte sich, seine Gänse rasch von ihnen wegzutreiben. In seinem Gesicht sah Azrael deutliche Angst und lächelte. Kluger Kleiner.

Und dann spürte er sie. Azrael atmete tief ein. Sie war hier, in diesem Dorf. Seine Hand wanderte hinunter zu dem silbernen Medaillon, das er trug. So dumm, ihm eine ihrer Locken zu geben. Er würde sie überall finden. Und was er zuletzt mit diesem Dorf machen würden, wenn sie alles hätten, was er wollte, das wusste er noch nicht. Jetzt würden sie zunächst erst einmal ein Lager aufbauen und ihre Verwundeten versorgen. Er entdeckte ein paar Wachen des Prinzen, die ihnen zuwinkten. Azrael runzelte die Stirn. Es sah fast so aus als freuten sie sich, sie wiederzusehen. Oha. Menschliche Dummheit war oft unbegrenzt. Immerhin hätten auch diese Gestalten laut Anweisung des Königs längst tot sein sollen. Aber da sie das noch nicht waren oder gar wussten, rang Azrael sich zu einem knappen Gruß durch. Dann dirigierte er seine Truppe weiter.

Kapitel 22

Elysan hielt mit zitternden Fingern die bläuliche Maske in der Hand und konnte es immer noch nicht fassen. So eine Kostbarkeit, einfach in der Erde vergraben!

Die geschwungenen Buchstaben Prán waren winzig klein darauf gezeichnet. Die Maske des Spiegelzaubers. Sie würde in der Lage sein, die Gestalt eines anderen anzunehmen. Sollte sie es gleich ausprobieren? Sie entdeckte Hilgenbrand immer noch draußen, er wühlte vor sich hinbrabbelnd in der Erde vorm Brunnen. Wahrscheinlich reinigte er sich seine Koboldpfoten im Schlamm. Die Maske kribbelte in ihren Fingern, aber sie bezwang ihre Neugierde und ließ sie stattdessen in ihre Rocktasche gleiten. Erst musste sie auf den Markt und die Mooskissen verkaufen. Simon war schon völlig unzuverlässig, sie konnte ihrer Mutter das nicht auch noch antun.

Elysan fiel das ungespülte Geschirr ein und die Tiere, die sie vor ihrer Flucht freigelassen hatte. Als sie nachsah, waren alle wieder da. Rasch beeilte sich Elysan, die Hühner noch zu füttern, dann legte sie die Mooskissen zusammen in einen Korb, trat noch einmal kurz vor den ärmlichen Spiegel und strich eine gelöste Haarsträhne zurück. Dann machte sie sich auf den Weg zum Markt.

„Ist das nicht ein schöner Stoff, Prinz, seht her!" Maira hielt Prinz Jared lächelnd einen zarten Blümchenstoff hin, der Händler hinter dem einfachen

Stand winkte rasch mit den Händen ab.

„Aber doch nicht für einen Prinzen, Junge, wirklich nicht."

Maira wurde tiefrot, auch, weil der Prinz sie wirklich seltsam ansah.

Er sprach es zwar nicht aus, aber man sah ihm deutlich an, dass er daran zweifelte, ob es wirklich gut gewesen war, dass sie mitkam. Maira besann sich rasch und suchte einen anderen Stoff heraus.

„Der hier ist schön. Was sagt Ihr?"

Der Prinz trat neben sie und nahm den tiefblauen Stoff in die Hand.

„Und was ist daran so magisch, dass es mich weiterbringt, Isgard?"

„Wenn die Elfen ihn bearbeiten, ist er magisch. Man könnte einen Schwebe- oder Glitzerzauber darüber legen und …", sie brach ab und sah ihn an.

Er schaffte ein schiefes Lächeln.

„Du bist ein Elf, oder?"

„Ein Teil von mir ist das, aber …", sie brach erneut ab und stieß einen entzückten Schrei aus. Der Prinz folgte verwirrt ihrem Blick und entdeckte eine hübsche Braunhaarige, die gerade mühevoll dabei war, ein Holzbrett auf zwei Stützen zu heben. Ein voller Korb stand neben ihr und sie würde wohl auch etwas hier auf dem Markt anbieten. Diese Frau kannte er. Azrael war ganz verrückt nach ihr. Jared ließ langsam und fachkundig den Blick an ihr hinabgleiten. Sie war die Hübscheste, die ihm in diesem Ort bisher begegnet war. Keine Ahnung, wie sie Azrael entkommen war, aber irgendwie hatte sie es geschafft. Ein interessantes Mädchen. Ehe er sich versah, ließ er seine Leute einfach stehen und ging hinüber zu ihr. Maira folgte ihm sogleich.

Es waren natürlich nicht mehr die Bretter dagewesen, die sie immer hinter dem Haus der alten Erna versteckte. Daher musste es diese Notlösung tun. Elysan biss die Zähne zusammen und versuchte erneut, die Platte auf den Brettern zu stabilisieren. Starke Hände in dunklen Lederhandschuhen waren auf einmal da und halfen ihr.

„So ist es besser, oder?"

Als sie zu ihm aufsah, erschrak sie fürchterlich. Der Prinz! Elysan schaffte einen kurzen Knicks, während Prinz Jared sie interessiert beobachtete.

„Elysan Caldarion. Sicher erzählst du mir, wo du Azrael gelassen hast?"

Als er seinen Namen aussprach, spürte sie augenblicklich wieder die Hitze in ihre Wange steigen.

„Ich weiß nicht, wo er ist."

„Hm. Warum glaube ich dir bloß nicht? Was verkaufst du da?"

„Mooskissen." Sie nahm eines davon aus dem Korb und hielt es ihm lächelnd hin. „Weich, anschmiegsam und sehr bequem. Möchtet Ihr eins?"

Er nahm es ihr aus der Hand, sah dabei aber die ganze Zeit nur sie an.

„Ich nehme sie alle. Wenn du mir ein wenig mehr über dich erzählst, Elysan, und mich hinüber zu unserem Lager begleitest. Ich sollte dich eigentlich festnehmen lassen!"

Elysan entdeckte jetzt die vier königlichen Wachen, die langsam zu ihnen hinübergeschlendert kamen.

„Auf keinen Fall! Elysan, lauf weg!", rief Maira. Elysan suchte ihre Freundin mit den Augen und entdeckte nur einen zierlichen Jungen, der ihr einen aufmunternden Blick aus seinen großen Augen zuwarf.

„Nein! Maira!“, keuchte sie auf und fragte entsetzt: „Was ist passiert?“

„Frag nicht, lauf!“

Elysan stolperte rückwärts, da der Prinz überrascht auf den Jungen starrte, der ihn dort am Ärmel festhielt.

„Maira?“

Da die Wachen jetzt in Bewegung kamen und auf sie zustürmten, wandte sie sich flink um und rannte los, zwischen die nächststehenden Häuser und an ihnen vorbei.

„Haltet sie! Haltet die Frau!“

Keiner der entgegenkommenden Dorfbewohner tat den Wachen den Gefallen. Im Gegenteil. Ein paar als einfache Bauern verkleidete Krieger stellten ihnen noch hier und da ein Bein. Elysan rannte jetzt so schnell sie konnte.

Kapitel 23

Azrael hatte Anweisungen beim Lageraufbau gegeben. Von den Hütten einiger Krieger hielten sie etwas Abstand, auch, wenn sie diese nicht fürchteten. In der Nacht brauchte man seine Feinde nicht in direkter Nähe. Dann war er dem Drang gefolgt, Elysan aufzuspüren. Er fühlte ihre Gegenwart flirrend und berauschend wie einen beständigen Impuls. Ob er wollte oder nicht, er musste ihm folgen. Azrael ging zügigen Schrittes durch die Straßen, die misstrauischen Blicke der Dorfbewohner folgten ihm. Zwei wassertragende Frauen senkten rasch ihren Blick vor ihm und gingen ein Stück zur Seite, um ihn durchzulassen. Auch sonst war da niemand, der seinen Blick kreuzen wollte. Lediglich eine hübsche Blonde lächelte ihn an. Er drehte sich nach ihr um, als sie vorbeiging. Nicht schlecht. Die sollte er sich merken. Dann schlenderte er gut gelaunt weiter. Sie musste ganz in seiner Nähe sein. Als er auf den Marktplatz kam, sah er sie sofort. Schräg gegenüber vor zwei schmalen einstöckigen Steinbauten stand sie. Und neben ihr der Prinz. Azrael lief gerade los, als der schmächtige Blonde sich an den Ärmel des Prinzen hing und die Wachen sofort losstürmten. Sie würde ihm nicht entwischen.

Elysan rannte, so schnell sie konnte, und tastete beim Laufen hektisch ihre Rocktasche ab. Die Maske!

„Halt an!“ Sie schlitterte um ein Gebäude herum, hielt sich die Maske vor ihr Gesicht und diese verband sich damit. Ihre Augen schienen aufzuflammen und ihr Umriss leicht zu flirren. Dann erreichte sie den Weg und sah die alte Frau, die dort gebückt mit ihrem Stock entlanghumpelte. Augenblicklich begann sich auch ihre Gestalt zu verändern. Elysan verlangsamte ihren Gang, um den Stock, den sie plötzlich in der rechten Hand trug, langsamer aufzusetzen.

„Hallo Erna", grüßte sie die alte Frau und hörte das schnelle Laufen schwerer Stiefel auf dem steinernen Boden hinter sich.

„Wo ist sie hin?"

„Einen schönen Gruß", rief derweil die echte Alte und humpelte mit einem Stirnrunzeln an den Wachen vorbei.

„Da lang." Sie rannten einfach an ihr vorbei und beachteten sie überhaupt nicht. Kam es ihnen nicht seltsam vor, dass die alte Erna gerade auf beiden Seiten des Weges entlanghumpelte? Elysan atmete auf und schlurfte langsam weiter. Ihr langer Rock war genauso grau wie der der alten Erna. Unglaublich. Ihre Sinne jubilierten im Triumph über ihre Täuschung. Als sie die Hauptstraße des Ortes erreichte, entschloss sie sich für eine andere Gestalt. So kam sie zu langsam vorwärts. Die blonde Clarice kam ihr entgegen, die Brust weit rausgestreckt und ein leichtes Lächeln auf ihren rot geschminkten Lippen. Wahrscheinlich suchte sie nach einem Soldaten, der ihr endlich ihre ständigen Wünsche nach teuren Kleidern und Schuhen erfüllen konnte. Und so wie es aussah, war sie bereit, einiges dafür zu tun. Elysan schüttelte angeekelt den Kopf und konnte sich ein: „Na, schon jemanden gefunden, Clarice?", nicht verkneifen.

Der Blick der jungen Frau fuhr zu ihr herum, ihr

Gesicht verzog sich kalt.

„Was geht's dich an, Erna. Bist wohl neidisch, was?"

Bestimmt nicht. Aber Elysan entschied sich augenblicklich für eine andere Gestalt. Sie konzentrierte sich auf Clarice und sofort begann die Verwandlung. Die zickige Blonde war längst weitergegangen, als hinter ihr ihr Ebenbild fasziniert auf das eng geschnürte Korsett hinunterstarrte, das ihre neue Fülle nach oben presste. Die Arme, sie konnte ja kaum atmen! Elysan schnappte nach Luft und zwang sich dann, weiterzugehen, weil ihr der Schmied mit seinem Sohn entgegenkam. Der Sohn zog jetzt unterwürfig seinen Hut.

„Schönen Tag, Clarice."

„Dir auch, Sven."

„Vater! Sie hat mit mir gesprochen!"

Elysan schlug sich an die Stirn. Sicher, Clarice tat so etwas nicht. Mit einem Auflachen wollte sie weitergehen, als sie den dunkel gekleideten Krieger mit dem weiten roten Umhang entdeckte, der mitten auf der Hauptstraße stand und sich stirnrunzelnd umsah.

Azrael! Elysan erstarrte auf der Stelle und holte keuchend Luft. Ihr Puls raste los, was nichts mit dem schnellen Lauf eben zu tun hatte. Sein Blick fiel auf sie, er lächelte sie an und schaute sich dann mit gerunzelter Stirn weiter um. Ein Bauer führte seinen Esel an ihm vorbei und nickte Azrael ehrerbietig zu. Nur weg hier! Umdrehen und zurück. Noch einmal sah sie zu ihm und ihre Blicke trafen sich. Und dann schloss er die Augen und sie wusste augenblicklich, dass er ihre Gegenwart spüren konnte, so wie sie seine gerade spürte. Sie wartete nicht mehr länger, drehte sich panisch um und rannte in die Richtung, aus der sie gerade gekommen war.

„He! Warte!“

Garantiert nicht. Sie war eine schnelle Läuferin und gab nun alles. Elysan überholte den Schmied und seinen Sohn, keuchte ein: „Der Mann belästigt mich“, und lief rasch weiter.

„Lasst mich durch“, rief Azrael hinter ihr, sie hörte einen Schlag und ein Aufstöhnen und lief dennoch weiter. Ein paar Meter vor ihr gingen zwei schwatzende Frauen mit vollgefüllten Brotkörben. Und davor stöckelte die echte Clarice. Elysan hörte, dass er sie immer noch verfolgte, mehr noch, sie spürte es instinktiv. Rasch schob sie sich an den Frauen vorbei, riss Clarice zurück, sodass diese aufschrie und brachte sich dann rasch hinter einer niedrigen Hütte in Sicherheit.

Sie hörte Azraels: „Hab' ich dich“ und Clarices schrillen Aufschrei, der ihr ein Grinsen entlockte, dann war sie hinter der Hütte, holte einmal tief Luft und entdeckte die kräftige Jolantha, die gerade die Teppiche ausschüttelte. Elysan konzentrierte sich auf sie. Kurz darauf stahl sie sich eilig in der neuen Gestalt Jolanthas davon.

Azrael hatte sich auf seinen gesunden Jagdinstinkt verlassen und versucht, ihren Fluchtweg einzuschätzen. Deshalb jagte er vor einem der schäbigen Häuser die Hauptstraße hinunter. Sein Blut pulste schneller durch seinen Körper und verschaffte ihm eine gesteigerte Aufmerksamkeit und Wahrnehmung. Er war bereit, seine Beute zu fangen. Überrascht sah er sich um. Wo war *sie*?

Er konnte sie spüren, sah aber nur einige Dorfbewohner. Die hübsche Blonde von vorhin stand nicht weit von ihm entfernt und starrte ihn an wie eine Erscheinung. Sie war wirklich hübsch. Aber sie musste warten. Er schenkte ihr ein Lächeln, während ein Bauer mit einem Esel an ihm vorbeiwackelte. Ihre Magie, ihre Kraft, ihre Präsenz, alles war hier. Aber wo war ... Sein Blick wanderte zurück zu der Blonden und er schloss für einen Wimpernschlag die Augen, um sich auf seine Sinne zu verlassen. Das war *sie*! Kein Wunder, dass sie ihn optisch so ansprach. Er fixierte seine Beute und rannte augenblicklich los, schob sich an dem Bauern mit dem Esel vorbei, während sie sich praktisch herumwarf und ebenfalls loslief. Sie war erstaunlich schnell. Aber diesmal entkam sie ihm nicht!

Ein Mann stellte sich ihm in den Weg und bereute es wohl sofort, denn Azrael verpasste ihm einen schnellen Haken ins Gesicht und schubste ihn dann geistesgegenwärtig zur Seite, um die Verfolgung gleich wieder aufzunehmen. Sie überholte ein paar Körbchen tragende Frauen, dann hatte er sie endlich eingeholt, sie taumelte ihm praktisch entgegen.

„Hab' ich dich endlich", verkündete er zufrieden und spürte, als er sie packte, augenblicklich, dass das nicht Elysan war. Die Blonde kreischte lautstark auf, die Frauen hinter ihm schrien ihn an.

„Lass sie los, du Lustmolch!"

Dennoch wuchtete er sie augenblicklich hoch und trug die kreischende Blonde über seine Schulter geworfen mit sich.

„Macht, dass ihr weiterkommt", fuhr er die beiden Frauen mit den Brotkörben an. Böse Blicke trafen ihn.

„Schämt Euch", fauchte die eine ihn an und er sah, dass der Schmied mit seinem Begleiter jetzt ebenfalls angerannt kam. So ein Aufstand. Zwei Soldaten des Prinzen kamen hinzu.

„Azrael. Ihr seid es." Und dann an die Umstehenden gewandt: „Geht weiter, hier gibt es nichts zu sehen."

„Er soll Clarice hinunterlassen", wimmerte der Sohn des Schmieds, dessen eines Auge sich dort, wo Azraels Faust ihn getroffen hatte, bläulich färbte.

Er hätte ruhig härter zuschlagen sollen.

„Hauptmann, wir sind zur Stelle."

Nathas. Azrael atmete erleichtert aus und ließ die Blonde hinunter.

„Weitergehen", drängten die Soldaten des Prinzen und sorgten dafür, dass sich die Umstehenden zerstreuten. Das war auch deshalb gut, weil sich ein paar kräftige Krieger aus Emberton drohend zu den Zuschauern gesellten. Sie gingen zwar ein Stück zurück, ließen die ganze Szene aber keinen Augenblick aus den Augen. Azrael nahm sie aus seinem Augenwinkel wahr. Diese Krieger sollte er dringend von seinen Leuten überwachen lassen, da er ihren drohenden Missmut förmlich spüren konnte. Er betrachtete die nach Luft schnappende Blondine. Sie hatte einladende Kurven, aber sie war nicht das, wonach er verlangte.

„Verdammt", Azrael ballte zornig die Faust.

„Sollen wir die Gefangene festnehmen?", fragte Nathas interessiert und Azrael schüttelte den Kopf.

„Könnte dir so passen, was?" Dann wandte er sich an Clarice, die wie ein Fisch auf dem Trockenen nach Luft schnappte und sich vor dem Gesicht herumwedelte.

„Wo ist sie?"

„Wer?" Der Tonfall der Blonden klang leicht hysterisch.

„Elysan Caldarion. Du hast sie gedeckt, oder?“

„Was, was hab’ ich? Elysan? Niemals würde ich etwas für sie tun, wirklich nicht! Wir können uns nicht leiden, glaubt mir!“

Er glaubte ihr sofort. Hatte er sie wirklich attraktiv gefunden? Azrael sah nachdenklich auf Nathas, der Clarice fasziniert betrachtete.

„Bring sie nach Hause, Nathas, und sorg dafür, dass sie keiner der anderen Soldaten anfasst, hörst du?“

Schlaue braune Augen trafen die seinen, in denen ein stummer Dank lag.

„Das werde ich, Hauptmann. Kommt. Wie heißt Ihr?“

„Clarice.“ So wie die Blonde Nathas anschaute, gefiel er ihr. Aber wahrscheinlich sah sie jeden halbwegs attraktiven Mann so an. Weniger begeistert sahen die stämmigen Krieger aus, die sich auf der anderen Straßenseite im Schatten eines Hauses herumdrückten. Azrael warf ihnen einen kalten Blick zu und sie schauten rasch weg. Dennoch folgten sie Nathas, der Blonden und den Wachen in einigem Abstand.

Sie würden garantiert nicht wagen, seinen Leuten etwas zu tun. Aber auch er musste aufpassen, was er hier tat. Zu einer anderen Zeit wäre er den beiden Kriegern hinterher gegangen und hätte sie ausgeschaltet. Aber jetzt musste er sich in diesem Dorf noch ruhig verhalten. Es war auch etwas ganz Anderes, was er jetzt brauchte. Er wandte sich ab und versuchte, erneut die Frau wahrzunehmen, die er begehrte.

„So. Rede jetzt, Halbelfe! Wie ist dein richtiger Name!“

Maira seufzte. Wenigstens war ihre Freundin

entkommen.

„Mein Name ist Maira."

„Hm", die grauen Augen des Prinzen musterten sie ärgerlich. „Hört sich irgendwie weiblich an. Bist du eine Frau?"

„Ja."

„Wie alt bist du?"

„Ich bin schon volljährig."

„Volljährig??? Du siehst aus wie ein elfjähriger schmächtiger Junge!"

„Mein Vater wollte mich schützen. Deshalb hat er mir einen Zaubertrank verabreicht. Ich sehe sonst anders aus", bekannte sie.

„Ach so. Das lässt eigentlich nur einen Schluss darüber zu, wer dein Vater ist. Es ist der Mann, den ich gestern habe festnehmen lassen, richtig? Du bist die Tochter Nostromos?"

„Ja."

„Du siehst völlig harmlos aus. Wann lässt der Zaubertrank nach?"

„Gar nicht. Ich brauche einen Gegenzauber, um wieder meine normale Gestalt annehmen zu können."

Der Prinz seufzte und beschloss dann:

„Wir gehen zu deinem Vater. Wachen! Ihr begleitet uns!"

Sie verließen den Marktplatz und gingen zügig in Richtung des provisorischen Gefängnisses.

Keiner von ihnen nahm die verkleideten Krieger und Elysans Bruder Simon wahr, die sich stumme Zeichen gaben und ihnen in sicherem Abstand folgten.

Zhuma war wütend. Er musste sich auf dem Rücken eines Pferdes durchrütteln lassen und hatte keine

Möglichkeit, eine Verbindung nach Emberton aufzubauen. Und Malphas, der vor dem König die Stirn auf den Boden gelegt hatte, verhielt sich genauso frech und patzig wie Arzael. Er würde ihm beizeiten zeigen, wer der wahre Magier war. Er. Und niemand sonst. Zhuma verlangte Respekt von jedem dieser kleinen und unbedeutenden Gestalten. Er war die Nummer eins am Hof des Königs. Und wer das nicht akzeptierte, den würde er erledigen.

„Wir müssen unser Tempo steigern, Lord Zhuma, wenn wir heute noch ein wenig Strecke schaffen wollen“, sprach der kräftige und vollbärtige Bogdan ihn jetzt an. Malphas wandte interessiert den Blick und seine kalten blauen Augen folgten scheinbar emotionslos dem Geschehen. Zhuma spürte, dass hinter dieser betont gleichgültigen Fassade Abneigung steckte. Das erboste ihn zutiefst.

„Ich werde ein Portal für uns öffnen“, kündigte er großspurig an, was ihm für einen kurzen Moment Malphas Bewunderung sicherte.

„Das wäre nicht schlecht.“

Zhuma konzentrierte sich auf die richtige Formel, begann, sie zu murmeln und wild mit den Händen in der Luft herumzufuchteln. Er bündelte dunkle Magie und warf sie vor sich auf den Waldweg. Sie traf knallend auf die Luft dort, breitete sich für einen Augenblick schwarz und drohend aus, dann begann diese Energie zu zischen wie Feuer, auf das man Wasser goss. Zhuma sperrte entsetzt die Augen auf und konzentrierte sich noch mehr, aber es half nichts. Sein magisches Portal schrumpfte auf Zwergengröße zusammen.

„Meine Männer sind keine Zwergenarmee“, sagte Malphas kalt und das Tor verblasste komplett.

Zhuma war fassungslos. Was war geschehen? Er konnte es sich nur so erklären, dass in der Umgebung von Emberton gewaltige magische Energie vorherrschte und ihn zurückdrängte. Ihm war schon klar, wer dort dafür verantwortlich war. Nostromo. Azrael. Die unbekannte Maskenträgerin. Und eine versteckte Energie, die er noch nicht einordnen konnte. Es war so, als züchteten sie dort Magier. Aber immerhin waren sie untereinander alle verfeindet. Dann würden sie die ganze Strecke eben reiten müssen und länger in dieses verfluchte Dorf brauchen.

„Wirklich beeindruckend, Zhuma", kratzte die raue Stimme Bogdans ihm jetzt entgegen. Malphas verkniff sich ein Auflachen und befahl seinen Männern stattdessen: „Wir steigern das Tempo. Haltet euch dicht zusammen."

Er würde es ihnen allen noch zeigen. Das schwor Zhuma sich fest. Mit zusammengebissenen Zähnen galoppierte er auf seinem Pferd voran.

Kapitel 24

Als Elysan die Haustür hinter sich schloss, atmete sie erleichtert auf. Sie zog die Maske herunter und ließ sie in ihre Rocktasche gleiten. Dann unterdrückte sie ein Kichern. Es war interessant gewesen, in die Gestalt anderer zu schlüpfen. Am wohlsten fühlte sie sich aber in ihrer eigenen Gestalt. Erst jetzt fiel ihr ein, dass sie für die Mooskissen kein Geld mitgebracht hatte. Und ihr schöner großer Weidenkorb – ihre Mutter würde enttäuscht darüber sein, dass er nicht mehr da war. Sie beschloss, später selbst noch im Wald Moos zu holen. Maira – war es wirklich ihre Freundin gewesen, die dort in der Gestalt eines schmächtigen Jungens an der Seite des Prinzen stand? Hoffentlich war ihr nichts passiert! Furcht breitete sich in ihr aus. Warum hatte sie so seltsam ausgesehen?

Es gab hier noch so viel zu tun, sie musste die Tiere versorgen und sich um den Hof kümmern. Sie hatte das Geschirr nicht gespült und die Kurbel vom Brunnen musste repariert werden. Und sie sollte dringend die geheime Gilde der Bogenschützen benachrichtigen, um nach Aldrick und seinen Brüdern Ausschau zu halten. Sie glaubte zwar fest, dass die drei sich längst befreit hatten, aber sicherheitshalber sollte jemand nachsehen. Elysan griff einen Eimer und beschloss, draußen mit der Arbeit anzufangen, als die Tür aufging. *Aufgehen* war nicht das richtige Wort, auffliegen traf es eher. Sie zuckte erschrocken zusammen, weil *er* dort stand. Groß, breitschultrig und dunkel stand Azrael im

Türrahmen. Sein Blick glitt von ihr ab über die spartanische Einrichtung. Sie hätte Angst empfinden müssen, stattdessen empfand sie Faszination und gleichzeitig Scham über die Armut um sich herum.

„Azrael."

„Elysan? Ich glaube, du hattest mich eingeladen?"

„Nicht direkt."

Sein spöttisches Lächeln traf sie und er schloss die Tür hinter sich.

Elysan schluckte und tastete in ihrem Rücken nach dem Topf, der eben noch auf der Anrichte gestanden hatte. Nur zur Sicherheit.

„Du hast dir eine neue Maske geschaffen?"

„Hilgenbrand hat sie mir gebracht. Aus einem Kasten in der Erde."

„Aus einem Grab? Zeig sie her." Er kam noch näher und streckte fordernd die Hand aus.

Widerwillig gab sie ihm die Maske mit ihrer freien Hand.

„Wie kommst du auf ein Grab? Hilgenbrand wühlt bestimmt nicht in Gräbern herum."

„Glaubst du?" Sein Ausdruck war amüsiert, während er die Maske genauer untersuchte. „Was kann sie?"

„Einen Spiegelzauber. Ich kann damit die Gestalt eines anderen Menschen annehmen." Er war einer der wenigen, mit denen sie so offen über die Masken und ihre Energie sprechen konnte.

„Ah, deshalb. Charlene, die hübsche Blonde."

„Clarice. Und so hübsch ist sie wirklich nicht."

Er unterdrückte ein Grinsen und gab ihr die Maske zurück. Sie ließ sie augenblicklich in ihre Tasche zurückgleiten. Dann sah sie vorsichtig zu ihm auf.

„Hast du meine restlichen Masken und mein Kleid

noch?“

„Alles da. In unserem Lager. Du kannst dir alles bei mir abholen.“

Seine Worte und seine Gegenwart machten Elysan unruhig. Was, wenn Simon jetzt zur Tür hereinkäme? Sicherheitshalber hielt sie den Topf hinter ihrem Rücken weiter in der Hand. Azrael war sichtbar bewaffnet. Das Schwert an seinem Gurt und die Waffen in dem Schultergurt.

„Woher hast du gewusst, dass ich hier bin?“

Langsam zog er das silberne Medaillon heraus und hielt es in der Hand.

„Ich spüre deine Gegenwart.“

„Wenn ich die Masken trage, geht es mir ähnlich mit dir. Was hast du vor, Azrael?“

„So einiges. Aber als Erstes sollte ich mir die Seilwinde an eurem Brunnen vornehmen. Sie ist sichtbar beschädigt. Du wirst bestimmt auch noch andere Aufgaben für mich haben.“

„Ähm. Du willst mir *helfen*?“

„Ja.“ Er unterdrückte ein Grinsen. Sie war so süß, wie sie jetzt ihre Verwirrung zu verbergen versuchte. Azrael war klar, dass er ihr eine andere Seite von sich zeigen musste, um sie für sich zu gewinnen. Und gewinnen musste er sie, denn Elysan musste aus freien Stücken in ihren gemeinsamen Bund einwilligen. Nur, wenn sie ihm Vertrauen schenkte, konnte er ihr nehmen, was er wollte. Es war ein interessantes Spiel, das sie jetzt begannen. Nur war er der Erfahrenere in diesem Spiel …

Irritiert schaute sie ihn an. Sie hatte mit allem gerechnet, aber nicht damit, dass er ihr seine Hilfe anbot.

„Könntest du dir die Schuppentür einmal

anschauen? Sie ist beschädigt. Vielleicht von einem Fuchs oder einem der vielen Diebe in Emberton.“

„Das mache ich, Elysan. Und wenn du möchtest, sorge ich auch dafür, dass Diebe von nun an einen weiten Bogen um euren Hof machen.“

In Gedanken sah sie ihn mit seinem Schwert ganze Arbeit leisten. Die Diebstähle im Dorf waren zwar lästig, aber das wollte sie dennoch nicht. Und Elysan zweifelte keinen Augenblick daran, dass er seine Ankündigung in die Tat umsetzen konnte. Daher wechselte sie rasch das Thema.

„Unser Feld haben die Zwerge schon für uns umgegraben. Aber es gibt noch …“

„Die Zwerge?“, unterbrach Azrael sie aufmerksam. „Sie graben den Acker für euch um? Das ist mir neu, dass sie so etwas tun.“

„Ja. Sie machen das wegen Vater. Er hat dem Zwergenkönig einen großen Dienst erwiesen, als er im Finsterforst einen wertvollen Gegenstand fand und ihm zurückbrachte. Seitdem helfen uns die Zwerge, wenn wir sie brauchen.“

Azrael sah sie jetzt ganz eigentümlich an.

„Dann war dein Vater ein Krieger?“

„Bevor er die Magie der Masken entdeckte, war er das wohl.“

„Dein Vater scheint ein sehr interessanter Mann gewesen zu sein, Elysan.“

Sie konnte nur nicken, da sie spürte, dass Tränen in ihr aufstiegen. Sie würde nicht weinen. Ihr Vater hätte das nicht gewollt.

„Ich … ich wollte im Gemüsegarten arbeiten. Mein Bruder Simon war heute früh schon dort und hat sicherlich wieder einige unserer Gewürze zertrampelt. Er hat keinen Sinn für solche Dinge.“

„Dafür aber für andere Dinge, die nicht gut für ihn sind.“ Er musste längst Bescheid wissen über Simons königsfeindliche Aktivitäten, so wie er sie jetzt ansah. Sein Blick war ein Gemisch aus Vorwurf und Ermahnung.

„Er ist jetzt wieder in Emberton und wird sich mehr um den Hof kümmern“, verteidigte sie ihren Bruder sofort.

„Dann sollte er das schnell tun, bevor hier alles zusammenbricht. Ich werde ein Wörtchen mit ihm reden, wenn ich ihn treffe.“

„Das ist nicht so gut, Azrael“, beschwichtigte sie ihn rasch und lenkte sofort ab: „Falls ihr euer Lager in Emberton aufgeschlagen habt: Ich kann dir einen Korb mit Vorräten mitgeben. Falls ihr euch etwas kochen wollt.“

Er lächelte, kam dann einen Schritt näher und sah auf sie hinunter. Elysan fühlte ihr Herz schneller klopfen, als er sich herunterbeugte, sein warmer Atem ihre Wange streifte und er leise flüsterte:

„Das ist lieb von dir, Engelchen, dass du dich um uns sorgst. Wir holen uns schon, was wir brauchen.“

Mehrere Schauer glitten ihr gleichzeitig über den Körper. Seine Nähe, sein vertrauter Geruch – sie reagierte augenblicklich darauf. Ihr Puls beschleunigte sich, ihr Atem stockte ihr beinahe und in ihrem Bauch machte sich ein aufgeregtes Kribbeln breit.

Azrael griff ihren Arm und nahm ihr den Kochtopf aus der Hand. Ein vorwurfsvoller Blick aus seinen schönen blauen Augen, dann stellte er den Topf wieder auf die Anrichte und trat einen Schritt von ihr zurück.

Elysan spürte die Hitze in ihren Wangen und das

Verlangen nach ihm. Sie erkannte sich selbst kaum wieder.

„Also dann. Machen wir was“, rettete sie sich aus ihrer Verlegenheit und er lächelte.

„Fangen wir draußen an und arbeiten uns dann immer mehr zum Wesentlichen vor.“ Er hielt ihr die Tür mit einem unergründlichen Blick auf und sie spürte, dass nicht nur ihre Wangen in Flammen standen.

Kapitel 25

„Isgard." Nostromo erhob sich aus dem Ohrensessel, auf dem er saß.

Maira schaute ihn vorwurfsvoll an. „Das kannst du dir sparen, Vater. Der Prinz weiß von dem Zauber."

Nostromos Augen wanderten von seiner verzauberten Tochter hin zu dem großen blonden Mann, der die Arme vor der Brust verschränkt hielt und ihn kühl ansah. Der Prinz trug die schlichte, graue Kleidung der Soldaten und einen etwas edleren, gesäumten grauen Umhang dazu. Seine schwarzen hohen Stiefel waren allerdings blankpoliert, und so wie sie glänzten, war das Mairas Werk. Der große Zauberer lächelte still in sich hinein.

„Nehmt Platz, Prinz Jared", bot er ihm höflich an, als wäre dies sein eigenes Haus und nicht das des Dorfobersten Wilfried.

„Ich stehe lieber."

„Ich nicht. Ihr gestattet, dass ich mich setze?"

„Wenn es Euch beliebt, so setzt Euch", meinte Jared wegwerfend.

Nostromo setzte sich wieder gemütlich im Lehnstuhl zurecht, neben dem einige Bücher lagen.

Der Prinz hatte ausgerechnet das Haus des Dorfobersten Wilfried als Gefängnis für ihn auserkoren. Er konnte sich nicht erinnern, jemals so komfortabel gewohnt zu haben. Die Hausbesitzer waren einfach hinausgeworfen worden und ein dunkler, magischer Ring um das Haus herum ließ ihn nicht hinausgelangen. Schon lange hatte er sich auf eine Ruhepause zwischen seiner ständig gefragten

Arbeit gefreut und so hatte er sich wirklich gut erholt. Wäre da nur nicht Zhumas Energieschild, das ihn umgab. Nostromo schickte mit viel Spaß an der Sache immer wieder magisch verzauberte Dinge in das Energieschild hinaus. Dabei saß er am Fenster und schaute Tee trinkend zu, wie die Gegenstände dem Energieschild und damit Zhuma beständig Kraft raubten. Zhuma würde es wohl erst bemerken, wenn er starke Energie für einen Zauber brauchte, dass diese am Energieschild verloren ging und ihn schwächte. Da blieb nicht mehr viel für andere Dinge. Aber wenn er die schwarze, zischende Energie draußen betrachtete, musste der Hass auf ihn immer noch so groß wie damals sein.

Es war tragisch, dass Zhuma ihn hier aufgespürt hatte. Das ganze Dorf würde darunter leiden. Aber dieser junge blonde Mann ihm gegenüber sah nicht nur nachdenklich und intelligent aus, er schien es auch zu sein. Sonst wäre er längst tot.

„Möchtet Ihr einen heißen Tee? Die Wachen sind ganz reizend“, fragte Nostromo den Prinzen jovial, doch dieser schüttelte irritiert den Kopf.

„Ihr seid ein Gefangener, Nostromo.“

„Ein Gefangener im Luxus. Was möchtet Ihr von mir, Prinz? Es ist mir klar, dass Ihr mich nicht umsonst so verwöhnt.“

Jared rieb sich nervös die Hände, dann kam er augenblicklich zur Sache.

„Man sagt, Ihr seid genauso mächtig wie der große Zhuma?“

„Vielleicht, vielleicht auch nicht. Ich verdiene mein Geld mit Zaubertränken, Prinz Jared.“

Unschlüssig führte der Prinz die Hand zum Mund und dachte nach. Dann beschloss er, deutlicher zu werden.

„Meine Aufgabe war es, Euch zu töten. Und mit Euch das gesamte Dorf."

Nostromo hob interessiert seine grauen Augenbrauen.

„Das dachte ich mir bereits. Aber so, wie ich mit einem Blick aus dem Fenster erkenne, leben die Menschen noch. Und ich ebenfalls. Ihr habt Euch also umentschieden."

„Ich brauche Eure Hilfe, Nostromo."

Das war eine klare Ansage. „Was kann ich für Euch tun, Prinz Jared?"

„Seid Ihr in der Lage, Zhuma auszuschalten?"

„Unter Umständen."

„Gut. Ich möchte, dass Ihr das versucht. Ihr seid ab sofort frei."

Von draußen waren plötzlich Schreie und dann das Geräusch von klingenden Schwertern zu hören.

„Was ist das, Daneon?" Der Prinz wandte sich nervös an seinen Begleiter. Dieser warf einen Blick aus dem Fenster.

„So wie es aussieht, haben wir die Krieger des Dorfes hierhergelockt. Wir müssen kämpfen, Prinz!"

„Moment mal", Nostromo kam katzengleich hoch und schob sich neben ihn ans Fenster, stieß es unsanft auf und brüllte hinunter:

„Ceres, Gavron! Hört sofort auf! Der Mann da hat mir einen Tee gemacht! Lasst ihn in Ruhe, oder ich verwandele euch in ..."

Der Prinz schob sich jetzt neben ihn ans Fenster.

„Sollen wir sie töten, Prinz Jared?", keuchte eine seiner Wachen, die eben noch gegen die Angreifer dort unten gekämpft hatte. Es waren ein ganzes Dutzend bunt gekleideter Krieger und sogar eine Frau unter ihnen. Daher waren die Männer des Prinzen in klarer Unterzahl. Von Töten konnte vorerst keine Rede sein.

„Nein, lasst sie. Ihr da! Hört auf! Nostromo ist frei und kann gehen, wohin er will. Es ergibt keinen Sinn, was ihr dort tut!"

„Wir sind vom geheimen Bündnis in Emberton und du bist nicht unser Prinz!", brüllte Simon laut und hob sein Schwert mit einem kriegerischen Schrei.

Ceres, ihr Anführer, trat ihm in den Weg.

„Hier befehle ich, Junge."

„Aber wir haben es so abgesprochen", beharrte Simon wütend. „Das ist unsere Chance, den Tyrannen zu erledigen."

„Es ging um die Befreiung Nostromos. Der Prinz lässt ihn frei. Wenn ich sage: Waffen nieder, dann machst du das gefälligst auch", sagte Ceres ruhig.

„Das ist völlig nebensächlich! Es lebe die Revolution! Folgt mir gefälligst!", befahl Simon zornig. Da seine Begleiter auf Ceres Anweisung ihre Schwerter sinken ließen, schob er sich eilig an dem Anführer vorbei und hieb schreiend auf die Wachen des Prinzen ein. Diese reagierten sofort und konterten seinen Angriff. Der Prinz gab Daneon derweil einen Wink und sie stürmten hinaus.

Maira blieb mit ihrem Vater allein. Dieser wandte sich mit einem Stirnrunzeln vom Fenster ab und schloss sie in die Arme.

„Maira. Das Erste, was ich tun werde, ist, dich wieder in dich selbst zurückzuverwandeln."

„Wenn der Prinz dich freilässt. Warum mussten sie ausgerechnet jetzt kommen?"

„Der Bruder deiner Freundin ist leider ein Hitzkopf. Dem Prinzen wird keine andere Möglichkeit bleiben, als ihn gefangen zu nehmen oder Schlimmeres. So ein

Verhalten kann er nicht durchgehen lassen, sonst hält ihn jeder für einen Schwächling."

Derweil hörten sie den Prinzen draußen Befehle schreien und dann laut verkünden:

„Ich bin Jared von Talís, Euer Prinz und der zukünftige Herrscher dieses Landes. Das Dorf hat nichts vor uns zu befürchten. Aber diese beiden Männer dort stehen unter Arrest."

Nostromo ging hinüber zu einem Sack, der dort am Boden lag, beugte sich hinunter und wühlte seelenruhig darin. Als er wieder hochkam, hielt er einen kleinen bauchigen Tiegel in der Hand.

„Ich habe heute bereits ein paar Heilzauber verkauft. Und das hier ist für dich. Da, bitte Maira."

„Du hast es schon fertig hergestellt? Du bist wirklich der größte Zaubertränkemacher! Wann hast du das gebraut, Vater?"

„Ich hatte vergessen, dass ich den Gegenzauber längst gebraut hatte. Es ist mir beim Teetrinken eingefallen. Willst du ihn nicht einnehmen?"

Seine Tochter wirkte etwas verlegen. „Ich warte lieber noch etwas damit." Vorsichtig ließ sie ihn in ihre Tasche gleiten. „Weißt du, Vater: Es wäre vielleicht nicht schlecht, wenn ich noch eine Weile beim Prinzen bliebe. Für den Fall, dass er es sich anders überlegt mit dem Verschonen des Dorfes. Wenn sein Vater ihm das aufgetragen hat, warum tut er das dann nicht auch? Ich verstehe es noch nicht, wenn ich ehrlich bin."

Ihr Vater seufzte, zog sich seine Stiefel an, die neben dem Sack standen, und packte seine Sachen.

„Es ist lieb vom Prinzen, dass er mich freilassen möchte. Nur, wie will er Zhumas magischen Ring entfernen?"

Maira runzelte die Stirn.

„Man kann einfach hindurchgehen, Vater. Es ist neblig trübe darin, aber nichts hält einen auf."

„Mich schon, Mairachen, mich schon. Sei froh, dass Zhuma weit weg von uns ist, sonst hätte dieser magische Ring weitaus mehr Kraft und könnte alles töten, das dort hineingerät. So arbeitet er sich nur an Wilfrieds schönen, fliegenden Gläsern und Vasen ab. Wenn der Ring nicht verschwindet, werde ich noch für eine Weile in Wilfrieds Haus residieren müssen. Ah, Prinz Jared, da seid Ihr ja. Ärger gehabt?"

Wütende graue Augen blitzten ihn an, der Prinz strich sich eine blonde Haarsträhne zurück.

„Wir gehen. Los, packt Eure Sachen, Nostromo. Ihr seid frei."

„Und Zhumas Magie?", erinnerte dieser ihn an den magischen Ring.

Der Prinz rieb sich über den leichten Bart auf seiner Wange. Dann bekannte er entnervt:

„Wenn Ihr ihn nicht sprengen könnt, werde ich einen Anderen um Hilfe bitten müssen. Bleibt hier und verhaltet Euch ruhig."

„Selbstredend", versicherte der ältere Zauberer, kniff liebevoll in Mairas Wange und ließ sie dann los. „Passt gut auf meine Tochter auf, Prinz Jared. Sie ist der Schlüssel zu den verschiedenen Völkern in Emberton."

„Eure Frau ist eine Elfe?"

„Ja."

„Warum kommt sie nicht zurück ins Dorf?"

„Das wird sie, Prinz. Wenn es Euch ernst mit dem Frieden in Emberton und seinen Bewohnern ist."

Der Prinz nickte und wies Maira dann mit strengem Blick an:

„Wir gehen."

„Bis bald, Vater", flüsterte Maira und schloss sich dann dem Prinzen und seinen Begleitern an. Sie unterdrückte ein Lächeln, da es ihrem Vater besser ging, als sie gedacht hatte. Ihre positive Stimmung verflog, als sie zur Tür hinausgingen und den dunklen Nebelring durchschritten hatten.

Zwei gefesselte Männer standen dort bei den Wachen des Prinzen. Ausgerechnet Elysans Bruder Simon und ein weiterer der Krieger, den sie nicht näher kannte.

„Muss das sein, Prinz Jared?", traute sie sich, zu fragen und bekam ein Böses:

„Ja, muss es", zurück.

Mit den beiden Gefangenen gingen sie zurück in Richtung des Truppenlagers.

Sie hatten zusammen viel erreicht an diesem Tag. Elysan betrachtete glücklich die funktionierende Tür des Schuppens und danach das Schuppendach, das Azrael mit Brettern festgezimmert hatte. Es würde nicht mehr dort hereinregnen, soviel war sicher. Die Seilwinde des Brunnens funktionierte wieder einwandfrei und er war sich auch nicht zu schade dafür, den Stall auszumisten. Sie hatte dafür in aller Ruhe abgewaschen und im Gemüsegarten arbeiten können, Unkraut zupfen und von den zertretenen Kräutern zu retten versucht, was sich noch retten ließ. Dann pflückte sie Erbsen und Bohnen in einen Korb und trug ihn ins Haus. Sie nahm etwas von dem Holz, das Azrael ihr hereingetragen hatte, und entfachte ein Feuer an der offenen Herdstelle. Azrael kam herein, zog sich das verschwitzte Hemd über dem Kopf aus und sofort fielen Elysans Augen auf seinen muskulösen, durchtrainierten Oberkörper. Ihr Atem ging schneller, vergessen war das Feuer.

Er strich sich durch das schwarze Haar und für einen Augenblick stockte ihr förmlich der Atem.

„Ich wasche mich am Brunnen", stellte er klar, hängte sein Hemd mitsamt seines Waffengurtes über einen der Stühle und ging hinaus. Sie lief hinüber zu seinem Hemd, strich in Gedanken darüber und folgte ihm dann langsam.

Er stand am Brunnen und goss sich einen Eimer Wasser über sein Haar, Tropfen rannen über seinen Rücken hinunter.

Ach du liebe Zeit ... Elysan, ermahnte sich selbst, wegzusehen, und konnte sich doch nicht abwenden von diesem Bild. Ein starker, gut gebauter Krieger, der sich an ihrem Brunnen wusch. Das war etwas völlig anderes als Simon. Und Azrael hatte keine Angst vor kaltem Wasser. Er reinigte sich jetzt seinen sehenswerten Oberkörper mit einem Eimer Brunnenwasser ... Himmel! Ihr Mund war auf einmal ganz trocken, ihr Herz pochte irgendwo in ihrem Magen und das Einzige, was sie noch fühlte, war Hitze. Hitze in ihrem Gesicht und in ihrer Bauchgegend. Er warf ihr einen Blick zu und Elysan wich erschrocken zurück und ging rasch wieder ins Haus hinein. Sie lief hinüber zur Feuerstelle und legte etwas Holz nach, völlig vertieft in das Bild von eben. Er war ein gutaussehender, anziehender Mann, soviel war sicher.

„Hast du ein Handtuch, Elysan?"

Vor Schreck fiel ihr ein Holzscheit auf den Boden, sie hob es rasch auf und legte es ins Feuer zurück.

Auffällig blaue Augen blickten sie an, Wassertropfen rannen ihm von seinem Haar über seinen Oberkörper und sie konnte ihn nur anstarren.

„Engelchen?“

„Ja, sofort.“ Sie stieß gegen etwas, ignorierte es aber und ging hinüber zu dem kleinen Schrank, in dem sie die Leinentücher aufbewahrte. Rasch griff sie sich eines davon und brachte es zu ihm hinüber. Direkt vor ihm spürte sie seine Wärme, seine Nähe und brachte ein schwaches Keuchen heraus, weil seine Gegenwart sie völlig aus dem Konzept brachte.

„Danke. Geht es dir gut?“

Sie schaffte nur ein Nicken, bevor ihr Blick wieder verschämt über seinen wohlproportionierten Brustkorb glitt.

„Elysan“, er griff ihren Arm und ihre Selbstbeherrschung zerrann augenblicklich. „Sieh mich an.“

Sie tat es, aber ihr Atem ging schneller und es kostete sie richtiggehend Kraft, ruhig zu bleiben. Sein Blick verschränkte sich mit dem ihren und sie versuchte zu ignorieren, dass er ihr halbnackt gegenüberstand. Es ging nicht. Azraels Mundwinkel glitten amüsiert nach oben, als er Elysan zurückschob, bis sie die steinerne Hauswand im Rücken spürte. Dann beugte er sich langsam vor, ließ sich unendlich Zeit, bevor er genießerisch seinen Mund auf ihren senkte. Seine Lippen waren warm, sein Kuss allerdings heiß und ungemein sinnlich. Sie stöhnte, während er seine Hände rechts und links ihres Kopfes gegen die Wand lehnte und ihr ein Entkommen damit unmöglich machte. Sein Kuss brachte ihren Körper augenblicklich in einen Ausnahmezustand. Sie reagierte sofort darauf. Azrael gab ihr Zeit, sich an seine Nähe zu gewöhnen und verschränkte seine Hände in den ihren. Er presste ihre Hände an die Wand und sie konnte nur noch reagieren, seine Küsse auf die gleiche, hungrige Art beantworten und sich unter seiner provozierenden Nähe winden. Schließlich drängte sie sich an ihn, verließ sich auf ihre Gefühle und vertraute darauf, dass seine Erfahrung für sie beide reichen würde. Denn das, was sie hier tat, hatte sie noch nie gemacht. Elysan erkannte sich selbst kaum wieder. Kaum waren ihre Hände frei, grub sie diese in sein Haar, flüsterte seinen Namen und ließ es zu, dass seine Hände an ihr herabglitten und er ihren Unterkörper noch enger an sich presste, dass sie vor unterdrückter Lust aufstöhnte. Seine Küsse wurden unnachgiebiger, fordernder und die Wand in ihrem Rücken war angenehm, weil sie sie hielt und ihnen ermöglichte, sich ganz einander zu widmen. Das Blut pulste prickelnd durch ihre Adern, ihr Atem ging nur noch stoßweise und jeglicher warnende Zweifel verschwand.

Azrael unterbrach seinen Kuss, aber nur, um seinen Mund an ihrem Hals herabwandern zu lassen. Sie sog keuchend die Luft ein, als er sie an dieser empfindlichen Stelle küsste. Elysan wand sich unter seinen Berührungen, gleichzeitig drängte sie sich ihm entgegen, schon längst hatte sie die Kontrolle darüber verloren, was sie da tat. Seine Hände glitten über den Stoff ihres Oberteils und ihr Verlangen steigerte sich augenblicklich. Seine Nähe, seine Berührungen – da war eine Hitze zwischen ihnen, die sie nicht mehr lange unter Kontrolle halten konnten. Elysan warf den Kopf zurück und flüsterte seinen Namen, bevor sie unter dem sanften Druck seiner Hände erneut aufstöhnte. Da waren nur noch er und sie und ihr gemeinsames Spiel, das sie jetzt nicht mehr gewinnen konnte, denn er hatte die Führung übernommen. Seine Hände erkundeten sie erneut genüsslich, wanderten über ihre erhitzte Haut und machten ihr deutlich, was sie einzig und allein noch wollte: Ihn. Sie griff in sein Haar und stöhnte auf, als seine Finger forschend unter den Stoff ihres Ausschnittes glitten.

„Lass sie los, du Bastard!", erklang eine Stimme wie durch dumpfen Nebel.

Elysan brauchte einen Atemzug, um zu registrieren, dass Azrael sich blitzschnell von ihr abwandte und sich von einem Moment auf den anderen in den Mann verwandelte, der er eigentlich war: In einen Krieger, kalt und jederzeit dazu bereit, zu töten. Sofort griff er an.

Kapitel 26

„Ist alles in Ordnung, Zhuma? Ihr seid ganz bleich und schwitzt. Geht es Euch nicht gut?“

„Azrael“, murmelte der dürre Zauberer und schüttelte unentwegt den Kopf. „Er hat es schon wieder versucht. Nein!“

„Was ist mit Azrael?“ Malphas trat zu dem am Boden sitzenden Zauberer und dem zweiten Heerführer Bogdan in ihrem Nachtlager hinzu. „Was redet er da?“

Die tiefschwarzen Augen Zhumas wanderten zu Malphas hinauf und dann weiter zu Bogdan. Da sie ihn abweisend ansahen, sagte er rasch:

„Azrael will die Maskenträgerin zu der Seinen machen.“

„Was will er? Und was bitte ist eine Maskenträgerin‘?“ Bogdan sah ihn verständnislos an und kratzte sich den dunklen Bart.

„Was genau bedeutet das?“, erkundigte sich Malphas vorsichtig und presste seine hellen Augen zusammen.

„Das bedeutet, dass er scharf auf eine Frau ist!“, zeterte Zhuma los.

„Oh.“ Die beiden Heerführer wechselten Blicke, die eindeutig belustigt waren.

„Nun, das ist nichts Ungewöhnliches. Bestimmt ist sie hübsch, Azrael hat einen ausgezeichneten Geschmack. Nur: Woher wisst Ihr das, Zhuma?“ Malphas hob fragend eine seiner hellen Augenbrauen.

„Ich fühle es. Spürt Ihr nicht die aufgeladene Magie, die uns umgibt?“

Wieder wechselten die anderen beiden Männer Blicke.

„Habt Ihr getrunken, Zhuma?", erkundigte sich Malphas erneut. Es klang kalt. „Eure Fantasien sind leicht pervers."

„Ach, macht doch, dass ihr wegkommt! Keine Ahnung von Magie und dem, was sie bewirken kann! Was meint ihr, passiert, wenn er sie zu der Seinen macht, hm? Und die weitaus wichtigere Frage: Warum will er sie zu der Seinen machen? Wahrscheinlich doch deshalb, weil er sie als seine Waffe gebrauchen will."

Malphas sah ihn jetzt wirklich eigentümlich an. Dann sagte er knapp:

„Lasst Euch mal aufklären, Zhuma. Was da zwischen Mann und Frau passiert scheint Euch völlig fremd zu sein."

Er drehte sich um und ging davon. Bogdan kratzte sich erneut ratlos über seinen langen, schwarzen Bart.

„Also hat Azrael jetzt eine Frau als Waffe gegen uns. Das hört sich wirklich gefährlich an, Zhuma. Sehr, sehr gefährlich." Er stieß ein Kichern aus, das nicht zu seiner mächtigen Gestalt passte, warf dem Zauberer noch einen abwertenden Blick zu und stapfte dann davon.

Zhuma blieb zornig zurück.

„Was versteht ihr denn davon! Roger, komm gefälligst her. Ich möchte etwas an den König notieren! Wir brauchen noch mindestens zwei Tage bis nach Emberton. Das ist zu lang."

Kapitel 27

„Möchtest du noch eine Decke, Maira?"

„Nein, vielen Dank. Lieber wäre mir ein Bett, aber der Teppich ist weich."

„Ich werde dir morgen eine Liege hineintragen lassen."

Sie verdrehte im halbdunklen Zelt die Augen und meinte dann:

„Nur, weil Ihr nun wisst, dass ich eine Frau bin, könnt Ihr Euch trotzdem weiter normal verhalten, Prinz Jared."

„Tja, das sollte ich wohl. Aber du bist auch die Tochter Nostromos und daher liegt mir dein Wohl am Herzen."

Auf einmal! Maira atmete belustigt aus.

„Was wollt Ihr von meinem Vater?"

„Dass er Zhuma aufhält. Ich rechne damit, dass mein Vater ihn mit Truppen gegen uns schicken wird."

Sofort war Maira hellwach.

„Was? Warum sollte der König Truppen gegen seinen eigenen Sohn losschicken? Das ist doch krank!"

„Lass uns morgen darüber reden. Ich möchte eine Nacht ruhig schlafen, um morgen einen klaren Kopf zu haben. Leider ist Azrael nicht im Lager, ich nehme an, dass er diese Maskenträgerin jagt."

„Elysan? Sie wird von Azrael gejagt?"

„Ja."

„Aber warum?"

„Weil Azrael eine Schwäche für Maskenträgerinnen

hat. Er will sie und er wird sie bekommen, soviel ist sicher."

Das war zu viel für Maira, sie schwieg und musste diese Nachricht erst einmal verdauen. Dann murmelte sie leise:

„Ihr habt heute ihren Bruder festnehmen lassen, Prinz Jared. Das solltet Ihr nicht tun, Simon ist harmlos."

„Du meinst den Aufständler, der auf meine Leute losgegangen ist? Ich denke nicht, dass er harmlos ist. Er ist ein Fanatiker. Ich bin froh, dass er in Gewahrsam ist und werde ihn hinrichten lassen. Aufständler kann ich nicht dulden."

Maira richtete sich schockiert wieder auf.

„Aber das könnt Ihr nicht tun! Er ist Elysans Bruder!"

„Und ich bin der Prinz. Schlaf jetzt, Maira." Er löschte die Laterne, die das hohe Zelt bis dahin erhellt hatte.

Sie seufzte leise, zog sich die Decke über, legte sich wieder hin und dachte nach. Die blauen, sich leicht im Wind bewegenden Zeltwände wirkten beruhigend und angenehm. Warum verhielt sich der Prinz, der zu ihr durchaus nett und umgänglich war und jetzt sogar ihren Vater freiließ, so bösartig? Simon war doch harmlos. Sicher, ein wenig seltsam war er schon, aber ihn als Aufständler hinzurichten – das war übertrieben. Da sie den ruhigen, tiefen Atem des Prinzen hörte, musste sie an Gavron denken, der heute auf der Wiese unter dem Fenster gestanden hatte. Ihr war schon klar, dass er und die Krieger dort dem geheimen Bündnis gegen den König angehörten. Bisher hatte dieser Geheimbund nur beobachtet, wie der Prinz und seine Soldaten sich verhielten. Wie lange würden sie noch beobachten und wann würden sie gegen die unwillkommenen Eindringlinge vorgehen? Sie wusste es nicht. Maira wusste nur, dass sie schleunigst hier weg musste. Und Gavron ... liebte er sie überhaupt noch? Seit sie in dieser Gestalt war, hatte sie das Gefühl, dass seine Empfindungen für sie merklich abgekühlt waren.

Hier im Lager empfand sie ihr jetziges Aussehen tatsächlich als guten Schutz. Ihr war nicht entgangen, was für Blicke die Soldaten den Frauen im Dorf zuwarfen. Momentan hatte der Prinz seine Leute gut im Griff, aber was wäre, wenn sie länger hierblieben? Und was würde der Prinz zu ihr sagen, wenn sie ihre alte Gestalt wiederhätte?

Sie konnte nicht schlafen, auch die leisen Geräusche des Truppenlagers hielten sie wach. Irgendwo an den Feuern würfelten noch Männer, man hörte ihre Stimmen gedämpft bis ins Zelt. Dass der Prinz so einfach schlafen konnte! Maira stützte sich hoch, ihr Blick wanderte hinüber zu dem schlichten Umhang, den sie immer trug. Was, wenn jemand den kleinen Tiegel darin entdeckte und einfach wegwarf oder auskippte? Nachher würde er noch denken, sie bewahre ein Gift für den Prinzen darin auf. Sie wollte nicht hingerichtet werden, wirklich nicht! Leise schob sie ihre Decke weg und stand lautlos auf. Möglichst geräuschlos schlich sie hinüber zu ihrem Umhang. Ihre Finger ertasteten den Tiegel und sie zog ihn heraus. Endlich wieder sie selbst sein. Es wäre vielleicht gut, wenigstens einen kleinen Schluck davon schon zu nehmen, nur zur Sicherheit. Nicht, dass sie für alle Zeiten ein schmächtiger, blasser Junge blieb. Maira liebte ihre weibliche Figur ungemein.

Geschockt hatte sie ihr Gesicht vorhin das erste Mal im Spiegel des Prinzen gesehen. Das war wirklich nicht die anziehende Frau, die Gavron so verehrte.

Sie wollte gerade den Trank entkorken, als sie ein starker Arm packte und ihr jemand den Tiegel aus der Hand nahm. Nur mit Mühe gelang es ihr, einen Aufschrei zu unterdrücken. Dieser jemand ließ sie los und Maira sprang zurück und wandte sich schnell um. In der sanften Dunkelheit musterten sie die grauen Augen des Prinzen vorwurfsvoll.

„Was ist das?" Er hielt den Trank hoch.

„Nichts."

„*Nichts*? Du solltest mir lieber die Wahrheit sagen, Maira!"

Sie schluckte und brachte schließlich heraus:

„Das ist der Gegenzauber, Prinz Jared. Bitte lasst ihn nicht fallen. Ich will nicht immer in dieser Gestalt bleiben."

Lächelte er? Sie konnte es nicht genau sagen in diesem Dämmerlicht.

„Wenn dies der Gegenzauber ist, so werde ich ihn für dich aufbewahren, Maira. Solange du mein Gast bist, wirst du so bleiben, wie du bist."

„Aber Prinz! Gebt ihn mir bitte zurück!"

Jared schüttelte den Kopf, wandte sich um und ging hinüber zu seinem Schlaflager. Er öffnete eine kleine Truhe, die darunter stand, und legte den Trank hinein. Dann verschloss er die Truhe umsichtig. Als er sich ihr wieder zuwandte, glaubte Maira für einen Moment, keine Luft zu bekommen.

„Ich brauche diesen Trank!"

„Er ist hier gut geschützt und du bist es auch."

„Aber warum?", hauchte sie entsetzt.

„Du bist Nostromos Tochter. Solange du an meiner

Seite bist, wird auch er es sein. Richte dich für eine Weile in meinem Zelt ein, Maira."

Sein Tonfall war kühl und abweisend. Maira wurde übel. Dort in der kleinen Truhe war der Trank, der ihr ganzes Leben wieder in Ordnung bringen würde. Sie wollte nicht so bleiben, auf keinen Fall!

Prinz Jared drehte sich einfach um, ließ sich auf sein Schlaflager nieder und deckte sich zu.

„Leg dich hin", befahl er unfreundlich und sie tat es augenblicklich. Eine Weile lag sie da und blinzelte die Tränen weg, dann erwachte erneut der Kampfgeist in ihr. Gavron wusste, wo sie war. Er würde ihr helfen. Dennoch fixierte sie mit den Augen fest die Stelle, an der Prinz Jared die Truhe unter seine Lagerstätte geschoben hatte. Sie brauchte diesen Trank!

Kapitel 28

„Azrael. Lebt er noch?"

Der schwarzhaarige Krieger stieß ein wütendes Knurren aus und ließ den Mann am Boden los.

Wäre sie nicht, würde er das schon lange nicht mehr tun. Aber Elysan hatte sich in diesen Kampf eingemischt, als er den Bogenschützen aus dem Wald gerade am Boden fixiert hatte.

Sie hatte ihn angefleht, Aldrick nichts zu tun. Für einen Augenblick regierte nur sein Instinkt, zu töten, dann wurde ihm klar, dass er ihn nicht vor ihr töten sollte. Da dieser Aldrick wie eine aufdringliche Schmeißfliege immer wieder dann auftauchte, wenn man ihn am wenigsten brauchen konnte, würde er ihm sicher auch noch ein weiteres Mal über den Weg laufen. Dann konnte er ihn unbemerkt entsorgen. Azrael richtete sich auf, ging hinüber zum Stuhl, über dem sein Hemd lag und zog es über. Er konnte nicht zusehen, wie sie sich besorgt über diesen Mann beugte.

„Aldrick, hörst du mich?"

Azrael seufzte, zog seinen Waffengürtel an und wandte sich zu ihr um. „Er ist bewusstlos. Ich weiß schon, wie ich am besten zuschlage."

Ein tadelnder Blick traf ihn und er musste beinahe darüber lachen.

„Wolltest du lieber, dass er mich mit seinem Jagdmesser aufgespießt hätte, Engelchen?"

„Ach, Azrael. Das natürlich nicht."

Er ging zu ihr hinüber und nahm sie in den Arm. Der Geruch ihres Haares reichte schon aus, dass er auf sie reagierte, daher ließ er sie augenblicklich los.

„Ich denke, dass ich besser gehen sollte. Und den Kerl nehme ich mit und lege ihn an geeigneter Stelle ab."

„Warum bist du so?"

„Warum taucht dieser Aldrick immer dann auf, wenn du mir endlich ein bisschen entgegenkommst, Elysan?"

Sie zuckte mit den Schultern und lächelte.

„Elysan! Elysan, ich bin zurühück! Das ist ja ganz zauberhaft mit der neuen Seilwinde!" Draußen war das leise Quietschen der Seilwinde am Brunnen zu hören.

„Azrael! Meine Mutter! Mach, dass du wegkommst, schnell!" Elysan wies hinüber zur Tür, die gleich aufgehen musste. „Versteck dich dahinter! Ich lenke sie ab und du entwischst schnell nach draußen, wenn sie nicht guckt!" Sie beugte sich zu ihm hoch, hauchte ihm einen gehetzten Kuss auf den Mund und fand sich augenblicklich von ihm gepackt wieder. Azrael flüsterte amüsiert: „So kommst du nicht davon, Elysan. Das kannst du weitaus besser!"

„Azrael! Meine Mutter kommt", antwortete sie empört und verstummte dann, weil er ihre Lippen mit einem mehr als zärtlichen Kuss verschloss.

„Mhm."

„Morgen in unserem Lager, Elysan. Ich erwarte dich dort." Dann ließ er sie los, ging hinüber zur Tür und grinste sie an. Die Tür ging auf, ihre Mutter kam herein und schrie sogleich auf:

„Elysan, was ist passiert!" Sie kam rasch hinübergerannt zu dem bewusstlosen Aldrick, zu dem sich Elysan hinuntergebeugt hatte. Aus dem Augenwinkel sah Elysan, dass Azrael in aller Ruhe durch die offene Tür verschwand.

„Wie kommt der Mann hier herein? Hat er dich bedroht, Elysan?“ Und dann kreischte sie los: „Das ist doch Aldrick! Elysan Caldarion, ich verlange eine Antwort, was er hier macht!“

„Mutter, ich ...“

Ihre Mutter kam entschlossen hoch, ging hinüber zu der Wasserschale und ergriff sie. Ein wahrer Wasserschwall ergoss sich auf Aldrick.

„Steh gefälligst auf, Aldrick Athelstan, hörst du?“

Dieser stöhnte und versuchte, sich aufzustützen. Elysans Mutter stemmte die Hände in die Hüften und befahl ihm empört: „Das wird Konsequenzen haben, Aldrick, hörst du?“

Aldrick hielt sich den Kopf und man konnte deutlich eine Beule sehen, die seine Stirn an der Stelle zierte, an der Azraels zweiter Faustschlag gelandet war.

„Setz dich da hin. Ja, so ist es besser. Ich will gefälligst eine Erklärung haben, was du hier machst! Und was dich angeht, Elysan, ich sehe deine roten Wangen sehr wohl und kann mir schon vorstellen, was ihr zwei anstellen wolltet. Schämt euch! Ich werde morgen ein Machtwort mit deiner Mutter sprechen, Aldrick! Das Mindeste ist ja wohl, dass du das wieder gutmachst und dich auf der Stelle mit meiner Tochter verlobst, so, wie sich das gehört.“

Aldrick kam erst langsam wieder zu sich. Sein Blick hatte wütend auf Elysan geruht. Doch als er die Worte ihrer Mutter hörte, mischte sich neben Wut etwas Verschlagenes hinein.

„Mutter, das siehst du völlig falsch“, versuchte Elysan ihre Mutter zu besänftigen, diese war allerdings wirklich aufgebracht.

„Es ist mir schon klar, dass du weder die Seilwinde

noch den Schaden an der Schuppentür repariert hast, Elysan. Ich bin dir wirklich sehr dankbar dafür, Aldrick! Aber ihr seid beide alt genug, dass ihr wisst, was sich gehört und was nicht! Deshalb hoffe ich, dass du die Konsequenzen ziehst und meine Tochter zu deiner Frau nimmst."

„Ich soll … sie zur Frau nehmen", stammelte Aldrick und ein unangenehmes Lächeln umspielte seinen Mund.

„Nein, auf keinen Fall werden wir das tun! Du täuschst dich, Mutter! Es tut mir leid, was passiert ist!"

„Das braucht es wirklich nicht, Elysan", mischte sich Aldrick jetzt ein und stand auf. Er legte seinen Arm um ihre Schultern. „Deine Mutter hat recht, wir sollten endlich unsere Heimlichkeiten beenden und die Konsequenzen aus unserer Liebe ziehen."

„Aldrick!" Elysan sah ihn wütend an.

Er ließ sie zwar los, aber der bösartige Zug um seinen Mund herum verschwand nicht. „Ich bin bereit, den nächsten Schritt zu wagen. Wenn du möchtest Johanna, dann nehme ich deine Tochter schon morgen zu meiner Frau!"

Elysan sog geschockt die Luft ein und sagte streng zu dem Bogenschützen:

„Komm mal mit auf den Hof hinaus, Aldrick, ja?" Ärgerlich ging sie voraus, während ihre Mutter Aldrick begeistert hinterherrief:

„Ich bin sehr stolz auf dich, Aldrick …"

„Und ich erst", fauchte Elysan, als sie die Tür hinter Aldrick zuzog. Kühle Abendluft streifte ihr Haar und sie schlang ihren Umhang enger um sich.

„Was erwartest du, Elysan", fuhr er sie zornig an. „Denkst du, ich schaue mir weiter an, wie dieser

Barbar mir meinen Stolz und auch noch meine Frau nimmt?“

„Er ist kein Barbar!“

„Natürlich ist er das! Ich komme zu dir, um dir zu sagen, dass es uns gelungen ist, uns zu befreien, und um dir zu versichern, dass es mir gut geht, und dieser Kerl ...“, er hielt sich die Stirn und schüttelte den Kopf.

Elysan spürte, dass sich ihre Wangen tiefrot färbten.

„Du hast versucht, ihn mit einem Messer zu erstechen!“

„Hätte ich es bloß geschafft!“ Und dann atmete er tief ein und sagte etwas freundlicher: „Ich verzeihe dir, Elysan. Weil ich dich wirklich liebe. Aber du wirst mich heiraten! Nicht nur deine Mutter fände die Szene von eben ziemlich abstoßend. Was würden die Leute im Dorf wohl dazu sagen, wenn sie wüssten, was du da mit diesem Kerl treibst ...“

Die Ohrfeige, die ihn traf, ließ ihn nicht einmal zusammenzucken.

„Schäm dich, Aldrick! Bei uns ist es üblich, anzuklopfen, bevor man hereinkommt! Es geht dich nichts an, was ich tue, hörst du? Und du wirst auch niemandem davon erzählen!“

„Es geht mich sehr wohl etwas an! Und jeden anderen im Dorf ebenfalls, wenn du so weitermachst.“ Er packte ihre Oberarme und schüttelte sie leicht. „Elysan, komm zu dir! Du kannst nichts mit einem königstreuen Hauptmann anfangen! Hast du vergessen, dass der König deinen Bruder geholt hat und deinen Vater töten ließ? Hast du das vergessen, Elysan Caldarion? Du stellst dich gegen ganz Emberton!“

Sie schüttelte wortlos den Kopf, während ihr Tränen in die Augen traten.

„Heirate mich, werde meine Frau, Elysan! Zeig diesem Mann, was du von ihm und seinem König hältst! Hast du nicht gesehen, dass er keine Schwierigkeiten damit hat, zu töten, wie jeder von ihnen?"

Sie war zu benommen, sodass sie seinen Kuss auf ihre Stirn kaum registrierte.

„Ich kläre morgen früh alles. Pack deine Sachen. Wenn du möchtest, gehen wir erst einmal von hier fort, meine Brüder und ich haben Verbindungen ins Nachbarland. Simon ist einer von uns, er arbeitet wie viele der Krieger auch für den Widerstand. Und jetzt geh rein und denk über meine Worte nach, Elysan!" Er ließ sie los, ging davon und verschwand im hereinbrechenden Dunkel der Nacht. Elysan taumelte hinüber zum Eingang und setzte sich auf die Holzstufe vor der Tür.

Aldrick hatte recht. Sie durfte niemals etwas mit einem königstreuen Mann anfangen, weil sie damit all das verriet, wofür ihr Vater gestorben war. Sie erinnerte sich noch gut an ihn, an seine große, kräftige Gestalt, sein Lachen, wenn er sie hochhob und herumwirbelte.

„Meine kleine Prinzessin. Na, was hast du da?"

„Das wird ein Pferd, Papa. Ich hab es aus Erde gemacht."

„Wenn du groß bist, dann kaufe ich dir ein richtiges Pferd, Elysan. Ein schneeweißes mit grauer Mähne, wie du es dir immer gewünscht hast."

„Danke, Papa. Ich hab dich lieb."

„Ich dich auch, mein Schatz."

Sie legte ihre Hände auf ihre Wangen und zwang

sich, nicht zu weinen. Es tat heute noch genauso weh wie damals.

Und Azrael ... er galt als bösartig und brutal. Er war genau das, was sie die ganze Zeit verachtet hatte. War das Liebe zwischen ihnen, oder nur körperliche Anziehung? Sie würde nicht zu ihm ins Lager gehen, wie er es wohl erwartete. Lieber würde sie auf die Masken verzichten. Und doch waren da Gefühle für ihn, die sie völlig durcheinander brachten. War er wirklich so grausam, wie alle sagten? Er hatte heute mit ihr zusammen auf dem Hof gearbeitet, als wäre das selbstverständlich für ihn. Seine Berührungen, seine Küsse – ihr Herz begann augenblicklich, schneller zu schlagen. Elysan stand auf, klopfte sich ihr Kleid ab und ging hinein. Sie würde versuchen, die Gefühle für ihn zu bekämpfen. Lange hatte sie sich nicht so schlecht gefühlt, wie an diesem Abend.

„Der Prinz hat nach Euch schicken lassen, Hauptmann."

„Und du hast ihm gesagt, dass ich beschäftigt bin?"

Nathas nickte und ging neben Azrael durch das von Feuern erhellte Truppenlager. „Vielleicht habe ich morgen Zeit für ihn. Schick jetzt keinen der Leute mehr."

„Wir haben wieder einen Verlust, Hauptmann. Davide ist bei der Jagd im Forst verschwunden."

Azrael blickte in Richtung des Waldes, der tiefdunkel in der Nacht lag. Dann sagte er langsam:

„Der Forst ist in Aufruhr. Ich kann das Böse darin spüren. Ich will, dass wir so schnell wie möglich von hier abziehen. Er besitzt ein Eigenleben, das auch ich nicht kontrollieren kann. Habt ihr trotzdem Essen besorgt?"

„Ja, die Männer brachten etwas von der Jagd mit. Und der Bäcker hat uns mit seinem gesamten Vorrat versorgt."

„Das hast du gut gemacht, Nathas. Ich hoffe, ihr habt dazu nicht mehr Gewalt angewendet als nötig?"

„Als er uns sah, war er sofort bereit, uns alles einzupacken."

„Wie war es mit der Blonden?"

„Mittelmäßig, ehrlich gesagt. Ihr Vater ist ein unsympathischer Typ und hat hier im Dorf das große Wort. Er heißt Wilfried und der Prinz hat ihn aus seinem eigenen Haus geworfen, um den Gefangenen dort einzuquartieren. Dementsprechend schlecht war er auf uns zu sprechen, als ich sein Töchterchen zu ihrer Notunterkunft brachte. Und dann waren da noch ein paar aufdringliche Gestalten, die jeden unserer Schritte genau beobachteten. Die Krieger Embertons gehen mir gehörig auf die Nerven. Wären sie nicht, hätte ich die Blonde wenigstens küssen können. Aber nicht einmal das ging."

Azrael unterdrückte ein Lachen, dann befahl er:

„Ich will noch etwas essen, danach lass die Männer nochmal antreten, Nathas. Ich werde ihnen ein paar Anweisungen für morgen geben."

„Wie Ihr wünscht, Hauptmann." Nathas entfernte sich und Azrael blieb allein zurück. Er unterdrückte ein Lächeln, als er an die schöne Frau dachte, nach der er sich jetzt schon wieder sehnte. Morgen würden sie hoffentlich endlich einen entscheidenden Schritt weiterkommen.

Kapitel 29

Maira war kurz davor, in einen leichten Schlaf zu fallen, als sich der Teppich am unteren Ende leicht zu heben schien. Erschrocken richtete sie sich auf und starrte auf das Ende ihres provisorischen Bettes. Plötzlich klappte der Teppich zur Seite und ein Zwerg zeigte sich. Gimbros. Sie kannte ihn vom Markt und wusste, dass er mit den Kriegern von Emberton zusammenarbeitete. Gimbros gab ihr ein Zeichen, zu ihm zu kommen, und Maira schob leise die Decke zur Seite. Sanfte Atemgeräusche deuteten darauf hin, dass Prinz Jared schlief. Draußen im Heerlager herrschte ebenfalls Stille. Sie biss sich auf die Lippe und kroch vorsichtig in Richtung des Zwerges. Gimbros deutete nach unten und ihr wurde klar, dass sich direkt unter ihnen einer der geheimen Gänge der Zwerge befinden musste. Sie unterdrückte ein Lächeln. Dann fiel ihr wieder die Kiste ein, in der der Prinz den Gegenzauber aufbewahrte. Unschlüssig sah sie hinüber zu seinem Lager. Ohne diesen Zauber würde sie nirgendwohin gehen. Sie drehte sich um und krabbelte auf allen Vieren leise in Richtung des schlafenden Prinzen. Der Zwerg Gimbros schob sich an ihr vorbei, wedelte abwehrend mit den Händen vor ihr herum und wies aufgebracht in Richtung des Fluchtweges. Sie schüttelte den Kopf und zeigte in Richtung der kleinen Truhe unter der Liegestätte des Prinzen. Gimbros, der ihrem Fingerzeig gefolgt war, kratzte sich am Kopf. Dann gab er ihr ein Zeichen, still zu verharren und näherte sich selbst auf schleichenden Zwergenfüßen dem Schlaflager Jareds.

Maira wagte kaum, zu atmen.

Es war wohl ein kleines Seil, das Gimbros von der Halterung der geheimen Truhe löste, bevor er sie hochhob. Er ächzte kaum hörbar und trug sie rasch in ihre Richtung.

„Mhm“, stöhnte der Prinz und drehte sich auf die andere Seite. Gimbros und Maira verharrten derweil wie eingefroren auf ihrem Platz. Erst, als tiefere Atemgeräusche des Prinzen zu hören waren, beeilten sich beide, zu dem Loch im Boden zu gelangen.

Gimbros verschwand mit der kleinen Kiste darin und Maira schob den Teppich noch etwas mehr zur Seite. Unter ihr klaffte ein dunkles Loch im Boden, gerade groß genug für ihren momentan so schmächtigen Körper. Maira stützte sich ab, ließ zunächst ihre Beine hinabgleiten und versuchte, Boden unter den Füßen zu ertasten. Schließlich fanden ihre Füße Halt an einer Art Stiege an der Wand. Maira nutzte ihre Sinne, um das Risiko dieses Abstieges zu erfühlen. Dann lächelte sie. Es war für sie völlig ungefährlich. Denn dort unten wartete jemand auf sie, der ihr Herz zum Klopfen brachte. Gewandt stieg sie hinab, ihre Füße suchten sich Halt an der provisorischen Holzstiege und ihre Hände klammerten sich dort ebenfalls fest. Ihre Füße erreichten den Boden und sie nutzte ihre Elfenmagie, um die Dunkelheit etwas zu erhellen.

„Maira!“, wisperte eine leise Stimme und sie antwortete genauso leise: „Gavron!“

Er war im nächsten Moment bei ihr, umarmte sie und hauchte ihr einen Kuss aufs Haar. Währenddessen rammte der Zwerg Gavron die Kiste in die Beine, sodass er von Maira abließ.

„Nimm“, raunte Gimbros, bevor er lautlos das

Erdloch hinaufstieg und es provisorisch verschloss.

„Wie hast du ...“, hauchte Maira, immer noch verzückt von Gavrons Anwesenheit. „Wie habt ihr so schnell einen Gang hierher graben können?“

Gavron betrachtete sie nachdenklich und Maira wurde sich ihres ungeliebten Aussehens wieder bewusst.

Gavron zog sie hinunter in den runden Tunnel neben der Abstiegsstelle.

„Hörst du mir überhaupt zu?“, fragte sie in gedämpfter Lautstärke und versuchte, sich von seiner Hand zu befreien.

„Das tue ich, Maira. Aber wir können uns nicht direkt unter dem Einstieg in unseren Geheimgang unterhalten. Der Prinz könnte es hören.“

Gimbros kam angesprungen und verlangsamte neben ihnen.

„Können wir gehen?“

„Ja. Aber von der Größe her kannst wohl nur du das in diesem Tunnel. Maira und ich werden auf allen Vieren gehen müssen“, bestätigte Gavron.

Die restliche Strecke durch den Tunnel hatten sie doch aufrecht gehen können. Hier in der Nähe der Baracken der Krieger von Emberton war dieser von den Zwergen so hastig gegrabene Gang weitaus besser ausgebaut. Maira unterdrückte ein Lachen. Gavron ging hinter ihr, die kleine Geheimtruhe des Prinzen unter dem Arm. Der Zwerg Gimbros lief erstaunlich schnell vor ihnen her, einen leuchtenden Morchelpilz in der Hand. So aufregend ihre Flucht auch gewesen war, so schön war es, kurz darauf eine Holzstiege an der Wand wieder nach oben zu steigen. Frische, kühle Nachtluft streifte sie, als sie hinter dem Zwerg die Stiege hinaufkam. Oben wurden sie bereits erwartet.

„Maira“, sagte Ceres. Die Krieger Embertons umringten sie im sanften Mondlicht. Und es waren nicht nur die Krieger. Maira erkannte jetzt, als sie sich von einem Mann hinaushelfen ließ, auch einige der Bogenschützen.

Als Gavron hinter ihr den Gang verließ, klopfte ihm Ceres anerkennend auf den Rücken.

„Das war eine Meisterleistung, Gavron. Herzlich Willkommen bei den Kriegern, Maira. Nostromos Tochter ist unser Ehrengast. Wir werden dich bei uns verstecken.“

„Das wird nicht nötig sein. Aber danke für eure Hilfe! Gelingt es euch, diese Truhe vorsichtig zu öffnen? Der Prinz hat den Gegenzauber für meine Rückverwandlung darin versteckt. Ich glaube nicht, dass er mich wiedererkennt, wenn ich wieder in meinem wirklichen Körper stecke.“

„Da hast du sicher recht, Maira. Ich erkenne dich so selbst kaum. Also, lasst es uns versuchen. Wir gehen in meine Hütte. Zyan, Pirus ihr haltet Wache. Gimbros: Du machst dich mit deinen Leuten daran, den Gang unter dem Zelt des Prinzen wieder zu verschließen.“

„Zu Befehl, Ceres“, der Zwerg salutierte vor ihm.

„Vielleicht sollten wir ihn offenlassen ... Es könnte sein, dass wir den Prinzen doch erledigen müssen“, sagte Pirus nachdenklich.

„Vielleicht“, billigte Ceres ihm zu. „Aber vielleicht beweist er uns, dass er doch unser Prinz ist. Warten wir es ab. Komm herein, Maira.“

Als Gavron Maira einige Zeit später in seinen Umhang

gehüllt durch die abendleeren Gassen Embertons begleitete, war sie so glücklich wie schon lange nicht mehr. Maira liebte ihre weibliche Figur und nachdem es den Männern gelungen war, das Schloss an der Truhe des Prinzen aufzubrechen, war alles ganz schnell gegangen. Kaum hatte sie den Gegenzauber getrunken, hatte sie sich in die Frau zurückverwandelt, die sie zuvor gewesen war. Gavron gab ihr augenblicklich seinen Umhang, denn das Oberteil spannte und war, wie auch die hautenge Hose, nicht mehr für sie geeignet. Eine der Kriegerinnen, es war wohl Ishana, schickte die neugierigen Zuschauer hinaus. Da das Heerlager Azraels unweit der Baracken der Krieger lag, hatten sie einige der Männer ein Stückweit begleitet, bevor nur noch Gavron mit ihr ging.

Zwei Nachtwachen des Prinzen kamen über den Marktplatz auf sie zu und fragten, warum sie noch so spät unterwegs waren. Als Gavron seinen Arm daraufhin um sie legte und fest sagte:

„Ich bringe meine Verlobte nach Hause", ließen die Männer sie sofort durch und wünschten sogar noch einen schönen Abend. Mairas Herz pochte ganz wild aufgrund seiner Worte. Gavron hatte sie nicht nur befreit, er liebte sie immer noch!

„Die Männer des Prinzen sind erträglicher als die Azraels", stellte Gavron derweil leise fest. „Auch, wenn er sich dir gegenüber wohl erstaunlich schäbig verhalten hat."

„Jetzt ist alles gut", erwiderte Maira glücklich.

Als Gavron ihr vor der Tür ihres Hauses einen Kuss gab, schwebte Maira förmlich auf Wolken. Hätte Geraldine, die Zwergin, die häufig im Haus aushalf, nicht die Tür für sie geöffnet, hätte sie Gavron wahrscheinlich sogar noch hereingebeten. Das Lächeln, das er ihr zuwarf, verursachte einen wahren Erdrutsch ihrer Gefühle.

Verträumt sah Maira ihm nach, seiner hohen, kräftigen Gestalt, bevor er sich im Schatten der Nacht verlor. Die Krieger waren dabei, sich gegen die ungeliebten Eindringlinge vorzubereiten. Und Maira war stolz darauf, dass Gavron einer von ihnen war. Auch sie würde alles für den geheimen Bund in Emberton tun, das wusste sie.

Kapitel 30

„Elysan, Elysan!"

„Maira!"

Elysan lief rasch zur Tür, als sie am nächsten Morgen draußen die Stimme ihrer Freundin hörte. Eilig wischte sie sich die vom Putzen schmutzigen Hände an der Schürze ab und riss die Tür auf.

Die beiden Freundinnen fielen sich in die Arme.

„Maira! Du siehst gut aus! Ich kann es gar nicht glauben: Warst das gestern wirklich du, dieser schmale Junge auf dem Marktplatz?"

„Ja. Meine Mutter wollte nicht, dass mich auch nur ein einziger Mann anschaut. Und ich denke, das hat sie mit Vaters Zaubertrunk auch recht gut hinbekommen. Bis auf den Prinzen, der mochte mich so ganz gern. Er wollte mich gar nicht mehr gehen lassen."

„Na, vielleicht bevorzugt er Jungs. Hast du Gavron wiedergesehen?"

„Ja."

„Du siehst so glücklich aus, Maira. Ich freue mich für euch beide."

Mairas Gesicht wurde auf einmal ernst. Sicher, sie war unheimlich glücklich, besonders darüber, dass sie wieder sie selbst war. Und dass Gavron sie gerettet hatte, bewies, wie auch sein Kuss gestern Abend, dass sie beide füreinander geschaffen waren. Nie hatte sie daran gezweifelt. Aber da war etwas, das Elysan wissen musste. Auch die Krieger hatten es gestern Abend bereits besprochen. Zögernd begann sie:

„Elysan. Der Prinz hat Simon und einen weiteren Mann verhaften lassen. Wir müssen etwas tun: Er will sie beide heute hinrichten lassen."

„Nein", keuchte Elysan entsetzt und hatte das Gefühl, dass all ihre Kraft aus ihren Beinen wich. „Aber ... aber ... warum?"

„Weil er ständig herumschrie: Es lebe die Revolution' und den Prinzen töten wollte. Ich war gerade bei den Kriegern. Aldrick war heute früh übrigens mit seinen beiden Brüdern auch dort. Sie haben mir versprochen, dass sie überlegen, was zu tun ist."

„Kann nicht dein Vater ...?"

„Er ist immer noch im Haus von Clarices und Lyrinas Vater gefangen. Dieser Zhuma hat einen magischen Gürtel um das Gebäude gelegt."

Elysan runzelte die Stirn bei dem Begriff magischer Gürtel', beließ es aber dabei.

„Aber wer kann etwas tun? Kannst du mich zum Prinzen bringen, Maira?"

„Das ist keine so gute Idee." Nicht, dass er sie doch noch wiedererkannte. Maira trug heute ihr schönstes Sommerkleid und hatte sich ihr langes Haar stundenlang ausgekämmt, bis es glänzte, und dann nur locker hochgesteckt. Sie fühlte sich unheimlich gut und weiblich, ein paar der Königssoldaten hatten ihr schon hinterher gepfiffen, als sie über den Markt ging. Aber die Männer des geheimen Bündnisses von Emberton passten zum Glück auf sie auf. Einen der Pfeifer hatte ein fliegendes Ei von einem der Marktstände getroffen. Da die Wachen den Werfer nicht ausfindig machen konnte, gingen sie grollend weiter. Auch deshalb, weil sich eine Gruppe kräftiger Krieger Embertons neben ihnen aufbaute. Es war eindeutig, dass die Männer des Prinzen keinen Ärger wollten. Sie verzichteten darauf, Maira weiter zu belästigen und gingen davon. Mit Azraels Leuten sollte es allerdings weitaus schlimmer sein. Der Sohn des Schmieds, der dem geheimen Bündnis angehörte, hatte nicht nur ein blaues Auge, sondern erzählte auch die Geschichte, dass sie Clarice gestern belästigt hätten. Normalerweise war ihr Clarice egal. Aber belästigen ging gar nicht.

Maira riss sich aus ihren Gedanken. Hinzu kam, dass Elysan sich anscheinend auf den Oberschurken des feindlichen Heeres eingelassen hatte. Ausgerechnet Azrael. Gavron hatte ihr heute morgen davon erzählt, als er sie von zu Hause abholte und zu dem immer noch von Zhumas Energiestrahl eingehüllten Hauses des Stadtoberen Wilfrieds brachte (in dem ihr Vater gefangen war). Aldrick wiederum deutete bei den Kriegern des Bundes so einiges über Elysan und Azrael an. Maira war der Ansicht, dass ihre Freundin sich unbedingt von diesem schrecklichen Mann abwenden musste. Auch im Dorf waren erste böse Worte über Elysan gefallen, und auch, wenn sie ihre Freundin selbstverständlich verteidigte, konnte sie nicht sehenden Auges zulassen, dass diese in ihr Unglück rannte. Azrael war der absolut falsche Mann für sie.

Da ihre Freundin sie bittend ansah, vergaß sie die bösen Gerüchte und meinte nachdenklich:

„Zum Prinzen zu gehen ist keine gute Lösung. Nicht, dass er dich gefangen nimmt und du gar nichts mehr machen kannst. Gefangen hilfst du Simon am wenigsten. Mein Vorschlag wäre …“

„Azrael.“

„Ähm. Der als Letztes! Aber du hast recht, er ist

inzwischen auch da.“ Maira musterte während ihrer Worte aufmerksam die Reaktion ihre Freundin. „Der Prinz hat gesagt, dass sie im Norden Embertons ihr Lager aufgebaut haben. Er will, dass Azrael den magischen Gürtel wegsprengt.“

„Nein, du verstehst nicht: Azrael kann vielleicht helfen!“

„Warum sollte er? He, wo willst du hin, Elysan?“

„Zu Azrael.“

„Ins Heerlager? Das geht nicht. Elysan! He, halt, bleib hier!“ Sie atmete genervt aus, weil ihre Freundin schon draußen war und losrannte. Ärgerlich entschloss sie sich, ihr zu folgen. Elysan rannte sonst in ihr Unglück.

„Hauptmann, zwei Frauen möchten zu euch“, meldete der große Soldat mit der gezackten Narbe über der Wange Azrael, der sich gerade mit Nathas beriet.

„Zwei?“

Azrael runzelte überrascht die Brauen.

„Bring sie zu mir.“

„Sehr wohl“, der Soldat verschwand aus dem hohen Zelt.

Azrael spürte sie schon ganz deutlich, bevor der Zeltstoff am Eingang angehoben wurde und Elysan eintrat. In Begleitung einer bildhübschen blonden Halbelfe. Nathas neben ihm klappte augenblicklich die Kinnlade hinunter. „Wow.“

Maira hatte wirklich nicht ins nächste Heerlager gehen wollen, aber Elysan dort allein hingehen zu lassen, brachte sie nicht übers Herz. Und so war sie hinter ihrer Freundin hergerannt. Ob ihre Wangen wohl auch so rot waren wie die Elysans? Beide waren noch immer außer Atem und Maira war sich bewusst, dass ihr heute morgen aufgestecktes Haar sich wohl etwas verselbstständigt hatte. Sie bemühte sich um eine selbstbewusste Haltung und musterte unbemerkt den Mann, von dem man im ganzen Land sprach.

Azrael war eine Erscheinung. Groß und breitschultrig, mit schwarzem, über die Schultern fallendem Haar und auffällig schönen blauen Augen unter dunklen Brauen. Er hatte eine Narbe an der Stirn, die seitlich von seinem ungezähmten Haar verdeckt wurde. Azrael besaß eine so gestählte Figur, für die die Krieger in ihrem Dorf ihn sicherlich als ihren Oberkrieger gewählt hätten, allein schon wegen seines Aussehens. Widerwillig musste Maira feststellen, dass er auf eine dunkle Art auch überaus anziehend wirkte. Der Mann neben ihm war allerdings auch nicht übel, auch wenn sie zum Glück nicht auf Schönlinge stand. Er hatte anziehend wache braune Augen, die sie interessiert anschauten, und neben einer sehr durchtrainierten maskulinen Figur auch noch ein sagenhaftes Lächeln, das er ihr jetzt schenkte. Das Grübchen an seiner Wange war wirklich süß. Automatisch lächelte sie zurück und schalt sich dann selbst. Hatte sie eben einen der Feinde angelächelt? Sie runzelte die Brauen und besann sich darauf, dass es jetzt um Elysan und ihren Bruder Simon ging.

„Azrael, ich brauche deine Hilfe", keuchte Elysan und er kam nach einem faszinierten Blick auf ihre Erscheinung sofort zu ihr hinüber und nahm sie in den Arm.

„Was kann ich tun, Engelchen?"

Maira schaute ihn überrascht an. Es sah so aus, als

hätte ihre Freundin ihr so einiges verschwiegen – anscheinend stimmten die Gerüchte doch. Sie glaubte, ihren Augen nicht zu trauen, als Azrael Elysan jetzt wie selbstverständlich einen Kuss auf den Mund gab, der wirklich sehenswert und kaum jugendfrei war. Mairas Wangen färbten sich sofort dunkelrot und sie sah sich hilfesuchend nach dem anderen Mann im Zelt um, der ihr erneut ein Lächeln und einen Wink mit dem Kopf gab, ihm unauffällig hinaus zu folgen. Sie tat es augenblicklich.

Als er ihr den Stoff am Eingang des Zeltes aufhielt, atmete sie erleichtert die frische, klare Morgenluft ein.

„Wie heißt du?“, fragte er sie draußen sofort.

„Maira“, sie legte Abweisung in ihre Worte, aber er schien es gar nicht wahrzunehmen. Seine Augen waren strahlend, intelligent und ungemein aufmerksam.

„Ich heiße Nathas. Möchtest du etwas trinken, Maira?“

„Nein, besser nicht. Aber vielen Dank.“ Unentschlossen sah sie zum Zelt.

„Sie kommen schon ohne uns zurecht. Komm mit, Maira. Es ist nicht gut, hier herumzustehen.“

Er hatte wohl recht. Maira nahm die Blicke der Soldaten rundherum sehr deutlich wahr. Aber sie nahm auch wahr, dass der Braunhaarige mit den aufmerksamen schönen braunen Augen und dem frechen Grübchen an seiner Wange sie mit deutlichem Interesse betrachtete.

„Besser, ich stehe hier vor den Augen aller als mit dir allein in deinem Zelt, Königskämpfer. Ich bin nicht blöd.“

Das Funkeln in seinen Augen schien sich noch zu verstärken.

„Das habe ich auch nie behauptet. Es ging mir nur um dein Wohl."

Sie zog die Augenbrauen hinauf und warf ihm einen so vorwurfsvollen Blick zu, dass er zu lachen begann.

„Entschuldige, Maira. Dann bleiben wir eben hier stehen. Oder hast du den Mut, mit mir dort hinüber in den Schatten der Scheinakazie zu gehen?" Er wies auf einen der höheren Bäume am Rande des Lagers.

„Das erscheint mir machbar", gab sie zurück und er grinste und schüttelte den Kopf.

„So misstrauisch."

Sie gingen nebeneinander her und Maira konnte sich ein:

„Bei dir ist Misstrauen wohl ganz angebracht", nicht verkneifen.

Wache braune Augen sahen sie von der Seite an, die ihr durchaus gefallen hätten, wäre er einer der Guten. Sein braunes Haar war leicht gewellt und ein paar Strähnen fielen ihm wie unbeabsichtigt in die Stirn. Das war es aber nicht, was Maira besonders aufmerksam sein ließ, sondern vielmehr seine Gewandtheit und Stärke, die sie deutlich in seinen Schritten und Bewegungen wahrnahm. Diese kannte sie auch von Gavron und den anderen Kriegern.

Sein Lächeln mochte noch so anziehend und sein Grübchen an der Wange noch so süß sein, in seinen lebenssprühenden Augen war dieser winzige Funke aus Dunkelheit und Bosheit und sie wusste, wie gefährlich er sein konnte. Ein Krieger war ein Krieger, auch, wenn sie ihm unzweifelhaft gefiel.

Im Schatten des Baumes hielten sie schließlich an. Gegen einen konnte sie sich wehren, daher wagte sie ein Lächeln.

Kapitel 31

„Azrael“, Elysan schob ihn mit ihrer ganzen Willensstärke von sich fort. Sobald er sie küsste, spielten ihre Sinne völlig verrückt. Ihr war heiß und kalt zugleich, sie war vollkommen durcheinander und wusste doch genau, was sie da tat. Es war aufregend und erschreckend zugleich. Schwer atmend brachte sie einen kleinen Abstand zwischen sie beide.

„Azrael, das geht jetzt nicht! Du musst mir helfen, unbedingt!“

„Also, was hast du auf dem Herzen, Elysan? Ist es wegen deiner Masken? Sie liegen dort drüben.“ Er wies zu dem Fell am Boden, das ihm wohl als Bett diente.

Aus irgendeinem Grund brachte Elysan das ziemlich aus der Fassung. Sie schüttelte den Kopf und zwang sich, von dem Fell auf dem Boden wegzusehen. Ihr Blut prickelte förmlich in ihren Adern und sie sehnte sich danach, dass er sie wieder in die Arme nahm und zu genau diesem Fell hinübertrug.

Als sie ihn wieder ansah, bemerkte sie an dem belustigt hochgezogenen Mundwinkel und seinem Blick, dass er wohl Ähnliches dachte. Sofort räusperte sie sich, ignorierte die Hitze in ihren Wangen und murmelte beschwörend:

„Azrael, der Prinz hat meinen Bruder gefangen genommen! Er will ihn heute hinrichten!“

„Ach, Engelchen“, er kam hinüber zu ihr und nahm sie erneut in die Arme. „Und ich soll dich trösten?“

„Nein“, sie schob seine Arme weg und sah ihn

verärgert an. „Du sollst Simon retten!“

Azrael hob beide Augenbrauen gleichzeitig.

„Ich fürchte, du überschätzt meine Einflussmöglichkeiten, Elysan. Der Prinz hat mich heute morgen davon unterrichten lassen, dass für heute Mittag zwei Hinrichtungen unten bei der großen Eiche geplant sind. Ich habe ihm ausrichten lassen, dass wir selbstverständlich gern daran teilnehmen.“

„Dass ihr *gern* daran teilnehmt? Azrael, es ist mein Bruder!“

„Er ist ein Aufrührer und hat Kontakte nach Braemorian. Das reicht, glaube ich, um ihn gleich doppelt hinrichten zu lassen.“

„Aber ... Das kannst du nicht zulassen, Azrael! Du hast versprochen, dass Simon nichts passiert! Ich bin bereit, alles zu tun, was du von mir verlangst!“

„Das ist ein attraktives Angebot, Elysan. Und du kannst mir glauben, dass ich es sofort annehmen würde, wenn ich könnte. Aber in diesem Fall kann ich leider nichts für dich tun.“

„Du ... du ... ich denke, du beherrschst Magie?“

„Ich werde sie aber kaum dafür nutzen, um uns lächerlich zu machen. Ich bin von dem Fall gut unterrichtet und das können wir nicht hinnehmen. Aufrührer werden hingerichtet, das ist halt so.“

Sie funkelte ihn wütend an. „*Das ist halt so*? Hörst du dir eigentlich selbst zu, Azrael? Ich habe mich wohl in dir getäuscht.“ Tränen traten ihr in die Augen und sie ballte die Fäuste, um nicht loszuweinen. Hastig drehte sie sich um und verließ das Zelt.

Azrael stieß wütend die Luft aus, ging dann zum Zelteingang und schob das Tuch dort zur Seite. Elysan, die ihre Freundin im Schatten eines Baumes entdeckt hatte, ging eilig zu ihr hinüber. Was erwartete sie von ihm? Er war immer noch ein Heerführer des Königs und keine Wohltätigkeitsorganisation. Und er hatte keinerlei Mitleid mit dem Aufrührer, der zu seinem Bedauern aber ihr Bruder war. Als er jetzt zu der großen Scheinakazie am Randes des Lagers hinübersah, schob sich ein leichtes Grinsen in sein Gesicht. So wie es aussah, hatte Nathas die Zeit genutzt, um sich mit der Blonden zurückzuziehen. Sie war aber auch wirklich süß und besaß sogar Magie, die er deutlich wahrnehmen konnte. Es würde von Vorteil sein, wenn Nathas sich ihrer annahm. Als Elysan das Pärchen trennte, nahm er sich fest vor, Nathas noch vor dem Besuch beim Prinzen mit einem pikanteren Auftrag zu versorgen. Magie hatte er gern unter Kontrolle. Unter *seiner* Kontrolle.

Der Prinz schüttelte den Kopf und wandte sich an Azrael, der in Begleitung dreier Soldaten zu ihm in sein Heerlager gekommen war.

„Das kann ich auf keinen Fall tun, Azrael. Dieser Mann ist ein Aufständler und wenn ich ihn nicht hinrichte, dann nimmt uns niemand in diesem Dorf hier mehr ernst."

Er hatte es ihr ja gesagt. Und der Prinz bestätigte Azraels Gedanken mit seinen Worten. Jetzt fügte er noch hinzu:

„Kannst du mir sagen, ob du meinen Leibdiener irgendwo im Dorf gesehen hast? Ich lasse meine Leute schon überall nach ihm Ausschau halten. Bisher erfolglos. Dieser Junge ist sehr wichtig für mich."

Jared duzte ihn. Also wollte er etwas von ihm, und

das betraf bestimmt nicht seinen so wichtigen Leibdiener.

„Ich werde meinen Leuten ausrichten lassen, dass sie nach ihm schauen sollen“, sagte er gedehnt. „Einer Eurer Männer soll Nathas eine genaue Beschreibung von dem Jungen geben.“ Er würde nicht so dumm sein, den Prinzen zurück zu duzen.

„Gut, Azrael. Ich möchte dich noch um etwas Anderes bitten: dass du Zhumas magischen Ring um Nostromos Gefängnis herum entfernst.“

Der Prinz *bat* ihn um etwas? Normalerweise hätte das Azrael amüsiert, aber in Gedanken war er immer noch dabei, wie er dieser hübschen kleinen Frau klar machen konnte, dass er nicht allmächtig war. Er wusste instinktiv, dass sie leiden würde, sollte ihrem Bruder etwas geschehen.

„Widmen wir uns dem magischen Ring“, sagte er und der Prinz war sichtlich erleichtert.

Auf dem Weg zu dem großen Haus des Stadtoberen Wilfrieds begleiteten Azrael drei seiner Soldaten als Verstärkung. Nathas organisierte im Heerlager inzwischen die Leute, die sich im Finsterforst auf Jagd begeben würden. Das war nicht ganz einfach, denn keiner der Männer hatte Lust, in den unheimlichen verwunschenen Wald zurückzukehren. Es war inzwischen jedem klar, dass man dort sehr schnell vom Jäger zum Gejagten werden konnte.

„Da ist es.“ Sie blieben alle stehen und Azrael betrachtete kritisch den schwarzen, sich um das Haus drehenden Nebelring vor ihnen. Zhumas Energie war für ihn fundamental spürbar. Azrael schloss die Augen und holte tief Luft. Fast glaubte er, Zhumas sauren Atem wahrzunehmen. Und dann riss er überrascht die Augen auf und sah den Prinzen an.

„Er ist auf dem Weg hierher."

„Wer? Zhuma?" Jared starrte ihn alarmiert an.

„Ja, Zhuma. Und er ist nicht allein. Der König hat ein ganzes Heer mitgeschickt." Wieder schloss Azrael die Augen und schickte seine Sinne aus. Dann öffnete er die Augen wieder und sagte kalt: „Sie sind wohl noch zwei Tagesritte von hier entfernt. Aber sie reiten schnell und werden das Tempo vielleicht noch steigern können. Zhuma. Und es sind *zwei* Armeen. Die von Bogdan und Malphas."

Er drehte sich um und wollte gehen, aber der Prinz hielt ihn zurück. Schweißperlen bildeten sich auf Prinz Jareds Stirn, was jedoch nicht an dem sonnigen, warmen Tag lag, der das Dorf in eine angenehme Wärme tauchte. Malphas und Bogdans Truppen galten mit der Azraels als Elitetruppen des Landes. Jared wusste, dass sie schon gemeinsam gegen das verfeindete Nachbarland gekämpft hatten. Das war jetzt kein Spiel mehr, das war bitterer Ernst. Ihm wurde deutlich bewusst, dass sein Stiefvater sich gegen ihn entschieden haben musste. Und wenn er jetzt nicht handelte, dann würde sein Leben hier in dem kleinen Dorf am Rande des Finsterforstes enden. „Befreie Nostromo", befahl er. „Und kämpfe mit uns, wenn es sein muss."

Azrael runzelte die Stirn. Normalerweise hätte er keine Befehle angenommen, aber jetzt lagen die Dinge anders. Er hatte drei Möglichkeiten: Seine Haut zu retten und von hier zu verschwinden, doch noch die Befehle des Königs zu erfüllen und das Dorf selbst auszuradieren oder mit diesen Gestalten hier zusammenzuarbeiten. Azrael arbeitete nicht gerne mit Stümpern zusammen.

„Ich helfe Euch, Prinz Jared. Ihr bekommt jeden

taktischen Rat von mir, wenn Ihr das möchtet. Aber wir kämpfen nicht mit Euch. Das wäre gegen den König."

Jared musterte ihn fest und nickte dann.

„Gegen den König unternehmt Ihr nichts", sagte er bitter. „Gut. Aber gegen Zhuma werdet Ihr uns unterstützen, nehme ich an. Sonst gehört Eure kleine Maskenträgerin wohl sehr schnell der Vergangenheit an."

Azrael schwieg. Prinz Jared durchschaute ihn besser, als er es ihm zugetraut hätte. Er würde Elysan vor Zhuma schützen. Entschlossen legte er die Hände aufeinander und begann, sich hochgradig auf das zu konzentrieren, was vor ihm lag. Schwarze Magie stieg in ihm auf, wurde immer stärker und er ballte sie zusammen und schleuderte die Magie mit aller Wucht auf die Zhumas. Und in diese schwarze Magie band er ein wenig von der weißen Magie ein, die Elysan ihm schenkte, wenn sie sich küssten und berührten. Es war unglaublich effektiv. Der Ring begann zu knistern und seine Drehungen verlangsamten sich. Dann schienen Blitze in der schwarzen Magie vorzuherrschen, bevor irgendjemand seine Magie verstärkte. Azrael nahm es überrascht wahr. Als der schwarze Ring regelrecht von Blitzen durchtränkt war und in sich selbst explodierte, sah er sie. Die schöne Blonde, die vorhin an Elysans Seite gewesen war. Azrael lächelte, sie sah ihn wohl aus der Entfernung an. Und er wusste ganz sicher, dass sie ihm zugenickt hatte. Stümper waren doch nicht so schlecht, wenn sie so hübsch waren wie diese Halbelfe.

Nathas, der mit zwei weiteren seiner Leute jetzt herangeritten kam, sprang vom Pferd und kam zu ihm hinüber.

„Der Zauberer ist also frei. Sollen wir ihn uns holen, Hauptmann?“

„Nicht doch, Nathas. Prinz Jared eilt schon zu ihm hinein. Lassen wir ihn. Unsere Leute sind noch nicht wieder soweit.“

„Und was ist, wenn dieser Nostromo mit dem Prinzen zusammenarbeitet?“

Azrael lächelte bösartig.

„Wir machen uns die Finger nicht schmutzig. Soll Zhuma das Werk vollbringen. Wir verschwinden hier zur rechten Zeit. Allerdings hätte ich dann ganz gern das Rezept des Heilzaubers bei mir.“

Kapitel 32

„Zhuma, habt Ihr Zuckungen?"

Erschrocken hatten sich die beiden Heerführer zu ihm zurückfallen lassen. Das Gesicht und die ganze Gestalt des Zauberers waren in eine Art Zittern verfallen. Seine hageren Backen schlackerten orientierungslos umher und rotierten dann wieder an ihren Platz zurück. Es sah so aus, als würde ein alter Tanzmeister den Takt eines Liedes mit seiner ganzen Gestalt mitwippen.

Bogdan sah alarmiert zu Malphas und fragte leise:

„Ist das wirklich der große Zauberer, den alle so fürchten? Für mich wirkt er wie ein nasses Handtuch."

„Hm. Ein nicht ganz unpassender Vergleich." Malphas schnüffelte vernehmlich und spornte sein Pferd an, woraufhin Bogdan ihm folgte.

„Er riecht wie ein toter Esel", murmelte Malphas angewidert und Bogdan begann, zu lachen. „Das kommt davon, dass er sich bisher nicht gewaschen hat. Das Wasser war ihm zu kalt und es sei keine Wanne vorhanden. Aber unterschätze ihn nicht, Malphas. Er besitzt Magie, wenn es auch eine besonders boshafte ist. Wir werden ihn noch gebrauchen können. Azrael und seine Truppe sind ein starker Gegner."

„Ich schätze Azrael", erwiderte Malphas knapp.

„Das solltest du dir schnellstens abgewöhnen, wenn du bei Hof vorankommen willst", brummte Bogdan zurück. „Zhuma ist beim König und in gewissen Kreisen gut vernetzt und er wird dich dort und bei allen anderen hochrangigen Personen schlecht machen, wenn du nicht mitspielst. Ebenso wird er wahrscheinlich alle seine Bewunderer auf dich hetzen.“

„Er hat Bewunderer?“

„Ja. Ein paar nur, aber Lady Roslyn steckt sicherlich mit ihm unter einer Decke. Immerhin ist sie seine Nichte.“

„Dummheit und Bosheit gehen oft Hand in Hand.“

Bogdan seufzte, dann begann er, ein aufsteigendes Kichern zu unterdrücken.

„Waschen tut er sich nicht und läuft herum wie ein räudiger Kater. Aber seinen Maler hat er mitgenommen, damit er ihn täglich malen kann. Komische Figur.“

„Wobei besonders komisch war, dass sein Pferd unter ihm bockte und hochging, als er sich gerade in Pose gesetzt hatte. Das war ein Bild für die Ewigkeit.“

Die beiden Heerführer brachen in lautes, grölendes Gelächter aus, dann besannen sie sich wieder, da hinter ihnen eine bekannte Stimme laut krächzte:

„Das wird Folgen haben. *Schreckliche* Folgen, meine Herren!“

Kapitel 33

„Hilgenbrand, das finde ich fantastisch, dass du mir helfen willst."

„Hilgenbrrand holt seine Leute", versprach er und Elysan war unglaublich gerührt von dem tapferen grünen Kobold. „Und Simon kommt in Baum."

„Äh – in welchen Baum, Hilgenbrand?"

„In *den* Baum."

„Nein, es ist eine alte Eiche, an dem sie ihn aufhängen wollen", erklärte Elysan langsam. Hilgenbrand klimperte nur mit seinen großen Augen.

„Es wäre auch Zeit, dass die Elfen zurückkommen", sagte Maira, die ein bisschen Abstand zu dem Kobold hielt. Elfen und Kobolde ignorierten sich weitgehend. Hilgenbrand war eine seltsame Erscheinung, er hing anders als andere Kobolde wie ein treuer Hund an ihrer Freundin. Fasziniert hatte Maira zugesehen, wie der Kobold genüsslich die von Elysan zubereitete Butterbrühe geschlürft hatte. Dann trollte er sich und lief davon.

„Meist bringt er mir dann eine Maske. Meine hat Azrael. Das heißt, eine habe ich noch. Aber das ist nicht die Richtige."

„Du hast mir vorhin erzählt, dass du mit ihm zusammen Masken formen kannst. Elysan, du brauchst diesen Mann nicht! Die Krieger Embertons und das geheime Bündnis werden uns helfen, wenn wir sie darum bitten und du zu ihnen mitkommst."

„Wenn ich die Krieger und Verteidiger Embertons darum bitte, gegen Azrael und den Prinzen und ihre Truppen vorzugehen, haben wir Krieg. Ich hoffe immer noch, dass Azrael Simon helfen kann."

Maira verdrehte genervt die Augen. Azrael würde nichts für Elysans Bruder tun. Ihr Vater war etwas Anderes, er war wichtig ... Nicht nur der Prinz hatte Interesse an seinen Zaubern. Aber Simon ... Da sie Elysans verzweifelten Gesichtsausdruck nicht mehr ertragen konnte, bot sie vorsichtig an:

„Wollen wir es nicht zusammen versuchen, eine Maske zu formen? Ich besitze eine von Tag zu Tag wachsende Magie, auf die ich sehr stolz bin."

„Oh ja! Vielen Dank, Maira! Du bist eine wirkliche Freundin."

„Was brauchen wir dafür? Wir sollten uns vielleicht dafür an einen magischen Platz begeben. Lass uns zu unserem geheimen Ort gehen."

Einvernehmlich gingen die beiden los, ließen den Stall hinter sich und folgten einem schmalen Pfad hinter dem Stall eine niedrige Anhöhe hinauf. Hier oben am Rande des Finsterforstes stand einzig eine große Schwarzbuche und man konnte sowohl das Dorf als auch den Forst überblicken.

Elysan sah sich aufmerksam um. Ein Stück Baumrinde? Etwas Gras oder was sonst? Dann fiel ihr Blick auf den Tau, der noch von der Nacht auf einer der Margeriten stand und sie ging hinüber zu der Blume und pflückte sie ab.

„Eine Blume? Wie willst du daraus eine wirksame Maske formen?"

„Lass es uns einfach versuchen, Maira."

Sie sahen sich beide an, nickten sich zu und ließen sich auf der Wiese nieder. Maira legte ihre Hände auf die Elysans. Zuerst passierte nichts, dann konnte Maira plötzlich die Blume in der Hand ihrer Freundin spüren, als hielte sie sie selbst und streichelte über die weichen Blütenblätter. Sie spürte noch etwas anderes, und zwar den Tau auf den zarten Blättern. Augenblicklich wusste Maira, dass ihre Freundin die richtige Wahl getroffen hatte. Die richtige Wahl für Elfenmagie. Und das war Mairas Fachgebiet. Als sie die weiße, reine Magie an ihre Freundin weitersandte, und danach ihre Hände von denen ihrer Freundin nahm, wusste sie, dass es funktioniert hatte. Elysan besaß jetzt leuchtende Energie, und die nutzte sie augenblicklich.

„Wahnsinn“, murmelte Maira und riss fasziniert die Augen auf.

Kapitel 34

Ein Trommelwirbel ertönte, dann gab Prinz Jared dem Trommler das Zeichen, damit aufzuhören. Der Prinz saß auf seinem weißen Hengst, der unruhig unter ihm tänzelte, und ließ seinen Blick über die Anwesenden schweifen. Sein Heer hatte sich in Reih und Glied an der alten Eiche versammelt und auch Azrael hatte seine Leute aufgestellt. Abseits von den Seinen, aber als deutliche Verbündete. Jared wurde klar, dass Azrael damit ein Zeichen setzte. Ein Zeichen, hinter ihm zu stehen, wenigstens, was dieses Dorf betraf. Der Prinz atmete auf, denn dies war ihm ungemein wichtig. Gerade auch deshalb, weil die restlichen Dorfbewohner sich argwöhnisch auf dem Feld vor dem Dorf versammelt hatten und alles andere als begeistert darüber aussahen, dass man zwei der ihren wegen einer Straftat verurteilte.

Es war eine Straftat, gegen den König, das eigene Land oder ihn, den Prinzen, zu intrigieren. Und diese beiden Landesverräter dort mit den auf dem Rücken gefesselten Händen mussten deshalb sterben. Zu den Kriegern des Dorfes in ihren bunten Waffenröcken gesellten sich jetzt auch ein paar Männer, die deutlich als Bogenschützen zu erkennen waren. Jared blinzelte für einen Augenblick mit den Augen, da sie sich noch nie so offensichtlich zu ihrer Zugehörigkeit als Bogenschützen bekannt hatten. Sollte das eine Drohung für ihn und seine Leute sein? Wenn ja, würde er in diesem Dorf doch noch härter durchgreifen müssen, obwohl die Dorfbewohner ihn bisher mit deutlicher Ehrerbietung behandelt hatten.

Bis auf diese zwei dort auf den Pferden. Er gab Daneon ein Zeichen, ein Nicken mit dem Kopf, und dieser ließ seine Männer die Pferde der beiden Verurteilten zur großen Eiche führen, an der deutlich sichtbar zwei Galgen über einen der stämmigen Äste geworfen worden waren.

Azrael lenkte jetzt sein Pferd neben das des Prinzen und Jared lächelte. Es tat gut, diesen starken Heerführer auf seiner Seite zu haben.

Murren erhob sich unter den Dorfbewohnern. Zu allem Übel rannte jetzt eine zierliche braunhaarige Frau völlig aufgelöst herbei, die laut rief:

„Nicht meinen Sohn! Simon ist unschuldig, Prinz!“

Nun ja, das war er definitiv nicht. Aber eine Mutter war wohl immer blind gegenüber den Fehlern ihres eigenen Kindes. Obwohl: Ein Kind war dieser bärtige Braunhaarige mit den böse blitzenden Augen längst nicht mehr. Ein paar Wachen hielten die Frau auf und schoben sie zurück in die Gruppe der jetzt schweigenden Zuschauer.

„Ihr seid nicht mein Prinz! Es lebe die Revolution!“, kreischte das unschuldige Kind - oder besser: der Aufrührer - jetzt und eine der Wachen zog ihm einen braunen Sack über den Kopf. Nochmals nickte der Prinz und die beiden Pferde wurden augenblicklich unter den Galgen geführt.

Azrael neben ihm runzelte die Stirn, sah sich erstaunt um und murmelte: „Elysan?“ und ein Rauschen ging durch die Luft.

„Och. Seht doch mal! Seht mal!“, rief einer der Dorfbewohner und deutete hoch in die Bäume des Waldes. Azrael atmete tief aus und wandte langsam den Blick. Er lächelte amüsiert, denn er hatte längst gespürt, dass sie hier war. Mit einer riesigen Menge an Energie und weißer Magie. Ein Elfenzauber. Er war wirklich beeindruckt. Sie hatte auch noch ein Gespür für den großen Auftritt.

Der Prinz starrte lediglich hinauf in den Baum, auf dessen Ast sie saß.

„Was ist das?“, stammelte er und Azrael murmelte belustigt: „Die süße Maskenträgerin. Mit einer Spur Elfenmagie.“

Dort oben saß eine Elfe in einem weiß-goldenen Kleid, deren durchsichtige Flügel in ihrem Rücken filigran flirrten und sie leicht wie eine Feder schweben ließen. Azrael begann, zu grinsen. Eine ideale Maske, da diese Elfe dort lediglich zauberhaft und nicht bedrohlich wirkte. Wäre sie eine Drachenfrau oder eine andere Gestalt, die Bogenschützen der Truppe hätten nicht gezögert, sie sofort zu beschießen.

So saß die auch im Gesicht zu einer Elfe gewordene Elysan dort elegant auf dem Ast und zeigte ihre wohlgeformten Beine unter dem goldenen Kleid. Alles an ihr leuchtete und glimmte, selbst auf ihrem Gesicht schien glitzernder Puder zu liegen und erst ihre Augen … Wäre er allein mit ihr, hätte er sie schleunigst dort heruntergeholt. Jeder war ergriffen von dieser schönen Gestalt. Einigen der Dorfbewohner stand der Mund offen und Azrael nahm an, dass seine Soldaten sie wohl für einen Engel halten mussten. Wahrscheinlich war auch genau das ihr Plan gewesen.

„Diese Männer haben nichts Böses getan. Ich bitte Euch, vergebt Ihnen, Prinz!“, verkündete die Elysan-Elfe.

Jared kam allmählich wieder zu sich. Elfe hin oder her, was getan werden musste, musste getan werden. Auch wenn auf dieser Wiese ganz plötzlich ein goldenes Leuchten zu liegen schien und wohl jeder Anwesende das Gefühl hatte, etwas ganz Außergewöhnliches zu erleben. Er wollte gerade Anweisungen geben, mit der Hinrichtung trotz der goldenen Elfe fortzufahren, als der Wald neben ihnen plötzlich lebendig zu werden schien. Eine klingende Melodie lag in der Luft und zwischen den Bäumen traten jetzt unzählige Elfen hervor. Die meisten groß, schlank und in eleganten Gewändern aus besonderen Stoffen. Viele trugen Bögen und Köcher umgeschlungen, das war eine richtige Armee, die dort aus dem Wald kam. Eine optisch erstaunlich schöne Armee. Gemurmel setzte unter seinen Leuten ein. Sie alle hatten gewusst, dass in Emberton Elfen lebten, aber die wenigsten von ihnen hatten tatsächlich schon einmal eine Elfe gesehen. Maira blieb lächelnd an einem der Bäume stehen und lehnte sich mit der Hand dagegen. Dann rumpelte es in der Erde unter ihnen und die Steine rund um sie herum kippten zur Seite. Die Zwerge kehrten zurück.

Azrael genoss das ganze Schauspiel ungemein. Da waren sie endlich, die Elfen, Zwerge und … Kobolde. Die Kobolde umringten die beiden Pferde der Verurteilten und sahen kampfeslustig zu ihnen hinüber.

„Simon kommt in Baum“, verkündete einer von ihnen.

Der Zauberer Nostromo trat jetzt zwischen den Dorfbewohnern hervor, man sah seinen spitzen Hut bereits, bevor er sich aus der Masse herausschob und in seinem weiten, lilafarbenen Umhang laut verkündete:

„Das Dorf Emberton und alle seine Bewohner heißen den Prinzen willkommen. Zeigt auch uns Eure

Güte, Prinz der Herzen. Tötet die Kinder Embertons nicht, auch wenn sie eine Verfehlung begangen haben. Sie werden sich bessern. *Wir* werden sie bessern."

Azrael hob kritisch eine seiner Augenbrauen. So ein Stuss! Der Prinz neben ihm auf dem Pferd wirkte dagegen nachdenklich. Man sah ihm an, dass er mit seiner Entscheidung rang. Sollte er ein ganzes Dorf gegen sich aufbringen, nur, um seinen Willen durchzusetzen? Schließlich straffte er die Schultern und verkündete laut:

„Zum Zeichen unseres guten Willens werden wir die beiden Gefangenen am Leben lassen. Aber Rebellion gegen die Krone kann ich nicht dulden. Ich verurteile die Aufrührer daher dazu, in den Steinbrüchen von Gedon zu arbeiten. Bis dahin sollen sie Gefangene sein. Azrael: Vollstrecke mein Urteil."

Ein aufgeregtes Gemurmel der Umstehenden setzte ein.

„Nein!", rief Elysan entsetzt und hielt sich an dem Ast des Baumes fest, auf dem sie saß. Konzentrierte blaue Augen streiften sie, aber nur für einen Moment.

Der Prinz gab seinen Wachen ein Zeichen mit der Hand und diese zogen Simon und dem zweiten Gefangenen die Säcke vom Kopf. Beide wurden von den Pferden heruntergerissen und vor Azrael geführt, der ausgesprochen ruhig auf seinem Rappen saß. Es war so, als würde er den Moment regelrecht genießen. Er hob die Hände leicht an und begann, etwas zu murmeln. Elysan war auf einmal furchtbar schlecht und sie hatte das Gefühl, zu erstarren. Nicht Simon! Nicht in die Steinbrüche! Das konnte er nicht tun!

Sie wollte gerade etwas sagen, als ihr Bruder laut zu schreien begann:

„Nieder mit dem König! Es lebe die Revolution! Nieder mit ..." Der Rest verklang auf der Wiese, denn Simon und der andere Mann verwandelten sich von einem Moment auf den anderen in Figuren aus Stein.

„Diese Männer werden kein Unheil mehr stiften, mein Prinz. Bis wir sie in die Steinbrüche bringen, werden sie hier in Stein gefangen sein", sagte Azrael ruhig.

Stille senkte sich über die Wiese, alle starrten gebannt auf die zwei Steinskulpturen unter der alten Eiche.

„Nein! Azrael!", schrie Elysan und kam auf dem Ast hoch. Sie konnte nicht fassen, was er da getan hatte. Simon! Alle sahen jetzt zu ihr hinauf und ihr wurde klar, dass sie gerade laut geschrien hatte. Die Blicke, die sie trafen, waren nicht unbedingt freundlich, einige sahen sie an, als würde sie mit dem dunklen Heerführer unter einer Decke stecken. Ihre Mutter rannte jetzt zu Simons Figur aus Stein. Sie weinte. Elysan hatte sich noch nie so hilflos gefühlt. Sie war nicht einmal in der Lage, ihre Mutter zu trösten.

Der Prinz verkündete laut:

„Ich habe diesen Männern ihr Leben geschenkt. Aber Aufständler werden wir nicht dulden. Bürger von Emberton: Wir werden für und mit euch gegen einen gemeinsamen Feind kämpfen. Den schrecklichen Zauberer Zhuma und seine Schergen. Aber wir werden jeden hart bestrafen lassen, der gegen die Krone handelt. Und nun lasst uns gemeinsam feiern, denn der große Nostromo ist wieder frei." Der Prinz sprang vom Pferd und ging hinüber zu Nostromo, um ihm die Hand zu reichen.

Nach dem Schreckensmoment von eben wirkte diese Geste auf viele der Bewohner Embertons befreiend.

Nostromo war der Mann, dem jeder im Dorf vertraute. Und der Prinz hatte ja recht: Das, was Simon da aufgeführt hatte, war nicht hinnehmbar gewesen. Er war ihr Prinz, er war auf ihrer Seite und hatte Stärke und doch Gnade gezeigt. Das kam bei den Dorfbewohnern gut an. Selbst die Krieger hatten auf Ceres Kopfschütteln hin entschieden, nicht einzugreifen. Azrael war der Böse, der die Gefangenen in Stein verwandelt hatte. Und die schöne Frau, die dort oben als Elfe verkleidet auf dem Baum saß rief ausgerechnet seinen Namen ...

Erste zögernde Stimmen erhoben sich:

„Lang lebe unser Prinz, der Herrscher über Talís."

Die Dorfbewohner fielen jetzt in den Jubel ein, die Elfen stimmten darin ein und sogar die Zwerge skandierten seinen Namen. Die königlichen Truppen begannen begeistert zu jubeln und mit den Füßen zu stampfen, dass der Boden förmlich bebte. Irgendjemand spielte auf der Flöte und ein anderer auf der Lyra, dann waren plötzlich wie von Geisterhand unzählige Humpen Honigmet da, die ausgeschenkt wurden. Elysan konnte es nicht glauben. Aus der geplanten Hinrichtung und der Bestrafung ihres Bruders wurde eine Art Fest.

Sie sah Lyrina mit einem Dorfbewohner zu tanzen anfangen und gleich darauf Clarice mit einem der feindlichen Soldaten. Es war wohl Azraels braunhaariger Begleiter, dem sie da heiße Blick zuwarf. Wenn Emberton etwas besonders gut konnte, dann war es, Feste zu feiern. Und da das Fest der Tausend goldenen Lichter ausgefallen war, nahmen die Menschen die Gelegenheit jetzt wahr, zu feiern, zu trinken und zu tanzen. Wie konnten sie nur!

Elysan fühlte sich gemustert und entdeckte Azrael,

der sie keinen Augenblick aus den Augen ließ. Seine auffällig blauen Augen waren auf sie gerichtet und er gab ihr mit dem Finger einen Wink, zu ihm hinunterzukommen.

Garantiert nicht! Sie war völlig durcheinander, entsetzt und wollte nur weg von hier. Tränen stahlen sich in ihre Augen. Ihre zarten Flügelchen flirrten und sie flog immer höher in die Bäume herauf, bis sie im Laubwald aus den höchsten Tannen hervorkam. Dann flog sie eilig nach Hause. Sie hatte versagt. Maira sah sie davonfliegen und wollte ihr folgen, als ihr Vater sie am Arm griff und zur Seite zog. Überrascht schaute sie ihn an.

„Maira", sagte Nostromo ernst. „Pass auf sie auf. Deine Freundin ist in großer Gefahr."

„Das werde ich, Papa. So gut ich nur kann", versprach Maira, raffte ihre langen Röcke und beeilte sich, ihrer Freundin zu folgen. Auch Gavron hielt sie noch für einen Moment auf, um ihr leise etwas zu sagen.

Kapitel 35

„Elysan. Du konntest nichts tun! Und deine Mutter – lass sie mit ihrem Schmerz für eine Weile allein. Sie möchte bei Simon sein. Und du solltest das momentan nicht."

„Ach, Maira! Ich habe diese Masken, aber warum habe ich sonst keine magischen Kräfte? Ich fühle mich so hilflos!"

„Das bist du nicht! Ich bin hier, Elysan. Komm, geh ins Haus und zieh dich um. Dann können wir besprechen, was zu tun ist."

„Sie haben gefeiert, Maira! Sie feiern, während Simon ..."

Elysan schüttelte entsetzt den Kopf, während Maira tröstend den Arm um sie legte.

„Der Prinz hat gezeigt, dass er stark ist und zugleich doch Milde walten lässt", stellte sie nachdenklich fest. „Azrael ist der Böse. Und ich gebe ihnen keine Stunde, dann beginnen sie wieder, miteinander zu zanken. Es sind noch zwei königliche Truppen anwesend, die mit dieser Form von Feier vielleicht nicht allzu gut klarkommen."

Elysan rieb sich über die Stirn. „Du hast recht. Ich ziehe mich rasch um, dann können wir überlegen, was zu tun ist. Da ist ja auch noch dein Vater, er besitzt magische Kräfte. Vielleicht kann er Simon befreien." Sie drehte sich um und lief ins Haus.

Maira blieb nachdenklich zurück. Ja, ihr Vater war frei. Und würde sie sicherlich bald wieder dazu anweisen, den Turm zu fegen und die Regale in der Zauberschenke abzustauben. Aber ob er Simon zurückverwandeln konnte? Maira überlegte für einen Moment, ob ihr Vater wohl stärker als Azrael war. Die schwarze Magie hatte sie spüren können, dunkel und schwer lag sie über der Wiese und Maira hatte sich für einen Augenblick hinter einen der Bäume geschoben, um Abstand zu ihr zu bekommen.

Sie mussten etwas gegen diesen Mann tun. Wenigstens war ihre Freundin jetzt wohl geheilt von ihm. Aber Azrael lief weiter frei herum. Maira schlenderte in Gedanken versunken über den kleinen Hof zum Brunnen. Elysan hatte die Seilwinde repariert! Sie sah deutlich stabiler aus als vorher. Oder sollte Aldrick ...

„Hallo Maira."

Beim Klang dieser tiefen, warmen Stimme fuhr Maira erschrocken herum. Es war der Braunhaarige aus dem Truppenlager Azraels. Und er war nicht allein, nein, Azrael persönlich stand dort neben ihm und betrachtete sie mit entspannter Aufmerksamkeit. Mindestens ein Dutzend Soldaten waren noch dabei. Für einen Augenblick spannte Maira ihre Muskeln an und überlegte, wegzulaufen. Dann atmete sie möglichst ruhig aus. Elysan war ganz allein hier. Sie konnte sie unmöglich mit ein paar unkontrollierten Kriegern allein lassen. Maira musste ihr helfen. Obwohl momentan wohl eher sie diejenige war, die Hilfe brauchte.

Der Braunhaarige kam mit einem Lächeln und dem Aufblitzen dieses dunklen Funkens in seinen Augen auf sie zu, sodass sie sich mit den Händen gegen den Stein des Brunnens hinter sich stützte. Selten hatte Maira sich so unwohl gefühlt.

Elysan überlegte, wie es gelingen konnte, Simon zu

befreien, während sie die Treppe hastig hinunterlief. Ihre Maske mit der Elfenmagie hatte sie hinter der losen Leiste in ihrem Zimmer versteckt. Jetzt trug sie wieder ein einfaches Kleid, schlicht und schmucklos.

Als sie die Tür öffnete, fuhr sie erschrocken zusammen. Sie hatten Besuch. Es war Azrael, der sich jetzt zu ihr umwandte.

„Hallo, Elysan. Starker Auftritt eben."

Sie registrierte, dass Maira sich dort am Brunnen in einer ziemlich misslichen Lage befand. Der braunhaarige Krieger Azraels kam ihr sehr nah. Maira warf ihm jetzt einen wütenden Blick zu, den er jedoch nur mit einem Lächeln quittierte. Sie schob sich an ihm vorbei und ging zu ihrer Freundin. Der Krieger folgte ihr augenblicklich, worauf Maira Elysan einen alarmierenden Blick zuwarf.

„Azrael", ihre Stimme klang ziemlich dünn, dennoch stieg sie die Treppe hinunter und ging zu ihm hinüber. Elysan war unglaublich zornig auf ihn. Sie blieb vor ihm stehen und funkelte ihn böse an. „Was hast du getan?"

„Oh. So wütend? Wir sollten uns unterhalten, Elysan. Gehen wir ins Haus?"

„Nein! Gehen wir nicht! Ich möchte mich nicht mit dir unterhalten! Maira und ich sind beschäftigt, es ist viel zu tun! Und ihr lasst uns jetzt allein."

„Wir wollen uns nur noch verabschieden. Wir brechen morgen aus Emberton auf."

Ihr Zorn wandelte sich in Überraschung.

„Ihr wollt morgen schon wegreiten?"

„Ja. Ich habe heute wieder einen meiner Männer bei der Jagd im Finsterforst verloren. Es ist Zeit, dass wir von hier verschwinden."

„Ihr habt die Regeln des Forstes verletzt, als ihr

hierherkamt. Und ihr könnt nicht einfach so im Forst jagen. Die Hüter des Waldes lassen das nicht zu."

„Nun – wir müssen eine ganze Truppe versorgen. Sag, mir, wie wir das sonst bewerkstelligen sollen."

„Ihr könnt gerne etwas Gemüse von uns haben, wenn ihr es braucht."

„Das ist süß von dir. Gemüse." Azrael lächelte ihr zu und ergänzte dann: „Aber ich bin nicht wegen des Gemüses da, sondern weil ich mit dir reden möchte. Es ist wichtig."

„Gut, dann reden wir", entschied Elysan augenblicklich.

„Nathas, gebt den Pferden Wasser, sie da soll dir zeigen, wo alles ist." Er deutete dabei auf Maira.

Elysan kannte Nathas bereits von der ersten Begegnung mit Azrael und seiner Truppe im Finsterforst. Und auch bei ihrem letzten Besuch im Heerlager war er an Azraels Seite gewesen.

„Zu Befehl, Hauptmann", antwortete er, während Maira ärgerlich den Kopf schüttelte. Das schien Nathas nicht sonderlich zu stören. Er nahm Maira sanft aber bestimmend an den Arm und führte sie in Richtung Brunnen. Dort krempelte er die langen Ärmel seines Hemdes hoch. Nathas hatte muskulöse durchtrainierte Arme, die Elysan und Maira bewusst machten, wer hier der Stärkere war.

Maira fügte sich dem Befehl Azraels und rief ihrer Freundin zu: „Sobald wir hier fertig sind, sei bitte zurück."

Elysan nickte und sah nun in die blauen Augen Azraels, der sie fragend anschaute.

„Wenn wir nicht ins Haus gehen können, wo haben wir dann Ruhe, um zu reden?"

„Komm mit", war ihre knappe Antwort.

Er folgte ihr einen schmalen Pfad hinter dem Schuppen entlang und von dort auf die kleine Anhöhe hinauf. Hier stand eine große Schwarzbuche, unter der sie anhielt und sich zu ihm umwandte.

„Wie konntest du nur!", brach die ganze aufgestaute Wut aus ihr heraus. „Wie konntest du Simon das nur antun?" Sie sah ihn wütend und verzweifelt an.

Azrael stand ihr gelassen gegenüber und hielt ihrem Blick stand.

„Er hat sich selbst in diese Situation gebracht. Freu dich lieber, dass ich schnell gehandelt habe. Wenn er weiter so herumgeschrien hätte, hätte Prinz Jared seine Begnadigung aufheben müssen. Und: Er lebt. Was willst du mehr, Engelchen?"

„Er lebt? Er ist aus Stein, Azrael! Aus Stein! Stein lebt nicht!"

Azrael seufzte gespielt.

„Natürlich lebt Stein. Man kann ihn jederzeit zurückverwandeln."

„Warum tust du es dann nicht? Jetzt, Sofort?"

Sie spürte seine Wut, schon bevor er seine dunklen Brauen runzelte und seine blauen Augen sich zu zwei wütenden Schlitzen verengten.

„Er wird dort so lange stehen, bis wir ihn in die Steinbrüche bringen können. Dein Bruder gehört zu den Rebellen, Elysan. Wir werden ihm sein Rebellentum austreiben, glaub mir."'

Sie glaubte ihm sofort. Ernüchtert sah sie ihn an.

„Also stimmt es, was man sich über dich erzählt."

Da er nicht antwortete, fuhr sie unglücklich fort:

„Du bist kalt und grausam. Du tötest Menschen, ohne Gefühle dabei zu haben. Du bist nicht umsonst der erste Heerführer dieses Königs."

„Was weißt du schon, Elysan? Du lebst in einem

beschaulichen Dörfchen, weitab vom Krieg.“

„Ich weiß eine ganze Menge! Ich weiß, dass der König meinen zweiten Bruder geholt hat, um in seinem Heer zu dienen. Für seine ständigen Kriege gegen die Nachbarländer. Und ich weiß, dass er meinen Vater hat töten lassen! Wie viel wollt ihr uns noch nehmen, Azrael?“

Tränen traten ihr in die Augen. Sie wollte nicht weinen. Schon gar nicht vor ihm. Dennoch konnte sie es diesmal nicht verhindern, dass einzelne Tränen über ihre Wangen rannen. Nie hatte sie den Tod ihres Vaters verwunden und noch immer saß der Schock bei ihr tief, auch noch Simon verloren zu haben.

Azrael blinzelte mit den Augen und betrachtete überrascht ihre Tränen. Es rührte etwas in ihm. Etwas tief Verborgenes, das sich leise flüsternd an die Oberfläche drängte. Er durfte keine Gefühle haben. Spätestens mit Gwyladys' Tod war sein Herz zu Granit erstarrt. Und doch ging er jetzt zu ihr und nahm sie wie fremdgesteuert in den Arm.

„Hör auf zu weinen, Elysan“, sagte er gepresst. „Ich werde dir nicht wehtun.“ Warum sagte er ihr das? Selbstverständlich würde er ihr wehtun. Für einen winzigen Moment verstand er sich selbst nicht, dann sagte ihm sein Verstand, dass er sie nicht verlieren durfte. Er brauchte sie. Er brauchte ihre Magie. Und dafür war er bereit, über Leichen zu gehen.

Sie ließ es zu, dass er sie umarmte, legte ihre Stirn an seine Schulter und versuchte, ruhiger zu atmen. Elysan spürte seine Hand, die über ihr Haar strich und ließ auch das zu. Er war ihr momentan zuwider, sie hasste ihn für das, was er getan hatte. Aber auch ihr ganzes Selbst war gerade ihr Feind. Es sehnte sich danach, sich von ihm trösten und beschützen zu lassen. Seine Nähe, sein vertrauter Geruch – Elysan atmete tief ein und schob sich rasch von ihm fort. Ihre Wangen färbten sich rot und ihr Herz klopfte schneller. Wie konnte man Gefühle für einen bösen Krieger haben? Sie ballte die Fäuste und fand sich aufmerksam von ihm gemustert wieder, als sie in der Lage war, ihm wieder in die Augen zu sehen.

Azrael spürte ihre Wut und ihre Abneigung deutlich. Und gleichzeitig war da noch etwas Anderes, das er wahrnahm. Ihre roten Wangen und ihr schneller Atem verrieten sie. Er unterdrückte ein Grinsen. Sie *empfand* etwas für ihn. Er wollte ihr seinen Triumph darüber jetzt nicht allzu deutlich zeigen. Daher wandte er sich ab und sagte wie beiläufig:

„Ich möchte, dass du morgen mit uns mitkommst. Lass mich dich beschützen. Deine Magie ist schon wieder stärker geworden, ich kann es spüren. Damit wirst du zunehmend ein größerer Feind für Zhuma. Er wird dich finden und nicht eher Ruhe geben, bevor du tot bist. Ich werde dir helfen.“ Das stimmte natürlich nur bedingt. Er würde sich selbst helfen. Aber es hörte sich gut an und gab ihr vielleicht wieder etwas Hoffnung, sodass sie nicht mehr weinen würde. Als er sie erneut ansah, entdeckte er tatsächlich einen Funken Hoffnung in ihren Augen.

„Wirst du das wirklich, Azrael?“

„Aber natürlich, Elysan. Wie kannst du daran zweifeln? Du musst mir nur vertrauen!“

Er streichelte über ihre Wange und hielt ihrem fragenden Blick stand. Das zaghafte Lächeln, das sie ihm jetzt schenkte, verursachte einen unerwarteten Schmerz in seiner Brust.

„Ich versuche es“, erwiderte sie schwach und er wusste, dass jetzt seine Zeit gekommen war. Er stand kurz davor, sie endgültig für sich zu gewinnen. Er blickte sich um und schien erst jetzt zu bemerken, an welch magischen Ort sie ihn geführt hatte. Elysan konnte seine Verwunderung fast spüren. Sie lehnte sich an den Baum und sagte leise: „Hier ist mein Lieblingsort. Ich sitze oft mit Maira hier auf der Wiese unter dem Baum und wir beobachten den finsteren Forst. Es ist schattig und man kann ganz Emberton überblicken."

Azrael kam zu ihr und lehnte sich neben sie an den breiten Schwarzbuchenstamm.

„Schau, Azrael", meinte Elysan und wies zum Forst. Er folgte ihrem Fingerzeig und entdeckte die roten Lichtspiegelungen über den Baumspitzen, die für einen kurzen Moment zu sehen waren.

„Siehst du die Lichter?", fragte Elysan. „Durch sie kann man die Stimmung des Forstes erkennen. Die Bewohner Embertons lernen das bereits sehr früh, so weiß jeder, wann ein guter Zeitpunkt ist, auf die Jagd zu gehen und wann nicht."

Azrael wandte sich ihr zu und blickte ihr tief in die Augen. Er war ihr so nah, dass sie kaum atmen konnte. Im nächsten Moment drängte er sie gegen die Schwarzbuche zurück. Sie war gefangen zwischen seinem Körper und dem Baum und wider Erwarten empfand sie das als unheimlich sinnlich. Seine Stirn berührte ihre und sein Blick ließ sie alles vergessen. Das Ein- und Ausatmen brauchte jetzt ihre volle Konzentration, da es in ihrem Bauch aufgeregt kribbelte und die Zeit für einen Augenblick still zu stehen schien. Eben war sie noch so wütend gewesen. Aber sein Blick, seine Nähe und seine Wärme machten es ihr unerträglich, ihm nicht nachzugeben. Statt Wut und Hass stieg warme, prickelnde Lust in ihr auf und sie versuchte verzweifelt, diese in den Griff zu bekommen. Sie war ein anständiges Mädchen … und doch übernahmen unbekannte heißblütige Gefühle jetzt in ihr die Kontrolle.

Azrael ließ sich Zeit, er kostete ihre Niederlage genüsslich aus, dann begann er, sie zu küssen. Elysan stöhnte unter seinem Kuss auf. Sie konnte augenblicklich nicht mehr klar denken. Seine warmen Lippen begannen, die ihren zu erkunden. Sie spürte seinen leidenschaftlichen Kuss intensiv und seine Kraft, als er sie wie eine Feder hochhob.

Azrael! Ihre Sinne wollten ihn so sehr, dass sie ihre Beine um seine Hüften schlang und ihre Arme um seinen Nacken legte. Seine Nähe, seine Berührungen und sein Kuss machten sie ganz fiebrig. Seine Zunge berührte ihre Lippen wie unabsichtlich und Elysan seufzte auf. So gut … Seinen nächsten Kuss beantwortete sie hingebungsvoll. Die Hitze zwischen ihnen war ungemein berauschend und das verlangende Ziehen in ihrem Bauch machte ihr klar, dass sie ihm nicht mehr lange würde widerstehen können. Sämtliche Zweifel verschwanden wie in einem dunklen, schweren Nebel. Sie wollte ihn, hier, jetzt und sofort.

„Elysan", anstatt weiterzumachen, ließ Azrael sie hinunter und strich ihr mit beiden Händen das Haar aus dem Gesicht. „Das dürfen wir jetzt nicht."

Schwer atmend sah sie ihn an. Was redete er da? Elysan streckte sich hoch und küsste ihn, woraufhin er sie sogleich wieder in seine Arme zog und ihren Kuss überaus zärtlich beantwortete. Alles um sie herum verblasste, sämtliche Sorgen und Zweifel gingen unter. Azraels Hände glitten vorsichtig zum Ausschnitt ihres Kleides und strichen dann daran entlang, sodass sie leise aufstöhnte. Da waren nur noch er und sie und ihrer beider Verlangen, das nach Erfüllung drängte. Azrael betrachtete sie aufmerksam und Elysan überließ sich seinen erfahrenen Händen. Das, was sie hier taten, war schlecht, und doch fühlte es sich mit ihm so gut an. Doch dann ließ er sie los, trat einen Schritt zurück und atmete tief ein. Eindringlich sah er sie an. Sein Triumph war überwältigend, jetzt mussten sie allerdings noch Ruhe bewahren. Sie wollte ihn, sie war bereit für ihn und ihm ging es ganz genauso. Aber da war noch mehr, was er von ihr wollte. Und so musste er sie unbedingt in sein Zelt locken ...

„Ich finde es auch schön, Elysan. Aber ich möchte, dass es perfekt wird zwischen uns. Das ist nicht der richtige Ort dafür. Hier kann uns jeder sehen. Und wir müssen vor Einbruch der Dunkelheit im Lager sein. Aber ich verspreche dir, wir machen genau da weiter, wo wir aufgehört haben."

Maira sah Elysan und Azrael in Richtung der großen Schwarzbuche gehen. Sie konnte nicht glauben, dass sie ihn mit an ihren gemeinsamen magischen Ort nahm. Er konnte seine Hände ja kaum von ihr lassen! Und wie er sie ansah! Vor allem: Warum zankten sie nicht? Hatte Elysan schon vergessen, was er gerade erst getan hatte? Sie sollte ihr dringend nochmals klarmachen, dass dieser Mann dunkel und böse war. Nichts anderes.

„Was machen sie die ganze Zeit da oben?"

„Na, was wohl?"

„Hey!", fuhr sie Nathas an, der wieder dieses anzügliche Grinsen aufgesetzt hatte. „Ich sehe ganz deutlich, wie dein Hauptmann in Wirklichkeit ist! Und er wird meine Freundin nicht blenden, glaub mir! Elysan ist wirklich die Letzte, die wegen eines heißen Mannes gleich sämtliche Hemmungen verliert!"

„Du findest ihn heiß? Werde ich ihm ausrichten. Wie steht es mit dir, Maira? Hast du einen Verehrer?"

Was ging ihn das an? Maira bückte sich und holte einen Eimer Wasser aus dem Brunnen.

„Ja, habe ich", gab sie schließlich genüsslich zurück. „Er ist ein Krieger. Und mein Verlobter."

Wenn sie gedacht hatte, das würde ihn beeindrucken, so hatte sie sich getäuscht. Das Funkeln in seinen Augen wurde eher noch belustigter und stärker.

„Du stehst also auf Krieger. Nun bin ich auch ein Krieger und einer der Besten."

Maira hielt wütend inne.

„Auf *einen* Krieger und zwar auf einen der Guten", betonte sie vehement. „Und bestimmt nicht auf dich."

Es war ihr herausgerutscht, bevor sie es zurückhalten konnte. Jetzt gewann der dunkle, ungute Funke in seinen Augen die Überhand.

„Ich bin garantiert besser als dein dörflicher Kriegerfreund. Er gehört zur falschen Truppe und das wird nicht gut für ihn ausgehen."

Erschrocken fuhr Maira zu ihm herum.

„Wie meinst du das?" Nervös erkannte sie, dass hinter seinen Worten mehr steckte, das sah sie in seinen Augen. Sie musste ihre Taktik gegenüber Nathas ändern. Vielleicht konnte sie ihm ja etwas mehr entlocken, wenn sie ein wenig freundlicher zu ihm wäre. Maira trat etwas näher und tat so, als würde sie durch das Gewicht des Eimers ins Wanken kommen. Wie erwartet fing Nathas sie auf.

„Ist dir der Eimer zu schwer?"

Bevor Maira reagieren konnte, zog er sie ganz dicht an sich heran und presste sie eng an seinen muskulösen Körper. Sie sah ihn erschrocken an und sein Blick wurde weicher und Verlangen lag darin. Dann beugte er sich zu ihr hinunter und seine Lippen legten sich auf ihre. Nathas begann, sie zu küssen, und Maira war zu geschockt, um etwas dagegen zu tun. Nebenbei war es ein guter Kuss, den sie sicherlich genossen hätte, wäre er nicht ausgerechnet von ihm gewesen.

Maira atmete schwer, als seine Lippen von ihren abließen. Sie wollte zwar etwas freundlicher sein, um ihm geheime Informationen zu entlocken, dieser Kuss war ihr jedoch viel zu weit gegangen. Noch immer hielt er sie fest in seinen Armen und beobachtete aufmerksam ihre Reaktion.

In diesem Moment kamen Azrael und Elysan zurück auf den Hof.

„Maira, was macht ihr da? Azrael, bitte tu etwas!"

„Lass sie los, Nathas." Im nächsten Moment war sie frei.

Azraels Blick streifte den ihren, in seinen Augen lag ein seltsames Funkeln, das ihr fast die Luft raubte. Maira zuckte erschrocken zurück. Elysan musste die Situation vollkommen falsch interpretiert haben. Wahrscheinlich dachte sie, dass Nathas ihr wehgetan haben könnte. Maira schämte sich ein wenig wegen Elysan, aber auch wegen Gavron. Azraels Augen ruhten immer noch auf ihr.

„Maira. Du übst dich ein wenig in weißer Magie?"

„Wer spricht von üben? Der große Nostromo ist ihr Vater, Azrael!", meinte Elysan erfreut, der die gespannte Stimmung zwischen ihrer Freundin und Azrael entgangen war. Jetzt war er wirklich

interessiert.
„So, so. Nostromo ist dein Vater, Halbelfe. Deshalb warst du auch dort bei seinem Gefängnis, oder?“
Maira nickte stur. „Gut erkannt, Dunkelmagier.“
„Du hast eine freche Zunge, Maira. Es ist oft besser, zu schweigen, wenn man einem Stärkeren gegenübersteht.“
Sie warf ihm einen bösen Blick zu, widersprach aber nicht. Azrael gab Nathas einen Wink ihm zu folgen, und die beiden Männer gingen zu den Pferden hinüber.
„Elysan“, Maira legte beschwörend ihre Hand auf die von Elysan. „Dieser Mann ist gefährlich. Ich stelle mir gerade vor, wie er seine Zähne in deinen Hals haut und dich aussaugt, bis du nur noch eine leere Hülle bist.“
„Maira! Was ist los mit dir?“ Elysan lachte leicht hysterisch. „Azrael ist kein Vampir!“
„Aber etwas sehr Ähnliches. Was willst du von ihm?“
„Etwas Seltsames passiert mit mir, ich besitze in seiner Gegenwart Magie. Er kann mir helfen, damit umzugehen. Warum sollte ich mir von ihm nicht helfen lassen, mit dieser Magie umgehen zu lernen?“

Kapitel 36

„Und?“

„Du hast gesagt, dass ich freundlich zu ihr sein soll. Das war ich, Hauptmann. Sie provoziert mich die ganze Zeit, aber wenn ihr nicht dazwischengeplatzt wärt, hätte ich sie fast soweit gehabt.“

„Streich das mit dem ‚freundlich‘. Die Kleine ist mächtiger, als ich dachte. Zhuma würde sie in einen Käfig sperren lassen und dort auch nicht mehr herauslassen.“

„Gute Idee. Der Mann ist doch nicht ganz so dumm, wie er aussieht. Das fände ich auch sehr reizvoll.“

Azrael lachte auf und meinte dann: „Sie gefällt dir, oder?“

„Sie ist wunderschön. Das schönste Mädchen, das ich jemals gesehen habe. Am liebsten möchte ich sie mir übers Pferd werfen und ins Lager verschleppen. Ihre Frechheiten würde ich ihr dann schon austreiben.“

„Warte damit noch. Versuch sie zu überzeugen, von selbst mitzukommen. Wenn das nicht geht, wende die Methode mit dem übers Pferd werfen an.“

„Ich habe dafür die Erlaubnis?“

Azrael zögerte einen Moment, dann bestätigte er: „Ja. Aber ich möchte nicht, dass Elysan etwas davon erfährt. Sonst ist mir alles recht, Nathas. Ich will von Maira das Rezept für den Heilzauber, den wir bei Nostromo gekauft haben. Ich bin mir sicher, dass sie es kennt. Es wäre ungemein wertvoll für uns. Ich vertraue auf deine Überzeugungskraft, Nathas.“

„Danke, Hauptmann.“

„Sobald Elysan in meinen Händen ist, kannst du dir Maira holen. Ich sage dir, wenn es soweit ist. Nimm ein paar der Soldaten mit, sie wohnt bei ihrem Vater nahe des Marktplatzes. Aber bis dahin halt still, Nathas. Und jetzt warte hier, ich werde den Frauen ausrichten, dass wir bald aufbrechen wollen.“

Azrael betrachtete die wenigen Habseligkeiten Elysans. Sie war so umgänglich und bescheiden. Er konnte es kaum glauben, dass sie bald ihm gehörte. Er wusste, dass sie selbst nicht viel besaß und dennoch bot sie ihm und seinem Heer an, ihre Ernte mit ihnen zu teilen. Der ganze Hof hätte dringend eine starke Hand benötigt, die sich seiner annahm. Wenn er an Gwyladys’ dachte, dann fielen ihm immer nur ihre Wünsche und Nörgeleien ein. Schöne Kleider und Schuhe, teurer Schmuck, ein Pferd, eine neue Kutsche, ein Ball, zu dem sie unbedingt wollte, am besten am Hof des Königs. Er warf der schönen Frau neben sich einen Blick zu und sagte leise: „Es ist Zeit, dass wir aufbrechen, Elysan. Das ist der letzte ruhige Abend, den wir hier noch haben werden.“

„Warum? Zieht ihr dann doch in den Krieg gegen das Dorf?“, fiel Maira interessiert ein.

„Das brauchen wir gar nicht, Elfchen. Wir verlassen Emberton morgen.“

„Das ist jetzt nicht unbedingt ein Verlust“, nuschelte Maira, während Elysan nervös fragte: „Und was ist mit dem Prinzen und seiner Truppe?“

„Der bleibt noch. Der Prinz muss seinen Thronanspruch hier auskämpfen.“

„Aber warum trägt er seinen Thronanspruch ausgerechnet bei uns aus? Was haben wir damit zu tun?“

„Emberton ist der Schlüssel."
„Wozu, Azrael?"
„Zur Macht, Elysan."
„Ach Quatsch", sie lachte auf. „Wir haben hier den Finsterforst um uns herum, Moorsümpfe und ein paar Krieger, Bogenschützen und magische Geschöpfe. Wer von ihnen ist der Schlüssel?"
„Der Magier und die Maskenträgerin."
„Ach was!", sie lachte, es hörte sich aber etwas eingeschüchtert an.
„Mein Vater? Was ist mit meinem Vater?", mischte sich Maira ein.
„Er ist dem König und besonderes Zhuma ein Dorn im Auge. Und seine süße Tochter mit den magischen Händen würde er bestimmt auch gerne haben. Deshalb komm mit uns, wir beschützen dich."
„Meint Ihr mich? Ich bin nicht süß, merkt Euch das! Und wenn Ihr mich vor dem da schützt, dann tut Ihr schon eine Menge, Königsmagier!"
„Meinst du immer noch, vor mir beschützt werden zu müssen?" Wieder traf sie dieses Lächeln von Nathas, gefolgt von einem Augenzwinkern aus seinen frechen braunen Augen. Dieses Spiel beherrschte auch sie. Maira lächelte herausfordernd zurück, was die dunklen Funken in seinen Augen aufblitzen ließ.
„Du willst den Krieg? Den kannst du gerne haben!", sagte er kaum hörbar, Maira hatte ihn dennoch verstanden.
Seine Worte und sein Blick ließen das Blut in ihren Adern kochen. Maira beschloss, ihn noch ein wenig mehr zu provozieren, lächelte ihn erneut an und zwirbelte dabei neckisch an einer gelösten Haarsträhne. Sie tat das auch für das geheime Bündnis. Sicher wären sie stolz auf sie, wenn sie

Azraels Leuten so geschickt etwas vorspielte, um an Informationen zu kommen. Amüsiert sagte sie: „Ihr wollt schon aufbrechen? Das ist gut, denn es ist höchste Zeit.“ Maira unterdrückte ein Grinsen. „Ich gehe auch, sobald ihr weg seid. Bis dahin bleibe ich noch bei dir, Elysan“, fügte sie siegessicher hinzu.

Ihre Freundin sah betreten zu ihr.

„Ja, Maira, weißt du ...“

„Sie hat recht. Es ist höchste Zeit für uns. Brauchst du noch etwas, Elysan?“, fragte Azrael und übernahm die Zügel seines Pferdes, das einer seiner Leute heranführte. Seine Leute saßen auf sein Zeichen auf.

„Meine Maske, Azrael. Ich hole sie von oben. Wartest du noch einen Moment? Und ich muss meiner Mutter wenigstens noch eine Nachricht hinterlassen, wo ich bin.“

„Wo bist du denn bitte, wenn nicht hier?“, fragte Maira irritiert.

„Na rate mal, Maira.“

Warum grinste er jetzt so?

„Elysan, du möchtest doch nicht im Ernst mit ihm gehen? Bitte tu das nicht!“

Mit einem entschuldigenden Blick in ihre Richtung ging Elysan hinüber zum Haus. Dort zögerte sie nochmals und drehte sich um.

„Ich brauche einen kleinen Moment. Maira, sei doch so lieb und warte auf mich.“ Sie lächelte ihr aufmunternd zu und stieg dann die Treppe hinauf.

Maira atmete tief ein. Sie glaubte, nicht richtig gehört zu haben.

„Komm her“, befahl Azrael kühl.

Es war das Letzte, was sie wollte, aber ihre Beine gehorchten seinem Befehl augenblicklich. Maira ging zu ihm. Vor Azrael hielt sie wie fremdgesteuert an.

Entsetzt über seine Macht, ihr seinen Willen aufzuzwingen, starrte sie ihn an.

Das würde sie sich nicht von ihm gefallen lassen! Maira versuchte, sich rasch wieder abzuwenden. Wenn Elysan mit ihnen gehen wollte, dann sollte sie es eben tun. Es wäre wohl auch besser, das geheime Bündnis in Emberton darüber zu informieren. Leider konnte sie jetzt nicht wegrennen. Schwarze Magie hielt sie dunkel und schwer an ihrem Platz.

„Gib es auf, Elfchen."

„Ich möchte gehen!", begehrte sie auf.

„Gleich. Ich will mit dir reden", widersprach Azrael und zeigte ein böses Lächeln.

„Du besitzt weiße Magie, Maira. Sie ist noch nicht besonders stark und ich nehme an, dass dein Vater jahrelang versucht hat, sie zu unterdrücken. Aber wenn ich sie fördere und leite, wirst du bald zu Großem fähig sein."

Woher wusste er, dass ihr Vater ihre Magie unterdrückt hatte? Maira fixierte seine erstaunlich blauen Augen und sah doch nichts darin, obwohl sie sonst bei den Menschen oft deren unterdrückte Gefühle wahrnahm.

„Er hat versucht, mich zu schützen", versuchte sie ihren Vater zu verteidigen, obwohl es lediglich eine Feststellung von ihm gewesen war.

„Das hat er gut gemacht. Und jetzt bin ich hier und kann mich deiner annehmen und dich ausbilden."

„Vielen Dank, aber ich bin schon ausgebildet", gab sie kühl zurück.

„So, so. Glaubst du. Das stimmt aber nicht, Maira. Du bist viel stärker, als dir bewusst ist. Und du glaubst, dein Vater wollte dich schützen? Ich denke nicht. Ist es nicht vielmehr so, dass er nicht möchte, dass du Magie besitzt? Ist es doch viel einfacher für ihn, wenn du ihm fleißig zur Hand gehst und ihm hilfst, wenn er seine Zaubergegenstände herstellt? Eine billige Arbeitskraft, das bist du für ihn, Maira."

Sein Blick hielt sie förmlich fest und sie sah jetzt Bilder vor sich aufsteigen, wie sie bei ihrem Vater die Treppe im Turm putzte oder ihm bei seiner Arbeit half. Dort war ihr Vater, er leuchtete fast wie unter einer hellweißen Aura, und daneben stand sie, gekleidet in das einfache, graue Kleid, das sie zum Putzen trug.

Maira keuchte entsetzt auf und versuchte, dieses Bild zu verdrängen, das sich schwer über ihre Gedanken legte.

„Ich kann dir helfen, ganz groß zu werden", umschmeichelte sie Azraels Stimme dunkel und leise.

Sie glaubte, sich für einen Moment selbst zu sehen, ihre Haut strahlte hell durch die Magie und sie trug ein weißes, durchscheinendes Gewand. Ein glücklicher Ausdruck lag in ihrem Gesicht, als sie einen Trank braute. Unzweifelhaft einen Heiltrank.

Das Bild verblasste wie unsteter Nebel und sie merkte, dass ihr Atem schneller ging.

„Hört auf damit."

„Womit, Maira? Ist es nicht das, was du willst?" Seine Worte streichelten sie fast und ließen eine tiefe Sehnsucht in ihr aufsteigen. Eine Weile ließ Maira sich darin fallen, schloss die Augen und spürte, dass eine fremde Macht sie lenkte und leitete. Es wäre ganz einfach, darauf zuzugehen, wenn sie es nur zuließe.

„Komm, Maira. Komm mit uns, wir passen auf dich auf", sagte Azrael lockend.

Dunkle Magie konnte berauschend und sehr

sinnlich sein. Er musste wahrscheinlich nicht einmal viel davon aufwenden, um ihr gerade das Gefühl von Sicherheit und Geborgenheit zu geben. Arme Elysan. Azrael war unglaublich stark.

Aber sie war nicht nur ihres Vaters Tochter, sie war auch eine Elfe. Und Elfen besaßen Mächte, von denen Azrael nur träumen konnte. In schlafwandlerischer Sicherheit zog Maira nun ein Schutzschild in sich hoch, um das dunkle Locken zu verdrängen und komplett von sich wegzuschieben. Sie schaffte sogar noch ein Lächeln, als sie zu ihm aufblickte und kühl sagte: „Ihr wiederholt Euch, Azrael. Und Ihr werdet alles tun, aber garantiert nicht auf mich aufpassen. Außerdem bin ich verlobt, Mylord."

„*Das* lässt sich ändern, Elfchen."

Sie wollte gerade wütend protestieren, als Elysan eilig die Treppe hinunterkam.

„Ich habe die Maske und meine Sachen, Azrael."

Er warf Maira noch einen höhnischen Blick zu und wandte sich dann an Elysan. „Also: Dann nichts wie weg hier." Selbstsicher stieg er auf sein Pferd.

„Elysan! Du kannst nicht mit ihnen mitgehen!", meinte Maira beschwörend, aber diese schüttelte nur den Kopf.

„Alles ist gut, Maira. Ich weiß, was ich tue." Es ging ihr auch um Simon. Elysan hoffte von ganzem Herzen, dass Azrael ihr doch noch helfen würde. Sie lief zu Azrael und ließ sich von ihm in den Sattel hochhelfen.

Maira verdrehte genervt die Augen, während Nathas jetzt auf sie wies.

„Was ist mit ihr, Hauptmann?"

Abweisende blaue Augen wandten sich wieder Maira zu.

„Nun. Wir werden sie ein Stück mitnehmen."

„Ich kann allein laufen", sagte Maira wütend und ballte die Fäuste.

„Das können wir nicht verantworten. Was einer schönen Frau so alles passieren kann, wenn sie allein durch die Gassen dieses Dorfes geht – du begleitetest uns, Maira!"

Maira schluckte den Widerspruch hinunter, da es nicht ratsam war, Azrael momentan noch mehr zu provozieren. Zu deutlich erkannte sie die Warnung in seinem Blick.

„Zu gütig, Mylord", knickste sie daher, was ihr ein Lächeln Nathas' einbrachte.

Maira überlegte nervös, wie sie ihre Freundin dazu bringen konnte, von ihrem verrückten Vorhaben abzulassen. Als Nathas ihr kurz darauf vor sich auf sein Pferd half und sie an sich heranzog, atmete Maira genervt aus. Auch das noch. Sein Arm um ihre Taille und seine Nähe waren ihr deutlich unangenehm. Die Männer wendeten ihre Pferde und galoppierten in einem halsbrecherischen Tempo in die einbrechende Dämmerung davon.

„Danke fürs Mitnehmen, ich wohne gleich dort drüben", sagte Maira betont fest und schob ironisch hinterher: „Du kannst mich jetzt runterlassen, Königskrieger. War echt schön mit dir."

„Es könnte noch viel schöner werden, Maira."

„Da lege ich wirklich keinen Wert drauf. Lässt du mich jetzt bitte runter?"

„Vielleicht solltest du dir das nochmal überlegen?", schlug er vor und seine Hand streichelte über ihre Hüfte, wo er sie hielt.

„Vergiss es."

„Azrael!“ Elysan mischte sich nun ein. „Ich möchte mich noch kurz von Maira verabschieden. Bitte!“

Azrael seufzte gespielt, dann befahl er:

„Lass sie runter, Nathas.“

Endlich verschwand der feste Griff um sie herum, Maira atmete auf. Dann half Nathas ihr beim Absteigen.

Elysan kam zu ihr hinüber, umarmte Maira und fing ganz leise an, mit ihr zu reden:

„Maira, verzeih mir, aber ich muss mit ihm gehen. Meine Magie wird stärker. Viel stärker. Ich kann sie nicht leiten und möchte mehr damit anfangen, als nur in einem goldenen Kleid auf einem Baum zu sitzen und Elfe zu spielen. Azrael wird mir dabei helfen. Ich muss ihm vertrauen. Da ist noch etwas: Zhuma will mich vernichten. Ich habe Angst. Um mich und um Emberton. Ich kann nicht bei euch bleiben, denn ich würde das ganze Dorf in Gefahr bringen. Geh zur Gilde, ich habe ein ungutes Gefühl. Ich werde Azrael bitten, mir zu sagen, was er mir verheimlicht. Im Moment bin ich Emberton eine größere Hilfe, wenn ich gehe.“

Maira bewunderte die Stärke ihrer Freundin und wurde sich der Gefahr, in der sie sich befand, bewusst. Ihr wurde klar, dass Elysan genau wusste, was sie tat. Da Azrael unruhig wurde, löste sich Elysan schnell von Maira und stieg wieder zu ihm aufs Pferd.

„Bis bald, Maira“, sagte Nathas und sie verkniff sich, ihm aus Wut über seine Frechheiten mit einer wüsten Beschimpfung zu antworten. Dennoch konnte sie ein „Auf Nimmerwiedersehen“, nicht zurückhalten.

Die Reiter spornten wortlos ihre Pferde wieder an und ritten davon. Maira schnitt Nathas noch ein paar

Fratzen, dann klopfte sie gegen die Tür. Die Zwergin Geraldine öffnete.

„Maira, da bist du ja endlich! Ich habe schon den ganzen Tag mit deinem Vater im Turm gearbeitet und seine Regale mit Zutaten gefüllt. Er war wirklich ärgerlich, dass du nicht da warst!"

„Wo ist mein Vater?"

„Noch im Turm. Er braut unentwegt seine Tränke und der Prinz ist bei ihm. Aber jetzt, wo du da bist, kann ich die Tür endlich abschließen und mich selbst für ein paar Stunden aufs Ohr legen. Ich helfe noch einige Tage aus, wenn du in der Brauküche bei deinem Vater bist. Schlaf gut." Sie drückte Maira eine brennende Kerze in die Hand und verzog sich in Richtung Feuerstelle. Geraldine hatte es in den Knochen, seit ein Felsbrocken sie beinahe zermalmt hatte. Seitdem schlief sie lieber über der Erde als in den Höhlen und Gängen darunter.

„Warte Geraldine." Zu spät. Die Zwergin rollte sich bereits unter leisem Gemurmel in ihre Decke ein und wollte sich gerade in ihre Schlafkuhle nahe dem Kamin schmiegen.

Maira folgte ihr rasch.

Geraldine schaute sie überrascht an.

„Was willst du noch? Ich sagte, ich will schlafen."

„Es ist wirklich wichtig, bitte verrate mich nicht. Ich muss noch einmal fort."

„Nichts kann so wichtig sein, dass eine junge Frau um diese Zeit noch allein durchs Dorf irrt."

„Leider doch Geraldine. Unser Dorf ist in Gefahr, ich muss Gavron und die Krieger warnen, es ist sehr ernst. Mein Vater würde das nicht verstehen. Ich habe das Gefühl, er lebt momentan nur in seiner eigenen Welt." Maira blickte betreten zu Boden und

Geraldine musterte sie sehr genau.

Tadelnd sagte sie: „Unterschätze ihn nicht, mein Kind, du weißt, er will dich nur schützen. Geh zu deinem Gavron, aber ich weiß von nichts.“

„Danke, Geraldine.“

Maira stieg hastig die Holzstiege hinauf in das Obergeschoss mit den schrägen Dachwänden. Sie machte sich Sorgen um ihre Freundin. Maira hatte ein ganz mieses Gefühl, was Azrael anging. Wie hatte er es geschafft, dass Elysan schon wieder mit ihm zusammen war? Reichte es nicht, dass er ihren Bruder in Stein verwandelte? Hatte er Elysan verhext? Er war kein netter Mann und so wie er ihre Freundin immer ansah, würde er sie wohl am liebsten mit Haut und Haaren verspeisen. Warum war er so unerbittlich hinter ihr her? Sie musste Elysan helfen. Und das ging am besten gemeinsam mit den Männern des geheimen Bündnisses und Gavron. Nathas hatte sich mit seiner Warnung Gavron gegenüber verraten, hier ging es um mehr, nicht nur um ihren Vater und Elysan.

Maira schnürte sich im Kerzenlicht ihr Kleid auf und zog es aus. Dann suchte sie sich ein möglichst dunkles Kleid aus ihrer Truhe, um mit der Nacht draußen eins zu werden. Rasch zog sie es an, schlüpfte in ein paar höhere Stiefel und warf sich einen langen Mantel über. Sie musste zu Ceres, und zwar augenblicklich.

Leise schlich sie die Stufen hinunter und vermied die knarrende Stufe weiter unten. Dann ging sie zur Tür und verließ das Haus. Angenehm frische Luft streifte ihre Haut und über ihr Haar, sie zog sich die weite Kapuze des Umhanges bis tief ins Gesicht und rannte los. Sie war schon kurz vor dem Markt, als sie das Schnauben eines Pferdes hörte. Lauschend hielt sie an.

„Ist dort jemand?“, fragte sie in die Dunkelheit hinter sich und schalt sich dann selbst für ihre Dummheit. Wer sollte jetzt hier sein! Maira schüttelte den Kopf, hielt ihren Umhang etwas weiter zu und ging achtsam weiter. Und dann erklang deutlich hörbar das Klappern von Pferdehufen hinter ihr. Sie wandte den Kopf und erkannte die Reiter im schwachen Mondlicht sofort. Nein! Maira rannte los, während die Pferde hinter ihr in Galopp fielen.

Als sie das von Feuern erleuchtete Heerlager erreichten, klopfte Elysans Herz unglaublich schnell und aufgeregt. Was tat sie da eigentlich? Ihr Verstand riet ihr, zu gehen, ihr Herz sagte ihr, dass ihre Empfindungen für ihn echt waren und sie ihm vertrauen *wollte*. Was hatte sie auch zu verlieren? Nur, wenn sie bei ihm war, würde er etwas für Simon tun können. Für Emberton war sie eine Gefahr und auch sonst konnte sie nirgendwo hin. Sie brauchte Azrael, das war ihr klar.

Nathas war auf den Befehl Azraels hin schon kurz vor dem Lager mit zwei Soldaten abgebogen und in der Nacht verschwunden. „Wo will er hin?“, hatte sie nervös gefragt und Azrael antwortete amüsiert: „Er holt sich noch eine Kleinigkeit. Mach dir keine Gedanken um Nathas.“ Sein Arm drückte sie an sich und Elysan fragte sich, ob er auch aufgeregt war, denn seine Stimme klang fast so. Einige Wachen kamen jetzt herbeigelaufen und halfen ihr, abzusteigen.

„Bring sie hinüber zu meinem Zelt“, befahl Azrael einem von ihnen und Elysan folgte dem Krieger mit deutlicher Nervosität. Es fühlte sich seltsam und plötzlich sehr falsch an, dass sie hier war ... Emberton vertraute den feindlichen Truppen nicht. Und Maira ... Dann fielen ihr ihre Masken ein und sie schöpfte Hoffnung. Es würde die richtige Entscheidung sein. Azrael brachte ihre Gefühle in ein völliges Durcheinander, aber sie empfand wirklich etwas für ihn, deshalb war sie hier. Sie tat es nicht nur für Simon. Sie erreichten das Zelt und die Wache hielt ihr den Vorhang auf.

Innen hatte jemand eine Laterne entzündet. Auf dem Tisch standen zwei Becher und eine Kanne voll Wein, etwas zu essen und zwei Teller. Elysan brauchte einen Moment, bevor ihr klar wurde, was hier nicht stimmte. Azrael musste schon, bevor er zu ihr geritten war, gewusst haben, dass sie mitkam. Anders war das hier sonst nicht zu erklären. Elysan entdeckte die Kerzen rund um sich herum, die in einer bestimmten Form auf dem Boden standen. Augenblicklich glitt ein Frösteln über ihren Rücken. Es waren seltsam dunkle Kerzen und was bedeutete das schwarze Kissen in deren Mitte? Das sah ein wenig aus wie die Vorbereitungen zu einer schwarzen Messe. Furcht stieg warnend in ihr auf und sie schalt sich dafür. Warum kam es ihr nur so vor, als wäre jede Kleinigkeit hier genau vorausgeplant? Und zwar, bevor er überhaupt mit ihr gesprochen hatte? Sie wünschte plötzlich, ihre Freundin Maira wäre hier, und beeilte sich, ihre Masken zu holen, die Azrael sorgsam auf das Fell am Boden gelegt hatte, und in ihre Rocktaschen zu stecken.

Kapitel 37

„Das hat ziemlich lange gedauert."

„Sie war wohl auf dem Weg zu den Kriegern Embertons."

„Hoffentlich ist unsere hübsche Elfe nicht auch ein Mitglied des geheimen und verbotenen Bündnisses von Emberton. Es täte mir sonst sehr leid für dich, Maira."

Azrael schaute Maira bösartig an und sie feuerte Blitze aus ihren Augen auf ihn, da ihr Nathas den Mund geknebelt hatte, damit sie nicht schreien konnte. Jetzt ließ Nathas sie vorsichtig hinunter und Azrael fing sie auf. Er hatte enorm viel Kraft, Maira spürte kribbelnde Angst, als er sie hielt. Noch ein fieser Blick des Dunkelmagiers, dann war Nathas wieder da und hob sie hoch. Maira protestierte, einen stummen Protest, denn sie konnte sich nicht wehren, da auch ihre Hände verschnürt waren.

„Ich wünsche Euch eine angenehme Nacht, Hauptmann."

„Viel Spaß, Nathas." Azrael lachte auf und Maira spürte eine solche Wut auf ihn wie nie zuvor. Er durfte Elysan nichts tun, dafür wollte sie sorgen. Aber zunächst musste sie diesen hartnäckigen Mann loswerden, der sie in aller Ruhe wie eine gefangene Trophäe durchs Lager trug. Das würde er bereuen! Sie erreichten ein Zelt, sicher war es seines. Er schob sich unter der Eingangsplane mit ihr durch und trug sie ins dunkle Zelt. Nathas bückte sich und ließ sie auf ein weiches Fell herunter. Dann ging er wieder hinaus. Augenblicklich versuchte Maira wieder, ihre

Hände zu befreien. Aber der Mann verstand etwas vom Knotenbinden. Tränen traten ihr in die Augen und sie dachte an Gavron. Wäre er doch bloß hier! Ihr Vater würde sie sicherlich suchen – wenn er überhaupt wusste, dass sie weg war. Geraldine hatte wider Willen versprochen, zu schweigen. Ihr Vater würde sicher annehmen, dass sie schon schlief, wenn er nach ihr rief.

Licht näherte sich hinter der Zeltplane, dann trat Nathas mit einer Laterne in der Hand wieder ein, die er ein Stück entfernt hinstellte. Er brachte zwei Becher und einen Krug Wein. Maira runzelte ärgerlich die Stirn. Den würden sie sicherlich hier nicht selbst gekeltert haben! Wahrscheinlich hatten sie irgendjemandem den Wein abgenommen. Am ehesten wahrscheinlich Wilfried, dem Stadtoberen, und Vater von Clarice und Lyrina. Zu anderer Gelegenheit hätte es sie vielleicht gefreut, den beiden Schnepfen und ihrem eingebildeten Vater den Wein wegzutrinken. Jetzt aber nicht. Nathas stellte die Weinkelche und den Krug am Boden ab. Dann wandte er sich ihr zu.

„Maira. Ich mache deine Hände jetzt los."

Warum kündigte er das an? Sie schaute ihn nur wütend an und er setzte wieder dieses gewinnende Lächeln auf.

„Ich wollte dir wirklich nicht wehtun." Nathas knotete das Seil auf. Dann legte er seine Hand hinter ihren Hals und sah sie aufmerksam an.

„Kann ich den Knebel jetzt wegnehmen?"

Sie starrte ihn böse an.

„Du schreist nicht?"

Nein, aber *er* würde schreien, wenn sie auf ihn losging. Soviel war sicher. Sie würde ihm zumindest eins auf die Nase geben und ihn dann zu Fall bringen. Nathas löste den Knebel an ihrem Hinterkopf und entfernte ihn. Maira rieb sich den Mund. Nathas goss ihr daraufhin etwas Wein ein und hielt ihr den kostbaren Becher hin. Tatsächlich stammte der aus dem Haus Wilfrieds, Maira hätte fast gelacht, wenn es nicht so traurig wäre. Ihr Vater hatte aus einem sehr Ähnlichen getrunken. Sie waren nicht nur fies, sie beschlagnahmten auch alles, was nicht niet- und nagelfest war.

„Möchtest du?“

Sie schüttelte nur den Kopf.

„Trink. Es macht die Sache einfacher. Ich möchte dir nicht wehtun.“

„Warum tust du es dann?“

Er nahm jetzt selbst einen Schluck Wein. Wahrscheinlich trank er sich selbst Mut an.

„Weil es ein Befehl ist.“

Sie starrte ihn mit großen Augen an.

„Er befiehlt dir, Frauen zu entführen und ihnen Gewalt anzutun? Und du tust es auch noch?“

Nathas sah für einen Augenblick weg, dann wandten sich seine Augen wieder ihr zu. Sie waren jetzt ernst und aufmerksam.

„Im Krieg gelten andere Gesetze.“

„Wir haben keinen Krieg. Also herrschen normale Gesetze.“

Jetzt begann er, doch wieder zu lächeln.

„Ich möchte dich mitnehmen, wenn wir nach Hause zurückreiten, Maira. Du gefällst mir.“

„Du mir aber nicht“, erwiderte sie patzig.

Sein Blick war jetzt wirklich nachdenklich.

„Du magst mich nicht, oder?“

„Wie sollte ich?“, antwortete sie knapp.

Seine Augen sprühten ärgerliche Funken.

„Warum bist du so kalt, Maira?"

„Lass mich in Ruhe, Nathas!"

Er war unglaublich wütend. Seine Kieferknochen pressten sich fest aufeinander, dann entschied er:

„Glaub mir: Ich habe es nicht nötig, mich einer Frau aufzudrängen." Er goss sich erneut etwas Wein ein und trank ärgerlich. „Leg dich besser hin und überdenke deine Situation. Ich rate dir, das Richtige zu tun, wenn nicht heute, dann morgen. Glaub ja nicht, dass ich dich dauerhaft verschone. Dafür bist du viel zu hübsch."

Dann stand er auf und ging hinüber zu der Laterne. Kurz darauf wurde es dunkel im Zelt.

„Und jetzt schlaf, Maira."

„Ist das ein Befehl?"

„Wenn du möchtest, dass ich dich heute in Ruhe lasse, dann tu es einfach. Ohne Diskussion."

Augenblicklich schwieg sie. Sie hörte, dass er sich hinter ihr umdrehte und schloss daraus, dass er sich von ihr weggedreht hatte. Wenn sie sich jetzt umdrehte, und ihm die Hand in den Nacken legte, konnte sie ihn für einen Augenblick mit Magie in einen süßen Kurzschlaf schicken. Aber vielleicht war es besser, noch einen Augenblick zu warten. Das mit ihrer Entführung würde er bitter bereuen. Dass er nicht einfach über sie herfiel, sprach allerdings für ihn. Er war hier auf den ersten Blick der deutlich Stärkere. Sie kuschelte sich auf das Fell und überlegte für einen Augenblick, wo Elysan sich wohl befand. Diesem Dunkelmagier würde sie die Tour gründlich vermasseln. Daher war es wohl ganz gut, dass Nathas sie hierher mitgenommen hatte.

Kapitel 38

Elysan hatte alle ihre Masken in die tiefen Taschen ihres Rockes gleiten lassen und war unruhig im Zelt auf und ab gegangen. Ihre Zweifel wurden mit dem Warten immer größer und eine leise Stimme sagte ihr, dass sie unbedingt gehen oder besser sogar vor ihm weglaufen sollte. Als Azrael eintrat, spürte sie augenblicklich die Spannung zwischen ihnen. Seine tiefblauen Augen trafen ihre und sie fühlte das massive Knistern zwischen ihnen in der Luft. Er machte einen Schritt in das Zelt und sie wich daraufhin einen Schritt zurück. Ihr Atem ging schneller, ihr Herz raste, sämtliche Gefühle schienen sich zu überschlagen.

„Warum weichst du mir aus, Elysan? Hast du Angst?"

Sie brachte nur ein schwaches: „Ein wenig", heraus.

„Das solltest du nicht. Alles muss so sein."

Elysan schluckte, da er sich jetzt hinunterbeugte und die Kerzen am Boden zum Brennen brachte. Das Erstaunliche daran war: Er hatte gar kein Feuer in der Hand, die Kerzen begannen allerdings sofort, zu brennen. Ob ihre Flamme jetzt aus Feuer oder doch nur aus Magie bestand, konnte sie nicht erkennen.

Azrael ließ sich Zeit dabei, dann murmelte er leise ein paar Worte in einer fremden Sprache. Es wirkte fast wie ein Ritual, als er die Kerzen, eine nach der anderen, entzündete. Die Anziehung zu diesem Mann wurde jetzt von klarer Furcht verdrängt. Was genau machte er da? Ihre Hand glitt hinunter in ihre Rocktasche und sie versuchte, die Maske zu ertasten, die sie gemeinsam mit Azrael bei ihrem Zusammentreffen im Finsterforst geformt hatte. *Unsichtbar* zu sein erschien ihr jetzt durchaus sinnvoll.

Als die letzte Kerze brannte, kam Azrael hoch und wandte sich ihr zu.

„Ist das nicht schön, Engelchen?"

Sie schluckte und ließ wie ertappt die Maske los. „Du hast einen Sinn für Romantik, Azrael?"

Er lachte leise. Es war ein tiefes, zufriedenes Lachen.

„Garantiert nicht. Ach, du meinst wegen der Kerzen? Die Kerzen erfüllen einen anderen Zweck, Elysan. Komm her zu mir." Er streckte seine Hand nach ihr aus.

Wie fremdgesteuert ging sie auf ihn zu und blieb dicht vor ihm stehen. Sie spürte seine Nähe intensiv und atmete tief ein.

„Elysan. Du weißt, dass nur König Kimbras oder einer seiner Berater und Heerführer in seiner Vertretung den Bund zwischen zwei Menschen beschließen darf. Immer weniger wird die alte Magie bei diesen Hochzeiten verwendet, was ich sehr bedaure."

Sie nickte stumm, während er sie jetzt ernst ansah.

„Ich möchte dich fragen, ob du bereit bist, mit mir im Angesicht der alten Magie einen Bund einzugehen. Denn du bist eine Maskenträgerin und nutzt diese Magie genau wie ich."

„Mein Vater hat mir einiges von der alten Magie erzählt, aber an vieles kann ich mich nicht mehr erinnern. Es gibt dunkle und weiße Magie, soviel ich weiß. Was genau verlangt die alte Magie von mir?"

„Hingabe, dein inneres Selbst und vielleicht sogar

Selbstaufgabe. Ich kann es dir nicht genau sagen, denn es ist jedes Mal ein wenig anders. Du musst mir einfach vertrauen, das Richtige zu tun. Vertraust du mir Elysan?“ Er öffnete seine Hand und streckte sie wieder nach ihr aus.

Elysan atmete nochmals tief ein und sah ihn fest an. Verschiedene Gefühle kämpften in ihr. Sie wusste, dass sie alles hinter sich lassen musste, wenn sie sich für ihn entschied. Andererseits waren ihre Empfindungen für ihn echt ... Ich möchte dir vertrauen, entschied sie im Stillen. Dann sagte sie laut: „Ich vertraue dir, das Richtige zu tun, Azrael.“ Und dann legte sie vorsichtig ihre Hand in die seine.

Seine Mundwinkel hoben sich leicht an. Das Erste, was seine Mutter ihm beigebracht hatte, war, niemals jemandem zu vertrauen, immer wachsam zu sein und nur seine eigenen Entscheidungen zu treffen. Arzael erinnerte sich für einen Augenblick an den Moment, als er Gwyladys’ Hand gehalten hatte, während sie vor einen Priester der alten Magie getreten waren.

Wir sind etwas Besonderes, Gwyladys. Zusammen steht uns die Welt offen. Ich bin stark und mit deiner Kraft werden wir für alle anderen unbesiegbar werden.‘

Ich möchte mehr als das, Azrael. Ich möchte nach den Sternen greifen und am Hof des Königs ein- und ausgehen. Mach mir das möglich! Ich möchte reich und mächtig sein.‘

Für dich werde ich alles möglich machen, was ich kann.‘

„Azrael?“

Er starrte sie an und brauchte einen Wimpernschlag, um sich zu fassen. Ein anderes Bild stieg in ihm auf. Ein Bild, das er versucht hatte, zu vergessen.

Ich weiß alles, Gwyladys. Es ist vorbei. Steh auf und geh!'

Das werde ich nicht. Du wirst das tun. Stirb, Azrael.'

Er keuchte auf.

„Azrael? Was ist los mit dir?“ Er fuhr sich mit beiden Händen übers Gesicht. Die Kerzen und der Moment erweckten Vergangenes in ihm.

„Nichts, Engelchen.“

„Azrael. Wir müssen das nicht tun, wenn du es nicht möchtest. Sind deine Eltern überhaupt damit einverstanden, dass du eine Bauerntochter heiratest?“

Er schaffte jetzt ein schiefes Lächeln.

„Meine Eltern sind tot. Und du bist mehr als eine Bauerntochter!“

Er spürte ihre Zweifel und hörte sie auch in ihren Worten. Sie waren so kurz davor, das Unmögliche zu tun. Jetzt gab es kein Zurück mehr. Ihre schönen braunen Augen unter den langen, dunklen Wimpern, ihr Haar, in dessen goldbrauner Farbe sich das Kerzenlicht zu spiegeln schien – nur noch einen Schritt und sie würde ihm gehören. Die Vorfreude darauf überlief ihn warm und ungemein prickelnd. Möglichst besänftigend sagte er:

„Wir sind etwas Besonderes, Elysan. Zusammen steht uns die ganze Welt offen. Ich bin stark und mit deiner Kraft werden wir für andere unbesiegbar sein.“

„Auch für Zhuma?“

„Auch für Zhuma.“

„Ich liebe dich, Azrael.“

Er starrte sie an.

„Was?“

Jetzt lächelte sie.

„Ich liebe dich."

Niemals soll dich eine andere Frau lieben. Sie alle werden sich von dir abwenden, wenn sie wissen, wie du wirklich bist. Du hast meine Magie aus mir herausgesaugt wie ein Vampir. Ich verfluche dich für alle Zeiten!'

Das rührt mich nicht, Gwyladys. Du hast keine Zukunft mehr. Auf Nimmerwiedersehen, Zauberfee.'

In diesem Moment war alles wieder da, was er so mühevoll zu vergessen versucht hatte. Wütend funkelte er Elysan an und verschränkte abweisend die Arme vor der Brust. Bilder von Gwyladys' leblosem Körper tauchten vor seinen Augen auf. Was tat er hier gerade? So sehr er Elysan auch wollte, so wusste er doch, dass er sie früher oder später ebenfalls verletzen würde. Der Unterschied zwischen ihr und Gwyladys war: Elysans Herz war rein und sie hatte dieses Schicksal nicht verdient. Deshalb begann er jetzt gespielt wütend:

„Wie kannst du so etwas nur sagen? Weißt du denn nicht, wer ich bin und vor allem: Was ich getan habe? Ich werde dir schaden und dir deine Magie rauben, so wie ich es schon einmal getan haben. Aus uns kann nichts werden! Es ist besser, wenn du verschwindest. Und zwar sofort."

Elysan starrte ihn geschockt an.

Er fuhr sich übers Gesicht und überlegte. Dann wandte er sich ihr wieder zu. Die folgenden Worte kosteten ihn viel Überwindung und würden ihn in ein tiefes Loch stürzen, aber die Erinnerung an Gwyladys hatte ihn zutiefst geschockt.

„Ihr habt Zeit bis zur Wachablösung in unserem Lager. Und nimm dein Elfchen mit. Verschwinde, bevor ich es mir anders überlege."

„Azrael … ich verstehe nicht … Maira ist hier?"

Statt einer Antwort wies er zum Ausgang und folgte ihr, als sie losging.

Azrael hielt ihr den Vorhang auf und dann trat auch er hinaus in die frische, warmgoldene Nacht.

Kapitel 39

Natürlich schlief Nathas nicht, Maira spürte überdeutlich, dass auch er noch wach lag. Sie hatte wirklich gehofft, dass ihn ein urplötzliches Schlafbedürfnis überfallen könnte und ihr damit die Möglichkeit gab, aufzustehen und zu gehen. Wenn er wach war, würde er sie wahrscheinlich nicht einfach so gehen lassen. Und Maira beherrschte nur etwas weiße Magie, mit der sie niemandem schaden konnte. Es sei denn, sie schenkte ihm vorher einen schönen Moment, der einen kurzen Schlaf gerechtfertigte und für ihn etwas *Gutes* bedeutete. Zur Erholung sozusagen. Sie seufzte, wandte sich ihm zu und sagte mit verführerischer Stimme:

„Nathas?"

„Hm?" Er drehte sich zu ihr um. In der schwachen Dunkelheit konnte sie das Funkeln seiner Augen sehen. Es war seltsam, einem fremden Mann so dicht gegenüberzuliegen. Wenn ihre Mutter das wüsste, würde sie ihr bestimmt wieder eine Standpauke halten. Nathas war nicht Gavron. Aber wenn sie es recht bedachte, dann war er ein wirklich anziehender Mann, dessen schöne Augen und sein freches Lächeln sicher schon die eine oder andere Frau verführt hatten und noch verführen würden. Aber bestimmt nicht sie.

„Ich bin kein Mädchen für eine Nacht. Wenn du das suchst, dann musst du eine andere nehmen."

„Maira." Er stützte sich auf und sah auf sie hinunter. „Das hört sich vielleicht seltsam an, aber ich habe das Gefühl, dich schon lange zu kennen. Ich mag dein Lachen und deine Offenheit. Weder am Hof noch bei unseren vielen Reisen durchs Land bin ich jemals so einer Frau wie dir begegnet. Ich gebe dir etwas Zeit, damit du mit dir und deiner neuen Situation ins Reine kommst. Aber ich werde dich nicht mehr gehen lassen, nur damit du das weißt."

Auch Maira stützte sich jetzt benommen auf. Es berührte sie, was er da anfangs gesagt hatte und sie fand es ungemein anregend. Ein dunkles Zelt, ein weiches Fell unter sich und neben ihr ein gut gebauter Krieger, der sie begehrte. Leider hatte sie jetzt keine Zeit, diesem Gedanken weiter nachzuhängen, denn ihre Freundin brauchte dringend ihre Hilfe. Und Freundschaft war wichtiger als alles andere. Vor allem aber war sie verlobt und glücklich obendrein.

„Maira." Nathas beugte sich zu ihr und sein warmer Atem streifte ihr Gesicht.

„Ja?", flüsterte sie.

„Ich würde dich jetzt gern küssen."

Maira wollte ihm schon ausweichen, wusste aber genau, dass sie ohne einen Kuss auch keinen Schlafzauber bei ihm anwenden konnte. Sie musste jetzt an Emberton und an die Gefahr für alle denken. Gavron würde das verstehen. Sie überwand sich und legte ihre Lippen zart auf die seinen.

Sie wusste ganz genau, was sie tat und war das erste Mal vollkommen bei sich und ihrer Magie. Als ihre Finger in seinen Nacken glitten und sie die richtige Stelle dort berührte und ihm einen Schlafzauber sandte, glaubte sie, Erstaunen in seinen Augen sehen zu können, dann schlossen sich seine Lider langsam und er sackte auf dem Fell neben ihr zusammen. Maira deckte ihn lächelnd zu.

„Ärgere niemals eine Elfe, Königskrieger", flüsterte sie und stand eilig auf. Sie zog die leicht verrutschten Träger ihres Kleides wieder hinauf und pustete sich eine Haarsträhne aus dem Gesicht. Ihr Gesicht glühte und auf ihren Lippen glaubte sie immer noch, seinen Kuss zu spüren. Maira strich sich mit den Fingern darüber, dann setzte wieder kühles Denken bei ihr ein. Sie musste Elysan finden und dann mit ihr von hier verschwinden. Rasch. Aber vorher musste sie dringend noch etwas klären. Bevor Nathas in Tiefschlaf verfiel, wollte sie den einsetzenden Schlafzauber für sich nutzen. Sie beugte sich zu Nathas herunter und fragte vorsichtig: „Was verheimlichst du mir, Königskrieger?" Er würde jetzt nicht lügen können. Dafür hatte er in diesem Zustand nicht die Kraft.

Nathas' Lippen bewegten sich und er sagte leise: „Zhuma wird kommen. Und er kommt nicht …" Dann schlief er fest ein. Maira kam rasch nach oben. Diese Worte konnten alles bedeuten. Aber allein schon der Name Zhuma' erweckte eine schreckliche Vorahnung in ihr. Maira sah sich nach einem anderen Umhang um und entdeckte den von Nathas, den er neben ihrem Lager abgelegt hatte. Sie hob ihn auf und tauschte ihn gegen ihren, während sie seinen angenehmen Geruch daran wahrnahm. Maira atmete tief ein. Den konnte er ihr für die geraubten Küsse leihen. Man würde sie damit im Lager für einen der Königssoldaten halten. Erfreut warf sie sich seinen langen Umhang über.

„Schlaf gut, Süßer", murmelte sie nochmals in Richtung des schlafenden Nathas, warf sich die weite Kapuze seines Umhangs über und wollte das Zelt verlassen, als sie Azraels Stimme hörte:

„Nathas, schick das Mädchen hinaus! Sofort!"

Maira zuckte erschrocken zusammen. Egal was er wollte, er durfte jetzt nicht hereinkommen. Sie hielt sich den Umhang etwas enger zu und ging eilig aus dem Zelt.

„Elysan!"

„Maira, geht es dir gut? Komm mit. Azrael möchte, dass wir gehen."

„So, will er das?"

Diese so aufmerksamen blauen Augen wanderten nun interessiert über sie und erfassten alles sofort. Seine Augen blitzten belustigt auf.

„War es nett mit Nathas?"

„Frag ihn selbst."

„Werde ich." Und dann sah er Elysan an und sagte beherrscht: „Elysan, eure Zeit läuft. Gerade beginnt die Wachablösung. Ich gebe euch Zeit, bis jede der Nachtwachen auf ihrem Platz steht."

Maira zupfte ihre Freundin am Arm, um mitzukommen. Sie wusste nicht, warum Azrael sie gehen lassen wollte, aber sie hatte nicht vor, sich diese Chance entgehen zu lassen.

An Elysans geröteten Augen konnte sie sehen, dass hier etwas gehörig nicht stimmte. Sie schien vollkommen aufgelöst und durcheinander zu sein.

„Komm, Elysan. Steinschlaggefahr."

Elysan, die noch etwas unentschlossen neben Azrael gestanden hatte, kam jetzt zu sich. „Auf Wiedersehen, Azrael."

Er sagte gar nichts und Mairas Ziehen an ihrem Arm machte ihr klar, dass sie schleunigst hier wegmussten. *Steinschlaggefahr* bezog sich auf einen alten Witz aus ihrer Kindheit und war ihr Signal dafür gewesen, einen Ort schleunigst zu verlassen.

Kaum waren sie ein paar Schritte gegangen, flüsterte Maira ihr zu:

„Elysan! Wir sollten uns beeilen, hier etwas schneller wegzukommen!"

„Was hast du getan?"

„Nathas ins Reich der Träume befördert."

„Oh nein. Dann nichts wie weg hier."

Sie erreichten die beiden Wachposten, die nahe des Weges nach Emberton Wache hielten. Elysan nahm mit einer gewissen Beklemmung wahr, dass sich ihnen zwei bewaffnete Krieger näherten. Die Wachablösung. So schnell sie konnten, gingen sie an den beiden Wachen vorbei, die sie zwar nicht aufhielten, aber höchst aufmerksam jede ihrer Bewegungen beobachteten. Ein Wort von Azrael, und sie würden sie aufhalten. Möglichst ruhig gingen sie bis zu dem im Dunkel liegenden Weg, dann sahen sie beim Zurückschauen, dass die Wachen an der Stelle, die sie eben passiert hatten, tatsächlich wechselten. Die beiden Frauen tauschten einen schnellen Blick, dann rannten sie los.

Kapitel 40

Zhuma wachte aus einem seltsamen Traum auf. Er hatte geträumt, dass er Schmetterlinge fing und ihnen gerade die Flügel ausriss, als ein heftiger dunkler Sturmwind heranwehte und Azrael plötzlich vor ihm auftauchte.

„Hallo Zhuma. Ich sage es dir nur ungern, aber gleich werde ich die Maskenträgerin zu meiner Frau machen. Du weißt, was dann passiert?“

Zhuma hatte erschrocken die Schmetterlinge losgelassen und genickt. Dann stammelte er entsetzt:

„Das darfst du nicht, Azrael! Ich bin der wahre Magier! Du bist dann viel stärker als ich!“

„Gut erkannt. Schlaf noch schön, ich gehe jetzt zu meiner Liebsten.“ Und dann wirbelte der Wind wieder davon und Zhuma wachte auf. Schwer atmend spähte er in die Nacht und kam schließlich hoch. Er taumelte hinüber zu einem kleinen Tümpel und hockte sich dort hin, um sein Gesicht zu kühlen.

„Was ist, Zhuma? Schlechte Nachrichten?“, fragte ihn Malphas, der plötzlich hinter ihm auftauchte. Zhuma hüpfte los und er stellte fest, dass er sich in diesem verzauberten Wald in eine grüne Tümpelkröte verwandelte. Entsetzt kreischte er los, aber es war nur ein stilles Quäken, das seiner Kehle entwich. Erst da wachte er tatsächlich auf. Lauthals schrie er: „Niemals, Azrael.“ Dann sah er Malphas auf sich zukommen.

Malphas beugte sich zu ihm herunter und sah ihn wütend an.

„Nimm dich zusammen, alter Mann. Wir versuchen

alle, nochmal unsere Kräfte zu sammeln. Morgen Abend werden wir dieses Dorf erreichen, wenn meine Berechnungen stimmen. Wir brauchen alle unsere Kräfte. Azrael ist nicht zu unterschätzen und wir wissen nicht genau, wer uns außer dem Prinzen und seinen Leuten da noch so alles erwartet. Also: Leg dich hin und schlaf gefälligst, ja?"

„Die Maskenträgerin wartet dort auf uns. Ich werde mich mental auf dieses Zusammentreffen vorbereiten."

„Die Maskenträgerin. Als hätten wir nicht andere Sorgen", knurrte Bogdan ärgerlich, der neben Malphas getreten war, drehte sich dann um und ging zurück zu seiner Truppe. Auch Malphas wandte sich jetzt um, warf noch einen letzten verärgerten Blick auf Zhuma und stapfte dann davon.

Kapitel 41

„Wohin, Maira?“ Elysan rannte neben ihrer Freundin her durch die Dunkelheit. Sie war unglaublich durcheinander und zutiefst verletzt. Er hatte sie getäuscht. Azrael war lediglich an ihrer Magie interessiert, und nicht an ihr. Und sie war auch noch so dumm gewesen, ihm zu sagen, dass sie ihn liebte ... Angst stieg in ihr auf vor dem, was nun passieren würde. Warum hatte Azrael ihr befohlen, vor ihm wegzulaufen? Und was würde er tun, wenn die Zeit der Wachablösung zu Ende war? Würde er auch sie töten wie seine erste Frau, um an die Magie der Masken zu kommen? Und dann war da noch Mairas Schlafzauber. Sicher war Azrael ausgesprochen wütend darüber, dass Nathas von Maira außer Gefecht gesetzt worden war. Sie stolperte über eine Unebenheit auf dem steinigen Weg durchs Dorf und spürte erst jetzt, dass sie am ganzen Körper zitterte.

„Zu meinem Vater in den Turm! Mach schneller, Elysan. Hier lang, beeil dich!“, Maira riss sie am Arm hinter eines der niedrigen Häuser und sie erreichten eine der Seitenstraßen. Beide wechselten die Richtung. In einiger Entfernung war nun das Donnern von Pferdehufen zu hören.

Die beiden Frauen rannten, so schnell sie konnten, machten keine Pause und schlugen förmlich Haken, da sie beide alles dafür gaben, sich jetzt nicht erwischen zu lassen. Elysan hatte das Gefühl, ihre Lunge müsste platzen, wenn sie nicht anhielt. Und doch war die Angst vor ihm jetzt so stark, dass sie immer weiterlief. *Er ließ sie gehen und hetzte sie dann durch die Nacht?* Als Nostromos Turm in der Dunkelheit vor ihnen nahe des Waldrandes auftauchte, war sie unglaublich erleichtert.

Sie erreichten das Tor und Maira klopfte laut dagegen.

„Vater, mach auf!"

Es dauerte eine Weile, in der die beiden Frauen angstvoll lauschend in Richtung des Dorfes starrten. Dann zeigte sich das Gesicht von Mairas Vater oben im Turm. Nostromo trug einen hellen, spitzen Zaubererhut und rief überrascht zu ihnen hinunter: „Maira? Elysan? Kommt herein, Mädchen. Ihr solltet so spät nicht unterwegs sein."

Quietschend schloss sich das Fenster und im Turm waren Schritte zu hören. Und noch etwas Anderes. Das Wiehern von Pferden im Dorf.

„Kein Wort zu deinem Vater darüber, was passiert ist, Maira, bitte!", raunte Elysan und Maira unterdrückte in der Dunkelheit ein Lächeln. Garantiert würde sie davon genau so wenig erzählen wie von ihrem Kuss mit einem attraktiven Fiesling. Ihr Vater würde für so etwas wenig Verständnis haben. Aber die Worte Nathas' im Schlaf würden ihn sehr wohl interessieren.

Als ihr Vater sie jetzt einließ, wurde ihr klar, dass keinerlei Gefahr bestand, er könne etwas davon bemerken. Nostromo trug sein Arbeitsgewand, eine helle, weite Hose und ein weites langes Hemd darüber. Der spitze, helle Zaubererhut rundete seine Erscheinung ab.

„Du kommst reichlich spät, Maira", tadelte er und leuchtete mit der Kerze in seiner Hand in Richtung der Treppen und hinauf in den Turm. „Mir sind sehr viele Rezepte für Zaubertränke eingefallen. Stell dir vor, Mairachen, der Schwebezauber gelingt jetzt ohne Nebenwirkungen."

„Das ist gut, Vater. Ich glaube, das letzte Mal, als du es versuchtest, hat nur das Schwein von der alten Berta abgehoben, nicht aber Gavron, der ihn ausprobiert hat."

Maira biss sich auf die Lippe. Gavron! Er war der Einzige, wegen dem sie ein schlechtes Gewissen hatte. Sie hatte sich von einem Königskrieger küssen lassen. Wenn ihre Mutter das wüsste! Sie wagte gar nicht, darüber nachzudenken! Krieger fand ihre Mutter schon schlimm, feindliche Krieger waren für sie nicht hinnehmbar. Sie erreichten jetzt das Ende der Wendeltreppe und einen von Nostromos Verkaufsräumen, die *Zauberschenke*. Maira zuckte erschrocken zurück, als sie dort den Prinzen und zwei seiner Wachen schlafend auf den Stühlen entdeckte.

„Was machen sie hier, Vater?"

„Ach, der Prinz! Er ist ganz versessen auf die ganze Magie und hat schon die meisten meiner Tränke aufgekauft. Er ist fast ein besserer Kunde als Azrael, dessen Leute meinen Heiltrank beinahe tiegelweise kauften. Mairachen, so ein Geschäft haben wir schon lange nicht gemacht!" Er nahm seine Tochter in den Arm und starrte versunken an die Wand. Dann fiel sein Blick auf sie und er runzelte die Stirn.

„Was ist das denn für ein dunkles Gewand? Deine Mutter hat recht, Maira: Schwarz steht dir nicht! Geh dort hinüber an die Truhe, du hast noch Wechselwäsche hier bei mir fürs Putzen. Beeil dich, Mädchen.

Der Prinz hat mir übrigens zugesagt, dass er mich als den neuen Hoflieferanten für Zaubertränke betrachtet. Das ist – gelinde gesagt – eine ziemliche

Ehre."

Er wandte sich Elysan mit einem Lächeln zu:

„Möchtest du noch etwas kaufen, Elysan? Ich habe neue Tränke da, schau dich ruhig um."

Maira, die sich aus der Truhe an der Wand leise ein helles Hemd und einen weiten, blauen Rock genommen hatte, flüsterte ihr beim Vorbeigehen leise zu:

„Kauf alles, was wir für eine Zeit im Finsterforst gebrauchen könnten, Elysan. Du kannst es auf Rechnung setzen lassen."

Obwohl Elysan über die Worte ihrer Freundin etwas erschrak, folgte sie augenblicklich ihrer Anweisung. Maira schien im Moment klarer denken zu können und vor allem, einen Plan zu haben.

Nostromo rieb sich die Hände, als die beiden Frauen die Treppe mit zahlreichen Tränken und anderen Dingen in einer großen Stofftasche auf dem Rücken wieder hinabstiegen. Während Maira ihren Vater gerade anwies, die Tür immer richtig abzuschließen und den Schlüssel auch wirklich abzuziehen, damit nicht wieder Langfinger in seinem Turm ihr Unwesen trieben, war von draußen laut das Trommeln von Pferdehufen zu hören. Maira und Elysan erstarrten auf der Stelle und warfen sich einen erschrockenen Blick zu.

„Kunden? Mir scheint, das Geschäft läuft nachts am besten", frohlockte Nostromo und rieb sich die Hände. „Ich sollte dringend die Öffnungszeiten ändern."

Er lugte aus einem der kleinen Turmfenster.

„Oh eine ganze Garnison. Mit Fackeln. Das erscheint mir dringlich!"

„Nostromo!", brüllte Azrael und die beiden Frauen zuckten sofort erschrocken zusammen. „Mach gefälligst auf! Ich weiß, dass sie hier sind!"

„Ho, der ist aber ungestüm. Wahrscheinlich suchen sie den Prinzen. Er sollte nicht so herumschreien, sonst wecken sie ihn noch auf!"

„Umstellt das Gebäude! Nathas nimm Benard und Josh mit!"

„Mist", flüsterte Maira und Aufregung machte sich in ihr breit. Er war anscheinend auch wieder aufgewacht ... Dann fasste sie sich schnell, da ihr Vater Anstalten machte, die Treppe hinunterzutappen.

„Vater! Wir müssen hier unerkannt weg! Wir nehmen den Geheimgang! Bitte sag ihnen nicht, dass wir hier waren, hörst du?"

„Nein, natürlich nicht, Mairachen. Sie suchen den Prinzen. Kommst du morgen zum Putzen?"

„Vater, ich weiß, du bist gerade in deinem Element. Deine Zauberschenke ist ein wahrer Erfolg. Aber hier geht es um Wichtigeres: Emberton ist in Gefahr. Und du bist es auch. Ich weiß es von Nathas." Kurz hielt Nostromo inne, widmete sich aber schnell dem vorherigen Geschehen. Maira wusste, dass ihr Vater allen etwas vorspielte. Vielleicht konnte er die bevorstehende Gefahr bereits spüren und verhielt sich deshalb so seltsam. Sie küsste ihn hektisch auf die Wange, zog sich dann den dunklen Umhang enger um sich, von dem sie es nicht geschafft hatte, sich zu trennen, und lief mit Elysan über den Innenhof des Gebäudes. Der Turm war umgeben von hohen Mauern, ein kleiner Schuppen lag auf der gegenüberliegenden Seite. Maira schob hektisch den Riegel zur Seite, dann verschwanden sie in dem dunklen, nach Stroh und etwas anderem riechenden Gebäude. Ein Grunzen erklang in der Dunkelheit und beide hielten erschrocken an.

„Was ist das?", fragte Elysan und spürte vor sich die Aura einer dunklen, großen Gestalt, die sich jetzt erhob.

„Doppelter Mist! Papa hat den Mosarazs immer noch hier drin!"

„Den Mosarazs? Was ist ein Mosarazs?" Leuchtende Augen blitzten vor ihnen in der Dunkelheit auf und beide Frauen schrien gleichzeitig los.

„Elysan!"

Pferde galoppierten in den Innenhof und Maira zog ihre Freundin geistesgegenwärtig zur Seite an die Wand und schob die Schuppentür weit auf.

„Nicht bewegen, Elysan", raunte sie.

Diese zitterte viel zu sehr, als dass sie sich irgendwie bewegen konnte. Das riesige Tier im Schuppen richtete seine Augen jetzt auf die ankommenden Reiter draußen. Dann stürmte es hinaus.

„Azrael!", schrie Elysan so laut sie konnte. „Da kommt ein Monster!"

„Tzzz. Und mir haben sie gesagt, ich soll nichts davon verraten, dass sie hier sind. Typisch Mädchen. Ah, der Mosarazs", hörten sie noch Nostromos Stimme, dann brach im Innenhof genau dieser in lautes Gebrüll aus. Pferde wieherten und bäumten sich wohl auf, Chaos brach aus. Laute Befehle wurden gebrüllt, die eindeutig von Azrael stammten.

„Wir müssen ihnen helfen, Maira", meinte Elysan gehetzt und wollte wieder auf den Hof laufen. Maira schnappte sofort ihren Arm.

„Der tut ihnen nichts. Er sieht nur erschreckend aus. Komm, wir müssen hier weg!" Sie ging eilig hinüber zu der unauffälligen Tür in der Holzwand.

Das war wieder so ein Spaß von Nostromo. Auf der Tür waren zwei wachsame hölzerne Augen eingeschliffen. Als Maira deren Lider nach unten schloss, öffnete sich die Tür.

„Flammenzauber", befahl Maira und Licht flammte vor ihnen auf, als sich die Tür knarrend hinter ihnen schloss. Elysan fühlte sich völlig zerrissen, als sie ihre Röcke leicht anhob und hinter ihrer Freundin herrannte.

Azrael knurrte böse wie ein tollwütiger Hund, als er mit der Fackel den Stall untersuchte.

„Aber sie waren hier", stellte Nathas fest und untersuchte den Boden. „Es sind allerdings keine geheimen Gänge unter dem Stroh."

„Bringt Nostromo her", befahl Azrael zornig und Nathas kam sofort hoch und ging mit einem Blick auf den Hauptmann hinaus auf den Innenhof, in dem der Mosarazs auf dem Rücken lag, die Beine nach oben gestreckt. Seine Zunge hing aus seinem Rachen und das riesige Tier atmete hektisch.

„Er hyperventiliert", stellte Nostromo gerade fachmännisch fest. „Der Energiestrahl auf ihn hätte nicht sein müssen. Mosarazse sind sehr sensible Tiere, auch wenn sie recht dickhäutig aussehen. Ah, Prinz Jared, seid Ihr auch endlich erwacht?"

„Komm gefälligst mit", befahl Nathas Nostromo gedämpft, sich wohl bewusst, dass dieser Mann der Vater der Frau war, die ihn gehörig an der Nase herumgeführt hatte. Das machte ihn noch wütender. Er wollte sie zurück und zwar sofort. Während der Prinz jetzt mit seinen Begleitern nachdenklich um das riesige Ungetüm auf dem Hof herumstand, kam Nostromo nun in Nathas' Begleitung in den

Schuppen.

„Also“, Azrael trat zu dem Magier der weißen Magie und fragte zornig: „Sag uns sofort, wohin sie entkommen sind.“

Nostromo atmete ärgerlich aus und er erwiderte gereizt: „Lass die Finger von meiner Tochter, Azrael. Wenn einer von deinen Leuten sie auch nur ansieht, ziehe ich ihm das Fell über die Ohren. Warum suchst du sie?“

„Weil Elysan meine Frau wird.“

„Warum läuft sie dann vor dir weg? Diese jungen Dinger wissen scheinbar nicht, was sie wollen. Na, da verstehe ich, dass du den armen Mosarazs beschossen hast.“

Azrael sah so aus, als würde er gleich den ganzen Hof abfackeln. Nathas musterte Nostromo ärgerlich. Nostromo schien es gar nicht zu bemerken. Er wies auf die Holzwand und sagte gut gelaunt: „Sie sind wohl durch den Geheimgang gegangen, er ist von außen nicht zu sehen, weil ich davor eine Illusion installiert habe. Wirklich gute Arbeit. Nur ab und zu fällt einer der Zwerge dort hinein, da der Gang dann in einen unterirdischen Stollen führt.“

„Öffne ihn!“, befahl Azrael bestimmend und nickte Nathas zu.

„Wo führt der Gang hin?“, fragte Nathas und Nostromo murmelte, während er an einem versteckten Scharnier herumfummelte: „In den Finsterforst. Wohin sonst.“

Nathas stöhnte hörbar auf und Azrael ging eilig hinaus auf den Hof. Er rief seine Leute zusammen und gab ihnen Befehle, dann kam er wieder in den Schuppen zurück. Er würde nicht noch mehr seiner Männer an den Forst verlieren. Nur Nathas würde ihn begleiten. Azrael fragte sich, ob Maira und Elysan die rote Spiegelung des Forstes gesehen hatten, als sie hineinliefen. Ihm war es sofort aufgefallen. Seine Sorge um Elysan verschwieg er Nathas. Wie um alles in der Welt konnte er Elysan wegschicken? Er war von ihrem Liebesbekenntnis überfordert. Dieses zarte unschuldige Wesen. Seinen Plan, ihr ihre Macht zu nehmen, konnte er unmöglich umsetzen. Dieser ganze Auftrag hatte sein Bewusstsein verändert. Er musste alles dringend wieder ordnen. Aber zuerst musste er Elysan aus dem finsteren Forst zurückholen. Wenn sie ihm überhaupt noch eine Chance geben würde.

Nostromo stand strahlend neben der geöffneten Tür in der Holzwand und hielt einen kleinen, irdenen Tiegel hoch. „Ein Feuerzauber. Kriegst du umsonst, mein Junge. Alles Gute mit dem Mädel." Er drückte Azrael den Tiegel in die Hand und klopfte ihm jovial auf den Rücken, während Nathas sich bemühte, nicht laut loszulachen. Jeder andere hätte diese Worte bitter bereut, Azrael nahm sie diesmal ohne Widerspruch hin. Mit ausdruckslosem Gesicht ging er mit festen Schritten durch die Tür, dann zuckten Flammen auf und der Gang wurde hell erleuchtet. Nathas folgte ihm eilig. Der Hauptmann hatte flammende Wut.

Nostromo sah ihnen lächelnd hinterher. Er spielte gerne den leicht verwirrten alten Mann, um seine Gegner zu beruhigen. Dabei wusste er ganz genau, was er tat. Azrael würde Elysan gegen Zhuma beschützen. Vielleicht wusste er es noch nicht, aber diese Frau bedeutete ihm spürbar mehr, als er es sich wohl selbst eingestehen wollte.

Kapitel 42

„Meinst du, ihm ist wirklich nichts passiert?"

Maira hielt an und wandte sich ärgerlich zu ihrer Freundin um.

„Dieser Kerl wollte dir dein Herz, deine Seele und deine Magie nehmen. Was ist nur los mit dir, Elysan? Du warst niemals so schwach wie jetzt! Komm zu dir! Das ist keine Liebe, was er für dich empfindet. Er kann gar nicht lieben, er ist ein Magier der Dunkelheit!"

Elysans Wangen färbten sich in ein hektisches Rot.

„Du hast keine Ahnung, Maira!"

„Habe ich nicht? Dann geh doch zurück zu ihm! Na los! Warum zögerst du?"

Elysan senkte den Kopf und atmete tief ein. Dann sagte sie zögernd:

„Ich bin ziemlich durcheinander. Zuerst habe ich ihn gehasst, dann habe ich mehr und mehr gedacht, er würde mich mögen. Und jetzt weiß ich gar nicht mehr, was ich denken soll. Er hat mir *befohlen,* zu gehen. Ich kann es nicht fassen, dass er dich hat entführen lassen. War es sehr schlimm für dich, Maira? Hat dir Nathas etwas angetan?"

„Elysan: Nathas wollte mehr von mir. Ich konnte ihn dazu bringen, mich in Ruhe zu lassen, habe mich aber doch zu einem Kuss bereit erklärt. So konnte ich den Schlafzauber anwenden und habe seinen Zustand ausgenutzt. Ich fragte ihn, was er mir verheimlicht. Viel hat er mir nicht geantwortet. Nur, dass Zhuma auf dem Weg sei."

„Du kannst sehr stolz auf dich sein. Lass uns

weitergehen, Maira."

„Hast du nicht zugehört, Elysan? Zhuma wird kommen und Emberton angreifen."

„Doch, ich weiß es bereits."

Maira hatte nicht mit dieser Reaktion gerechnet. Aber ihre Freundin schwieg und sagte nichts mehr dazu. Darüber musste sie nachdenken. Um das peinliche Schweigen zwischen ihnen zu überbrücken, wechselte sie das Thema:

„Die Geheimtür in der Wand findet Azrael seinen Lebtag nicht. Vater hat einen doppelten Illusionszauber darübergelegt. Er wird uns also sowieso nicht finden", frohlockte Maira.

Die beiden gingen weiter durch den schmalen, aber vom Feuerzauber gut beleuchteten Tunnel.

Nach einer Weile drang frische Luft zu ihnen und sie erreichten ein paar Stufen im Gestein. Die beiden Frauen sahen sich an und drückten sich dann aufmunternd die Hände. Maira schwang sich einen Köcher über den Rücken und faltete den Bogen auseinander, den sie in einer Tasche bei sich trug, und sie stiegen die Stufen hinauf. Die Geräusche des Waldes, ein sanftes Rauschen des Windes in den Ästen der Bäume und ein Knacken im Unterholz hießen sie kurz darauf willkommen. Irgendwo erklang der Schrei eines Tieres und ein Sperberkauz wisperte seine Melodie über ihnen. Dann stiegen die beiden über die verholzten Wurzeln eines Baumes und gingen los in den nächtlichen Finsterforst.

„Komm ins Wasser, Maira! Es ist wunderbar kühl und erfrischend."

Elysan tauchte unter und genoss das kühle Wasser des versteckten Waldsees. Das Sonnenlicht brach durch die hohen Bäume und Libellen tanzten über dem klaren Wasser. Maira knotete sich den Rock auf und streifte sich ihr Oberteil ab.

Sie waren einen Teil der Nacht unterwegs gewesen und hatten schließlich in einem Feenring Rast gemacht. Dort legte Maira ihnen Nathas dunklen Umhang unter und sie kuschelten sich darauf. Beide waren so müde, dass ihnen augenblicklich die Augen zufielen. Elysan war die Erste, die am nächsten Tag erwachte und ihre Freundin weckte. Sie standen rasch auf, schnürten ihre Sachen zusammen und gingen weiter. Diesen kleinen Waldsee kannten sie noch von früheren Besuchen. Hier hatten sie über ihre Sorgen und Probleme gesprochen und es genossen, abseits von allen anderen baden zu können. Die Bogenschützen mieden diese Gegend instinktiv, da hier immer wieder Orks unterwegs waren und diese Begegnungen tödlich enden konnten. Maira und Elysan hatten aber noch nie einen Ork hier getroffen, doch sie bemühten sich, höchst aufmerksam zu sein und ihre Sinne stets offen zu halten, da Orks oft schon von weitem zu riechen waren. Sie besaßen meist einen fauligen Eigengeruch, da sie sich neben Wildschweinen bevorzugt von Aas ernährten.

Als sie den See erreichten, zog Elysan sich sofort aus und sprang ins Wasser, Maira sah sich nochmals aufmerksam um. Erst, als sie sich sicher fühlte, begann auch sie, sich auszuziehen. Dann sprang Maira ins Wasser und tauchte tief in das erfrischende Nass ein.

Elysan tauchte ein ganzes Stück, dann schnellte sie nach oben, brach durch die Wasseroberfläche und warf ihr Haar zurück. Es war ein Gefühl, wie wiedergeboren zu werden.

Vom Ufer war das Knacken eines Astes zu hören und Elysan hielt inne und runzelte besorgt die Stirn.

„Was ist?“, fragte Maira, die sie jetzt erreichte.

„Da war was. Am Ufer.“

„Ach was, da ist niemand. Ich habe den Wald rundherum wirklich genau überwacht. Entspann dich, Elysan. Es ist niemand hier.“

„Entschuldige, Maira. Ich bin ein wenig überspannt.“

„Schon gut. Ich bin dafür ein wenig unterkühlt, das Wasser ist wirklich eisig. Ich schwimme wieder raus. Kommst du mit?“

„Nein, ich tauche noch ein wenig. Ich finde die Kälte sehr angenehm.“

„Wie du willst. Bis gleich.“ Maira schwamm in kräftigen Zügen zurück ans Ufer. Als sie sich dem Ufer näherte, fiel ihr der eigentümliche Geruch auf. Dennoch schwamm sie noch ein Stück näher heran. Erst dann wurde ihr klar, wonach es hier roch.

Rasch stieß sie sich vom Boden ab, den sie unter den Füßen spürte, als die riesigen Orks auch schon aus dem Wald brachen, in dem sie wohl gelauert hatten. Es waren drei gewaltige, haarige Gestalten und Maira schrie Elysan noch warnend „Orks“ zu, dann stürmten diese ins seichte Wasser und versuchten, Maira zu packen.

„Azrael!“, schrie Elysan so laut sie konnte, während Maira bedauerte, dass er gerade jetzt nicht hier war. Kräftige haarige Ork-Klauen packten nach ihr und sie versuchte, ihnen auszuweichen und gleichzeitig einen Schutzzauber hochzuziehen, auch, wenn es sinnlos war. Gegen drei von ihnen hatte sie keine Chance.

Das Nächste, was sie wahrnahm war, dass die Orks von ihr abließen. Maira war so erstaunt, dass sie sich instinktiv weiter vom Ufer zu entfernen versuchte. Diese Wesen hatten keinerlei Schwierigkeiten, auch ins tiefere Wasser hineinzujagen. Dann bemerkte sie wie von weit her, dass jemand gegen diese Monster kämpfte. Einer der Orks wurde jetzt laut schreiend in der Luft zerfetzt und Maira wurde klar, dass es tatsächlich Azrael war, der dort kämpfte. Und der andere war kein anderer als der Mann, mit dem sie gestern zusammen gewesen war. Schande über ihr Haupt. Nathas kämpfte an Azraels Seite, sie waren zwar in der Unterzahl, dennoch hatten die Orks keine Chance. Nathas hieb mutig auf den mächtigen Ork vor sich ein und sie musste ihm zugestehen, dass er ein fantastischer Kämpfer war. Im nächsten Moment hatte er den Ork zu Boden gestreckt. Maira tauchte unter, weil sie ohnehin nicht helfen konnte. Ihre Magie war nicht stark genug. Schon gar nicht gegen einen Ork. Das, was Azrael da ablieferte, war heftig. Sie spürte seine schwarze Magie sogar unter der Wasseroberfläche.

Als sie wieder auftauchte, lagen die Orks beziehungsweise ihre Reste am Boden. Azrael wischte sich angewidert sein Schwert am Moos eines Baumes ab und Nathas suchte die Beutel der Wesen nach Brauchbarem ab. Orks kamen oft weit herum und fanden zahlreiche, teilweise sehr wertvolle Gegenstände, die sie dann mit sich trugen. Ihren Opfern klauten sie jegliche ihnen wertvoll erscheinende Dinge. Auch sie wäre beinahe zu deren Opfer geworden. Maira war sich noch nie so bewusst gewesen, wie schnell ihr Leben zu Ende sein konnte. Von einem Moment auf den anderen. Wären diese beiden Männer nicht zufällig vorbeigekommen, hätten die Orks ihren toten Körper wohl jetzt gerade über den Waldboden ins Gebüsch geschleift. Maira wurde übel bei dem Gedanken daran. Elysan dagegen tauchte nun direkt am Ufer auf. Sie hatte keine Hemmungen, aus dem Wasser zu steigen und zu Azrael zu gehen. Kunststück. Sie trug zumindest ihre Unterwäsche.

Kapitel 43

Sie machte sich wirklich Gedanken und Vorwürfe über das, was sie getan hatte. Überhaupt mit ihm in sein Lager zu gehen, war schon eine Riesendummheit gewesen. Azrael war nicht der, den sie in ihm gesehen hatte. Er war böse und schlecht. Und sie war auf ihn hereingefallen -. Es tat unheimlich weh, fast wie ein körperlicher Schmerz.
Zum Glück hatte der schöne Morgen hier im Wald ihre Sinne ein wenig von dem befreit, an den sie ständig dachte. Das Bad in dem kalten Wasser war, wie ihn etwas von sich abzustreifen. Elysan nahm sich vor, niemals mehr jemandem so zu vertrauen, wie sie es bei ihm getan hatte. Er hatte sogar Maira entführen lassen! Sie wollte für einen Augenblick allein sein mit ihrem Schmerz und ihren Gedanken, daher war es schön, dass Maira schon zurückschwamm. Elysan tauchte ein Stück und als sie wieder auftauchte, spürte sie plötzlich eine unbestimmte Gefahr. Und dann waren diese riesigen Viecher auch schon auf Maira losgegangen. Sie rief den Namen des Mannes, der Maira und ihr als Einziger noch helfen konnte. Und er kam. Elysan hatte es zunächst gar nicht fassen können, dass ausgerechnet Azrael dort am Ufer mit einem anderen Mann an seiner Seite die Orks von Maira weglockte und angriff. Zunächst mit dem Schwert, dann mit jeder Menge Magie. Wenn die Orks gewusst hätten, wem sie da gegenüberstanden, hätten sie sicherlich die Flucht ergriffen. Obwohl: Orks waren dumm und von Grund auf bösartig. Als sie sah, dass die beiden

Männer die Orks in den Griff bekamen, tauchte sie rasch auf das Ufer zu. Sie kam unweit des Ufers hoch. „Azrael!“, rief Elysan und stieg aus dem Wasser.

Sein Blick war zunächst voller Wut und sie blieb ein Stück weit von ihm entfernt stehen.

„Was willst du noch? Danke, dass ihr die Orks getötet habt. Aber warum verfolgst du uns?“

„Ich will dich, Elysan“, sagte er ruhig und kam auf sie zu. „Aber ich habe Angst davor, dich aus Versehen zu verletzen.“

„So wie du deine Frau verletzt hast?“

„Gwyladys hat mich mehr verletzt als ich sie.

Ich kann dir jetzt nicht sagen, was passiert ist, nur soviel: Dass ich sie nicht getötet habe, Elysan. Aber ich habe ihr ihre Macht geraubt. Soviel Kraft, die ich aufgebraucht habe, um all das zu vergessen. Und dann kommst du völlig unvorbereitet und sagst mir, dass du mich liebst.“ Er streckte seine Hand nach ihr aus und Elysan ließ es zu, dass er ihr über ihre Wange strich. Diese kurze Berührung verursachte augenblicklich ein heftiges Kribbeln in ihrem Bauch.

„War es falsch?“

„Wenn du bereit bist, dich auf Unvorhersehbares einzulassen, dann nicht.“

Sie lächelte. „Zu leben ist immer ein Risiko.“

Vorsichtig, fast sanft, zog Azrael sie in seine Arme. Dann beugte er sich zu ihr hinunter und küsste sie. Was zunächst ungemein zart begann, steigerte sich rasch wieder in eine unbeherrschbare Leidenschaft. Elysan schlang ihre Arme um seinen Nacken und küsste ihn genauso hungrig zurück. Azrael zog sie noch enger an sich, sodass nichts mehr zwischen sie passte.

Er hob sie hoch, während sie sich weiterküssten,

und trug sie vom See und den stinkenden Ork-Resten weg. Seine vertraute Nähe, seine Wärme und Kraft waren alles, wonach Elysan sich jetzt sehnte. Es gab ihr eine unglaubliche Sicherheit, dass er da war. Alles würde jetzt gut werden. Sie schlang ihre Arme um ihn und küsste ihn erneut. Sie kamen lediglich ein Stück vom See weg bis zu einer moosigen Stelle im Wald, dann ließ er sie dort hinunter und sie taumelten beide sich küssend zu Boden. Elysan lachte und küsste ihn dann gleich wieder. Hatte sie jemals geglaubt, sie könne von ihm lassen? Es erschien ihr jetzt unbegreiflich. Diesmal ließen sie sich keine Zeit mehr, ihre spärliche Kleidung riss ratschend unter seinen Fingern und sie zupfte an seinem Hemd herum, um seine nackte Haut auf ihrer zu spüren. Da es nicht funktionierte, zog er sich rasch selbst aus. Dann fielen sie wieder übereinander her, küssten sich erneut und ausgesprochen gierig, bevor Azrael sie auf die weichen Mooskissen bettete und sie ohne Umschweife zur Sache kamen. Viel zu lange hatten sie damit gewartet und ihr Verlangen nacheinander war grenzenlos.

Ihre Haut schien unter seinen Händen in Flammen zu stehen. Elysan griff in sein dunkles Haar und flüsterte seinen Namen, als sie sich an ihn drängte. Azrael übernahm augenblicklich die Führung. Ihre Hingabe war sein endgültiger Gewinn. Und doch schützte er sie instinktiv vor der Finsternis in sich. Ihre Haut an seiner, ihre süßen Küsse. Azrael verlor für einen Augenblick die Kontrolle über sein Handeln. Niemals hatte er nochmals eine Frau an sich heranlassen wollen. Elysan brannte seine Vorsätze in Asche. Rau und doch mit einer für ihn ungewohnten Sanftheit besiegelte er, was er mit ihr begonnen hatte.

Kapitel 44

„Hässliche Gestalten hier unterwegs."

„Ja. Das kann man wohl sagen." Maira musste lächeln. Sie war nur ein kleines Stück entfernt von dem Ufer, an dem Nathas stand. „Danke. Wenn du so weitermachst, werden wir wohl noch Freunde. Ich schulde dir was", brachte sie dann ein wenig spröde heraus und er lächelte ebenfalls und zeigte wieder dieses Grübchen an seiner Wange, das sie so faszinierte.

„Ja, meinen Umhang. Unter anderem." Dann wurde er ernst und das Grübchen verschwand. „Gib mir einfach das Rezept für den Heiltrank, Maira."

„Wie kommst du darauf, dass ich es habe?"

„Wenn ich dein Vater wäre, würde ich zusehen, dass du es kennst. Falls er es selbst einmal nicht mehr herstellen kann."

Maira atmete entnervt aus.

„Leider kann ich dir da nicht weiterhelfen." Und dann ergänzte sie ärgerlich: „Für einen Moment dachte ich wirklich, du wärst einer der Guten."

Nathas zuckte mit den Schultern.

„Wer gut oder schlecht ist, das liegt ganz in der Betrachtungsweise."

„Das sehe ich anders. Weißt du, Nathas: Zaubertrankrezepte bleiben bei uns außerdem immer in der Familie."

„Das heißt, ich muss dich heiraten, um an das Rezept zu kommen?", folgerte er.

„Nein. Garantiert nicht! Ich bin schon vergeben. Und ich bin ein anständiges Mädchen, Nathas."

Er grinste leicht. „Was ich bisher von dir erlebt habe, war alles andere als anständig. Hast du schon vergessen, dass du mich heute Nacht mit einem Schlafzauber lahmgelegt hast, Maira?“ Und dann wurde sein Blick wieder ernst und er sagte fest: „Ich möchte, dass du bei mir bleibst. Kannst du dir das vorstellen?“

Maira schluckte, denn sie sah, wie schwer ihm diese letzte Frage fiel.

„Ich bin verlobt. Und wir kennen uns kaum, Nathas. Es tut mir leid, wenn ich deine Gefühle verletze – zumal du mein Leben gerettet hast. Ich weiß gerade nicht, was ich nun machen soll.“

„Komm aus dem Wasser. Ich habe eine Idee.“

„Ich bin nackt.“

„Ist das eine Einladung oder nur ein Hinweis?“

„Ein Hinweis, Nathas. Ich fühle mich noch ziemlich zittrig. Wegen der Orks.“

„Dann beeil dich und zieh dich an.“ Er besaß sogar die Höflichkeit, sich umzudrehen und ein Stück vom Wasser wegzugehen. Maira beeilte sich rasch, aus dem Wasser zu kommen und zu dem Stein zu laufen, auf dem ihre Kleidung lag. Ihre Finger zitterten noch immer, als sie sich gehetzt anzog. Ihr Haar war nass und sie öffnete es. Kalt durchnässte es ihr Oberteil am Rücken und erneut fröstelte Maira und hielt inne. Immer wieder sah sie den Moment vor sich, als diese todbringenden Klauen nach ihr gegriffen hatten. Sie wusste, dass Nathas sein Leben riskiert hatte, um sie zu retten. Das ließ sie völlig sprachlos zurück. Sie war nicht besonders nett zu ihm gewesen …

„Maira?“ Rasch wandte sie sich zu ihm um und ging schließlich unerwartet schüchtern auf ihn zu. Nathas zog sie ein Stück von den widerlichen Resten der

Orks weg und hinüber zu einem Baum. „Setz dich."

Sie folgte arglos seiner Anweisung, als er ein Messer aus seinem Schultergurt zog und sich vor sie setzte.

Bevor sie reagieren konnte, griff er ihre Hand und berührte mit dem Messer fast zärtlich ihre Fingerspitze. Sofort bildete sich dort ein Blutstropfen.

„Spinnst du?", fuhr sie ihn erschrocken an, während er sich seinen eigenen Finger ebenfalls leicht an der Klinge verletzte. Dann steckte er das Messer weg und legte seinen blutenden Finger auf den ihren.

„Von jetzt an gehörst du zu mir, Maira", sagte er und ihr Herz klopfte auf einmal ganz eigenartig. Nathas nahm ihren verletzten Finger, sah sie an und führte ihn an seinen Mund. Er küsste den Blutstropfen weg und Maira kam in diesem Moment wieder richtig zu sich. Sie holte mit ihrer freien Hand aus, verpasste Nathas eine Ohrfeige, riss sich los und sprang auf.

„Jetzt reicht es! Da wo ich herkomme, heißt Nein' wirklich Nein'. Es wäre schön, wenn du das kapierst! Du bist zu weit gegangen, ich werde keine Sekunde länger bei dir bleiben."

Nathas kam jetzt ebenfalls nach oben. Der eben noch freundliche Ausdruck seines Gesichtes änderte sich augenblicklich. Böse erwiderte er:

„Oh doch. Das wirst du! Solange du nicht das Rezept für den Heilzauber rausgibst, werde ich an dir dranbleiben. Und jetzt hilf mir beim Frühstück machen. Azrael und deine Freundin werden hungrig sein, wenn sie da fertig sind."

Sie hörte die Drohung in seinen Worten deutlich. Maira ärgerte sich sehr über Elysan. Wenn sie Azrael so ermutigte, dann konnte sie wirklich nichts machen. Missmutig erwiderte sie: „Ich glaube nicht, dass sie Hunger haben werden. Er frisst sie wahrscheinlich gerade auf."

Nathas lachte belustigt auf.

„Wofür hältst du ihn eigentlich? Für ein Monster in Menschengestalt? Das ist er nicht!"

„Na du musst es ja wissen. Wer die ganze Zeit mit einem Dunkelmagier rumzieht, dem macht schwarze Magie wohl irgendwann nichts mehr aus."

„Wäre die schwarze Magie eben nicht gewesen, dann hätten die haarigen Monster dich vernascht. Ist manchmal nicht übel, dass sie da ist, oder?"

Seine Augen funkelten ungemein wach und Maira stellte fest, dass er diesmal wohl recht hatte.

„Weiße Magie ist trotzdem besser. Sie heilt und bewirkt nur Gutes."

„Wie meinen Sekundenschlaf nach unserem heißen Kuss?"

Maira wurde über und über rot.

„Nathas, du hast im Schlaf geredet. So etwas wie: Zhuma kommt. Doch mehr konnte ich nicht verstehen. Was meintest du damit?"

„Du wirst es nicht verhindern und auch nicht dein Gavron. Deshalb solltest du bei uns bleiben. Bei uns bist du sicher."

„Ich kann mein Dorf und meinen Vater nicht einfach aufgeben. Und wenn das bedeutet, mit ihnen zu sterben, dann soll es so sein. Ich gehöre zu ihnen."

„Nun, das sind große Worte. Ich werde ein paar Fische fangen zu deiner Henkersmahlzeit. Wenn du dich nützlich machen möchtest, mach schon mal Feuer."

Azrael lag halb über ihr, den Oberkörper aufgestützt und strich über ihre Wange. Immer noch konnte

Elysan nicht fassen, was mit ihnen passierte, wenn er und sie zusammenkamen. Es war wie ein Feuer gewesen, das heiß und lodernd brannte und sie unvorbereitet in tiefste Abgründe stürzte. War das noch Liebe oder schon Besessenheit? Jetzt lagen sie hier völlig ruhig ineinander verschlungen, Azrael wirkte wie ein komplett anderer Mensch. Entspannt und ungemein zufrieden. Dennoch fühlte sie die unglaubliche Kraft der Magie bei jeder seiner Berührungen wie blitzende Energie. Sie leckte sich über die Lippen und brachte mit nicht ganz fester Stimme heraus:

„Warum hast du mich weggeschickt, Azrael?"

„Weil es zu diesem Zeitpunkt besser für dich war. Ich werde dir deine Magie nehmen müssen, Elysan."

Nachdenklich stützte auch sie sich auf.

„Warum willst du meine Magie, Azrael? Du brauchst sie doch gar nicht."

„Das stimmt so nicht, Engelchen. Deine Magie macht mich zum stärksten Magier unter allen anderen. Sie heilt die Schwachstellen in meiner." Er strich ihr eine Haarsträhne aus der Stirn.

„Aber ich habe sie doch sowieso nur, wenn ich diese Masken trage."

Azrael legte seine Hand an ihre Wange und sah sie fest an. Seine tiefblauen Augen waren unerwartet ernst, als er leise sagte:

„Du täuscht dich. Das war eben ein Geben und Nehmen. Ich werde jetzt aufstehen und einen magischen Ring um uns ziehen, denn sobald ich dich nicht mehr mit meinem Körper schütze, kann er dich spüren. Du leuchtest wie der hellste Stern in der dunkelsten Nacht."

Sie runzelte die Brauen. „Wie meinst du das,

Azrael?“

Sein Finger fuhr über ihre Lippen, dann ließ er von ihr ab und streifte sich rasch etwas über. Eilig kam er hoch, zog sein Schwert aus dem Gurt und begann, es über den Boden rund um ihr Lager gleiten zu lassen. Er hielt direkt vor ihr an, atmete tief ein und rammte dann das Schwert in den Boden, sodass Elysan instinktiv zurückzuckte. Das war etwas, was sie wirklich nicht brauchte. Elysan zog die Beine eng an ihren Körper und sah ihn fragend an, da sein Blick nun zu ihr wanderte.

„Du hast gar nicht bemerkt, was mit dir passiert ist? Schau dich doch an, Elysan!“, sagte er belustigt und kam dann zurück auf das weiche Moos in dem magischen Kreis. Er hockte sich vor sie und verfolgte aufmerksam, wie sie zunächst ihre Arme und Hände betrachtete. Azrael hatte recht. Sie leuchtete. Es war wie ein helles Schimmern der Haut, die förmlich glühte. Sie hatte gedacht, dass es von ihrer heißblütigen Vereinigung eben nachwirkte, aber das war etwas anderes. Es war pure, reine und starke weiße Magie, die ihre Adern durchpulste und überall in ihr zu sein schien. Sie streichelte über das Moos und spürte, dass es auf sie reagierte. Konnte sie jetzt womöglich selbst eine Maske herstellen? Aufregung stieg in ihr hoch.

„Werde ich diese Magie jetzt immer haben? Kann ich jetzt meine eigenen Masken formen?“

„Nun. So wie du mir einen Teil deiner Magie gibst, wenn wir uns lieben, so kann ich nicht verhindern, dass auch ich dir etwas gebe. Besonders, wenn ich es nicht steuern kann und die Kontrolle darüber verliere.“

„Es ist so ... berauschend.“ Elysan hob ihre Hand

und starrte auf das sanfte Glühen darauf.

„Wenn du einmal die Magie in dir gespürt hat, kannst du niemals mehr davon lassen“, sagte Azrael und betrachtete sie nachdenklich. Dann strich er ihr fast liebevoll über die Wange und meinte beherrscht:

„Ich möchte dass du mit mir auf meinen Landsitz nach Trefford kommst.“

„Aber Azrael“, sie lächelte ihn an. „Ich kann meine Freunde und Familie doch nicht allein lassen.“

„Ach, Elysan. Sie sind ohnehin verloren, wissen es nur noch nicht. Der König und Zhuma werden das Dorf auslöschen.“

„Nein! Das darf er nicht! Der Prinz wird es nicht zulassen!“

Er betrachtete sie forschend, dann schüttelte er den Kopf und erwiderte ruhig:

„Der Prinz kann Emberton nicht retten. Er kann das Leid dieses Dorfes höchstens hinauszögern. Der König möchte Prinz Jared tot sehen, Elysan.“

Entsetzt stieß sie die Luft aus. Sie wagte nicht einmal, zu fragen, woher er das alles wusste. Das war es also, was er ihr verheimlicht hatte. Verzweifelt stieß sie aus:

„Dann hilf uns, dein Heer gilt als das Stärkste des ganzen Landes. Und deine Magie ist fast so stark wie die von Zhuma. Zusammen mit dem Heer des Prinzen, den Bewohnern von Emberton und Mairas Vater Nostromo können wir unser Dorf retten! Azrael!“

Er lachte leise auf und schüttelte nochmals den Kopf.

„Wenn ich gegen das Heer des Königs und Zhuma kämpfe, werde ich nicht mehr an den Hof zurückkehren können. Den Rest meines Lebens in der Verbannung – das tue ich für niemanden, nicht einmal für dich, Engelchen.“ Er legte seine raue Hand an ihre Wange. Dann wurde sein Blick ernst und er sagte leise: „Entscheide dich. Komm mit mir mit oder kämpfe mit deinem Dorf eine zum Scheitern verurteilte Schlacht.“

„Ich kann mein Dorf nicht im Stich lassen! Versteh das!“

„Zhuma hat es auf dich abgesehen. Ich kann dich schützen. Elysan: Ich gebe dir Zeit, bis dass sich der Schatten der großen Tannen auf unser Lager legt. Dann werde ich mit meinem Heer aufbrechen.“

Sie wollte etwas erwidern, aber Azrael legte seinen Finger auf ihre Lippen. Dann lächelte er wieder, nahm seinen Finger von ihren Lippen und sagte fest:

„Wir müssen zurück. Denk über meine Worte nach. Einen kleinen Moment hast du noch.“

Kapitel 45

Der Tag hatte so gut begonnen. Zhuma hatte endlich wieder mehr Macht über seinen Geist, und die Meilen, die sie jetzt schafften, waren mehr geworden. Heute Nachmittag schon, spätestens aber heute Abend, würden sie Emberton erreichen. Malphas traf bereits beständig Vorkehrungen, alle seine Leute trugen ihre Kettenhemden und Helme und hatten gestern Abend noch eine extra Portion Fleisch bekommen.

Sicher, Azrael war gut, aber das Heer des Prinzen war weitgehend unerfahren in der Schlacht. Malphas und auch der finstere Bogdan wussten, was sie taten. Blut würde den Boden von Emberton tränken, bevor die Angegriffenen überhaupt wussten, was da über ihnen zusammenschlug. Und dafür würde er, Zhuma, der mächtigste Zauberer der Welt, sorgen. Mit seiner Magie, die der an einigen Stellen verletzlichen Magie Azraels immer noch überlegen war. Nostromo war ein trotteliger alter Mann und nur er, Zhuma, war in der Lage, aus etwas Mittelmäßigem etwas ganz Großes zu machen. Er beschloss, gegen Mittag den Truppenzug nochmal anzuhalten, um ein Gemälde von sich erstellen zu lassen. Ihm schwebte ein Porträt von sich selbst vor, mit einem siegessicheren Lächeln auf seinen dünnen Lippen und seiner Hand, die in Richtung Emberton wies. Aufgeregt strich sich Zhuma durch sein struppiges Haar.

In einem der Dörfer, durch das sie zogen und in dem sie ihre Vorräte etwas aufstockten, hatten die Menschen sie abweisend angestarrt und sich geweigert, in Jubel auszubrechen, als er vorbeiritt.

Vielleicht würden sie dieses Dorf auf dem Rückweg nochmals beehren. Die Soldaten könnten sich mit den Frauen dort belohnen und die Männer waren unter Umständen noch als Strafarbeiter für die Steinbrüche von Gedon zu gebrauchen. Zhuma würde es von seiner Laune nach dem Erfolg in Emberton abhängig machen.

Und gerade, als seine dünnen Lippen sich in Vorfreude auf das kommende Inferno zu einem Grinsen verzogen, spürte er die reine, klare Magie, die irgendwo weiter hinten den gefürchteten Finsterforst zu erhellen begann. Es fühlte sich an, als hätte jemand ein Messer in Zhumas Brust gestoßen und nochmal nachgetreten, falls die Sache mit dem Messer nicht funktionierte. Auch sein Kopf begann, zu dröhnen, denn ihm wurde augenblicklich klar, was dort geschehen sein musste. Die Maskenträgerin. Jetzt war sie erweckt worden. Und nur einer war wirklich daran interessiert, sie zu erwecken. Zhuma schloss die Augen und schickte seinen Geist voraus, um in einer dunklen Wolke in Richtung Finsterforst voranzustürmen. Die weiße Magie verschwand und sein dunkler Geist hielt inne. Wo war sie hin? Aber so sehr er auch suchte und Ausschau hielt, er konnte die weiße Magie nirgendwo mehr erspüren. Verärgert gab er es auf und zog seinen Geist zurück. Vielleicht hatte ein Felsdrache die Maskenträgerin mit einem Haps verspeist. Er hoffte es von ganzem Herzen.

Ärgerlich saß er wieder auf seinem Pferd und dachte nach. Und dann wurde ihm klar, warum die Maskenträgerin erweckt worden war.

„Azrael!", brüllte er und sein Gesicht färbte sich purpurrot vor Hass.

Malphas, der dies als Warnung vor einem Angriff verstand, befahl seinem Heer augenblicklich, den versteckten Feind im Wald anzugreifen.

„Nein, nein! Ihr versteht das falsch!“, versuchte Zhuma die Soldaten zu beruhigen, die dort in den Wald hineinritten. „Wir verlieren Zeit! Malphas, stoppt diesen schwachsinnigen Angriff.“

Es dauerte eine Weile, bis Malphas seine Männer zurückrief und verstand, dass dies eine Fehlwarnung gewesen war. Malphas war gänzlich unerfreut und höchst wütend.

„Hey, alter Mann“, fuhr er Zhuma wütend an. „Wenn du Azrael‘ rufst, dann rechne ich jederzeit mit ihm. Ich kenne Azrael sehr gut und weiß, wozu er fähig ist. Machst du das noch einmal, machst du das zum letzten Mal. Hast du das verstanden?“

„Nimm deinen Mund nicht zu voll, Malphas!“, schnauzte Zhuma ihn barsch an und Malphas kam wieder zu sich.

Er neigte entschuldigend den Kopf.

„Verzeiht, Lord Zhuma.“

„Dieses Mal sei dir verziehen Wir machen eine kleine Pause.“

Er stoppte sein Pferd und setzte sich in Pose. Während sein Kammerdiener rasch die Zügel ergriff und das große Tier hielt, gab er seinem Maler ein Zeichen, mit der Arbeit zu beginnen. Ein böses Grinsen stahl sich in sein Gesicht. Dies würde das größte Meisterwerk von ihm werden und er würde es sich an der Stirnseite seines Raumes aufhängen. Außerdem erfüllte das Bild noch einen anderen Zweck. Zhuma strich sich sein struppiges Haar zurück und der Maler begann mit der Zeichnung. Sein Kammerdiener Roger bemühte sich derweil, das

Feuer unter seinem Zauberkessel zu entfachen. Noch einen Moment, und er würde endlich handeln können.

Kapitel 46

„Der Fisch ist gerade gut. Ihr kommt also genau rechtzeitig“, sagte Nathas freundlich, während Maira sich auf die Lippe biss, um nichts zu sagen. Elysans Wangen waren rot und sie strahlte eine unglaubliche Energie aus, die aber wie unter einem dunklen Schutzschild lag, das der Mann ihr gab, dessen Hand sie hielt. Azrael – beschützte Elysan und ihre Magie. Seit wann denn das? Maira nahm den Finger an den Mund und dachte nach. Das war ja unglaublich!

„Danke, Nathas“, sagte Azrael. Auch er sah gut aus, irgendwie erfrischt und entspannter als sonst. Er ließ Elysans Hand los, aber der dunkle Schutz über ihr blieb bestehen. Zhuma hatte seine dunkle Magie dazu benutzt, einen schwarzen magischen Gürtel um Nostromos Gefängnis zu ziehen. Elysan hingegen war nicht gefangen, sie war frei. Die dunkle Magie war lediglich ein Schild. Wahrscheinlich gegen Zhuma. Maira hatte gehört, dass Zhuma Magie spüren konnte und sie fragte sich mit Herzklopfen, ob er auch sie spüren konnte. Dann fiel ihr ein, dass Azrael sie mit seiner Magie gerettet hatte. Und das nach gestern Nacht.

„Vielen Dank für die Sache mit den Orks.“

Azrael, der sie bisher ignoriert hatte, gab ein knappes: „Bitte, Elfchen“ zur Antwort und wandte sich dann dem gebratenen Fisch über dem Feuer zu. „Du kommst mit uns Maira, wenn wir Emberton verlassen.“

„Warum sollte ich? Mein Verlobter ist ein Krieger aus Emberton. Ich habe nicht vor, zu gehen.“

Azrael drehte sich zu ihr um und seine blauen Augen fixierten sie fest.

„Gib uns das Rezept für den Heilzauber und du kannst in diesem Kaff bleiben, wenn du möchtest. Entscheide dich für das Leben und Nathas oder Emberton, deinen Krieger und den Tod. Na, was wählst du, Herzchen?"

„Emberton. Gavron. *Und das Leben*, Dunkelmagier!" Mairas stützte die Hände herausfordernd in die Hüften. „Selbst, wenn ich das Rezept besäße, würde es Euch nichts bringen, Azrael. Heilzauber können nur von Magiern weißer Magie hergestellt werden. Mein Vater kann ihn brauen. Ich aber kann es nicht."

„Du kannst es nicht oder du willst es nicht? Ich spüre bei dir mehr Magie, als du wohl selbst wahrnimmst."

„Ich habe es noch nie versucht."

Azrael zuckte mit den Achseln.

„Deine Wahl, deine Entscheidung. Esst noch etwas. Dann gehen wir zurück." Er wandte sich zum Feuer und nahm einen der Spieße.

„Elysan", raunte Maira und legte ihre Hand auf den Arm ihrer Freundin. Erstaunt starrte sie darauf, da sich helle, weiße Magie wie ein Nebel rund um die Stelle bildete, an der sie ihn berührte.

„Ach du liebe Zeit! Das ist stark, Elysan. Woher hast du diese Macht auf einmal?"

Da Elysan rot wurde und in Richtung Azrael sah, biss sie sich auf die Lippe und nickte nur.

„Du hast dich also tatsächlich für den Feind entschieden."

„Maira. So ist es nicht! Azrael ist nicht unser Feind", meinte Elysan beschwörend.

Maira murmelte leise:

„Vielleicht musste dieses Erlebnis mit dem Dunkelmagier sein, damit du deine Magie bekommst. Aber jetzt, da du sie *hast*, solltest du dich schleunigst vor ihm in Sicherheit bringen."

„Dieses *Erlebnis*? Maira, ich liebe ihn!"

„Das ist jetzt nicht dein Ernst."

Azrael trat zu ihnen.

„Tut mir leid, euch zu unterbrechen, aber wir müssen zurück. Die Zeit rennt uns davon, Zhuma kommt. Ihr könnt euch auf dem Rückweg unterhalten."

„Er hat recht, Maira. Wir sollten aufbrechen."

Vielleicht hatte er das, aber dass Elysan diesem Mann sofort zustimmte, machte sie noch viel wütender. Sie würde alles, aber niemals auf diesen Mann hereinfallen, der auf der dunklen Seite der Macht stand. Das schwor sie sich fest.

Kapitel 47

Zhuma runzelte verärgert die Stirn.

Dachte dieser Händler der Tränke Nostromo wirklich, er könne ihm seine Kraft rauben? Meinte er tatsächlich, er, Zhuma, würde es nicht bemerken? Zhuma ließ seinen Blick über die tiefgrünen Tannen schweifen, die sie umgaben. Sie waren längst in ihm, im Finsterforst. Und er kannte das Geheimnis dieses dunklen Forstes: Emberton war nicht nur irgendein Dorf, es war das Herz dieses Forstes. Starb das Dorf, so starb auch der Finsterforst mit all seinen guten und bösen Wesen. Der Zauberer Nostromo hatte jahrelang über das Gleichgewicht im Dorf und im Finsterforst gewacht. Dieses Dorf und der Forst waren eine Gefahr für den König und seine Macht. Es war ein immer noch pulsierendes Herz in einem vom Krieg ausgezehrten und kalten Land. Jetzt war es an der Zeit, seinen Erzfeind zu vernichten. Und damit auch die Macht der Wesen, die der König seit Jahren bekämpfte.

Zhuma schritt bedeutend hinüber zu seinem Zauberkessel, in dem eine dunkle Brühe zu blubbern begann. Er konzentrierte sich und summte eine leise Melodie. Dann spürte er die dunkle Energie in sich aufsteigen, konzentrierte sie zu einem tiefschwarzen Wirbel, breitete die Arme aus und ließ die Energie frei. Der lange Energieblitz in diesem Wirbel lud sich auf, bevor Zhuma ihn losschickte.

Der Blitz traf Nostromos Turm, Zhuma sah und spürte es. Da diese Verbindung nicht unterbrochen wurde, konnte er gnadenlos zuschlagen. Mit einem tiefen Einatmen sog er die Magie Nostromos genüsslich in sich auf. Er schlug damit zwei Fliegen mit einer Klappe: Er würde verhindern, dass Nostromo den Bewohnern Embertons mit seinen Zaubertränken den Rücken stärkte. Und zum anderen wäre seine eigene Macht dadurch unbesiegbar. Dann müsste er nur noch Azrael und diese Maskenträgerin vernichten und er wäre der einzige, der *wahre* Magier in diesem Land. Mehr noch: Er hätte die Macht über die Kreaturen des Finsterforstes. Es war ein so erhebendes Gefühl, dass er zu lachen begann.

Gavron und Ceres sahen diesen gigantischen Blitz in Nostromos Turm einschlagen.

„Das ist nicht gut. Gavron: Lass die Glocke Embertons dreimal läuten. Ich laufe zu Nostromo. Beeil dich!"

„Sofort, Ceres!", sagte Gavron und rannte los. Er lief durch die Straßen Embertons und die Leute machten ihm sofort Platz. Es war der Krieger Portas, der beim Glockenturm Embertons Wache hielt.

„Portas! Gib das große Signal! Wir werden angegriffen! Jeder der kann, soll sich sofort zu den Verstecken am Berg begeben!"

„Ich habe es schon gesehen, Gavron! Zuerst dachte ich, ein Gewitter zöge auf. Aber das ist kein Gewitter. Das ist etwas anderes!"

„Ja. Du hast recht. Ich muss Ceres folgen. Läute die Glocke!" Gavron drehte sich um und lief wieder los, hinter Ceres her.

Er hörte die tiefe, dunkle Glocke Embertons dreimal schlagen. Das zweite Mal innerhalb kurzer Zeit. Aufgeregte Menschen rannten aus ihren Häusern.

Einige erkannten ihn. Der Schmied hielt ihn auf, als er ihn entdeckte.

„Gavron! Das große Signal! Ist es wieder so ernst?“

„Noch viel ernster als ernst, Manfred. Macht, dass ihr hier wegkommt, wenn es noch möglich ist.“

Kapitel 48

Als sie den Finsterforst verließen, war es bereits Mittag. Azrael war nun sehr in sich gekehrt, als sie Emberton ein Stück entfernt im Sonnenschein unter sich liegen sahen. Ein unheimlicher Nebelring begann, Emberton einzuschließen. Seine schlimmsten Befürchtungen wurden wahr. Azrael runzelte die Stirn und nahm Nathas zur Seite.

„Es geht los. Er ist da. Uns bleibt keine Zeit mehr, Emberton zu verlassen."

Vom Dorf her erklangen Befehle und Soldaten ritten auf sie zu. Azraels Leute waren geübt und in der Lage, seine Befehle zu verstehen und umzusetzen.

Die Reiter erreichten sie, einer von ihnen führte Azraels Pferd mit sich und gab die Zügel jetzt seinem Hauptmann. Auch Nathas' Pferd wurde herangeführt.

Azrael half Elysan, aufzusteigen, dann zog er sich hinter sie aufs Pferd. Er roch den Duft ihres Haares und hielt sie eng umschlungen. Am liebsten würde er sie sogleich mit ins Lager nehmen, aber sie hatte ihn gebeten, sie zu ihrem Hof zu bringen. Er verfolgte mit einem Stirnrunzeln, dass Nathas aufsaß und Maira seine Hand hinunterstreckte. Einen Augenblick zögerte sie, dann schüttelte sie den Kopf.

„Ab hier trennen sich unsere Wege. Ich reite nicht mehr mit euch in den Ort. Ich will zu meinem Vater in seinen Turm. Alles Gute für Euch, Königskrieger."

In diesem Moment färbte sich der Himmel über Emberton für einen Wimpernschlag tiefdunkel. Dann schlug ein gewaltiger Blitz in Nostromos Turm am Rande des Forstes ein.

„Vater!“, rief Maira entsetzt, während die Pferde unruhig unter ihren Reitern zu tänzeln begannen.

Azrael parierte sein Pferd durch und sagte beherrscht:

„Deine Sturheit wird dich deinen Kopf kosten, Elfchen. Schade darum. Steig auf, wir bringen dich zum Turm.“

Als Nathas ihr diesmal die Hand hinstreckte, ergriff Maira sie und ließ sich mit Schwung vor ihm auf sein Pferd hinaufhelfen. Ihr war klar, dass jetzt jeder Augenblick zählte.

„Azrael. Was war das?“, fragte Elysan entsetzt und er antwortete beherrscht:

„Der Mann, gegen den du vorhast, zu kämpfen. Zhuma.“ Dann trieb er sein Pferd an. Noch während die tiefen, dunklen Schläge der Glocke von Emberton warnend über die große Lichtung drangen, galoppierten sie über die Wiesen in Richtung des Turmes.

Die Luft in Emberton schien genauso still zu stehen wie die Zeit. Als die Reiter an Nostromos Turm anlangten, sprang Maira gehetzt vom Pferd.

Azrael ließ auch Elysan absteigen.

„Geh mit ihr und steh ihr bei. Ich werde mit Nathas das Heer bereit machen und dann zu euch kommen. Bis dahin bleibt im Turm, egal was passiert. Versprich mir das.“

„Ich verspreche es dir, Azrael“, sagte Elysan und folgte Maira rasch durch das geöffnete Tor.

Für einen Augenblick sah Azrael ihr noch nach. Zhuma würde Nostromos Turm nicht noch einmal angreifen. Dafür war die dafür benötigte Energie zu groß. Der dunkle wabernde Nebelring, der rund um das Dorf entstand, beanspruchte Zhumas ganze Energie. Momentan war Elysan hier sicher. Bis Zhuma kam. Und er würde kommen ...

„Los, Nathas. Zurück zum Lager." Die Männer spornten ihre Pferde an und galoppierten los.

Als Gavron an Nostromos Turm ankam, fiel ihm als erstes auf, dass das Eingangstor offenstand. Er lief auf den Innenhof und dann die Treppen in den Turm hinauf. Als er oben ankam, saß Ceres an Nostromos Bett, Maira stürzte tränenüberströmt und schwer atmend in seine Arme. Er sah Elysan, die hinter Maira stand. Prinz Jared blickte starr aus dem Fenster, er sah lädiert aus. Seine Haare wirkten seltsam energiegeladen und bei seinen Bewegungen entluden sich kleine Energieblitze.

Gavron ging mit Maira hinüber zu Nostromos einfachem Bett und sah geschockt auf den großen Magier herab.

Nostromo sprach langsam, er sah aus, als sei sämtliches Leben aus seinem Körper gewichen. Mit leerem Blick aus milchig-weißen Augen wiederholte er die immer gleichen Sätze:

„Er wird kommen, er wird das Dorf vernichten. Er will der einzige Magier sein. Ihr müsst ihn aufhalten, sonst ist Emberton verloren."

Maira unterdrückte ein Aufschluchzen.

„Wer hat ihm das angetan?", fragte Gavron.

Es war Prinz Jared, der zu ihnen trat und ihm antwortete:

„Es gibt nur einen, der zu so etwas fähig ist und der noch einen Nutzen daraus ziehen könnte. Zhuma." Der Prinz wirkte seltsam erstarrt, als er langsam weitersprach: „Wir brauchen die Hilfe eines Magiers."

„Aber wer kann …", begann Gavron nachdenklich. In Maira kam nun wieder Leben. „Ich kann nichts tun. Ich habe es bereits versucht, aber die dunkle Magie liegt zu schwer auf ihm."

„Vielleicht kann ihm Azrael helfen", warf Elysan ein, die sich bisher im Hintergrund gehalten hatte. „Er wird bald hier sein."

„Er wird uns bestimmt nicht helfen können", Gavron fuhr sich nervös durchs Haar. Ceres trat jetzt neben ihn.

„Du wachst hier bei Nostromo, Gavron. Ich muss etwas erledigen."

Dann drehte er sich um und verließ wortlos den Raum.

Gavron sah ihm hinterher und wusste plötzlich, dass er Ceres so nicht gehen lassen sollte.

Ceres war außer sich. Nie hätte er es für möglich gehalten, dass Zhuma die Kraft Nostromos brechen könnte. Seinen alten Lehrmeister und Ziehvater dermaßen kraftlos und vor allem machtlos dort liegen zu sehen, hatte irgendetwas tief in ihm drin zerbrechen lassen. Ein Gefühl der Wut und Verzweiflung überkam ihn. Er konnte nur noch an Eines denken: Rache.

Er würde Zhuma vernichten. Trotz seiner Wut und seines vernebelten Denkens war ihm bewusst, dass er dies nicht alleine schaffen konnte. Zunächst musste er sich abreagieren, um wieder klar denken zu können. Er würde die Grenzen von Emberton abreiten und nachsehen, ob Zhuma und das Heer des Königs schon vor Ort waren. Ceres pfiff sein Pferd Rargon herbei und wartete, bis der braune Hengst herangaloppiert kam. Dann zog er sich auf sein Pferd hinauf, spornte Rargon an und ritt drauflos. Der Wind in seinen Haaren und die Luft ließen ihn sich langsam beruhigen. Als er an der südlichen Grenze von Emberton ankam, die durch den breiten Zugangsweg und weite Wiesen nicht durch den Finsterforst geschützt war, glaubte er seinen Augen nicht zu trauen. Er wusste nicht genau, was er erwartet hatte, aber dies hier war grausam. Rargon begann, nervös unter ihm zu tänzeln. Noch bevor er sein Pferd wenden konnte, war es um ihn geschehen. Schwarzer Nebel hüllte ihn ein und verschlang ihn.

Gavron hatte sofort die Entscheidung getroffen, Ceres zu folgen. Rasch verließ er Nostromos Turm und rief seine Stute Ataria herbei. Es dauerte eine Weile, bis sein Pferd herangetrabt kam. Er warf ihr einen bereitliegenden Sattel über und schwang sich auf ihren Rücken. Dann trieb er die gescheckte Stute an.

Die Menschen und anderen Wesen, die versucht hatten, aus Emberton zu fliehen, kamen völlig verängstigt wieder zurück. Gavron sah Wilfried mit seiner Frau und seinen Töchtern Lyrina und Clarice zurückrennen. Clarice weinte dabei jämmerlich.

„Wilfried. Hast du Ceres gesehen?"

Der reiche und oft arrogante Wilfried war nicht wiederzuerkennen. Sein Haar schien förmlich nach oben zu stehen, seine Augen waren schreckgeweitet. Er stammelte:

„Ja, vorhin. Er ritt nach Süden. Reite nicht weiter, Gavron. Da ist etwas um uns herum, das niemanden aus Emberton entkommen lässt. Nicht einmal die Zwerge kommen in ihren tiefen Gängen fort von hier."

„Verschanzt euch in euren Häusern, Wilfried."

„Alles Gute, Gavron."

„Danke. Das können wir wohl alle gebrauchen.“

Ein ungutes Gefühl ließ ihn sein Pferd weiter antreiben, er jagte hinter Ceres her, der diese Strecke genommen haben musste. In diesem Zustand konnte er ihn unmöglich allein lassen. Alle wussten, was Nostromo ihm bedeutete. Ceres selbst hatte ihn gelehrt, dass Wut und Hass im Kampf zwar Stärke gaben, aber der Verstand unter Wut und Hass oft wesentlich versagte. Schon große Krieger hatten den Kopf darüber verloren. Kurz darauf war die Spur von Ceres Pferd nicht zu verfehlen. Jedes der Kriegerpferde trug ein anderes Zeichen unter seinen Hufen, und das von Ceres hatte er schon hunderte Male an seinem Oberarm gesehen.

So schnell er auch ritt, er konnte Ceres nirgendwo auf den weiten Wiesen vor Emberton entdecken. Als er am Fluss vorbeiritt und den dunklen Wald längs dieser Lichtung auftauchen sah, verstärkte sich das warnende Gefühl in ihm. Er wusste nicht mehr, was er zuerst wahrnahm: Die Gefahr oder diesen widerlichen Geruch nach Schwefel und Fäulnis. Er sah schwarzen Nebel, der sich langsam wabernd zurückzog. Und da lag er. Vorsichtig näherte er sich seinem Anführer, holte ein letztes Mal tief Luft, bevor er sich ein Tuch vor das Gesicht band. Er würde nur wenige Augenblicke Zeit haben, um Ceres dort wegzuholen und hoffte, dass es nicht bereits zu spät war. So schnell er konnte, sprang er vom Pferd und eilte hinüber. Er war kräftig, dennoch hatte er schwer an diesem Krieger zu tragen. Als Gavron ihn anhob und vorsichtig über die Schultern legte, merkte er bereits, dass seine Muskeln schlaff waren und kein Widerstand im Körper verblieben war. Wie wild trug er Ceres zu seinem Pferd und legte ihn, so vorsichtig er konnte, vor seinen Sattel. Dann sprang Gavron schnell auf und brachte seinen Anführer zurück nach Emberton. In seinem Rücken meinte er, ein böses Lachen zu hören. Er wusste nicht, ob er sich irrte, sein Atem brannte und er konnte sich vor Erschöpfung kaum noch aufrecht im Sattel halten.

Als Gavron endlich Nostromos Turm erreichte, war es ausgerechnet Azrael, der seinen Anführer vom Pferd hob und in den Turm trug. Gavron nahm nur am Rande wahr, dass Azraels gesamtes Heer sich hier versammelt hatte. Die Männer sahen aus, als würden sie sogleich in den Krieg ziehen. Wahrscheinlich stand ihnen auch genau dies bevor. Gavron verdrängte es unter der Trauer um seinen Anführer. Momentan war alles nebensächlich. Es zählte nur Ceres.

Weich gebettet lag dieser kurz darauf auf einem Lager im Saal der Zaubertränke. Gavron war schwer gezeichnet und hatte Not, seinen Atem zu kontrollieren. Mit letzter Kraft ging er an Ceres Seite um zu sehen, wie schwer er verletzt war. Doch das Entsetzen über Ceres Anblick ließ ihn in sich zusammensacken. Maira half ihm, sich hinzulegen und benetzte seine Lippen mit Wasser, das er gierig aufnahm. Danach kniete sie an seiner Seite und verabreichte ihm langsam einen Zaubertrank, bevor er die Augen schloss und spürte, dass sie ihre Hände auf ihn gelegt hatte und ihm wunderbar leichte und helle Kraft sandte. Als er die Augen öffnete, hoffte er immer noch, dass Ceres lebte. Aber ihr Gesichtsausdruck bestätigte ihm das Schlimmste. Was war das für eine dunkle Magie, die ihn so zugerichtet hatte?

Maira hatte Gavron noch nie so gesehen. Er war

voller Trauer und schluchzte, teils vor Erschöpfung, teils vor Entsetzen über Ceres' Tod. Mit Ceres war nicht nur einer der stärksten Krieger Embertons gestorben. Er war der Anführer der Krieger und der Nachfolger Nostromos gewesen. Als Nostromo dem Kriegerwesen abgeschworen hatte und heiratete, sich ganz seinen Zaubertränken widmete und die Magie zu seinem Tagwerk machte, hatte Ceres seinen Platz als Anführer der kämpfenden Wesen Embertons übernommen. Er hatte es geschafft, alle Kreaturen für sich zu gewinnen und ein friedliches Leben im Dorf zu gewährleisten. Ceres war der Mann, dem nicht nur die Menschen, sondern auch Elfen, Zwerge, Gnome und Kobolde in den Kampf folgten.

„Gavron. Du darfst jetzt nicht aufgeben, wir brauchen dich", versuchte Maira ihn zu trösten, aber es schien unmöglich.

Gavron hielt sich die Hände vors Gesicht, als er mit der Stimme eines gebrochenen Mannes murmelte:

„Was auch immer da draußen geschehen ist, kommt nicht von dieser Welt. Dieser faulige Geruch umgibt sämtliche Zugänge zum Dorf, wir sind hier von einem mächtigen Zauber gefangen und es ist nur eine Frage der Zeit, bis wir Ceres in den Tod folgen."

„Widerliches Gejammer. So werdet ihr euer Dorf nicht retten können." Die Worte Azraels schnitten wie ein scharfes Schwert durch den Raum. Alle Blicke ruhten augenblicklich auf ihm.

„Zhuma ist auf dem Weg und er wird nicht allein kommen. Er hat zwei starke Heerführer und deren Truppen an seiner Seite. Der König will Emberton dem Erdboden gleich machen und der Kampf hat bereits begonnen. Schaut euch doch um. Einige der Anwohner Embertons sind noch in die Berge geflohen, der größte Teil verschanzt sich jedoch in ihren Hütten. Der Großmeister der Tränke ist nur noch ein Schatten seiner selbst und hat jegliche Magie verloren. Euer Anführer und bester Krieger ist tot und nicht zu vergessen: Sein jämmerlicher Nachfolger kauert in der Ecke und heult."

Die Worte Azraels verfehlten nicht ihr Ziel. Gavron hörte ihm angespannt zu und hatte aufgehört, zu schluchzen. Seine Tränen wichen unbändiger Wut.

„Wenn es stimmt, was Nostromo sagt, dann will Zhuma die Macht aller Magier. Was dich dann wohl miteinschließt", spie er wütend aus.

Stille machte sich im Raum breit. Azrael hielt Gavrons Blick stand.

Wenn das stimmte, was Gavron da sagte, dann hatte Zhuma es nicht nur auf Elysan und Nostromo abgesehen, sondern auch auf ihn. Das änderte alles.

Azrael hatte den Prinzen zwar nicht erwähnt, aber dennoch fühlte dieser sich jetzt angesprochen und ergriff als Erster das Wort.

„Fehlst nur du in dieser Aufzählung, Azrael. Was war eigentlich dein Auftrag? Warum bist du hier? Mir scheint, als hättest auch du die Gunst des Königs verloren."

Azrael verschränkte die Arme und wandte sich ihm zu.

„Ihr wart immer ein guter Taktiker, Prinz Jared. Ich beobachte Euer Handeln schon seit einer geraumen Weile. Mein Auftrag tut nichts mehr zur Sache. Und Ihr habt recht: Auch ich sitze in diesem elenden Dorf fest. Aber im Gegensatz zu Euch werde ich nicht und niemals aufgeben." Seine Worte waren so überzeugt vorgebracht, dass der Prinz sofort Haltung annahm. Gavron nickte und erhob sich.

„So soll es sein! Wir werden uns Euch anschließen und kämpfen, für Nostromo, Ceres und für unser Dorf!“ Als er das sagte, begann Azrael schallend zu lachen.

„Wer sagt, dass ich an eurer Seite kämpfe? Wie ich bereits bemerkt habe, seid ihr nicht die Krieger meiner Wahl.“

Elysan, die sich bisher zurückgehalten hatte, trat jetzt einen Schritt vor.

„Ich bitte dich, Azrael! Kämpfe mit uns. Hilf uns, unser Dorf zu verteidigen und ich nehme alle deine Bedingungen an.“

Azraels blaue Augen betrachteten sie nachdenklich.

„Das klingt ja fast, als ob Ihr ebenfalls ein Schwert ergreifen wollt, werte Maskenträgerin“, höhnte Prinz Jared.

Azrael hieb augenblicklich seine Faust auf den Tisch und sein Blick schien Funken zu sprühen, so böse sah er aus.

„Unterschätzt nie die Macht einer Maskenträgerin, zumal ihr selbst keine besitzt, Prinz Jared!“

Elysan fragte vorsichtig und zögernd: „Du meinst, ich hätte die Kraft, um für Emberton zu kämpfen?“

„Kommt nicht in Frage, Engelchen. Vergiss nicht: Dich will Zhuma am ehesten vernichten.“

„Nun, wenn das so ist, dann kann ich ja auch kämpfen. Wenn ich sowieso sterben muss ...“ Elysan sprach die Worte und konnte selbst nicht glauben, was sie da sagte. Immer wieder hörte sie diese leise Stimme, die ihr zuflüsterte, sie könne Emberton retten, und nicht nur Emberton, sondern auch die Wesen, die sich am Rande des Forstes sicher fühlten und in Frieden lebten. Sie könne diese Wesen vereinen und mit ihnen gemeinsam Zhumas Macht zerstören. Als sie sich im Raum umblickte, fiel ihr Blick auf Nostromo, der sich ein wenig auf seinem Lager erhoben hatte und sie anblickte. Er wirkte unglaublich schwach, aber seine Lippen bewegten sich vorsichtig. Sie war keine Meisterin im Lippenlesen, aber seine leise Stimme half ihr, die Worte zu verstehen.

„Forme dir eine Maske."

Elysan schluckte schwer. Ihre Gedanken überschlugen sich geradezu. Welche Maske konnte ihnen helfen? Und dann schien ihr die vertraute Stimme ihres Vaters eine stille Antwort darauf zu geben.

„Ich werde Ceres spiegeln und in seinem Antlitz die Krieger und Kämpfer Embertons in die Schlacht führen", wiederholte sie laut.

Jetzt war es ganz leise im Raum, niemand sprach und sie konnte das Entsetzten in den Gesichtern der anderen sehen. Nur Azrael wirkte gefasst.

„Wenn du einen Toten spiegelst, bist du selbst nicht mehr am Leben. Du weißt noch zu wenig über die Masken und wie man sie benutzt. Du bist noch nicht bereit für einen solchen Kampf."

Prinz Jared starrte ihn an, dann leuchtete sein Gesicht förmlich auf. Aufgeregt fragte er:

„Ich entnehme deinen Worten, dass sie es *könnte*, wenn sie denn wüsste, wie. Du glaubst, ihre Macht wäre stark genug, aber du willst sie nicht im Kampf verlieren."

„Jetzt hört mal gut zu, Prinz, sie wird nicht kämpfen. Nicht gegen Zhuma, er ist momentan der mächtigste Magier des ganzen Landes. Selbst wenn es möglich wäre, so würden wir nicht eine Frau an unserer Stelle in den Kampf schicken."

„Das entscheide ich. Ich werde kämpfen, sag mir wie." Elysan war entschlossen und zugleich von Angst erfüllt.

„Elysan, das kannst du nicht!", protestierte Maira erschrocken.

Azrael war nicht begeistert. Aber er wusste, dass er Elysan nicht mehr vor Zhuma verstecken konnte. Vielleicht wäre es gar nicht so schlecht, sie getarnt mit in die Schlacht zu führen. So hatte er sie wenigstens an seiner Seite und Zhuma konnte sie nicht ohne sein Beisein angreifen. Es gab keinen Ort mehr, an dem sie sich jetzt noch vor Zhumas Macht verbergen konnten. Er wusste sehr genau, dass nicht mal ein magisches Portal sie von hier wegbringen konnte. Zhumas Magie um sie herum war stark, dunkel und unüberwindbar. Selbst für ihn. Es sei denn, Zhuma würde seine Kraft verlieren.

Ein Plan reifte langsam in seinem Kopf heran. Er würde Elysan an seiner Seite mit in die Schlacht nehmen und gegen Zhuma kämpfen. Brach er Zhumas Macht, so konnte er Elysan durch ein magisches Portal aus Emberton fortbringen. Er würde sie schützen, egal, was es ihn kostete. Denn diese schöne Frau an seiner Seite war das einzig Gute und Schöne in seinem Leben.

Er ging zu dem Totenbett Ceres hinüber, zog ein Messer und ritzte ihm leicht in die Haut, sodass ein letzter Tropfen Blut darüber floss.

Gavron schrie wütend auf, der Prinz hielt ihn mit erstaunlicher Kraft zurück, abwartend darauf, was Azrael vorhatte. Azrael fing den Blutstropfen auf und schnitt Ceres eine Haarsträhne ab. Unter entsetzten Blicken befahl er:

„Bringt sein Schwert!" Und dann wandte er sich an

Maira und fragte: „Wo sind die Tränke deines Vaters? Kannst du mir einen Trank bringen, der sie in ein Mischwesen verwandelt?"

Maira überlegte, bevor sie sich an die Regale machte und zu suchen begann. Ihr Vater pflegte nicht nur eine Phiole abzufüllen, sondern, wenn er schon mal einen Trank ansetzte, auch gleich einen für den Verkauf vorzubereiten. Er musste ihn irgendwo hier abgestellt haben. Dann entdeckte sie einige frische Tränke, die ihr Vater wohl vor kurzem gebraut hatte. Sie zwang sich, nicht zu Nostromo zu blicken. Ihn dort so liegen zu sehen, drohte, ihr Herz zerspringen zu lassen.

Dort war der Trank, die Beschriftung entlockte ihr ein kurzes Auflachen in all ihrem Kummer.

Mairachen Neutrum'. Der Trank der Geschlechterwandlung.

Sie gab ihn Azrael, obwohl sie diesem Mann keinesfalls vertraute. Aber so wie es aussah, war Azrael ihre einzige Hoffnung, zu überleben.

Er würdigte sie keines Blickes, sondern befahl weiter:

„Durchsuch alles und bring alle Tränke, die uns helfen können, Halbelfe. Heilzauber, Schutzzauber, Tarnbitter und Tränke, die im Kampf von Vorteil sind."

„Wir haben keine Heilzauber mehr. Sie sind aus -."

Azrael drehte sich zu ihr um und sah sie fest an:

„Dann versuch, einen Heilzauber zu brauen, *Maira*. Er kann jedem unserer Kämpfer, vielleicht sogar dir selbst, das Leben retten."

„Ich versuche es", beschloss sie sofort.

Jetzt wandte Azrael sich an Gavron: „Mach dich sofort auf den Weg und trommele alle zusammen, die in diesem Dorf des Kampfes fähig sind. Sag ihnen, Ceres will sie sehen, er hat beschlossen, in die Schlacht zu ziehen. Sie sollen ihre Ausrüstung aufnehmen und hier zu Nostromos Turm kommen."

Gavron hatte Mühe, loszugehen, immer noch war er gezeichnet von den Ereignissen. Er starrte Azrael nicht verstehend an.

„Ceres ist tot."

„Nicht mehr lange."

Azrael wandte sich an Elysan:

„Hör gut zu, du hast nur einen Versuch. Konzentrier dich."

Unvorbereitet zog er ein kurzes Messer und ritzte ihr eine kleine Wunde in die Hand. Wortlos starrte sie darauf, als er einen Tropfen ihres Blutes auffing und es mit dem Ceres' vermischte. Azrael ließ das Gemisch auf ein Stück von Ceres' Lederrüstung tropfen. Nun legte er die abgeschnittenen Haare von Ceres' darauf, entkorkte Nostromos Zaubertrank und schüttete ihn über das Leder. Zuletzt brach er das Wappen aus Ceres Schwert und legte alles in Elysans Hände. Er blickte ihr tief in die ängstlichen Augen. Voller Zuversicht und Vertrauen sprach er zu ihr:

„Wie du vielleicht gemerkt hast, entsprechen alle deine bisherigen Masken dem Wesen einer Frau. In die Rolle eines Mannes zu schlüpfen und das Ebenbild eines Mannes zu werden, gelingt nicht jeder Maskenträgerin. Du musst all deine Konzentration hineingeben und dich völlig in deine Hände versetzen. Lass es zu, du hast die Macht."

Gespannt schauten alle Anwesenden auf Elysan. Niemand glaubte, dass es möglich wäre, dennoch hofften alle inständig, Azrael könne recht behalten.

Elysans Finger umschlossen das Leder und die

Dinge darauf.

Zunächst schien nichts zu passieren, doch dann war deutlich zu erkennen, wie Elysan in einen tiefen Zustand der Versenkung fiel. Die Raumtemperatur schien um einige Grad zu steigen. Dann wurde es dunkel und eine unbändige Energie wurde freigesetzt. Flammende Funken sprühten durch den Raum, alles schien sich zu drehen und dann wurde es still. Die Temperatur war wieder normal und es war hell genug, um Elysan wieder zu erkennen. Sie saß erschöpft am Boden und schaute staunend in ihre Hände. Dort lag sie, die Maske, die sie in den Kampf führen würde. Schwerteisend leuchtend und mit dem kleinen Zeichen Athés auf Höhe der Wange. Die Maske des Kriegers. Gewandt kam Elysan hoch, hob sie an und wollte sie aufsetzen, doch Azrael hielt sie zurück.

In seinem Blick lag Stolz und zugleich auch eine unerwartete Zuneigung, die ihre Beine noch weicher werden ließ, als sie sich ohnehin schon anfühlten.

„Warte noch. Du setzt sie erst auf, wenn wir den Turm verlassen."

Kapitel 49

Dies war sein Triumph, dies war sein Sieg. Schon vor einer Weile waren sie alle wieder auf ihre Pferde gestiegen und weitergeritten, Malphas' und Bogdans Männer trugen Kettenhemden und verbargen ihre Gesichter hinter dem Eisen der Helme. Kaltes, graues oder schwarzes Eisen, wohin er auch blickte, Zhumas Herz hüpfte vor Freude ein paar Takte schneller. Das Porträt, das der Maler gefertigt hatte, würde er vielleicht dem König schenken, damit dieser es im Thronsaal aufhängte. Er, Zhuma, war der Größte, der Mächtigste und der Bedeutendste. Nostromo war faktisch tot, Azrael und die Maskenträgerin warteten unweit von ihnen. Es würde ihm eine Freude sein, sie alle sterben zu sehen. Zhuma fühlte sich wunderbar erfrischt und gestärkt durch Nostromos Energie, die er ihm genommen hatte. Malphas und Bogdan warteten jetzt auf sein Signal, und er gab es ihnen sogleich.

Nie wieder würde jemand über ihn lachen.

Von heute an war er der einzige und der wahre Magier im ganzen Land.

Kapitel 50

Gavron hatte bereits alle noch verbliebenen Kämpfer zum Turm gebracht. Er hatte ihnen von der bevorstehenden Gefahr berichtet und es sogar geschafft, die geheime Gilde zu mobilisieren. Krieger und Bogenschützen, Zwerge, Elfen, kampfbereite Kobolde und der eine oder andere Geisternebel drängten sich jetzt vor dem Turm.

Man konnte den schwarzen Nebel Zhumas bereits bis ins Dorf riechen. Er wurde allerdings vom magischen Ring, der seit Nostromos Anwesenheit in Emberton über dem Dorf und dem dichten Wald lag, noch immer abgehalten. Dies war der letzte Schutz, der ihnen zur Verfügung stand. Aber mit Ceres' Tod war klar, dass Zhuma einen Weg hindurch gefunden hatte. Gavron trat gerade in die Zauberschenke, als sich Elysan die Maske überzog. Sofort umgab sie eine blutrote Aura und sie begann, sich zu verwandeln … Gavron hielt inne, seine Kinnlade klappte hinunter. Da stand er. Ein Ceres, so kräftig und ausdrucksstark, wie er ihn nie zuvor gesehen hatte. Das Schwert in der Hand zum Kampf seines Lebens bereit. Ungläubig starrte Gavron ihn an und konnte seine Emotionen kaum zurückhalten. Ein letztes Mal würde er an seiner Seite kämpfen, bevor er sich für immer verabschieden musste. Auch, wenn ein Anderer, mehr noch: eine Andere, in seinem Körper steckte, so gab ihm dieser Augenblick seine Kraft zurück und nun war auch er bereit. Er trat zu Maira und gab ihr einen Kuss. Sie würde ihnen beistehen. Maira würde Heilzauber für sie brauen, er wusste, dass sie es konnte. Eifrig hatte sie alle anderen Tränke und Zauber beschafft und die Krieger mit Schutzzaubern versorgt. Ihr Vater würde dies wollen, auch, wenn sie diesmal kein Geld damit verdienten. Es diente einem höheren Zweck. Dem Überleben ihres Dorfes.

Elysan spürte in ihren Körper. Sie war ein Mann, ein Krieger. So stark und mächtig, dass sie sich erst daran gewöhnen musste, sich mit diesem fremden Körper zu bewegen. Diese Maske funktionierte anders als ihre bisherigen, sie hatte nicht nur ihr Wesen, sondern auch ihre Gedanken und Gefühle beeinflusst. Äußerlich sah sie aus wie Ceres, aber im Inneren war sie eine Maskenträgerin, bereit zum Kampf und voller Magie, die ihr zusätzlich zum Schwert helfen würde.

Als sie vor die Krieger Embertons trat, kam sie sich kurz wie ein Verräter vor, sie alle dort zu täuschen. Krieger, Bogenschützen, bewaffnete Elfen und Kobolde, Zwerge, die ihre Hämmer über den Schultern und steinerne Rüstungen trugen. Und da stand sogar Hilgenbrand und sah sie mit großen Augen an. Sie vermied es, ihm zuzuzwinkern. Denn allein diese Maskerade konnte die Kämpfer Embertons einen und allen helfen, diese Schlacht zu überstehen. Also gab sie den Befehl zum Angriff und alle jubelten ihr zu. Plötzlich war Maira da, sie führte ein Pferd zu ihnen, das vor lauter Kraft mit den Hufen stampfte. Seinen Nüstern entwich Rauch und Elysan starrte es überrascht an.

Dann war Maira an ihrer Seite und übergab ihr die Zügel.

„Reite das Pferd meines Vaters in diese Schlacht,

Ceres. Im Zeichen Nostromos."

„Danke, Maira", dröhnte ihre neue Stimme erstaunlich tief und dunkel. Sie hatte bis dahin gar nicht gewusst, dass Nostromo wieder ein Pferd besaß.

Als sie die Zügel des mächtigen Pferdes ergriff, reckten die Kämpfer Embertons ihre Waffen in die Luft und jubelten ihr erneut zu.

Einzig Hilgenbrand kratzte sich am Kopf, rückte dicht an sie heran und sagte viel zu laut:

„Elysan warrr vorherrr schönerrr."

„Hört mir zu", übertönte Elysan ihn in der Gestalt Ceres', „Ihr Krieger und Bewohner Embertons, ein übermächtiger Gegner ist auf dem Weg zu uns. Sein Ziel ist es, Emberton und uns alle zu vernichten.

Wir sind stolz und verfügen über Magie, aber sie sind stärker. Es gibt nur einen Ausweg für uns: Wir schließen uns dem Heer des Prinzen an. Auch er wird von den Angreifern bedroht. Es ist unsere Pflicht, dem Prinzen beizustehen, lasst uns uns zusammenschließen! Gemeinsam mit dem Prinzen und dem Heer Azraels werden wir für Emberton kämpfen und unser Dorf und unsere Leute verteidigen! Es kann nur einen Anführer geben. Ihr alle werdet von jetzt ab den Befehlen des Prinzen folgen."

Die Kämpfer Embertons wechselten Blicke, sie glaubte, kurz Widerwillen aufkommen zu sehen.

Elysan beugte sich vorsichtig zu Hilgenbrand hinunter und flüsterte: „Nach der Schlacht gibt es Butterbrühe für alle." Augenblicklich jubelte er los. Diese laute Koboldbegeisterung steckte auch die anderen an. Immer mehr fielen in Hilgenbrands Jubel ein, Prinz Jared trat an ihre Seite.

„Prinz. Das Heer Embertons unterstellt sich ab

sofort Eurem Befehl“, verkündete Elysan.

Der Prinz nickte und wandte sich dann an die Krieger:

„Ich danke euch für euer Vertrauen sowie eure Treue. Und jetzt lasst uns diese Schlacht gewinnen.“

„Das werden wir. Lang lebe Prinz Jared!“ Lauter Jubel brandete jetzt auf, die Kämpfer Embertons reckten ihre Schwerter kampfeslustig in die Luft und selbst die Kobolde jubelten dem Prinzen zu, da Hilgenbrand es immer noch begeistert tat. Elysan atmete tief aus. Sie hatte eine unglaubliche Angst vor dem, was vor ihnen lag.

Azrael ritt an Elysans einer Seite und Prinz Jared auf der anderen. Sie sah Nathas, der auf Azraels Zeichen hin sein Heer zum Angriff formierte, und auch die Männer des Prinzen, die sich wie einstudiert sofort in eine perfekte Angriffsformation brachten.

Sie verließen Emberton, dort rauschte der Bach Leary, an dem sie vor nicht allzu langer Zeit noch ihre Wäsche gewaschen hatte. Sie ritten auf die breiten Wiesen und die Lichtung, an der Ceres zuvor dem Nebel begegnet war, und positionierten sich. Der Prinz übernahm die Anweisungen, und jeder folgte ihm wie selbstverständlich. Jeder der Kämpfer war ein winziger Teil dieser gemeinsamen Truppe, und dass Prinz Jared etwas von Strategie verstand, war sofort offensichtlich.

Es gab nur diesen einen breiten Durchlass nach Emberton, den Zhuma und das Heer des Königs durchbrechen konnten. Der Rest lag durch den Forst geschützt, der Eindringlinge abhielt. Die Bäume hinter ihnen fügten sich jetzt eng aneinander, so, als wolle der Wald eine schützende Mauer hinter ihnen bilden. Nebelschwaden umgaben die Lichtung und noch war niemand zu sehen.

Der Fluss rauschte die Melodie des Kampfes und ein metallischer Geruch nach Blut und Verderben lag in der Luft.

Der Boden begann, zu vibrieren, erst ganz leise und dann war immer deutlicher Hufgetrampel zu vernehmen. Die Bogenschützen hatten sich am Waldrand im Schutz der Bäume versteckt und spannten ein. Als Elysan zum Himmel blickte, sah sie dunkle Wolken und noch mehr. Als sie die auf sie abregnenden Pfeile bemerkte, gaben Azrael und der Prinz den Befehl, die Schilde zum Schutz nach oben zu halten. Ihre neue Gestalt gehorchte augenblicklich, dennoch schützte Azrael sie an ihrer Seite mit seinem Schild. Sie hörte Schreie und zwang die sie würgende Angst hinunter. Die Schlacht hatte begonnen. Azrael senkte seinen Schild und warf ihr noch einen festen Blick zu. Dann zog er sein Schwert und sie tat es ihm nach. Ihre Bewegungen passierten wie von selbst, als ob sie nie etwas anderes getan hätte. Und dann waren sie da, die Feinde. Um sie herum kämpften Krieger. Klirrende Geräusche von aufeinandertreffenden Klingen, ihre Gefühle übermannten sie für einen Augenblick. Sie konnte und sie wollte das nicht. Dann senkte sich plötzlich eine eiserne Ruhe über ihren Geist. *Du kannst das, mein Kind*, schien die Stimme ihres Vaters zu flüstern und zugleich übernahm Ceres' Körper die Haltung des Schwertes, als wolle sie gleich selbst in den Kampf stürmen. Aber noch immer war sie an Azraels Seite, der sich noch nicht in den Kampf eingemischt hatte. Bisher wehrte er lediglich Angriffe ab und versuchte, an die Stelle zu kommen, an der der schwarze Nebel am intensivsten war. Es schien, als würde er auf etwas warten und im nächsten Augenblick wusste sie auch, worauf. Das Geschehen um sie herum trat völlig in den Hintergrund, denn sie hatte einen anderen Auftrag. Und das war er, Zhuma. Wie aus dem Nichts tauchte er aus dem Nebel auf. Ob er dort in Wirklichkeit stand oder sie nur auf ein Trugbild schauten, konnte sie nicht sagen, aber sie mussten es bezwingen. Azrael begann augenblicklich, sein Pferd anzutreiben und sich zu ihm durchzukämpfen. Sie sah ihn gegen einen gewaltigen behelmten Krieger kämpfen und hielt sich geistesgegenwärtig hinter ihm. Ein Blitz erhellte den Himmel und sie vernahm Zhumas Stimme ganz nah bei sich.

Deine Maske kann vielleicht deine Krieger täuschen, dich aber nicht verbergen. Deine Magie strahlt so hell, dass sie nicht zu übersehen ist.

Ich selbst habe den Mann getötet, in dessen Antlitz du vor mir stehst.

Wut brach über Elysan herein, während sie Azrael wie in einem bösen Albtraum folgte, der bereits den nächsten Angreifer gnadenlos besiegte und weiter auf Zhuma zuritt. Sie hielt ihr Schwert zum Angriff erhoben, aber Azrael fegte wie ein wütender Sturm eine Schneise in diesem Kampf für sie frei. Bevor sie reagieren konnte, sprang er vom Pferd und stellte sich dem Kampf mit Zhuma.

Elysan nahm es wahr und war doch nicht in der Lage, etwas zu tun. Wie gelähmt saß sie auf ihrem Pferd in der Maske eines Anderen.

Sie schlugen zwar mit Schwertern aufeinander ein, aber es war jetzt nicht mehr die Klinge, die den jeweils anderen töten sollte im Kampf dieser Magier.

Kleine Energiefelder bildeten sich und übertrugen Stromschläge. Azrael war kräftiger als Zhuma, jeder seiner Schwerthiebe saß perfekt, aber Zhuma war erstaunlich geschickt. Und da war noch etwas anderes: Als Azraels Schwert etwas zu lange an dem Zhumas abglitt, übertrug sich Magie. Es schien, als würde Zhuma ihn mit jedem Schlag aussaugen, ihm seine Magie stehlen. Azrael schien es jetzt selbst zu bemerken. Seine Hiebe wurden schneller, sein Schwert traf das Zhumas, um dann augenblicklich zum nächsten Schlag gegen ihn auszuholen. Zhuma wankte zurück und Azrael setzte sofort nach. Schnell, kalt und unerbittlich.

Zhuma erwiderte einen gezielten Schlag mit einem schwarzen magischen Abwehrschild und begann, zu lachen.

„Du bist mir niemals gewachsen, Azrael. Hättest du ihr ihre Macht genommen – vielleicht wärst du dann ein ernstzunehmender Gegner. Hat eine schöne Frau dem großen Krieger Azrael etwa den Verstand vernebelt?“

„Halt den Mund und kämpf, Zhuma“, knurrte Azrael und griff erneut an. Zhuma lachte auf als Azrael ihn leicht am Arm traf, bevor er zurückweichen konnte.

„Du denkst, du verletzt mich? Ich besitze Nostromos Macht, Azrael.“

Elysan erkannte entsetzt, dass die Wunde an seinem Arm nicht einmal blutete, sondern sich sofort wieder schloss. Das war aber nicht alles. Zhumas Gesicht wurde von einem Moment auf den anderen bösartig ernst.

Azrael attackierte ihn sofort wieder, überwand das dunkle Schild vor Zhuma und holte aus, um zuzuschlagen.

„Nicht doch, nicht doch, starker Krieger. Die drei hier wollen auch noch mitmachen.“ Nebel bildete sich neben ihnen und jetzt traten drei weitere Männer auf Azrael zu. Elysan glaubte, nicht richtig zu sehen. Es waren drei Zhumas, die zu ihnen auf die Lichtung kamen.

Azrael hieb jetzt sein Schwert in die eine Gestalt Zhumas und diese löste sich in dunklen, wabernden Nebel auf. Dabei schien es noch so, als würde sie Azrael etwas von seiner Energie abziehen. Zhumas Lachen übertönte den zischenden Laut, als Azraels Schwert durch den Nebel drang.

„Gavron! Nathas!“, rief Elysan erschüttert, aber alle Zhumas schüttelten gleichzeitig den Kopf.

„Oh nein. Nur wir drei und zwei meiner Spiegelungen.“ Eine durchsichtige magische Glocke zog sich um sie hoch. Elysan schaute sich erschrocken um. Sie waren gefangen auf diesem kleinen Stück Wiese.

„Und du, kleine Maskenträgerin, wartest gefälligst, bis du an der Reihe bist. Dich hebe ich mir bis zum Schluss auf.“

Elysan hatte das seltsame Gefühl, gefesselt zu sein. Sie war völlig bewegungsunfähig.

Azrael atmete schwer vom Kampf, dennoch hob er sein Schwert und griff den am nächsten stehenden Zhuma an.

„Und wenn schon, Zhuma. Ich töte jedes deiner Abbilder.“

Wieder ertönte dieses boshafte Lachen. Dann zogen alle Zhumas gleichzeitig ihr Schwert und griffen an.

Azrael gab alles, aber gegen so viele von ihnen war er machtlos. Ein leichter Hieb traf ihn, bevor er sich zurückwerfen konnte. Azrael ignorierte die Wunde und fixierte stattdessen den mittleren Zhuma.

„Beinahe hätte die süße Gwyladys dich damals getötet, Azrael. Weißt du, dass ich sie an den König vermittelt habe?“

Azrael hieb voll Wut auf Zhuma ein und traf den Mittleren von ihnen mit einem tödlichen Hieb. Zischend löste sich der mittlere Zhuma in dunklen Nebel auf. Gleichzeitig entschwand Azraels Energie flammend in diesem dunklen Nebel zu Zhuma. Er taumelte zurück.

„Wie schade, *Az*. Ich bin einfach ein paar Nummern zu groß für dich. Eigentlich sollte Gwyladys dich damals töten, der Auftrag kam von mir. Aber da sie es nicht geschafft hat, hole ich ihr Versäumnis heute gerne nach.“ Die letzten beiden Zhumas griffen ihn gleichzeitig an. Azrael wehrte sich und kämpfte wie ein Löwe, aber ständig nahm ihm Zhuma etwas von seiner Energie, bis er kaum noch Kraft hatte. Elysan konnte nicht glauben, dass sie Arzael hier beim Sterben zusah. Gegen zwei von ihnen hatte er keine Chance. Sie musste in diesen Kampf eingreifen und ihre Angst überwinden. Sie stieg aus dem Sattel und schritt auf die Magier zu. Es ging alles nur seltsam langsam, als müsse sie gegen eine große Energie angehen. Mit letzter Kraft hieb Azrael derweil sein Schwert in einen der Zhumas, der sich sofort zischend auflöste. In diesem Moment setzte der letzte Zhuma den entscheidenden Schlag. Azraels Schwert flog durch die Luft und hieb tief in die Erde ein. Er selbst lag am Boden. Zhuma hatte ihn schwer getroffen und tiefdunkle, mörderische Energie lag über ihm. Blut sickerte auf den sandigen Boden. Und Zhuma lachte. Seine hässliche Gestalt bog sich vor Lachen zurück. Gleichzeitig spürte sie, dass Azrael ihr etwas sandte. Es war wie seine letzte dunkle Energie, die auf sie überging.

Ihr wurde bewusst, dass er sie noch im Augenblick seines Todes zu schützen versuchte. Gleichzeitig verschwand die Kraft, die sie zurückgehalten hatte. Sie konnte sich wieder normal bewegen.

Elysan rannen Tränen über die Wange, die sie gar nicht wahrnahm. Es schien, als wäre diese Schlacht damit entschieden. Die gegnerischen Krieger drangen immer weiter in Richtung des Dorfes vor, vereinzelt brannten Häuser und Scheunen. Aber am schlimmsten war der Verlust Azraels. In diesem Moment wurde ihr schmerzhaft bewusst, wie viel sie verlor. Ihre einzige und wahre Liebe.

Tiefe, unbändige Wut flammte in ihr auf. Sie hatte so viel verloren. Ihn. Ihren Vater. Ihren Bruder. Es würde hier und jetzt sofort enden. Nun konnte sie nichts mehr aufhalten. Es lag an ihr, den Kampf zu entscheiden. Entweder sie würde sterben oder den Hauch einer Chance nutzen, Zhuma zu vernichten. Ihr Innerstes wurde eiskalt. Sie begann, nicht mehr aufgrund ihres Herzens zu handeln, sondern durch ihren Kampfgeist und ihre Wut. Elysan umfing ihr Schwert und trat Zhuma gegenüber. Um sie herum stieg wabernder Nebel auf. Jetzt war sie auf sich allein gestellt, diese Glocke um sie herum würde niemand betreten, der Einzige, der ihr hätte helfen können, war verloren. Aber sie durfte sich diesem Schmerz nicht hingeben. Erst würde sie den vernichten, der ihr alles genommen hatte. Sie war bereit, ihr eigenes Leben dafür zu lassen.

„Jetzt bist du an der Reihe, Maskenträgerin."

„Das werden wir noch sehen."

Azrael!, flehte sie im Stillen und atmete angsterfüllt

ein. Er war so stark und mächtig gewesen.

Sie trug eine Maske, sie besaß Magie. Und so, wie sie Azrael immer gespürt hatte, versuchte sie nun, Zhuma wahrzunehmen. Sie konzentrierte sich auf ihn, nahm den Geruch von Schweiß und ungewaschener Haut wahr und fixierte ihn dann fest. Dies war der richtige Zhuma. Augenblicklich griff er sie an.

Ihr erster Schlag auf Zhumas Schwerthieb war noch recht vorsichtig. Aber dann drehten sich ihre Gedanken. Sie sah all die Gesichter vor sich. Die Menschen, die sie verloren hatte, und vielleicht waren es bereits viel mehr. Immer kräftiger schlug sie zu, wie im Wahn, Ceres' Körper half ihr unglaublich stark und gewandt. Sie war kräftemäßig überlegen, merkte aber spürbar, wie Zhuma versuchte, ihr ihre Magie zu rauben. Immer wieder versuchte er, die Klinge seines Schwertes an ihrer zu halten.

Und dann überließ sie sich ganz den Bewegungen Ceres', duckte sich und wirbelte herum, täuschte einen Ausfall vor und stach dann augenblicklich und ohne zu zögern in die Richtung des Mannes vor sich. Blitzschnell wich er dem Schlag aus.

„Oh, oh", Zhumas Augenbrauen hoben sich so weit, dass sie in sein zerzaustes Haupthaar übergingen. „Schau an, schau an. Sie ist viel stärker als die anderen Maskenträger."

Elysans Atem ging hektisch, ihr Herz hämmerte gegen ihre Brust. Sie durfte ihn nicht reden lassen, keinen Moment mehr. Elysan sprang vor und griff Zhuma an.

„Je mehr ich dich betrachte, desto klarer wird mir, wer du bist, Maskenträgerin", zischte er. „Asmund Caldarion. Sagt dir der Name etwas?"

Der Name ihres Vaters. Sie würde ihm nicht zuhören. Niemals. Elysan versuchte, in Ceres' Denkweise zu verbleiben und nur den Anweisungen seines Körpers zu folgen. Schritt, Schritt, Ausfall, ihre Klinge traf schleifend auf die Klinge Zhumas. Ihre Schläge wurden immer gezielter und sie spürte auf einmal, wie bei einem Aufeinandertreffen der Klingen dunkle Magie auf sie überging. Das war nicht ihre. Zhuma war so in seinen Worten gefangen, dass er zunächst weitersprach:

„Er war unglaublich stark. Anders als die anderen Maskenträger hatte er die Macht, seine Magie zu verbergen. Ich konnte ihn nur wahrnehmen, wenn er eine seiner Masken trug. Und dann entdeckte ich einen Jungen im Ausbildungslager des Königs.

Er hieß Vincent ..."

Elysan schrie auf vor Wut, ihre Klinge traf die Zhumas. Die Klingen flammten auf, dunkle Magie glitt zu ihr hinüber. Als sie Zhumas irritierten Blick sah, der kurz innehielt, wusste sie, dass sie in der Lage war, ihn zu besiegen und gerade den ersten Schritt dazu gemacht hatte.

Sie wollte nichts mehr hören. Er log. Augenblicklich griff sie ihn wieder an. Die Gestalt Ceres' war stark und sie nutzte diese Kraft mit aller Macht. Für Ceres. Für Emberton und für die Menschen, die sie geliebt hatte. Immer in dem Moment, wenn sich ihre Schwertklingen trafen, nahm sie Zhumas Energie in sich auf. Er wurde zusehends schwächer. Umso mehr Energie sie ihm stahl, umso kräftigere Blitze erhellten den Himmel. Dann war es soweit. Sie schlug mit einer unglaublichen Gewandtheit und Stärke gegen Zhumas Schwert, und es zerbarst mit einem lauten Klirren. Zhuma lag am Boden. Sie trat auf ihn zu. In dem Moment hob er die Hand und schleuderte ihr mit letzter Kraft einen Energieblitz entgegen. Schützend hielt sie ihr Schwert vor ihr Gesicht und ein Schutzschild bildete sich halbkreisförmig vor ihrem Körper. Sie hatte nicht nur Ceres' Kraft, sie trug auch die Magie in sich.

Zhuma ächzte und sank zurück. Er regte sich nicht mehr, aber er hatte sie gelehrt, wachsam zu bleiben.

Ihr Bewusstsein kam zurück und sie schaute sich um. Die Glocke um sie herum verblasste etwas und ihr Blick fiel auf Azrael, dessen Kleidung rot von seinem Blut war.

Und plötzlich war es so, als würde sein Schwert sie rufen. Es steckte glänzend und unmittelbar in ihrer Nähe in der Erde und zog sie magisch an. Gebannt ging sie zu ihm hinüber. Sie nahm die Maske ab und begann, sich augenblicklich zurückzuverwandeln. Als sie wieder sie selbst war, griff sie den gewundenen Griff des Schwertes und spürte, dass es sie geradezu dazu aufforderte. Sie zog Azraels Schwert aus dem Boden. Zunächst hatte sie einen kleinen Widerstand gespürt, der allerdings flüsternd nachgab, als wolle ihr das Schwert eine dunkle Geschichte anvertrauen.

Sie nahm das Schwert und es flüsterte ihr etwas zu und bestätigte sie in dem, was sie tat. Mehr noch: Es befahl es ihr. Nie wieder würde Zhuma ihr etwas nehmen. Sie musste ihn töten, musste ihn völlig vernichten, das Schwert sang die Melodie des Todes in ihren Ohren. Dieses Schwert war dazu ausersehen, Zhuma zu töten. Sie war dazu ausersehen. Für ihre große Liebe, für Emberton und für den Frieden im ganzen Land.

Sie trat an Zhumas Seite, der sie kraftlos und doch verschlagen mit weit aufgerissenen Augen ansah.

„Das wagst du nicht, Maskenträgerin. Wenn du mich tötest, dann wird meine schwarze Magie auf dich übergehen“, schnaufte er. „Ich bin der einzig wahre Magier. Meine Kraft ist größer als deine. Du wirst mich nie besiegen.“

Sie stand gerade und würdevoll, ihren weiten Rock hatte sie um sich geschlungen und in ihrem Rücken fixiert. Das Schwert wisperte ihr zu, was sie tun sollte, und sie folgte seinen Anweisungen. Sie hob das Schwert kraftvoll nach oben und ließ es dann fallen, mitten in sein Herz.

Als sie die aufsteigende Energie bemerkte, löste sie rasch ihren Griff. Um nichts in der Welt wollte sie etwas von seiner dunklen Macht haben. Dunkle Strahlen entluden sich in den Himmel, die Glocke um sie herum zerbarst in tausend kleine flimmernde Nebelteilchen. Auch weiße Energie entwich Zhuma. Diese strahlte nicht mehr in den Himmel, sondern über sie hinweg. Sie drehte sich um und sah das Licht, das Azrael umgab. Konnte es sein, dass er noch nicht verloren war?

Sie wollte auf ihn zugehen, doch da bemerkte sie zum ersten Mal den Schmerz und ein feuchtes Gefühl an ihrem rechten Bein. Zhuma musste auch sie getroffen haben, denn ihr lief Blut am rechten Bein hinunter. Dann wurde ihr schwarz vor Augen.

Kapitel 51

Sie blinzelte ins Licht, in helles Licht. Elysan blickte in die wundervollen Augen Azraels und da wusste sie, dass sie tot war und mit ihm gemeinsam dem hellen Licht folgte.

Er beugte sich zu ihr hinunter und küsste sie sanft auf die Lippen. Es fühlte sich so gut an, dass sie gar nicht glauben konnte, dass der Tod so gut schmeckte. Dunkle Magie umfing sie, schien sie zu streicheln und zu liebkosen. Sie wollte gerade den Kopf anheben und sich enger an ihn schmiegen, als sie den unbändigen Schmerz im Bauch spürte. Nein, tot war sie bestimmt nicht. Sie lag … auf einem weichen Bett aus Moos?

„Sachte, mein Engelchen. Du hast viel Blut verloren und lange geschlafen, komm erst mal zu dir und dann können wir an dieser Stelle weitermachen."

„Elysan!" Maira! Was machte Maira jetzt hier an diesem seltsamen Bett? Maira beugte sich zu ihr hinunter und träufelte ihr eine süßlich schmeckende Mischung auf die Lippen, die gleich darauf in ihren Mund drang. Der Schmerz im Bauch verebbte.

Elysan zwang sich, sich zu konzentrieren. Azrael war wieder neben ihr, kniete sich zu ihr hinunter und strich ihr eine Haarsträhne aus der Stirn.

„Was …?"

„Sht. Emberton und der größte Teil seiner Bewohner leben. Zhuma ist tot. Das muss dir für den Anfang erst einmal reichen. Du hast drei Tage lang geschlafen."

„Meine Mutter? Was ist mit meiner Mutter und … Simon?"

„Der Ersten geht es gut, den Zweiten gibt es leider noch ..., was willst du mehr?“ Azrael schaffte ein schiefes Lächeln.

„Und ... Nostromo?“

„Hier.“ Mairas Vater schob sich zu ihr durch und ergriff ihre Hand, sodass Azrael ärgerlich die Stirn runzelte und wieder hochkam.

„Elysan. Was soll ich nur sagen? Du hast nicht nur mich, sondern ganz Emberton gerettet!“

„Das reicht, weißer Zauberer“, Azrael löste den Griff Nostromos von ihrer Hand und warf ihm einen einschüchternden Blick zu. „Sie ist noch nicht stark genug dafür.“

„Doch, doch, das ist sie“, widersprach Nostromo.

„Wofür?“ Elysan stützte sich auf. Sie lag auf diesem weichen Bett in der Zauberschenke. Das war an sich schon einmal merkwürdig. Wie kam sie hierher? Was sie aber viel seltsamer fand, war der bösartige Blick, den Azrael Nostromo jetzt zuwarf.

Elysan entdeckte Maira, die ihr ein aufmunterndes Lächeln schenkte und leise sagte:

„Heute feiert ganz Emberton das Fest der Tausend goldenen Lichter. Ich weiß nicht, ob du daran teilnehmen kannst. Aber ich weiß, dass sie alle dieses Fest so feiern werden wie noch nie.“

„Das ist schön. Aber ihr sagt mir nicht alles. Azrael, was ist passiert? Ich erinnere mich noch, dass Zhuma am Boden vor mir lag und ich ... was eigentlich? Da war dein Schwert, es rief mich.“ Sie stockte und schüttelte den Kopf. Das hörte sich so seltsam an, was sie da sagte. Ein Schwert besaß doch kein Eigenleben. Und doch ...

Azrael ließ sie keinen Moment aus den Augen, dann nickte er.

„Ymêrion hat dich gerufen. Und du bist seinen Anweisungen gefolgt."

Elysan starrte ihn mit großen Augen an. „Es hat ein Eigenleben?"

„Selbstverständlich. Es erlaubt nicht jedem, es zu ziehen."

„Oh." Sie dachte für einen Augenblick nach, dann meinte sie: „Ich habe Zhuma getötet?"

„Ja."

„Und dann?"

„Dann war ich wieder da", schwärmte Nostromo erfreut. „Und mit mir ist der Finsterforst wieder erwacht. Zhumas stinkender Nebel löste sich auf – was meinst du, wer alles aus dem Wald zu unseren Kämpfern stürmte? Kobolde, Gnome, wankende Baumgeister, Wurzelschlinger und Drachenfüßler ... selbst die Dunkelelfen und Hüter des Forstes waren dabei, unglaublich! Der Mosarazs hat sich zurückverwandelt von deinem Pferd in sich selbst – du solltest ihn bei dir behalten, ich glaube, er mag dich!"

„Darüber reden wir noch", unterbrach Azrael ihn verärgert. „Ein Mosarazs kommt mir nicht ins Haus."

Maira schob sich jetzt lächelnd an Elysans Seite und setzte sich zu ihr aufs Bett.

„Es hat Verluste gegeben, Elysan. Zwei Tage haben wir getrauert, aber heute möchten wir das Leben feiern. Und auch du bist wieder da und ..."

„Wo war ich, Maira?"

„Nun", ihre Freundin stockte und wagte einen vorsichtigen Blick zu Azrael.

Dieser seufzte, ergriff ihre Hand und sah sie fest an.

„Du hättest dieses Schwert eigentlich nicht führen dürfen. Und es hat dich sehr viel dunkle Magie von

Zhuma gestreift. Ymêrion fordert seinen Preis für seine Hilfe. Es ist dunkel, es ist schlecht, und es ist böse. Und es verletzt denjenigen, der es ohne seinen Willen benutzt."

„Moment", sie entzog ihm ihre Hand und hob diese abwehrend an. „Du besitzt ein Schwert mit einem eigenen Willen? Und es ist bösartig? Und dennoch benutzt du es? Warum konnte ich es ziehen, wenn es doch einen ganz anderen Willen hatte?"

„Ymêrion gehört zu mir. Es hat mich auserwählt. Und dich für die Aufgabe, Zhuma zu töten."

Sie starrte ihn immer noch an.

„Wie kann das sein?"

„Ich habe einen Teil meiner Magie an Ymêrion gegeben, als ich es bekam. Als ich beim Kampf spürte, dass ich nichts mehr tun konnte, habe ich dir die Macht gegeben, Ymêrion zu führen."

Da Maira rasch aufstand und Platz machte, setzte sich Azrael zu ihr aufs Bett und streichelte über ihre Wange.

„Du bist unglaublich, Elysan. Nie hätte ich das für möglich gehalten, als ich dich das erste Mal traf. Dieses schüchterne Bauernmädchen – das in Wirklichkeit eine Frau mit dem Herz und dem Mut eines Drachen ist. Du überraschst mich immer wieder, Engelchen."

Sie musste schlucken, als er sie so ansah, wie er es jetzt tat, und augenblicklich spürte sie wieder den Schmerz in ihrem Bauch.

„Wird diese Verletzung wieder heilen?", fragte sie ihn zaghaft und er lächelte.

„Vollständig. Und wenn ich dich mit soviel dunkler Energie einhülle, dass du danach selbst eine schwarze Magierin bist."

„Das wird gar nicht nötig sein. Schließlich kann ich sie heilen“, vernahm sie Nostromos gut gelaunte Stimme hinter Azrael und sah, dass ihr Liebster genervt die Augen verdrehte.

„Eure Tochter hat den Heilzauber gebraut, als wir ihn so dringend brauchten“, warf er kühl ein und Nostromo runzelte irritiert die Brauen.

„Ja, das stimmt. Meine Tochter ist ... mein ganzer Stolz.“ Nostromo zog Maira in seinen Arm und kniff sie liebevoll in die Wange, während Maira über das unerwartete Lob knallrot wurde.

„Danke, Maira“, sagte Elysan und diese wurde noch röter.

„Gern geschehen. Ich bin selbst verblüfft, wie gut ich das konnte.“

„Sie ist gut. Aber sie ist noch nicht so weit“, sagte Nostromo beherrscht und fügte ausschweifend hinzu: „Du hast noch viel zu lernen, Maira. Es wird besser sein, wenn du noch eine Zeitlang meinen Anweisungen folgst. Deine entstehende Magie gehört unbedingt geleitet.“

„Durch den Richtigen“, ergänzte Azrael kühl. „Maira ist unglaublich stark. Es ist Zeit, ihre Magie zuzulassen.“

Er und Nostromo maßen sich für einen Moment mit Blicken.

Elysan spürte den unausgesprochenen Konflikt zwischen den Männern, bevor Azrael sie wieder anschaute und ihr Blick in dem seinen versank. Sie fühlte auch an dem Druck seiner Hand, dass die Liebe zu ihm echt war. Und ... von ihm erwidert wurde. Diese Erkenntnis traf sie wie eine warme Welle. Niemals hätte sie erwartet, in einem schwarzen Magier einen Seelenverwandten zu finden. Was mit ihm auf sie zukam, wusste sie nicht. Aber sie wusste, dass sie mit ihm gehen würde.

Kapitel 52

So wie dieses Jahr war das Fest der Tausend goldenen Lichter noch nie gewesen.

Als die Irrlichter und die leuchtenden Windflügler aufstiegen und das Moor und den Wald rund um Emberton erhellten, begannen auf der Wiese um die alte Eiche herum Gesang und Musik. Elysan sah sich erstaunt um. Jeder war in seine beste Kleidung gehüllt und selbst die Kobolde hielten sich dieses Jahr am Rande des Festes auf, obwohl sie es sonst als zu langweilig empfanden, da ihnen der Spaß dabei fehlte. Es war dieses Jahr eine stillere Feier als sonst, zu frisch waren noch die Wunden und Verluste. Dennoch eröffnete die kräftige Jolantha den Tanz mit ihrem Mann und andere Paare folgten augenblicklich. Da waren Maira und Gavron, die sich tief in die Augen sahen und völlig selbstvergessen miteinander tanzten. Einzig Nathas, der dicht neben ihnen stand, verfolgte dieses Paar mit düsteren Blicken. Sie entdeckte den Prinzen bei seinen Männern, der unheimlich befreit wirkte und jetzt mit seinen Begleitern lachte und anstieß. Prinz Jareds Ansehen war mit dem Gewinn dieser Schlacht gestiegen und viele sahen in ihm wohl schon den neuen König von Talís. Er hatte bei zahlreichen feindlichen Kriegern Gnade walten lassen und sie lediglich gefangen genommen. Jeder, der ihm die Treue schwor, würde in Zukunft für ihn kämpfen. Um den Thron von Talís, gegen seinen Stiefvater, König Kimbras den Grausamen. Ein vorsichtiger Optimismus machte sich breit. Überall lebte die Hoffnung wieder auf, dass

Prinz Jared dem Land den Frieden bringen würde, den es so dringend brauchte.

Clarice tanzte mit einem seiner Krieger, ihre Schwester unterhielt sich mit einem anderen am Rande der Wiese. Der Prinz und seine Leute waren auf einmal die angesehensten im Dorf. Menschen, Elfen, Zwerge und andere Wesen wimmelten um sie herum und bedienten sie. Mit einer gewissen Wehmut stellte Elysan fest, dass das eine oder andere Gesicht auf dieser Feier fehlte.

„Elysan", unterbrach Azrael ihre Grübeleien und sie wandte sich ihm zu.

Er lächelte, zog sie dann an sich und küsste sie.

Leidenschaftlich und voller Hingabe erwiderte sie seinen Kuss, als sie eine wohlbekannte Frau auf sich zukommen sah. Sofort bekam sie ein flaues Gefühl im Magen. Röte stieg ihr ins Gesicht.

„Was ist?", fragte Azrael, da sie sich von ihm wegschob.

„Meine Mutter." Er folgte ihrem Blick.

Ihre Mutter sah sie tadelnd und böse funkelnd an, doch bevor sie etwas sagen konnte, trat Azrael ein Stück vor.

„Vielleicht bin ich nicht der, den Ihr Euch für Eure Tochter gewünscht habt, aber Ihr werdet Euch wohl an mich gewöhnen müssen. Ich bin Eurer Tochter verfallen und wohl der Einzige, der ihre besonderen Fähigkeiten zu stützen weiß. Solltet Ihr mich ablehnen, so ist meine Seele verloren und zum Bösen verdammt."

Elysan fügte lächelnd hinzu:

„Mutter: Ich liebe ihn."

Alle Blicke ruhten jetzt auf den dreien.

Elysans Mutter zog die Augenbrauen hoch.

„Na gut, mein Junge, versuchen wir es." Provozierend sah sie Azrael an.

Für den Ausdruck ‚Junge' hätte sie unter anderen Umständen mit dem Kopf gebüßt. Azrael sah es gelassen und musste über diese starke Frau schmunzeln. Sie erinnerte ihn an jemanden.

„Es wäre ein feiner Zug, wenn du meinen Sohn Simon aus dem Stein da wieder herausholst. Jetzt, wo du zur Familie gehören möchtest."

„So werde ich das wohl tun müssen."

Hilgenbrand zwinkerte Elysan zu und hielt einen Koboldaumen nach oben, sodass sie wieder lachen musste.

„Auf unsere Elysan, die den bösen Zhuma getötet hat!", rief jemand und andere fielen darin ein. Ihre Verwandlung auf dem Schlachtfeld von Ceres zu Elysan hatte sich inzwischen längst herumgesprochen. Aber sie hatten ihr die kleine Notlüge verziehen, in der Gestalt eines Anderen aufgetreten zu sein. Der Verlust Ceres' war dennoch immer noch schmerzhaft.

„Du hast es dir verdient, Elysan", sagte Azrael leise neben ihrem Ohr, während Prinz Jared zu ihnen trat.

„Auch ich möchte Euch meinen Dank sagen für das, was Ihr getan habt. Azrael: An dem Tag, an dem ich König von Talís werde, sollt Ihr der oberste Heerführer Talís' sein und zugleich mein persönlicher Berater. Elysan Caldarion: Ich erhebe Euch in den Rang einer Lady, der Lady des finsteren Forstes. Tragt diesen Rang mit Ehren. Und jetzt lasst uns feiern."

Jubel brach auf der Wiese aus. Ein Fass Honigmet wurde herbeigetragen und geöffnet, irgendjemand reichte ihr einen Becher damit und sie nahm einen Schluck davon, bevor Azrael ihn ihr abnahm und selbst daraus trank.

„Eben noch Maskenträgerin, jetzt eine Lady des Prinzen. Ein rasanter Aufstieg, Engelchen."

„Azrael. Ich finde es ja so lieb von ihnen, dass sie uns feiern. Aber am liebsten würde ich mit dir ganz allein sein."

„Nun. Das lässt sich machen. Nathas, du übernimmst. Komm, meine Maskenlady, wir ziehen uns unauffällig zurück." Arzael hielt ihre Hand, als sie das Fest verließen und sich in das Dunkel davonstahlen.

Epilog

Zhuma schlug ächzend die Augen auf. Er lehnte an der Wand irgendeines Gebäudes, es war ein sehr elegantes Haus. Gebannt in ein Gemälde, gemalt von dem Mann, den er vor Jahren im Heer des Königs entdeckt hatte. Vincent Caldarion. Wie gut, dass er ihn damals nicht tötete, sondern seine Fähigkeiten für sich nutzte. Vincent konnte malen und vor allem besaß auch er die Magie seines Vaters: Er war ein Maskenträger. Und mit der Maske des Malers war er in der Lage, die Seele und den Geist eines Menschen in ein Gemälde zu bannen.

Zhuma ging niemals in eine Schlacht, ohne noch ein Hintertürchen offen zu haben. Vincent gab ihm mit seiner Fähigkeit dieses Hintertürchen. Jeden Tag malte er ein Bild von ihm, das Zhuma nicht nur wegen seiner Schönheit liebte. Und jetzt war sein Leben hier, gefangen in einem Bild, das ihn auf seinem Pferd mit stolzem Blick in Richtung Embertons zeigen ließ.

Plötzlich war da ein Licht, jemand kam mit einer Laterne in den Raum.

„Ich habe es bei einem der Pferde entdeckt. Es ist bestimmt ungeheuer wertvoll, was meinst du?"

Zwei Männer traten vor sein Bild und Zhuma erstarrte darin.

„Ich weiß nicht, Wilfried. Ich finde den Kerl erschreckend hässlich. Wenn du mich fragst: Schmeiß es weg."

Zhuma glaubte seinen Ohren nicht zu trauen. Immer hatten ihm alle nach dem Mund geredet, solch harte Kritik war er nicht gewohnt. Wut stieg in ihm auf. Die beiden Männer sprachen noch kurz, dann entfernte sich der Unverschämte mit einem:

„Du findest mich auf dem Fest, Wilfried."

„Ja, ich komme gleich nach."

Der kräftige Mann vor ihm beugte sich ächzend ein Stück herunter, um einen genaueren Blick auf das Gemälde werfen zu können, und hielt die Laterne dicht davor.

Zhuma frohlockte. Jetzt war seine Zeit gekommen. Er war geschwächt, seine Magie hatte ihn zu größten Teilen verlassen. Aber es steckte noch genug von ihm in dieser Zeichnung, dass er sich einen neuen Wirt nehmen konnte. Er würde zurückkehren, und zwar jetzt sofort. Der Mann vor ihm war kein Idealfall, aber fürs Erste sehr willkommen. Zhuma wandte ihm seine Augen zu. Er sandte ihm den stummen Befehl: *Fass mich an!*

Der Dorfoberste Wilfried keuchte auf. Langsam streckte er seine Finger nach dem Bildnis Zhumas aus.

„Das wirkt ja unglaublich lebendig. Fast als würde ..."

Noch einen Fingerbreit und Zhuma würde mit seinem Berühren dem Bild entkommen können. Dass ein Anderer an seiner Stelle für immer darin gefangen wäre, war der Preis dafür. Aber lieber dieser Dorftrottel als der große mächtige Zhuma.

Wilfried zuckte erschrocken zurück, als sich eine kräftige Hand auf seine Schulter legte und eine tiefe Stimme sagte:

„Entschuldige, Wilfried. Aber das ist mein Gemälde."

„Nostromo!", Wilfried richtete sich rasch auf. „Hast du mir aber einen Schreck eingejagt!"

Zhuma knirschte mit den Zähnen. Das durfte nicht wahr sein! Was machte ER hier?

„Ich wusste nicht, dass es dein Bild ist ... Es lag da so allein und ich dachte ...“, stammelte Wilfried und ließ seinen nervösen Blick über den Zauberer Embertons streifen, der ihn gütig anlächelte und über seinen langen weißen Bart strich.

„Ja, es ist meins. Sven soll es gleich morgen früh zu meinem Turm bringen. Und nun geh!“

Wilfried nickte und entfernte sich hastig. Er warf noch einen letzten unglücklichen Blick auf das Gemälde. So eine prächtige Arbeit! Sie hätte sich gut in seinem Salon über dem waldgrünen Ohrensessel gemacht. Aber mit Nostromo wollte er keinen Ärger bekommen. Eilig verschwand er hinaus.

Als die Tür deutlich hörbar ins Schloss fiel, wandte Nostromo sich dem Gemälde zu.

Zhuma hielt für einen Augenblick die Luft an und versteinerte förmlich, während Nostromo zufrieden murmelte:

„Tja, Zhuma. So ein wundervolles Bild. Dein Maler ist ein Genie, er hat dir eine richtige Welt darin erschaffen. Genieße sie, denn du wirst von nun an in dieser Welt bleiben.“

Zhumas Blick fuhr zu ihm herum und er sandte dem Zauberer vor ihm hasserfüllte Gedanken:

Willst du das Bild zerstören? Nur zu, Nostromo. Aber du weißt selbst: Das Böse stirbt nie!

„Wie recht du hast. Und manchmal folgt auf Böses etwas noch viel Böseres. Das ist wie bei der Hydra, der man einen Kopf abschlägt und zwei neue wachsen nach. Ich habe viel von dir gelernt, Zhuma. Daher brauche ich das Bild nicht zu zerstören. Es geht viel einfacher“, Nostromo zog einen kleinen Tiegel und einen Pinsel aus seinem weiten Umhang. Ruhig entkorkte er ihn und tauchte den Pinsel ein.

Zhuma spürte die Magie, die der große Zauberer vor ihm konzentriert auf die Ecken seines Bildes kleisterte.

Als dieser einen Schritt zurücktrat und zufrieden mit der Zunge schnalzte, stieg in Zhuma das erste Mal flackernde Angst und eine ungeheure Erkenntnis auf. Die Augen des Mannes vor ihm leuchteten grünlich. Das war nicht Nostromos Augenfarbe! Aber er kannte sehr wohl einen Mann mit tiefgrünen Augen.

Du bist nicht Nostromo. Du bist ...

Der Mann vor ihm lächelte, dann verbeugte er sich höhnisch, wandte sich ab und ging hinaus.

Während Zhuma hinter ihm stumm seinen Namen schrie, streifte er sich seine Maske herunter und verschwand draußen in der Finsternis.

Nachwort

Liebe Leser,

vielen Dank, dass ihr uns nach Emberton begleitet habt. Vielleicht habt ihr beim Lesen schon bemerkt, woher wir die Inspiration für dieses Buch hatten? Es gibt ein Fantasy-Spielbuch namens: Der Forst der Finsternis' von Ian Livingstone. Für eine von uns hängt eine besondere Erinnerung an diesem Buch: Es war das Allerspannendste, wenn meine große Schwester dieses Buch (das mir damals als einer der größten Schätze überhaupt erschien) mit mir las und spielte. Aber das ist schon eine Weile her und wie große Schwestern nun mal so sind, so hat sie diesen wertvollen Schatz bis heute für sich behalten. Emberton ist davon lediglich *inspiriert* worden. Wir haben uns nach und nach unseren ganz eigenen Forst erschaffen, nur der Name des Forstes und unser Zauberer Nostromo könnte euch noch daran erinnern.

Alle Figuren, Handlungen und Orte sind (bis auf die üblichen Fantasygestalten wie etwa Elfen, Kobolde und Orks) frei erdacht und in unserem eigenen kleinen Buchuniversum entstanden. Wir haben uns in dieser Welt sehr wohl gefühlt und hoffen, es ging euch ganz genauso.

Diese Geschichte ist wie alle unsere Bücher in sich geschlossen. Wenn sie euch gefallen hat, ihr uns etwas dazu sagen wollt oder Interesse an einer Fortsetzung des Buches besteht – wir freuen uns sehr über eine kurze Bewertung bei Amazon oder eine

Rückmeldung an unsere Email Adresse: emilia.cedwig@t-online.de .

Herzlichen Dank an all die Leser und Blogger, die uns unterstützt haben und das immer noch tun! <3

Und selbstverständlich auch noch ein besonderes Dankeschön an unsere Lektorin Maren Keller von kontext.kassel.de.

Viele liebe Grüße
Eure Emilia Cedwig

Taleán: Die Stadt der Diebe

2. Teil von Emilia Cedwig

* Der geheimnisvolle Finsterforst *
* Die Macht der Masken *
* Fesselnde Spannung, große Gefühle und schicksalhafte Kämpfe *
* Und eine Liebeserklärung an die Stadt der Diebe *

Das Böse ist besiegt, der übermächtige Zauberer Zhuma tot, aber der unbarmherzige König regiert noch immer das Land.

Die Hoffnung ruht auf Prinz Jared. Mit seinem Heer bricht er auf, die Hauptstadt Taleán einzunehmen.

Die Maskenträgerin Elysan und der Schwarzmagier Azrael stehen ihm zur Seite und begeben sich auf eine gefährliche Mission.

Elysans Bruder ist ebenfalls Maskenträger. Die Maske des Wolfes ist ihm die Vertrauteste. Mit ihr verbreitet er Angst und Schrecken.

Auf der Suche nach Vergeltung führt auch sein Weg nach Taleán, bekannt als die Stadt der Diebe. An der Seite des Königs möchte er den Platz seines Lehrmeisters Zhuma einnehmen und mächtigster Magier werden.

Im Kampf um Taleán gibt es keine Gnade. Denn es geht nicht nur um die Herrschaft über die Stadt, sondern auch um die Zukunft des ganzen Landes.

Taleán – Die Stadt der Diebe ist die Fortsetzung von: Emberton – Das Herz des Forstes.

Taleán: Die Zeit der Dunkelelfen

3. Teil von Emilia Cedwig

* Ein käferfressender Kobold *
* Eine Hexe mit zweifelhaften Fähigkeiten *
* Drachen und Zauberer *
* Und die Macht der Dunkelelfen *

König Kimbras ist besiegt, der neue König Jared regiert Talís.

Sehr lange friedlich bleibt es jedoch nicht, da der König von Braemorian ebenfalls Ansprüche auf den Königsthron von Talís erhebt. Und er ist nicht allein:

Der bösartige Zauberer Zhuma ist zurück und sinnt auf Rache.

Der Krieger Malphas hatte sich eigentlich in die dunklen Berge zurückgezogen, um die schrecklichen Ereignisse um Aureanne hinter sich zu lassen. Dank des grünen Kobolds Hilgenbrand und eines Köhlerjungen sieht er sich nun allerdings ganz anderen Herausforderungen gegenüber.

Die Halbelfe Maira stolpert in der Hauptstadt Taleán unerwartet in ein Abenteuer, dabei war es ihr doch so wichtig, Dunkelelfen aus dem Weg zu gehen.

Und dann ist da noch die Hexe ohne Schuhe und mit zweifelhaften Fähigkeiten.

Drachen, Dunkelelfen, Hexen und ein magisches Buch – ein Roman voller Liebe und Magie.

Ebony: Todesangst im Prinzenwahn

von Emilia Cedwig

Welches blauäugige Mädchen mit ebenholzfarbenem Haar träumt nicht davon, von einem gut aussehenden Prinzen aus einem gläsernen Sarg befreit zu werden? Doch mein Schicksal hat einen anderen Weg für mich vorgesehen. Als ich erwache, dringt durch die dichten Baumkronen über mir zwar Sonnenschein, aber ich liege in einem frisch ausgehobenen Grab. Mein Kleid ist zerrissen, meine Stirn schmerzt – und was noch viel schlimmer ist: Um mein Grab herum hat offensichtlich eine Schlacht stattgefunden.

Angst steigt in mir auf, denn das ist nicht das wahre Märchen. Hier geht es um Leben und Tod.
Woher kommt die rätselhafte Stimme und wer bin ich?
Wird der Prinz mich retten, oder muss ich mein Schicksal selbst in die Hand nehmen?

Eine tiefdunkle Schneewittchen Version.

Printed in Poland
by Amazon Fulfillment
Poland Sp. z o.o., Wrocław

35540279R00222